BASTEI
LÜBBE

CLIFFORD IRVING

DER ANWALT

Einzig berechtigte
Übersetzung aus dem
Amerikanischen von
Gerda Beau

BASTEI
LÜBBE

BASTEI-LÜBBE-TASCHENBUCH
Band 12 149

1. Auflage März 1994
2. – 3. Auflage April 1994

Titel der amerikanischen Originalausgabe: Trial
Gesamtdeutsche Rechte beim Scherz Verlag,
Bern, München, Wien
Lizenzausgabe: Gustav Lübbe Verlag GmbH,
Bergisch Gladbach
Printed in Great Britain
Einbandgestaltung: Gisela Kullowatz
Titelfoto: Image Bank
Satz: hanseatenSatz-bremen, Bremen
Druck und Bindung: Cox & Wyman, Ltd.

ISBN 3-404-12149-x

Im Frühwinter des Jahres 1985 heckte in Houston, Texas, ein kleiner Dieb namens Virgil Freer einen Plan aus, mit dem er die K-Mart-Ladenkette beschummeln wollte. Mit einer illegal gefertigten elektronischen Preispistole veränderte er die Codes an teuren Angelgeräten, Rasenmähern und dergleichen, kaufte die Waren billig und brachte sie in andere Filialen zurück, wo ihm die volle Kaufsumme erstattet wurde. Wie die meisten Gauner mit einem gut funktionierenden Trick, so wendete auch Virgil Freer seinen einmal zu oft an. Er wurde geschnappt und eingesperrt.

Virgil war ein kleiner, drahtiger Mann mit hellen Augen und gelblichen Zähnen, und seine Haut hatte die gallertartige Durchsichtigkeit einer Qualle. Er machte einen vom Leben gebeutelten, gedemütigten, mitleiderregenden Eindruck. Virgil, ein echter Südstaatler, der Tabak kaute und die Vokale dehnte, ließ sich von den gewieften Insassen des Harris County Jail beraten.

»Ich brauch 'nen echt guten Anwalt. 'n zähen Burschen. Aber ich hab nich' viel Kohle. Also 'n junger wär's beste. Am besten 'n hiesiger.«

Er heuerte Warren Blackburn an, neunundzwanzig Jahre alt, ein Strafverteidiger, der dabei war, sich zur

Spitze seines Berufsstandes emporzukämpfen. Warrens Vater, der verstorbene Richter Eugene T. Blackburn, war ein Protegé Lyndon Johnsons und wegen der Strafen, die er Tätern zumaß, die dumm genug waren, ihr nach dem texanischen Gesetz zustehendes Recht auf eine Verhandlung vor einem Geschworenengericht aufzugeben, als Maximum-Gene bekannt gewesen.

Virgil hörte, daß Warren Blackburn aus anderem Holz geschnitzt war: ein Freund der Freundlosen, ein Kämpfer um Nachsicht. Aber auch, daß er hartnäckig war und vieles erreichte.

An einem kühlen Januarmorgen saß der junge, dunkelhaarige Rechtsanwalt in Lederblouson und Cordhosen Virgil in einem der Besucherräume des Harris County Jail gegenüber. Ein hartnäckiger Geruch nach Hackbraten und Desinfektionsmitteln lag in der Luft. Im Gefängnis saßen über dreitausendfünfhundert Männer in beigen Overalls und Slippern ohne Absätze und zweihundert Frauen in formlosen graugestreiften Kleidern ein, die alle entweder auf ein Gerichtsverfahren warteten oder hier festgehalten wurden, bevor sie im Staatsgefängnis von Huntsville ständigen Wohnsitz nahmen.

Warren Blackburn sagte zu Virgil: »Wenn Sie ehrlich sind, Mr. Freer, kann ich Ihnen helfen. Wenn Sie mich belügen – na ja, ich hab schon so viele Lügner kennengelernt, daß einer mehr mich auch nicht umhauen wird. Aber es wird Ihren Arsch kosten, nicht meinen.«

Virgil gefiel dieser Anwalt auf Anhieb. Selbstsicher, ruhig, deftig im Ausdruck und mit scharfem Blick, gehörte er nicht zu jenen schnellsprechenden Rechtsberatern, die immer nur »machen Sie sich keine Sorgen« sagten, sich aber nie die Mühe machten, die im juristischen Unterholz lauernden Fallstricke zu erläutern. Ein guter Junge, sagte sich Virgil, mit Collegebildung. Ein ehrlicher Mensch. Der Mann, den ich brauche.

»Ich schwör's, ich sag Ihnen die reine Wahrheit – alles, was Sie wissen wollen«, sagte Virgil. »Aber bitte – holen Sie mich sofort hier raus, sonst dreh ich durch. Meine Frau liegt mit Krebs im Krankenhaus. Wenn ich nicht heimkann, verhungern meine Kinder.«

Warren tastete sich mit ein paar grundsätzlichen Fragen weiter vor. »Virgil, sind Sie vorbestraft?«

Verschämt gestand Virgil, daß er einige Jahre zuvor in Oklahoma wegen Trunkenheit am Steuer zu sechs Monaten verurteilt worden war, die zur Bewährung ausgesetzt wurden, und daß er später dabei ertappt wurde, wie er ungedeckte Schecks in Umlauf brachte, wofür er neunzig Tage im County Jail bekam.

»Das sind nur leichte Vergehen«, sagte Warren. »Also, ich werd sehen, was ich für Sie tun kann.«

Sie einigten sich auf eine geringe Gebühr.

Warren rief im Ben Taub Hospital an und erfuhr, daß Freer die Wahrheit gesagt hatte: Seine Frau hatte Knochenkrebs und sollte in Kürze operiert werden. Das machte den jungen Rechtsanwalt traurig, gab ihm aber auch das Gefühl, den Worten seines Mandanten trauen zu können. Er zog einen dunklen Anzug an und ging zum zuständigen Staatsanwalt. Der Staatsanwalt knallte einen Computerausdruck der beiden früheren Verurteilungen Virgil Freers auf seinen Schreibtisch. Er forderte eine Kaution von 20 000 Dollar.

Warren schüttelte traurig den Kopf. »Wollen Sie sich schlaflose Nächte verschaffen? Das ist das erste Verbrechen des Mannes. Seine Frau liegt im Ben Taub, er hat vier Kinder zu versorgen – meinen Sie, der haut ab? Geben Sie dem armen Kerl doch eine Chance!«

Der Staatsanwalt gab sich widerwillig mit 5 000 Dollar zufrieden. Mit Hilfe eines Kautionsstellers, der ihm einen Gefallen schuldete, bekam Warren Virgil Freer frei.

An einem windigen Abend fuhr Warren zu Freer, der draußen vor der Stadt mit seinen vier zerlumpten Kindern und mehreren Promenadenmischungen in einem verwahrlosten Wohnmobil hauste. Virgil trug einen Overall und eine rote Schirmmütze. Er hatte einen Job als Automechaniker. Eine füllige junge Frau namens Belinda, die ein loses Mundwerk hatte, paßte tagsüber auf die Kinder auf. Während die Hunde im Staub über ein paar Knochen die Zähne fletschten und sich die schmutzigen Kinder kreischend balgten, flehte Virgil seinen Anwalt an: »Wenn ich in' Knast muß, kümmert sich doch keiner um die Kleinen. Der Staat wird sie in so 'n fürchterliches Heim stecken! Mr. Blackburn, 's würd meine Frau umbringen! Sie sind ein verheirateter Mann – können Sie mich denn nich' verstehen? Sie müssen mir helfen! Ich hab echt meinen Denkzettel weg.«

Ich kenn eine Menge, die schlimmer sind als er, dachte Warren. Eine Preispistole nehmen und in einem Supermarkt klauen gehen, war nicht viel mehr als ein kleiner Ladendiebstahl und kaum mit einem bewaffneten Raubüberfall zu vergleichen. Warren spielte Gott und kam zu dem Schluß, daß Virgil niemals vergewaltigen oder töten würde. Er verdiente eine Chance.

Der Fall war dem 299. Bezirksgericht von Judge Louise Parker zugeteilt worden. Lou Parker, wie sich die Richterin selbst nannte, war sicher die schroffste und sturste Beamtin im Gerichtsgebäude von Harris County. Warren setzte seine Bemühungen fort, zog die Dinge hinaus und hoffte auf eine glückliche Wende. Und sie kam. Judge Parkers hartgesottener zweiter Anklagevertreter, der für Virgil Freer sieben Jahre gefordert hatte, verließ überraschend das Amt des Bezirksstaatsanwalts. Er wurde durch eine junge Schwarze namens Nancy Goodpaster, frisch von der Universität von Houston, ersetzt. Sie war aufrichtig und ehrgeizig, aber von ihrem übervollen gerichtlichen Terminkalender überfordert.

In ihrem kleinen Büro, in dem sich Papiere und überlaufende Aktenordner zu hohen Haufen stapelten, nahmen Nancy Goodpaster und Warren die Feilscherei von neuem auf. »Freer ist nicht vorbestraft, oder?« fragte die Staatsanwältin. Sie beantwortete ihre Frage selbst: »Sicher nicht – ich kann in seiner Akte jedenfalls keine Verurteilungen finden.«

Der Computerausdruck, der Freers Vorgehen in Oklahoma belegte, war offensichtlich tief vergraben, vielleicht sogar verlorengegangen. Es war jedenfalls nichts davon bekannt!

Aufgeschreckt wechselte Warren das Thema. »Wenn wir mit Bewährung und einer Geldbuße davonkommen«, sagte er, »könnten wir damit leben. Seine Frau stirbt möglicherweise an Krebs. Er hat vier kleine Kinder zu ernähren. Das hat er mir nicht nur erzählt. Ich hab's überprüft. Er hat mich nie belogen. Ich kann Ihnen sagen – das ist selten!«

Nancy Goodpaster hatte im Gericht gehört, daß Warren ein gewissenhafter und vertrauenswürdiger Anwalt war. Sie gab nach und bot ihm dreißig Tage, für ein Jahr zur Bewährung ausgesetzt, plus Gerichtskosten und eine Geldstrafe von 500 Dollar an. Ein guter Deal.

Warren dachte kurz darüber nach und kehrte dann

zu Freer zurück, der im Gerichtsgebäude auf einer Bank auf seinen Nägeln herumkaute.

Sein Blick war hart und streng. »Virgil, werden Sie Ihren Job behalten?«

»Ja, Sir.«

»Werden Sie wieder Scherereien machen?«

»Ganz bestimmt nicht!«

Warren schaute, so tief er konnte, in das, was hoffentlich Virgil Freers Seele war. In den drei Jahren seiner Tätigkeit als Anwalt waren ihm Schwindler und Kriminelle zur Genüge begegnet. Ihr Blick war entweder ausweichend oder erstaunlich kühl und direkt. Freers Blick war weder das eine noch das andere. Er hatte die gequälten Augen eines einfachen, bedrückten Mannes. Das Leben hatte ihm schlechte Karten gemischt. Ein häßlicher kleiner Kerl, fehlerhaft, aber zäh. Und er hatte ein gutes Herz. Er kümmerte sich, so gut er konnte, um seine ständig kreischenden Gören mit ihren vorstehenden Zähnen und den farblosen, harten Augen.

»Sie schwören auf die Bibel und bei allem, was heilig ist, Virgil, und auf die Köpfe Ihrer Kleinen, daß Sie keine Schwierigkeiten mehr machen werden?«

»Ja, Sir! Ich schwör's!«

»Das müssen Sie auch, denn ich halte meinen Kopf für Sie hin.« Warren erklärte ihm das Angebot der Staatsanwaltschaft und sagte: »Ich rate Ihnen, es anzunehmen. Kümmern Sie sich um Ihre Kinder und beten Sie für Ihre Frau. Unterschreiben Sie schnell, Virgil, bevor ich meine Meinung ändere.«

Das zu unterzeichnende Papier war eine eidesstattliche Erklärung, die zur Begründung der Strafaussetzung zur Bewährung nötig war. Warren unterschrieb ebenfalls – oder vielmehr: Laut Gesetz unterfertigte er die Urkunde wissentlich. Laut dieser eidesstattlichen Erklärung war Freer nicht vorbestraft.

Neun Monate später wurde Freer eines Nachts auf einem Highway nördlich der Stadt bei dem Versuch erwischt, einen Lastwagen voller Fernsehgeräte zu entführen. Er hatte einen .38er bei sich und gab sechs wahnwitzige Schüsse auf die Polizisten ab, bevor er am Bein verletzt und aufgefordert wurde, sich zu ergeben. Ein diensteifriger junger Staatsanwalt studierte die vollständige Akte sorgfältig und bemerkte, daß an Freers letzter Bewährung etwas merkwürdig war.

Er sagte zu Virgil: »Hören Sie, in dieser eidesstattlichen Erklärung aus dem letzten Jahr haben Sie geschworen, nicht vorbestraft gewesen zu sein. Sie haben gelogen, Sie Abschaum!«

»Ja, aber mein Anwalt hat gesagt, ich soll.«

Als Warren das hörte, stöhnte er kummervoll und vergrub den Kopf in düsteren Vorahnungen in seine Hände. Er könnte bluffen und behaupten, Freer hätte ihm nichts davon erzählt. Aber eine weitere Lüge würde ihn womöglich noch tiefer in Unrecht verstricken.

Am Abend erzählte er alles seiner Frau Charm. Unter ihrem Geburtsnamen Charmian Kimball war sie als Reporterin für den lokalen Fernsehsender tätig. Das Haus der Blackburns am Braes Bayou war ein roter Backsteinbungalow mit einem kleinen Pool hinterm Haus, der von Bananenstauden eingefaßt war. In der Dunkelheit starrte Warren, der neben dem Becken stand, hinauf in die Stille des unerbittlichen, teilnahmslosen Universums.

»Ich komme mir so blöd vor«, sagte er. »Da setze ich meine Karriere für einen Mann aufs Spiel, den ich nie wiedersehen werde!«

»Du dachtest, er schuldet dir was«, sagte seine Frau

leise und vorwurfsvoll. »Du hattest vergessen, wie die Menschen sind.«

Ein paar Tage später erfuhr Warren vom Büro des Bezirksstaatsanwalts, daß Virgil Freers Frau sieben Monate zuvor gestorben war. Die vollbusige Belinda mit dem losen Mundwerk war ins Wohnmobil eingezogen. Virgil hatte seine beiden ältesten Kinder zu einer alkoholsüchtigen Tante nach Fort Worth geschickt und die beiden Jüngsten einem staatlichen Heim überlassen, das sich um eine Adoption kümmern wollte.

Oh, mein Gott, dachte Warren. Wo ist meine Urteilsfähigkeit geblieben? Wie konnte ich mich nur so irren?

Juristisch gesprochen hatte er sich eines schweren Meineids schuldig gemacht, ein Verbrechen, weil die Erklärung in einem offiziellen Gerichtsverfahren verwendet wurde. Wenn er überführt wurde, bedeutete dies den Ausschluß aus der Anwaltschaft. Aber Maximum-Gene war bei der Bande drüben in der Fannin Street 201, dem Büro des Bezirksstaatsanwalts, beliebt gewesen. Gedemütigt und von sich selber angeekelt, traf Warren dort mit der bleichen Miene eines Büßers ein und schaffte es, sich mit den anderen auf folgendes zu einigen: schwerer Meineid – auf ein Vergehen herabgesetzt; Beteiligung an einem Falscheid; Strafsuspension für die Dauer eines Jahres.

In seinem konservativsten grauen Anzug plädierte er vor der Richterin Lou Parker, da das Vergehen in ihrem Gericht stattgefunden hatte. In ihrer schwarzen Robe saß sie aufrecht auf dem hohen Lederstuhl hinter der Richterbank. Ihre Brille baumelte an einer goldenen Kette, an der sie mit kurzen dicken Fingern herumfummelte. Sie hatte eine männliche Stimme mit starkem Südtexas-Akzent. Sie nannte Warren eine »Schande für die Anwaltschaft und einen Fleck auf dem Andenken Ihres Vaters, eines hervorragenden Juristen«.

In dem fensterlosen, neonbeleuchteten Gerichtssaal im achten Stockwerk, der nach Ammoniak roch, wurde der jungen Nancy Goodpaster das Vergnügen zuteil, das Verfahren zu leiten und Anklage zu erheben.

Aber Richterin Parker beugte sich vor und sagte: »Mr. Blackburn, bevor ich die Empfehlung der Anklage in Betracht ziehe, möchte ich in Ihren eigenen Worten hören, was Sie Ihrer Meinung nach falsch gemacht haben und weshalb ich eigentlich über Ihrem gebeugten Haupt nicht drei Jahre Knast verhängen sollte. Und ich will keinen sentimentalen Einheitsbrei, den ihr jedesmal vor mir auskotzt, wenn ihr irgend so 'n elenden Halunken verteidigt, der Kokain an Kinder verkauft hat. Geben Sie sich gefälligst Mühe! Sie sind ein Anwalt dieses Gerichts!«

Warren hatte sich während des Verfahrens ernst gegeben, aber sein Kopf war nicht gebeugt. Daß er aufgrund seiner Arglosigkeit und seines naiven Vertrauens erwischt worden war, machte ihn wütender als die Tatsache, daß er einen gesellschaftlichen Vertrag gebrochen hatte.

Er straffte die Schultern und sagte: »Ich hatte meine ethischen Maßstäbe gelockert, Euer Ehren. Selbst wenn der Mandant eines Anwalts ein elender Halunke ist, der Kokain an Kinder verkauft hat, muß der Anwalt tun, was er kann, um ihm zu helfen. Ich bin zu weit gegangen. Und ich bin auf eine rührselige Geschichte reingefallen. Ich schäme mich nicht nur, weil ich mir als Anwalt des Gerichts einen Meineid geleistet habe, sondern weil meine Menschenkenntnis total versagt hat – mehr, als dieses Gericht jemals begreifen kann.«

»Fertig? Das ist alles?«

»Ja, Euer Ehren. Und das ist eine Menge.«

Mit finsterer Miene honorierte die Richterin den Deal, den Warren mit der Anklage vereinbart hatte. Aber sie fügte aus eigenem Antrieb hinzu, er sei für ein Jahr von der Ausübung des Anwaltsberufs zu suspendieren, und während dieses Jahres solle er sich vom Gericht von Harris County gefälligst fernhalten.

Trotz seines Protestgemurmels hatte Warrens Frau im Gerichtssaal gesessen, als Lou Parker ihn zu seinem einjährigen Exil verurteilte. Später, zu Hause im Schlafzimmer, schleuderte Charm ihre Schuhe von sich und sagte hitzig: »Nach dem, was ich so höre – und meine Quellen sind ziemlich gut-, könnten sie aus dem Gericht von Harris County einen verdammten Parkplatz machen, wenn jeder Rechtsanwalt, der eine falsche Aussage unterschreibt, für ein Jahr suspendiert würde und wenn jeder Staatsanwalt, der Beweismaterial vorenthält, weil das seinen Fall ruinieren könnte, erwischt würde. Und diese selbstgerechte Ziege von Richterin weiß das ganz genau!«

Warren sagte: »Schatz, ich wußte, was ich tat. Ich hab dafür bezahlt.«

»Zu einfach. Ich glaube, daß der Grund, warum du Freer geholfen hast, vielleicht ein bißchen tiefer liegt, als dir bewußt ist.«

Tiefer? Er hatte eine Handvoll Menschenleben retten wollen. Er fragte, was sie meinte.

Sie sagte: »Wahrscheinlich denken alle Rechtsanwälte manchmal: ›Wo stünde ich ohne die Gnade Gottes ...‹ Ich will damit sagen, daß du schwach warst, Warren. Du glaubst, daß du einen Menschen falsch beurteilt hast, aber du hättest von vornherein kein Urteil fällen dürfen. Ein Rechtsanwalt hat nicht das Recht, sich selbst zum Richter oder zur Jury zu erheben. Du hast es getan, weil du das System nicht magst. Es schmerzt dich, daß Menschen ins Gefängnis kommen.«

»Nicht bei allen«, brummte er. »Die meisten dieser Schweinehunde sollte man irgendwo hinschicken, wo sie uns nichts mehr anhaben können. Vielleicht auf 'ne Station auf dem Weg zum Mars, eine Art außerirdisches Australien.« Er merkte, daß er ihrem Standpunkt auswich.

Charm merkte es auch. »Ich rede nicht von den Bösewichten«, sagte sie. »Die meisten deiner Mandanten sind einfach nur Blindgänger. In neun Fällen von zehn haben sie entweder was schrecklich Falsches oder was unverzeihlich Dummes gemacht. Das Gesetz sagt, wenn sie schuldig sind, müssen sie für eine bestimmte Anzahl von Jahren ins Gefängnis gehen. Du mußt mit diesem Gesetz arbeiten. Und wenn dir das nicht gefällt, wenn sie dir zu leid tun, eignest du dich vielleicht nicht zum Strafverteidiger.«

Nicht weil sein Vater Rechtsanwalt war, hatte Warren einer werden wollen, sondern weil er glaubte, er könnte ein besserer sein. Aber schon auf der Universität war ihm klargeworden, daß er sein Leben nicht mit dem Abfassen von Geschäftsverträgen oder als beratender Partner in den Machtkämpfen geld- und machtvoller Männer verbringen wollte, obwohl ihn das wahrscheinlich reich machen würde. Er wollte die Herausforderung des Rechtsstreits. Er wußte, daß man keine Wirbelstürme vereiteln und in den unergründlichen Willen Gottes nicht eingreifen konnte, aber er glaubte auch daran, daß das Gesetz dazu da war, um Gerechtigkeit walten zu lassen. Deshalb hatte er das Strafrecht gewählt.

»Mein Gott«, knurrte er seine junge Frau an. »Hör auf, ja? Ich fühl mich ohnehin wie ein Stück Scheiße. Du brauchst mir nicht auch noch zu sagen, daß ich meinen Beruf an den Nagel hängen soll.«

»Das habe ich nicht gesagt«, stellte sie fest. Aber sie ließ es dabei bewenden.

In den zwölf Monaten offizieller Ungnade meldete er sich einmal im Monat bei seinem Bewährungshelfer. Ich will verdammt sein, wenn ich hier rumvegetiere, dachte sich Warren – ich werde die Zeit nutzen und Dinge tun, die ich schon lange tun wollte. Er arbeitete zeitweise als Rechercheur für einen alten Freund namens Rick Levine, ebenfalls Anwalt. Er trat einem Fitneßclub bei und besuchte einen Kochkurs.

Sein Büro in der Montrose Street war ein einstöckiges weißes Holzhaus, ein umgewandelter Bungalow. Warren hatte seine Karriere mit einem Team junger Rechtsanwälte begonnen, die sich in einem modernen Gebäude in der Stadtmitte eine Suite geteilt hatten, aber die Sterilität des Gebäudes war stärker als alle Kameradschaft gewesen. Als er dieses Haus etwa ein Jahr vor dem Virgil-Freer-Fall gefunden hatte, zog er sofort ein. In diesem Büro las er in seinem Bewährungsjahr »Hundert Jahre Einsamkeit«, das meiste von Dostojewski, ein bißchen Faulkner und aktuelle Sachbücher, um zu begreifen, wie sich die Welt veränderte. Im Sommer fuhr er für einen Monat nach Mexiko und besuchte in einer kleinen Schule mit dem Namen Interidiomas in der Gebirgsstadt San Miguel de Allende einen Intensivkurs in Spanisch.

Charm nahm sich eine Woche Urlaub und flog zu

ihm. Sie wohnten in einem kleinen Gasthof an einer engen Straße mit Kopfsteinpflaster, wo purpurne Bougainvillea über den Balkon kletterte, mit Blick auf eine Kathedrale, die irgendein visionärer Architekt des achtzehnten Jahrhunderts nach Postkarten von Chartres entworfen haben mußte. An den kühlen, regnerischen Nachmittagen liebten sie sich beim Geläute der Kirchenglocken und dem Gebell der Straßenköter. Warren dachte später an diese Zeit als die beste Woche seiner Ehe, besser noch als ihre Flitterwochen auf Maui.

Nach dieser einjährigen Verbannung erschien er im Gericht, um die Welt zu informieren, daß er bereit war, seinen Anwaltsberuf wieder auszuüben. Bis auf die Richter und Staatsanwälte waren alle freundlich und klopften ihm auf den Rücken. Aber was er brauchte, waren Aufträge – Mandanten –, keine Gesellschaft beim Lunch. Ab und zu lief ihm eine mittelschwere Straftat oder ein geringfügiges Drogendelikt über den Weg, aber die meiste Zeit saß er in seinem Büro, versah seine Kochbücher mit Notizen und las die aktuellen Ausgaben der *American Criminal Law Review.*

Charm organisierte Dinnerpartys für Rechtsanwälte und ihre Ehefrauen und -männer. Warren bereitete Weinbergschnecken und Coq au Vin zu. Die Partys waren lebhaft. Rick Levine – klein, schwarzhaarig mit einem buschigen Schnurrbart, einer höckrigen Nase und dem Ansatz eines Bauches – sagte ernsthaft: »Vielleicht solltest du ein Restaurant aufmachen.«

»Keine schlechte Idee, aber du willst dir ja bloß den Bauch umsonst vollschlagen.«

Warren und Rick waren zusammen zur High-School gegangen, dann zur Universität – South Texas College of Law in Houston. Rick hatte sich als Verteidiger auf Drogendelikte spezialisiert. Er rechnete sein Honorar pro Kilo ab: 500 Dollar für Marihuana, 5 000 für Kokain. Er besaß vier Rennpferde, die im nahen Louisiana im Stall standen. Zwei davon hatte er nach seinen Kindern benannt.

Eines Abends nach dem Essen zog Warren Rick auf die Terrasse hinaus: »Ich hab einmal einen Fehler gemacht, aber ich bin immer noch ein verdammt guter Rechtsanwalt. Hat man das vergessen?«

»Ich könnte mir vorstellen«, sagte Rick, »daß potentielle Mandanten glauben, daß manche Richter gegen dich ein bißchen voreingenommen sind. Und da ist vielleicht sogar was dran. Jeder ist auf seinen Vorteil aus, und keiner will ein Risiko eingehen. Ich weiß, daß es Quatsch ist, aber die Leute sind eben so.«

Warren hatte das Gefühl, daß Rick etwas in dieser Richtung gehört haben mußte. Vielleicht wäre er wirklich ein Risiko für einen Mandanten. Der Gedanke erschreckte ihn.

Vielleicht bin ich nicht brutal genug. *Das* war es, was Charm ihm zu sagen versucht hatte. Vielleicht brauchte man in diesem Geschäft ein dickes Fell und kein Herz. Er dachte an den Halbstürmer von den Houston Oilers, den er vor einigen Jahren in einem Verfahren wegen Kokainbesitzes verteidigt hatte. Der Sportler sagte: »Da gibt's diese Neulinge im Trainingslager, verstehen Sie? Die sind früh um sieben auf dem Feld und laufen ihre Runden und schwitzen bis abends um sieben. Ich – ich fang um zehn an und geh um drei. Und die fliegen raus, und ich bleibe. Die kommen nie dahinter, woran das liegt. Verstehen Sie, was ich meine? Die haben's eben nicht – was immer *es* ist –, aber ich hab's.«

Warren mußte sich die Frage stellen, ob er es hatte, was immer es war. Aber er dachte auch an die Rede William Faulkners bei der Nobelpreisverleihung, als der alte Schriftsteller gesagt hatte, unsere Aufgabe liege nicht allein darin, zu überleben, sondern auch sich durchzusetzen.

Ich werde mich durchsetzen, schwor sich Warren. Und um seinen Gegnern, Kollegen und Freunden zu beweisen, daß eine Fehleinschätzung weder seine Fähigkeiten noch seine Achtung vor dem Gesetz beeinträchtigt hatte, begann er sich um Aufträge als Pflichtverteidiger zu reißen.

Houston unterhielt als einzige Großstadt kein Büro für Offizialverteidiger. Wenn ein Angeklagter behauptete, sich keinen Anwalt leisten zu können, bestellte der Richter einen und ordnete an, daß die Gebühr aus öffentlichen Mitteln bezahlt wurde. Jeden Morgen um acht drängten sich hungrige Verteidiger um die Schreibtische der Beamten, die beim Verteilen der Fälle halfen. Einige Juristen, Neulinge, frisch von der Uni, schlugen ihr Büro in der Gerichtskantine im Untergeschoß auf, wo die Unkosten sich auf den Preis eines halb verkohlten Hamburgers und einer Tasse schwachen Kaffees reduzierten. Sie übernahmen die vom Gericht zugeteilte Arbeit, um Erfahrung zu sammeln. Ältere Anwälte rissen sich um die Jobs als Pflichtverteidiger, wenn ihre Kragen fransig wurden und nach abgestandenem Tabak rochen.

Als Warren jünger und frecher war, hatte er diese Gruppe von Anwälten mit Geiern verglichen, die auf Aas warteten. Jetzt war er nachsichtiger. Er war einer von ihnen.

Zwei Jahre lang arbeitete er als Pflichtverteidiger. Es war ein Kampf ums Überleben. Es kam zu keinem

Prozeß: Alle Fälle wurden vorher ausgehandelt. Einmal hörte er einen von diesen Wanderanwälten zu einem Richter sagen: »Zahlen Sie mir 300 Dollar, und ich laß die Sache glatt durchlaufen, oder Sie nehmen sich einen anderen Typ für 150 Dollar, und Ihr Terminkalender ist im Arsch. Liegt ganz bei Ihnen, Euer Ehren.«

Warren verbrachte seine Tage damit, wie ein Händler in einem nordafrikanischen Bazar zu feilschen. Er hatte mit besoffenen Fahrern, Pennern, Süchtigen und kleinen Crack-Dealern zu tun, dem Abschaum der Straßen und Ghettos.

Die Prozeßlisten waren randvoll – Urteile wurden im Eiltempo und oft ganz mechanisch gesprochen. Die meisten der mit versteinerter Miene heruntergeleierten Richtersprüche kamen aus dem Computer. Die Staatsanwälte waren äußerst ungeduldig und maßlos ehrgeizig. Der Preis für Gnade war Zeit. Und niemand hatte Zeit.

An manchen Tagen wollte Warren vor lauter Frustration aufgeben. Ich bin Strafverteidiger, dachte er verbittert. Darin liegt meine Stärke. Das ist die Arbeit, die ich liebe. Wegen eines Schweinehundes wie Virgil Freer mußte ich alles aufgeben! Er wurde depressiv und launisch. Sein Gesicht verlor den jugendlichen Glanz.

Trotzdem – in seinen Tagträumen klammerte er sich an den schattenhaften Glauben, daß er sich irgendwo dorthin zurückkämpfen könnte, wo er gewesen war, bevor er gelogen hatte, um einen Mandanten zu retten, der jetzt dreißig Jahre wegen bewaffneten Raubes und Mordversuchs an einem Polizisten im Zuchthaus von Huntsville absaß und dessen verwahrloste Kinder, die Warren so leid getan hatten, mittlerweile auf den Abfallhaufen des Lebens gelandet waren. Wenn ich lange genug lebe, dachte er voll Zorn und Zynismus, werde ich wohl eines Tages auch für sie ein Strafmaß aushandeln.

Regen trommelte aufs Dach. Blitze zuckten über den Horizont. Hinter jedem Schlag ließen die Blitze eine Welle heißer Luft zurück, die die Menschen wie der Donner überrollte. Charm Blackburn wälzte sich unruhig hin und her, was Warren weckte; streichelnd und flüsternd beruhigte er sie, bis sie wieder in einen unruhigen Schlaf fiel. Die Digitaluhr neben dem Bett zeigte drei Uhr dreißig, Freitag, 19. Mai 1989. Eine Weile hörte er dem Regen und dem jammernden Wind zu.

Um sechs stellten sich die Rasensprinkler ein und richteten ihren bogenförmigen Strahl auf das triefendnasse Gras. Warren erwachte. Gewöhnlich umarmte Charm ihr Daunenkissen und hielt sich weit von ihm entfernt auf ihrer Seite auf, weil Warrens knochiger Körper ihren Schlaf störte. Aber an diesem Morgen lag sie hinter ihm, die Brüste an seine Schulter gepreßt, ihr Atem an seinem Ohr.

Sich zu ihr drehend, flüsterte er ihren Namen. Charm öffnete die Augen zu engen Schlitzen, ließ eine Hand unter der Decke hervorgleiten und schüttelte kurz den Zeigefinger vor Warrens Nase hin und her. Dieses Fingerschütteln hatte sie sich in San Miguel de Allende angeeignet, um Straßenkinder abzuwehren, die nach Pesos keiften. Die kleinen Bengel verzogen sich. Kurz darauf tat es ihr leid. »O Gott, wie konnte ich nur so was tun«, und rannte hinter ihnen her, um ihnen ein paar Münzen in die Hände zu drücken.

»Wie spät ist es?« flüsterte sie.

»Viertel nach sechs.«

Sie drehte sich um und zog sich die Steppdecke über den Kopf.

Die Wolken eilten westwärts, Vögel zwitscherten auf dem Rasen. Warren stand auf, umarmte Oobie, seine arthritische alte Golden-Retriever-Hündin, die auf dem Teppich am Fuße des Bettes schlief, und schlüpfte in seinen grauen Jogginganzug. Mit einer fröhlich neben ihm humpelnden und japsenden Oobie rannte er zwanzig Minuten am Braes Bayou entlang. Zu Hause duschte er, brühte sich Kaffee auf und aß eine Schüssel Müsli und eine Banane.

Er zog sich leise an, um Charm nicht zu wecken. Auf ein paar dunkelblonde Haarsträhnen hinunterblikkend, flüsterte er: »Ich liebe dich.«

Kurz nach sieben saß er in seinem Wagen auf dem Southwest Freeway, über ihm ein vom Nachtregen saubergefegter blauer Himmel. Darunter konnte man von Cowboys träumen, die von den Brazos heraufritten, und von den alten Raddampfern, die auf dem Buffalo Bayou Schaum schlugen. Und Warren träumte tatsächlich. Aber er träumte, daß er mit einer Frau verheiratet war, die ihn immer noch anbetete, daß sein Bürotelefon nie aufhörte zu klingeln und daß er sein Leben fest in der Hand hatte. Noch war alles in Ordnung, aber er wußte, daß er sich rühren mußte, sonst gerieten die Dinge aus dem Lot.

Von einem Telefon vor der Gerichtskantine aus rief er seinen Auftragsdienst an. Die einzige Nachricht von

Bedeutung war die Bitte, Scoot Shepards Büro anzurufen. Er ließ einen weiteren Vierteldollar in den Schlitz fallen. Eine Sekretärin informierte ihn, daß sich Mr. Shepard im 342. Bezirksgericht bei einer Anhörung befände.

»Und was ist sonst noch im 342. los?« fragte Warren.

»Kautionsstellung im Ott-Fall«, sagte die Sekretarin.

»Wenn ich ihn dort noch erwische«, versprach Warren, »ruf ich zurück.«

Scoot Shepard war Doyen der Strafverteidiger von Houston und einstiger Freund von Warrens Vater. Wenige Menschen werden noch zu Lebzeiten zur Legende, aber Scoot war eine. Im Prozeß gegen John R. Baker, den Ölmultimillionär, der der Vergiftung seiner Frau bezichtigt worden war, hatte er es geschafft, daß sich die Geschworenen zweimal hintereinander zu keinem Spruch durchringen konnten, so daß das Verfahren schließlich eingestellt wurde. Er hatte Martha Sachs, die Sex-Ärztin, vertreten, der die Ermordung ihrer Geliebten vor zwei Zeugen angelastet worden war, und einen Freispruch erreicht. Scoot hatte mächtige Drogenhändler und Mafiabosse verteidigt und sie freibekommen, selbst wenn nicht mehr an Hoffnung übrig war als ein vager Schimmer oder ein gemurmeltes sizilianisches Gebet. In den Zeitschriften *Time* und *Vanity Fair* waren Features über ihn erschienen, und die renommierten New Yorker Verleger hatten versucht, ihn zum Schreiben eines Buches über seine Prozesse zu überreden. Dies hatte er angeblich mit der Begründung »Wenn ich mein Geheimnis preisgebe – wo bleibt dann meine Überlegenheit?« abgelehnt. Allzu ehrlich war das aber nicht, sagte sich Warren. Niemand konnte aus einem Buch erfahren, was Scoot wußte.

Warren nahm den Fahrstuhl zum 342. Bezirksgericht im fünften Stock. Unter einer hohen Decke hingen an den nußbaumgetäfelten Wänden die Ölporträts der in ihre Roben gehüllten Richter vergangener Jahrzehnte. Der derzeitig Präsidierende des 342., Richter Dwight Bingham, war einer der vier schwarzen Richter von Harris County. Sein Gerichtssaal war der geräumigste und würdevollste im ganzen Gebäude. Den hatte er sich durch sein hohes Dienstalter verdient. »Aber was Dwight Bingham von Recht versteht«, hatte Warrens Vater gesagt, als Warren aus Europa zurückgekehrt und gerade ins Berufsleben eingestiegen war, »kannst du in einen mexikanischen Taco stopfen. Er ist zu nachgiebig, zu freundlich. Er steckt junge Nigger nicht gern ins Gefängnis – nach seiner Theorie werden sie dort in den Hintern gefickt und kommen gewalttätiger raus, als sie's vorher schon waren. Er hat, was du und deine Hippie-Freunde wahrscheinlich . . . Mitgefühl nennen würden.«

Warren mochte und bewunderte Judge Bingham. Die Gesetze konnten grausam sein. Gutes Recht wurde zu schlechtem Recht, wenn schlechte Menschen es sprachen. Die Welt war grausamer, als die meisten Leute zugeben wollten, dachte Warren.

Vor zehn Tagen hatte der Kanzleibeamte im Büro des Bezirksstaatsanwalts in einem vertrauten Ritual den Vogelkäfig gedreht, in dem sich bunte Pingpongbälle mit den Nummern der sechsundzwanzig Gerichte von Harris County befanden. Der gelbe Ball mit der Nummer von Richter Bingham war herausgesprungen. Er hatte die Rosine der Saison erwischt – den Mordfall Ott. Die Angeklagte, Besitzerin eines Oben-ohne-Nachtclubs, hatte ihren Liebhaber, Dr. Clyde Ott, einen Gynäkologen und Multimillionär, der im Harris County mehrere Drogenentzugskliniken besaß, umgebracht. Die Anklage legte ihr vorsätzlichen Mord zur Last. Scoot Shepard hatte im Namen der Angeklagten auf Notwehr plädiert. Wochenlang war der Mord in den Abendnachrichten Nummer eins gewesen. Der Prozeß war für Ende Juli anberaumt worden und garantierte tägliche Schlagzeilen – die Art von Prozeß, die ein Anwalt liebt.

Richter Bingham, bald siebzig und bereit, sich zur Ruhe zu setzen, saß auf der hohen Nußbaumbank, eingerahmt vom Wappen des Staates Texas hinter ihm. Obwohl der heutige Tagesordnungspunkt nur ein routinemäßiger Antrag auf Herabsetzung der Kautionssumme für die Angeklagte war, war auf der für die Anwälte reservierten Bank kein Platz mehr frei. Warren quetschte sich auf eine der Zuschauerbänke und stellte fest, daß sich nicht wenige Verteidiger und Staatsanwälte unter die Menge gemischt hatten. Sie waren gekommen, um Scoot Shepard, den Maestro, zu hören. Junge Anwälte lernten von ihm, Veteranen genossen ihn einfach.

Scoot, untersetzt und etwa einsachtundsiebzig groß, hatte einen bleichen kuppelförmigen Schädel, und seine leicht blutunterlaufenen Augen waren schwarze, tief in seinem Kopf liegende Scheiben. Seine Nase war groß und fleischig. Er trug einen zerknitterten Anzug.

Richter Bingham blickte von seinen Papieren hoch und sagte sanft: »Nun gut, Mr. Shepard, ich habe diesen Antrag im Namen Ihrer Mandantin, Ms. Johnnie Faye Boudreau, gelesen. Sie wollen, daß ich ihre

Kaution von 300 000 auf 50 000 Dollar reduziere. Ich bin nicht sicher, ob das möglich ist.«

Scoot Shepard rappelte sich linkisch auf. »Euer Ehren, meine Mandantin hat die besten Gründe, die eine Angeklagte haben kann. Sie ist pleite.«

Judge Bingham blickte durch den Gerichtssaal in das finstere Gesicht von Staatsanwalt Bob Altschuler. »Soweit ich verstehe«, sagte der Richter, »ist der Staat Texas da anderer Meinung.«

»Ja, Euer Ehren, und aus den besten Gründen, die der Staat haben kann.« Altschuler war bereits auf den Füßen, die Beine wie ein Ringer gespreizt. Er war ein massiger, gutaussehender Mann Mitte Vierzig, mit blitzenden braunen Augen und vollem, grau-meliertem Haar. Er kreuzte trotzig die Arme. »Hier geht's um Mord. Es steht außer Frage, daß die Angeklagte, Ms. Boudreau, das unbewaffnete Opfer, Dr. Ott, erschossen hat. Sie hat es zugegeben.«

»Nein, nein, nein«, murmelte Scoot Shepard kaum hörbar.

Richter Bingham sagte zum Staatsanwalt: »Nun, diese Papiere behaupten, daß sich Ms. Boudreau freiwillig der Polizei gestellt hat. Hier steht, daß sie in der Stadt wohnt, erwerbstätig ist, mit der Gemeinde verwurzelt ist und nirgends hingeht, auch wenn sie das könnte. Und sie ist heute erschienen.« Er schaute gütig auf Bob Altschuler hinunter. Sie arbeiteten fast jeden Tag zusammen. »Was ist Ihr Einwand, Herr Staatsanwalt? Heute hier, morgen da?«

»Der Einwand der Anklage ist«, sagte Bob Altschuler, »daß die Angeklagte die Kaution von 300 000 Dollar zahlen kann, die dieses Gericht festgesetzt hat, bevor Mr. Scoot Shepard die Bühne betrat. Vor allem, wenn die Angeklagte es sich leisten kann, Mr. Shepard anzuheuern.«

»Ah, aber das ist es ja gerade!« rief Scoot aus und machte einen Ballettschritt vorwärts. »Ich bin nicht billig! Die Höhe der jetzigen Kaution macht es dieser Dame eventuell unmöglich, mein Honorar zu bezahlen. Was, wenn sie zwischen mir und der Kaution wählen muß? Ich weiß, es gibt 'ne Menge anderer guter Anwälte in der Stadt, und ich bin nicht der flinkste oder der jüngste, vielleicht nicht mal der gescheiteste.« Er breitete die Hände vor dem älteren Richter aus. »Aber sie will mich! Was können wir da tun, Euer Ehren?«

»Nun, das ist wirklich schade«, sagte der Richter. »Dann wird uns wohl ein feiner Prozeß entgehen.«

Warren lächelte. Er begriff, daß Richter Bingham gern für oder mit Scoot Theater spielte, vor allem wenn Reporter in seinem Gerichtssaal saßen.

Der Richter blickte jetzt auf die Angeklagte, Johnnie Faye Boudreau, die allein am Verteidigertisch saß. »Ma'am, Sie behaupten, daß Ihnen dieser Oben-ohne-Nachtclub draußen in der Richmond Street nicht gehört, obwohl alle sagen, daß es Ihrer ist. Wie heißt er gleich noch mal?« Die Hornbrille auf seiner fleischigen Nase zurechtrückend, blätterte er raschelnd in den vor ihm liegenden Papieren herum. »Ecstasy! Welch provozierender Name! Stimmt das?«

Scoot ging zurück und beugte sich flüsternd über seine Mandantin. Dann sagte er zum Gericht: »Euer Ehren, Ms. Boudreau hat leichte Halsschmerzen, und dieser Gerichtssaal ist ein mächtiges Gewölbe. Ich möchte nicht, daß sie brüllen muß und sich ihr Zustand verschlimmert. Dürfen wir und Mr. Altschuler vortreten, um diese Sache zu erörtern?«

»Natürlich dürfen Sie, Mr. Scoot«, sagte der Richter.

Johnnie Faye Boudreau erhob sich langsam von ihrem Stuhl. An diesem Maimorgen trug sie im klimatisierten Gerichtssaal ein weißes Leinenkostüm mit passenden hochhackigen Pumps, eine einreihige Perlenkette und einen Smaragdring. Sie hatte angegeben, vierzig Jahre alt zu sein, hätte aber ohne weiteres für dreißig durchgehen können. Vor zwei Jahrzehnten war sie zur Miss Corpus Christi gewählt und dann Zweite bei der Wahl der Miss Texas geworden. Sie hatte kaum ein Fältchen im Gesicht, und ihre Hände waren glatt wie Pergamentpapier. Sie hatte hohe Brüste, ausladende Hüften und eine erstaunlich schmale Taille. Das bemerkenswerteste an ihr war jedoch die Farbe ihrer Augen. Eines war haselnußbraun, das andere ein kühles Graublau. Es fiel einem nicht gleich auf, aber die meisten Leute fühlten sich unter ihrem Blick unbehaglich.

Sie machte ein paar Schritte auf die Richterbank zu, dann drehte sie sich um und holte mit schwingenden Hüften ihre Handtasche. Selbst Richter Bingham starrte auf ihre sich wiegenden Rundungen.

Im Saal wurde es still. Alle spitzten die Ohren.

»Es stimmt, Euer Ehren«, sagte Johnnie Faye Boudreau mit rauchiger, gelassener Stimme. »Das Ecstasy gehört mir nicht. Ich arbeite nur dort.«

Scoot übernahm. »Sie bezieht ein Gehalt, Euer Ehren – 40 000 Dollar im Jahr –, das monatlich gezahlt wird. Sie hat das Geld von ihren Arbeitgebern geliehen, um diese Kaution aufbringen zu können. Mit zwölf Prozent Zinsen. Ihr einziges momentanes Vermögen besteht aus einem Bankkonto mit unter 2 000 Dollar, etwas Schmuck und einem Auto.«

»Ihr Auto ist ein zwei Jahre alter Mercedes 450 SL«, stellte der Richter fest.

»Sie hat einen guten Geschmack«, sagte Scoot. »Und dieses Auto würden wir ihr doch nicht wegnehmen wollen, oder? Wie sollte sie zur Arbeit kommen?«

»Oder zum Gericht zu ihrem Prozeß«, fügte Judge Bingham hinzu.

Bob Altschuler runzelte die Stirn und lehnte sich zur Angeklagten. »Ms. Boudreau, behaupten Sie gegenüber dem Staate Texas und diesem Gericht, daß Sie keine Sparkonten, Aktien, Wertpapiere, Investmentzertifikate oder irgendwelche anderen begebbaren Vermögenswerte besitzen?«

Johnnie Faye Boudreaus breiter Mund bog sich zu einem Lächeln. »Nein, Sir. Nichts, außer meinem Scheckkonto bei der Bank of America und den Kleidern, die ich auf dem Leib trage.«

»Und sicher ein paar Kleidern in Ihren Schränken zu Hause.«

»Ein paar«, sagte Johnnie Faye. »Soll ich welche verkaufen?«

Auf den Kanten ihrer Stühle hockend, kritzelten die Reporter der *Post* und *Chronicle* in ihren Stenoblökken. Das war zitierbar.

Richter Bingham sagte: »Mr. Altschuler, diese Papiere hier sagen mir, daß Ms. Boudreaus Arbeitgeber – diese Gesellschaft, die irgendwelchen Ölleuten drüben in Louisiana gehört – bereit ist, Ms. Boudreau das Geld zu leihen, wenn die Kaution herabgesetzt wird. Dann kann sie Mr. Shepard bezahlen, und wir können mit diesem Fall fortfahren. Sonst tritt Mr. Shepard nicht auf, und sie bekommt nicht den Anwalt ihrer Wahl. Und Sie müssen auf einen würdigen Gegner verzichten. Was sagen Sie dazu?«

Altschuler drehte sich schwungvoll zur Angeklagten herum, als ob er sie mit seiner Körpermasse einschüchtern wollte. »Ms. Boudreau, können Sie einen Eid darauf schwören, daß Sie keinen Kapitalanteil an dieser Gesellschaft in Louisiana, der das Ecstasy gehört, besitzen? Absolut keine Aktien?«

»Ja, Sir, kann ich. Ich besitze keine. Genau, wie die Papiere sagen.«

Der Staatsanwalt funkelte wieder den Richter an. »Wenn sie Mr. Shepard nicht bezahlen kann – Pech. Es gibt eine Menge Angeklagte, die ihn gern hätten, sich aber mit weniger oder etwas anderem zufriedengeben müssen. Im Staate Texas gibt es kein verfassungsmäßig garantiertes Recht, von Mr. Shepard vertreten zu werden, Euer Ehren.«

»Das stimmt«, antwortete Richter Bingham sanft, »aber ich finde, diese Angeklagte sollte den Anwalt haben, den sie will. Das ist gute amerikanische Sitte. Und Sie werden vor oder während des Prozesses nicht davonlaufen, nicht wahr, Ms. Boudreau?«

»Nein, Sir«, sagte Johnnie Faye mit fester Stimme.

»Sie werden sich jedesmal, wenn wir Sie darum bitten, bei uns sehen lassen?«

»Ja, Sir. Ich gebe Ihnen mein Ehrenwort.«

»Nun denn – ich glaube, das Gesuch ist begründet. Ich werde dem entgegenkommen. Ich werde die Kaution auf 100 000 Dollar herabsetzen.«

Judge Bingham klopfte mit seinem großen schwarzen Mahagonihammer – einem Geschenk von Scoot Shepard vor zehn Jahren nach dem Freispruch im Martha-Sachs-Fall – auf den Tisch.

Warren Blackburn schaffte es, Scoot gleich hinter der breiten Schwingtür des Gerichtssaals abzufangen. »Gute Arbeit«, sagte er.

»Kann jetzt nicht reden«, erklärte Scoot und legte theatralisch einen Finger an die Lippen. Er deutete auf die Reporterschar, die ihn einzukreisen begann. »Zeit zum Lunch nächste Woche, junger Freund?«

»Jederzeit«, sagte er.

»Ich ruf Sie nach dem Wochenende an«, sagte Scoot hoheitsvoll, »und sag Ihnen wo.«

Eine Reihe von Ereignissen, die folgten, änderten Warren Blackburns Leben grundlegend.

Spät am selben Nachmittag langte Johnnie Faye Boudreau unter die Matratze in ihrem Schlafzimmer und stopfte 50 000 Dollar in Hundert-Dollar-Noten in ihre große Straußenledertasche und stürzte sich in eine Kauforgie. Aus Erfahrung wußte sie, daß es ihre Stimmung heben würde. Trotz des finanziellen Sieges hatte ihr der Tag im Gericht keine Freude gemacht. Sie war es nicht gewohnt, zu betteln oder jemandem etwas abzuschwatzen.

Bei Sakowitz, gegenüber der Galeria-Einkaufspassage, kaufte sie eine Rubinbrosche. Bei dreißig Grad Maihitze überquerte sie den Boulevard und kaufte in der Kühle von Lord & Taylor eine russische Zobeljakke, ein T-Shirt mit einem Leopardenmotiv, zwei Spitzenbüstenhalter und Make-up von Lancôme. Bei Neiman-Marcus kaufte sie ein graues Kostüm aus Schantungseide und ein dunkelblaues Seidenkleid, das, wie sie meinte, das Passende für die Gerichtsverhandlung war. Sie zahlte für alles bar.

Etwa zur gleichen Zeit reparierte ein Mann namens Dan Ho Trunh eine Pumpe und brachte einen Zeitschalter für den Pool im hinteren Garten eines Hauses am Memorial Parkway an. Dan Ho, ein 27jähriger Vietnamese mit permanenter Aufenthaltserlaubnis, lebte seit drei Jahren in Houston und sollte im August amerikanischer Staatsbürger werden. Er war Elektriker, der billig arbeitete und sich sein Geld gern bar auszahlen ließ.

Die Arbeit beendet und mit drei Zwanzig-Dollar-Noten in der Brieftasche, fädelte er sich mit seinem alten Ford Fairlane in den dichten Verkehr des Autobahnrings 610 ein. Dann, anderthalb Kilometer weiter, fuhr er auf dem Southwest Freeway in östlicher Richtung. Hochragende Glasfassaden von Bürogebäuden warfen das Licht der untergehenden Sonne zurück. In der Nähe der Wesleyan-Street-Ausfahrt erinnerte sich Dan Ho, daß er noch Wäsche aus der Reinigung abzuholen hatte. Mit einem raschen Blick in den Rückspiegel schaltete er den Blinker ein, trat aufs Gaspedal und schwenkte von der mittleren Spur zur Ausfahrt hinüber. So etwas ging meist problemlos. Nach seiner Erfahrung waren die Texaner höfliche und nachsichtige Fahrer.

Aber das Auto zu seiner Rechten schien zu beschleunigen, statt abzubremsen, um ihm Platz zu machen. Er spürte einen leichten Ruck, als ob seine hintere Stoßstange die vordere des anderen Fahrers gestreift hätte.

Er konnte nicht halten. Autos brausten rechts und links an ihm vorbei. Dan Ho donnerte die Ausfahrt hinunter. Eine Minute später steuerte er den Wagen von der Straße herunter auf den Parkplatz eines kleinen Einkaufszentrums und stoppte vor der Wäscherei und Reinigung Wesleyan Terrace Laundry & Dry Cleaners. Es war nach acht, und alle Läden, außer Crown Books, waren bereits geschlossen. Bis auf einen Penner, der an die Fassade eines Optikerladens gelehnt hockte, war der Parkplatz menschenleer.

Durch die Glasscheibe der Reinigung sah Dan Ho Trunh den ihm halb zugewandten Rücken einer Inderin in einem grüngoldenen Sari. Sie stapelte Pappkartons.

Dann merkte er, daß ein zweiter Wagen neben ihm stoppte und eine Frau in dem Auto es offensichtlich auf ihn abgesehen hatte. Er hatte keine Ahnung, warum. Er rollte sein Fenster herunter.

»He, du! Sprichst du amerikanisch?«

»Was ist los?« fragte Dan Ho ruhig.

Die Frau keifte: »Werd nicht frech, du gelbe Sau! Schlitzäugiges Arschloch!«

Er schüttelte den Kopf und sagte ruhig: »Sie sind nicht nur gemein, Sie sind auch verrückt.«

»Was? Wer glaubst du eigentlich, wer du bist?«

Seufzend wandte sich Dan Ho Trunh ab und langte in seiner Gesäßtasche nach seiner Brieftasche, die den Wäschereizettel enthielt. Aus dem Auto neben ihm hörte er einen schrillen Schrei. Er blickte müde hoch – und sah in den Lauf einer Pistole.

Er spürte einen schrecklichen Schmerz und sank rückwärts nach unten. Hellrotes Blut bespritzte das Armaturenbrett.

Der Name des lächelnden Säufers, der am Optikerladen lehnte, war James Thurgood Dandy – in seiner Geburtsstadt Beeville, Texas, nur als Jim Dandy bekannt. Als der Kombiwagen und dann das zweite Auto auf den Parkplatz fuhren, hatte sich Jim Dandy hochgerappelt, ein paarmal gegähnt und dann einen unangenehmen Druck auf der Blase verspürt. Er drehte sich dem Gebäude zu und urinierte. Als er nach seinem Reißverschluß langte, um die Hose wieder zuzumachen, hörte er den Schrei einer Frau, dann einen lauten Knall, der nur ein Schuß sein konnte.

Instinktiv duckte er sich und kauerte sich mit immer noch offener Hose an die Hauswand. Er drehte den Kopf zur Straße. »Kitty Marie«, wimmerte er, »bring mich nicht um. Ich hab's nicht bös gemeint. Bitte, Kitty Marie!«

Aber Kitty Marie war weit weg in Beeville, und niemand tötete Jim Dandy.

Endlich zog er seinen Reißverschluß hoch und ging langsam zum Kombi hinüber. Das vordere Fenster stand weit offen. Er schaute hinein. Jemand in dem Auto sah schrecklich tot aus.

Auf dem Sitz umklammerte die ausgestreckte rechte Hand eine offene Brieftasche aus Leder. Ein Wäschereiticket hing heraus, und ein dicker Packen grüner Scheine war im Fach dahinter zu erkennen. Jim Dandy langte ins Auto und nahm die Brieftasche aus der zusammengekrallten Hand. »Ei, verdammt«, flüsterte er.

Er hörte ein Geräusch, fast nur ein Hauchen. Woher es kam und von wem, wußte er nicht. Vielleicht von dem Mann, den er für tot hielt. Er packte die Brieftasche, drehte sich um und lief davon.

Eine Stunde später rollte Hector Quintana, ein Obdachloser, den Einkaufswagen eines Supermarkts auf dem Fußsteig entlang, an den Tennisplätzen vorbei und dann zwischen den Gebäuden C und D der Ravendale-Apartments im Bezirk Braeswood hindurch.

Die Ravendale-Apartments vermieteten möblierte Wohnungen auf monatlicher Basis an Geschäftsleute von auswärts, die sich länger als ein paar Tage in der Stadt aufhielten, oder an Wohnungssuchende, die dort blieben, bis sie anderswo in Houston endgültige

Wohnräume fanden. Die Bewohner von Ravendale tranken Wein und spielten an heißen Sommerabenden Wasser-Volleyball im Pool. Niemand achtete auf Fremde. Sie waren sich fast alle fremd.

Gute Abfallcontainer hier, hatte Hector Quintana festgestellt. Die Gringos schmissen Sachen weg, um die sich seine Leute daheim in El Palmito schlagen würden. Einmal fand er einen Toaster hier, ein anderes Mal Sportschuhe mit einem Loch in der Spitze. Die paßten ihm mit Hilfe von zusammengeknautschten Zeitungspapiereinlagen perfekt. Eine Schachtel Cornflakes, eine ungeöffnete Flasche Bloody-Mary-Mix. Gringos würde er wohl nie verstehen.

An diesem Abend hatte er noch mehr Glück. In dem Container grub er ein paar schmutzige weiße Tennissocken, ein halbleeres Glas gesalzene Erdnüsse und eine Flasche Old Crow aus, die noch ungefähr zehn Zentimeter voll war. Er öffnete sie und schnüffelte daran, um sich zu vergewissern, daß es kein Petroleum war. Der Bourbon-Duft füllte seine Nasenlöcher.

Gierig grub er weiter. Plötzlich schloß sich seine braune Hand um etwas Kühles, Metallisches: eine Pistole.

Er schaute sie an und wußte, er hatte einen kostbaren Besitz – einen, der sein Leben verändern konnte – wenn er den Mut fände, ihn richtig einzusetzen.

Aber woher diesen Mut nehmen? Um das auszuknobeln, setzte er sich auf das frisch gemähte Gras neben dem Parkplatz und aß die Erdnüsse, die er mit großen Schlucken Old Crow hinunterspülte.

Bevor er seine Frau und seine kleinen Kinder im Heimatdorf El Palmito zurückließ, hatte sein Vater ihn mit auf die Felder genommen und gesagt: *»Hijo mio,* wenn du dort bist, wo du hingehst, vergiß Francisca und die Kinder nicht. Schick ihnen Geld, bevor du dich am Samstagabend betrinkst. Und vergiß auch nicht, daß eine gute Gelegenheit oft übersehen wird, weil sie sich meist als harte Arbeit verkleidet. Geh mit Gott!«

Plötzlich glaubte Hector Quintana zu verstehen, was der Alte gemeint hatte. Den Einkaufswagen stehenlassend, steckte er die kleine Pistole in seine hintere Hosentasche.

Zu Fuß ging er in die warme Mainacht hinein und steuerte dem Supermarkt entgegen, der ihm nur wenige Häuser weiter in der Bissonet Street aufgefallen war.

An dem schwülen Montag morgen nach der Herabsetzung der Kautionssumme für Johnnie Faye Boudreau kehrte Warren Blackburn zum erstenmal seit zwei Jahren zum 299. Bezirksgericht, dem Ort seines Vergehens, zurück. Der Schweiß auf seiner Stirn kühlte sich langsam ab, als er zehn Minuten im Vorzimmer von Richterin Lou Parkers Arbeitszimmer stand. Er hatte ihr Gericht bis jetzt beharrlich gemieden, aber nun war es Zeit. Ich kann ihr nicht ewig aus dem Weg gehen, beschloß er. Außerdem habe ich meine Schulden bezahlt.

Warren trug seinen besten dunkelblauen Anzug, und seine Schuhe waren vom Schuhputzer im Untergeschoß des Gerichts gewienert worden. Er beobachtete Melissa Bourne-Smith, die neue Terminplanerin des 299., die vor ihrem Computer saß. Vor wenigen Wochen war er ihr in der Kantine vorgestellt worden, und seitdem hatten sie im Fahrstuhl ein paar Hallos ausgetauscht. Heute versuchte er, eine Mischung aus Seriosität und Freundlichkeit auszustrahlen, aber weder das eine noch das andere entsprach seinen augenblicklichen Gefühlen. In diesem Gericht fühlte er sich wie eine ausgebrannte Niete.

Endlich hob sie ihren Kopf mit der Afrofrisur und warf ihm ein strahlend frisches Lächeln zu.

»Hab heute vielleicht was Gutes für Sie. Die Richterin hat gesagt, für diese Sache wünscht sie sich einen jungen Anwalt.« Sie blickte auf den Terminplan. »Der Angeklagte heißt Hector Quintana. Ein illegaler Einwanderer. Kapitalverbrechen – Mord. Fall Nr. 388-6344. Können Sie mittags noch mal vorbeischauen?«

Überrascht und noch nicht sicher, daß er glauben durfte, was er soeben vernommen hatte, notierte er sich die Daten auf seinem gelben Block.

Ein Kapitalverbrechen stand ganz oben auf der Liste. Es gab da einen Unterschied zu gewöhnlichem Mord insofern, als erschwerende Umstände hinzukamen: Mord in Tateinheit mit einem weiteren Verbrechen, Mord an einem Polizeibeamten. Ein paar Veteranen spezialisierten sich auf die Arbeit als Pflichtverteidiger in solchen Fällen, da sich die Honorare im Durchschnitt auf anständige 750 Dollar pro Gerichtstag beliefen, auch wenn nur eine Stunde lang mit dem jeweiligen Staatsanwalt gefeilscht wurde. Aber manchmal gab ein Richter auch einem vielversprechenden jungen Anwalt eine Chance. Daß Richterin Lou Parker dabei an *ihn* dachte, hielt Warren allerdings für unwahrscheinlich.

»Wer ist das Opfer?« fragte er Melissa.

»Irgendein Vietnamese. Auf einem Parkplatz an der Wesleyan Street erschossen. Eine ganz nichtige Sache – wird in Null Komma nix über die Bühne gehen. Lassen Sie mich nur schnell noch die Bestätigung von der Richterin holen.«

»Ich werde um zwölf hiersein«, sagte Warren. »Danke.«

Draußen vor dem Gericht entstieg ein Trupp von acht aneinandergeketteten Sträflingen einem der Fahrstühle. Alle trugen dünne braune Baumwolloveralls, auf deren Rücken HARRIS COUNTY JAIL in schwarzen Buchstaben aufgedruckt war. Alle waren jung, alle bis auf zwei waren schwarz. Sie wurden von einem weiblichen Hilfssheriff in enger gelblichgrauer Uniform begleitet, die höflich sagte: »Die Herren, die rechts gefesselt sind, legen ihre Hände bitte so über die Kette. Und nun folgen Sie mir.« Die Gefangenen marschierten hintereinander in die Vorführungszelle des Gerichts. Ob Hector Quintana dabei war?

Warren verließ das Vorzimmer durch die Hintertür und betrat den Hauptkorridor des siebten Stockwerks. Dann nahm er die Treppe hinunter zum fünften Stock und zu Richter Binghams 342. Bezirksgericht.

Drei oder vier Rechtsanwälte in schlecht sitzenden Anzügen und Krawatten lümmelten sich auf Binghams schöner Geschworenenbank. Sie lachten brüllend über den letzten Gerichtstratsch und schlugen sich gegenseitig auf den Rücken. Wie Warren warteten auch sie auf die milden Gaben der Terminplanerin.

»Guten Morgen, Euer Ehren. Wie steht das Geschäft?«

Bingham blickte leicht überrascht von der Richterbank herunter. Dann sagte er freundlich: »Warren ... Sie Teufelskerl.«

Warren fragte sich manchmal, ob Bingham ihn mit seinem Vater verwechselte, oder ob er automatisch annahm, er sei ganz wie der Vater.

»Wie geht's der Frau, mein Sohn? Vor ein paar Tagen hab ich sie im Fernsehen gesehen. Sah fabelhaft aus.«

»Es geht ihr gut. Und was macht Ihr Garten?«

Der verwitwete Richter blickte gedankenverloren. »Kann ich etwas für Sie tun?«

»Was immer verfügbar ist. Meine Frau kauft gern bei Neiman's ein.«

»Mit dem, was Ihre Frau verdient, kann sie sich's ganz sicher leisten. Aber gehen Sie mal zu LuAnne. Sagen Sie ihr, sie soll Ihnen den nächsten Fall geben.«

Warren ging in die Kanzlei zurück, um mit LuAnne, Binghams alter Terminplanerin, zu reden. Auf einem Schild auf ihrem Schreibtisch stand: »Alter und Hinterhältigkeit besiegen Jugend und Können«. Die Anweisung des Richters befolgend, gab sie ihm die Akte einer Fluchtsache. Der Beklagte, J. J. Gillis, war wegen Trunkenheit am Steuer an der Westgrenze von Harris County festgenommen worden. Als niemand hinsah, marschierte er unbehelligt aus dem örtlichen Gefängnis. Fünfzehn Minuten später wurde er in einer nahe gelegenen Bar aufgelesen.

Warren redete mit Gillis, einem schwarzen Arbeiter von etwa vierzig Jahren mit knorrigen Händen. Eine davon war jetzt mit Handschellen an eine Eisenstange der Bank vor Binghams Vorführungszelle gefesselt. Dann suchte er Bob Altschuler auf, dessen Job es gleicherweise verlangte, in Sachen wie Flucht und Trunkenheit am Steuer einen Vergleich auszuhandeln wie in Mordfällen, die Schlagzeilen machten, die Anklage zu vertreten. Altschuler sprach leise mit der großgewachsenen lockenköpfigen Protokollführerin Maria Hahn. Sie trat zur Seite, als Warren ein Zeichen machte.

»Es geht um den Gillis-Fall, Bob. Der Mann war ja noch betrunken, als er aus dem Gefängnis lief. Das kann man doch nicht Flucht nennen. Was bieten Sie?«

Altschuler reagierte sauer. »Trunkenheit macht ein Verbrechen nicht ungeschehen. Zwei«, sagte er und meinte damit zwei Jahre im Gefängnis von Huntsville.

»Da kann ich ja mit einem Prozeß mehr erreichen«, sagte Warren.

Altschuler zog seine buschigen Augenbrauen hoch. »Möglich. Aber wenn Sie Bingham ein paar Nachmittage stehlen, in denen er sich nicht um seine Zinnien kümmern kann, werden Sie nie mehr an dieses Gericht geholt, höchstens zum Ausfegen.«

Warren sagte: »Wie wär's mit dreißig Tagen Gefängnis und fünf Jahren Bewährung?«

»Kommt nicht in Frage. Sechs Monate und zehn Jahre.«

Warren packte den Staatsanwalt am Ellbogen und steuerte ihn zur Richterbank, wo er zu erklären begann, wo sie mit Gillis standen.

Der Richter unterbrach ihn. »Hören wir doch mit dem Quatsch auf. Ich möchte heute um zwei Schluß machen. Wie war's mit sechzig Tagen Gefängnis und fünf Jahren Bewährung?«

Altschuler zog die Stirn kraus. Er haßte es, zu verlieren, selbst bei einer Geringfügigkeit wie Trunkenheit am Steuer.

In gehobener Stimmung ging Warren zu seinem Mandanten zurück. Er legte ihm Papiere zur Unterschrift vor: den Verzicht auf die förmliche Anklage und auf andere verfassungsmäßig garantierte Rechte. Gillis kritzelte seinen Namen und wandte dann wortlos den Kopf ab.

Es war neun Uhr fünfunddreißig. Am Schreibtisch der Terminplanerin füllte Warren einen Beleg für sein Honorar von 150 Dollar aus. Was er getan hatte, würde keine Schlagzeilen machen. Er konnte es zehnmal in der Woche tun, wenn er das Glück hatte, so viele Fälle zugeteilt zu bekommen, und es würde ihn trotzdem nicht reicher machen. Aber er hatte einem Mann geholfen – das war wenigstens etwas.

Eine Stunde später ging das ganze Hochgefühl wieder flöten. Er hatte eine weitere Verhandlung in einem anderen Gericht, bei der das Urteil von einem Richter verlesen wurde, der bis vor kurzem noch ein pflichtbewußter Staatsanwalt gewesen war. Warrens Mandant – mit zwei vorangegangenen mittelschweren Straftaten wegen Besitzes von Marihuana – wurde wegen Belästigung einer Minderjährigen verurteilt. Er war schwarz, neunzehn, ein High-School-Dropout, der kaum mehr als seinen Namen lesen oder schreiben konnte.

Warren hatte die Erklärung des Angeklagten vorgebracht, die Anklage nicht bestreiten zu wollen. In seinem Schlußplädoyer sagte er: »Euer Ehren, wir können Geschehenes nicht ungeschehen machen. Aber welchen Nutzen bringt es der Gesellschaft, wenn wir ihn einsperren? Er hat eine Familie, die bereit ist, für ihn zu sorgen und ihm einen einfachen Job zu verschaffen. Ich gebe zu bedenken, daß es weder gerecht noch mitfühlend wäre, ihn zu inhaftieren, und es wäre auch nicht produktiv für die Gemeinde.«

Der Richter verhängte acht Jahre.

Eines für jedes Schuljahr, stellte Warren fest. Er verließ den Gerichtssaal und fühlte sich wie ein geprügelter Hund. So waren seine Tage: etwas gewonnen, etwas verloren, ein bißchen Triumph hier, ein bißchen Scheitern da. Verlorene Träume – verstreute Schicksale, mit denen er nie wieder in Berührung kommen würde. Er hatte mit jungen Menschen zu tun, die verwirrt oder bösartig, völlig unwissend oder vom Leben geschlagen waren. Für einen

Rechtsanwalt gehörte der Mensch manchmal einer häßlichen Spezies an. Mit der kein Ruhm zu gewinnen war.

Doch Warren hatte etwas Solides an sich, etwas Brauchbares. Er konnte Charm zum Lachen bringen, und er berührte eine sehnsüchtige Stelle tief in ihrem Innern. Er sehnte sich abgrundtief nach einer Gefährtin, und ein Jahr, nachdem sie sich kennengelernt hatten, heirateten sie im Shamrock.

Sie einigten sich, in Houston zu bleiben, wo er sich als junger Verteidiger einen Namen machte. Charm rückte zur Comoderatorin der Abendnachrichten auf. Warren wählte ihre wenigen Investitionen aus und finanzierte die Hypothek aus einem Gemeinschaftskonto. Er bezahlte ihren Skiurlaub in Aspen, ihre gelegentlichen Trips nach New York und Europa und die Zeche, wenn sie in Restaurants aßen. Aber nach Virgil Freers Geständnis und dem Suspensionsjahr, das Lou Parker ihm aufgebrummt hatte, war Warrens Frau für ihre gemeinsamen Lebenskosten aufgekommen. Nachdem das Berufsverbot aufgehoben worden war, sah er eines Monats die Kreditkartenauszüge durch und stieß auf 1 200 Dollar für Marshall Field und 1 600 Dollar für Lord & Taylor. Er fragte sie, wofür.

»Ich habe mir zwei neue Kostüme gekauft«, sagte Charm.

»Das ist aber verdammt viel Geld für ein Kostüm. Ich hab seit zwei Jahren keinen Anzug mehr gekauft. Und wenn ich Geld rausschmeißen wollte, würde ich zu Brooks Brothers gehen, und das kostete mich dann vielleicht 500 Dollar.«

Er wußte sofort, daß er Blödsinn redete. Die Kleider von Frauen waren ein Thema, das Männer selten kapierten.

Charms Augen wurden schmal. »Du kannst dir keinen Anzug leisten«, sagte sie, »aber ich. Ich brauche gute Kleidung für meinen Job, und der ernährt uns schließlich. Du gehst mir wirklich auf den Keks, Warren.«

»Kannst du mir sagen, warum?«

»Weil du aufgegeben hast. Ich glaube, es ist dir nicht mal klar, was mit dir passiert.«

Sie hielten sich im Wohnzimmer auf, wo der Fernsehapparat hinter einem Einbauschrank aus Nußbaum versteckt war. Eine Wand war voller Bücher, und an der anderen hingen Fotos beider Familien. Oobie lag auf ihrer Matte und betrachtete sie aufmerksam aus feuchten Augen. Warren stand eingerahmt im gewölbten Eingang, die Hände in den Taschen seiner Jeans vergraben.

Er haßte diese Diskussionen. Er wollte, daß dieser Teil seines Lebens harmonisch war, auch wenn der Rest Jahr für Jahr immer mehr verkam. Er zog die Hände aus den Taschen und faltete sie in klassischer defensiver Pose vor seiner Brust.

»Ich will nicht, daß du kochst«, sagte Charm. »Ich bin dankbar, wenn du's tust, aber ich glaube, damit willst du nur wichtigeren Dingen aus dem Weg gehen. Du machst jetzt ständig dieses Pflichtverteidigerzeugs. Du hältst es für erniedrigend, aber du machst es trotzdem. Du haßt die Leute, mit denen du zu tun hast. Du kämpfst nicht hart genug, Warren. Du bist klug, wahrscheinlich viel klüger als die meisten Leute am Gericht. Du hast einen Verstand, der den Kern eines Problems erfaßt. Aber das hast du davondriften lassen. Du bist erst einunddreißig, aber du hast schon jede Motivation verloren.«

Sie traf den Nagel auf den Kopf, und er raste innerlich vor Wut. Aber er versuchte, sich zu beherrschen

»Motivation wofür?«

»Für *alles*... mich eingeschlossen. Wenn du mit mir schlafen willst, dann meist am Morgen, aber du weißt, daß ich dann nur halb lebendig und lausig im Bett bin. Abends, wenn ich Lust habe, bist du zu müde. Irgendwie schaffen wir es zweimal in der Woche, nie öfter, eher seltener. Ich hab das Gefühl, du machst dir eine Notiz im Kalender und sagst dir: ›Die Alte ist eigentlich mal wieder dran – besser, ich besorg's ihr, bevor ihr der Hintern zu heiß wird und sie sich anderswo holt, was sie braucht.‹ Und ich sag dir noch etwas. Wir hatten mal tollen Sex. Aber jetzt nicht mehr. Es läuft alles nur noch rein mechanisch ab.«

Alles, was sie sagte – bis auf die Kalendernotiz – traf derart ins Schwarze, daß es ihn erschreckte. Und vielleicht machte er sich ja Notizen im Kopf.

Charm war noch nicht fertig. »Wir sprachen davon, Kinder zu haben, wenn ich dreißig bin und meine biologische Uhr zu ticken beginnt. Laß mich dir eines sagen – sie klingelt *jetzt,* und zwar ziemlich laut.«

»Soll das heißen, daß du bereit bist, ein Baby zu haben?«

»Merkst du nicht, daß ich vom Gegenteil rede? Warren, ich will keine Kinder haben, wenn unsere Ehe in die Brüche geht. Ich liebe dich, aber dein Leben ist so kaputt, daß du die Energie nicht mehr aufbringst, mich auch zu lieben. Ich weiß nicht, ob ich deine Kinder haben will. Du tust nicht, was du tun möchtest. Du bist arm, und es behagt dir nicht, arm zu sein. Du redest mehr mit deinem Hund als mit irgend jemand anderem. Du bist deprimiert, du bist gereizt, du schnauzt die Leute an. Was wärst du denn für ein Vater? Reiß dich zusammen. *Tu* was dagegen!«

Niemand hatte ihn jemals so tief getroffen. Er konnte nichts erwidern. Er ging aus dem Zimmer in die Küche und goß sich ein Glas Whiskey ein, das er in fünf Minuten hinunterkippte. Und dann noch eins.

Warren hatte ein festgefügtes Bild von Frauen: Sie waren nicht so logisch wie Männer, aber darum weiser. Um zu Schlüssen zu kommen, schlugen sie Routen ein, die Männer selten einschlagen konnten – intuitiv, oft dogmatisch. Selten konnten sie einem Mann den Weg dieser Reise erklären, denn auf der Route zu dem gezogenen Schluß gab es wenig Umwege – die Art von Umwegen, die Männer liebten und die ihnen das Gefühl gaben, intelligenterweise alle Alternativen abgelehnt zu haben. Frauen wußten, was sie wollten. Dagegen taten die meisten Männer so, als ob sie es wüßten; aber im Kern des männlichen Egos wurde die Wahrheit hartnäckig und vernichtend abgelehnt. Die Komplexität der Männersehnsüchte ließ nicht viel ehrliche Kommunikation zu. Der Wald war undurchdringlich.

Deshalb wies Warren die Anschuldigungen seiner Frau nicht einfach zurück. Er argumentierte nicht. Er fragte sich, was er falsch gemacht hatte. Hatte er sich sein ganzes Leben lang etwas vorgemacht? Es ist möglich, dachte er grimmig, daß ich sie zu sehr umworben habe, daß ich ihr das Gefühl gegeben habe, Substanz zu bieten, obwohl ich eine Null bin.

Gemeinsam mit Charm ging er zum Therapeuten und stellte bei einer ihrer wöchentlichen Sitzungen fest: »Wenn ich bereit war, Kochen und in Mexiko Spanisch zu lernen, sollte ich auch bereit sein, an meiner Ehe zu arbeiten. Das ist eine grundlegende menschliche Herausforderung, die über die bloße Erhaltung hinausgeht.«

Ihr Sexualleben besserte sich für eine Weile. Abends verführte er sie. An manchen Wochenenden, wenn er vom Laufen mit Oobie zurückkam, saß Charm, mit frisch gewaschenem Gesicht an die Kissen gelehnt, im Bett und erwartete ihn.

Aber es hielt nicht an. Der Rest seines Lebens, sein Leben als Rechtsanwalt, verwirrte und besiegte ihn.

Doch dann, an einem Freitag im Mai, lauschte er Scoot Shepard, der für eine Kautionsminderung für Johnnie Faye Boudreau plädierte, und am folgenden Montag bat ihn eine Terminplanerin, die er kaum kannte, einen wohnungslosen Mann namens Hector Quintana in einer Mordsache zu verteidigen.

Er rief Scoot Shepards Sekretärin an, die ihm mitteilte, daß die Lunch-Verabredung für den nächsten Donnerstag angesetzt sei. »Mr. Shepard ist bei der Verhandlung im 181. Er wäre Ihnen dankbar, wenn Sie ihn um zwölf Uhr dreißig abholen könnten.«

»Ich werde dort sein«, versprach Warren.

Vor seiner Zusammenkunft mit Richterin Lou Parker um zwölf hatte er noch Zeit für eine Tasse Kaffee. Er manövrierte sich um ein Rudel wartender Geschworener herum und in den Aufzug hinein. Als dieser im vierten Stock hielt, stieß Rick Levine ihn um. Seine braunen Augen glänzten vor guter Laune.

»Wie geht's dir, Kumpel?«

»Ich war eben im 416.«, sagte Warren. »Acht Jahre für einen Jugendlichen, der auf einem Schulhof ein vierzehnjähriges Mädchen angesprungen und an ihr rumgefummelt hat.«

»Hätte sie bumsen sollen – das hätte ihr vielleicht

gefallen, und sie hätte sich nicht beschwert. Hast du's ihm nicht gesagt? Als Lehre für die Zukunft?«

Bob Altschuler betrat den Fahrstuhl. Obwohl er sonst immer die abweisende Ernsthaftigkeit eines zottigen Mammuts an sich hatte, sah der Staatsanwalt heute recht selbstzufrieden aus. Er nickte den Verteidigern zu.

»So fröhlich?« sagte Warren. »Sie müssen jemand gewaltig verdonnert haben.«

Altschulers Lächeln verschwand, und er murmelte etwas Unverständliches. Im zweiten Stock stieg er aus.

»Kann den Kerl nicht ausstehen«, bemerkte Warren.

»Ich glaube, er hat's bemerkt.«

»Dieser Typ bringt die Leute liebend gern so lange hinter Schloß und Riegel, wie es das Gesetz erlaubt. Wahrscheinlich holt er sich jede Nacht einen runter, wenn er dran denkt.«

»Du bist ja in einer interessanten Verfassung heute«, sagte Rick.

In der Kantine im Untergeschoß, unter der Neonbeleuchtung, die alle Schatten aus den Gesichtern wischte, tranken sie ihren Kaffee aus Plastikbechern. Rick sagte: »Ich bin im 152. mit einem Mandanten, der fünf Kilo Crack geliefert hat. Ich versuche also, einen Deal anzukurbeln, aber der Staat macht's nicht unter dreißig Jahren. Mein Mandant sagt: ›Ich scheiß auf euch alle – ich will 'nen Prozeß.‹ Ich konnte ihn nicht überzeugen, daß man sein Schicksal nicht zwölf Leuten anvertrauen darf, die zu blöd sind, um sich vom Jurydienst befreien zu lassen.«

Warren hatte kaum zugehört. »Lou Parker hat eine neue Terminplanerin«, sagte er, »die anscheinend nicht weiß, was vor drei Jahren zwischen mir und der

Richterin vorging. Wie sie behauptet, sucht die Parker einen jungen Anwalt für eine Mordsache – ein illegal eingereister Mexikaner hat einen Vietnamesen erschossen. Ich wußte gar nicht, daß ich noch als jung eingestuft werde, aber ich bin jedenfalls im richtigen Moment vorbeispaziert. Vielleicht auch im falschen Moment.«

Ricks olivfarbenes Gesicht verzog sich. »Die Parker gibt dir keinen Mord.«

»Das denk ich mir eben auch. Aber wenn ich ihn kriegen kann, will ich ihn haben.«

»Bist du bereit, dich wieder mit dieser Hyäne einzulassen?«

»Es ist nicht mein sehnlichster Wunsch, aber ich werde es schaffen.«

»Hör auf deinen alten Kumpel«, sagte Rick düster. »Die Parker hat ein Schild auf dem Schreibtisch: ›Der Herr ist meine Hirtin – mir wird nichts mangeln.‹ Sie qualmt auf der Richterbank, aber kein andrer darf in ihrem Gerichtssaal rauchen. Rechtsanwältinnen dürfen keine offenen Schuhe tragen. Ich habe mal einen alten schwarzen Hausmeister wegen irgend so einer minimalen Diebstahlsache vor ihr Gericht gebracht. Sie hat ihn fortwährend mit ›Boy‹ tituliert – der Mann wird sein Leben lang daran denken. Wenn's im 299. zur Verhandlung kommt und die Geschworenen sind für Bewährung, gibt die Parker deinem Mandanten automatisch dreißig Tage Knast als Bedingung. ›Wagen Sie es, meine Zeit zu vergeuden – *Ihnen* werd ich's zeigen!‹ Das ist die Saalmiete.«

Beide Anwälte lachten dünn.

»Siehst du, wir lachen«, sagte Rick, »aber es ist grausam.«

Warren blickte zur Wanduhr. Er kippte den letzten Schluck Kaffee hinunter. »Ich muß gehen.«

»Paß auf dich auf«, sagte Rick. »Sie hat ein sehr gutes Gedächtnis. Wenn es einen Weg gibt, dich zu verletzen, findet ihn dieses Miststück, und wenn sie danach buddeln muß.«

Die Terminplanerin sagte hämisch: »Die Richterin wartet seit zehn Minuten auf Sie, Mr. Blackburn.«

Warren klopfte an die Eichentür des Richterzimmers, drehte den Messingknauf und trat ein. Der Raum war groß, die Fenster zeigten nach Westen; unter einem intensiv blauen Himmel waren der Rundbau des Zivilgerichts und die gotische Erhebung des Republic-Bank-Gebäudes zu sehen. An der Wand, rechts und links neben ihren Diplomen, stellte die Richterin überdimensional gerahmte Fotos von George Bush und John Wayne zur Schau. Viele Ausgaben des *South Western Reporter* über texanische Prozesse und die Havard-Klassiker füllten die Bücherregale. Diese Hinweise auf Belesenheit waren Warren neu, aber dann fiel ihm ein, daß ihm bei seinem letzten Besuch vor drei Jahren nur seine eigene Schmach und sonst gar nichts ins Bewußtsein gedrungen war.

Lou Parker saß hinter ihrem voll beladenen Schreibtisch, vierschrötig, stirnrunzelnd, am Radiergummi eines Bleistiftes kauend, eine lange Filterzigarette zwischen den Fingern. Sie winkte Warren in einen Ledersessel.

Sie fragte ohne Umschweife: »Wollen Sie diese Mordsache übernehmen?«

Warren schwieg einen Augenblick. Warum sollte er sie *nicht* übernehmen wollen? Es war immerhin eine Möglichkeit, aus dem Keller des Strafrechts in höhere Sphären zurückzukriechen. Was sie wohl im Sinn hatte? Dann fiel's ihm ein. Sie brauchte wahrscheinlich einen Anwalt, der aufs Wort gehorchte, jemand, auf dem sie herumtrampeln konnte. So etwas war schon vorgekommen. Manche Richter waren alles andere als unparteiisch.

Aber er mußte dieses Risiko eingehen. »Ja«, sagte er.

»Was wissen Sie eigentlich von mir?« fragte die Richterin.

Was meinte sie nun wieder damit? Er wußte, daß sie geschieden war und erwachsene Kinder hatte, eine der ersten Verteidigerinnen des Bezirks gewesen war und das 299. Gericht wie einen deutschen Bahnhof leitete. Und daß sie ihn nicht ausstehen konnte.

Aber er merkte schnell, daß ihm eine rhetorische Frage gestellt worden war.

»1953«, sagte Lou Parker, »habe ich mein Studium mit einem Diplom als Rechnungsprüferin abgeschlossen. Hab mich verheiratet, Kinder großgezogen. Eines Morgens wachte ich auf und sagte: ›He, das ist Hilfsarbeit – jede Frau vom hintersten Bayou kann das.‹ Also ging ich in die Stadt zu einer Ölfirma, die, wie ich hörte, jemand für die Buchhaltung suchte. Wollen Sie wissen, was passiert ist?«

Warren wußte, daß er seinen Kopf entweder kurz waagrecht oder senkrecht zu bewegen hatte und daß es auf die Richtung nicht ankam.

»Die haben mich nicht genommen, weil ich eine Frau war. Der Typ sagte mir das glatt ins Gesicht. Tut mir wirklich leid, sagte er, aber auch echt stolz, daß er so ehrlich war. So, sagte ich, ich scheiß auf Sie. Ich marschierte hinaus und fing an, Jura zu studieren. Zwanzig Jahre lang Verteidigerin. Vor sieben Jahren, als Ihr Papa starb, habe ich mein Gericht bekommen.«

Die Richterin drückte ihre Zigarette in einem Aschenbecher aus, der bereits überlief.

»Ich bin nicht beliebt wie Dwight Bingham, aber das ist mir egal. Ich tu, was mir paßt, und ich sag, was mir gefällt. Ihr Verteidiger beschwert euch über mich, weil ich euch Sachen nicht durchgehen lasse, mit denen ihr euch sonst so durchlaviert. Mein Gericht ist nicht gemütlich. Bei mir werden die Dinge erledigt, und ich weiß, was ich tue. Im Gegensatz zu manchen anderen, deren Namen ich nicht nennen will.«

Daran war etwas Wahres. Die Richter von Texas wurden gewählt – die einzigen Voraussetzungen waren Parteiunterstützung und Zulassung als Anwalt seit mindestens fünf Jahren.

»Die Staatsanwaltschaft ist nicht besonders gut auf mich zu sprechen«, krächzte die Richterin, »weil ich mir nichts gefallen lasse. Es ist *mein* Gerichtssaal – merken Sie sich das gefälligst. Keine Vorträge für den Pöbel. Keine Tricks. Drehen Sie noch mal so 'n Ding wie vor vier Jahren, und Sie fliegen hochkant raus. Dann können Sie im Bayou fischen gehen.«

Die Richterin wartete, aber dieses Mal nickte Warren nicht. »Ich gebe Ihnen diesen Mord«, sagte sie, »weil Sie endlich Mumm genug hatten, reinzukommen und sich nach einem Job zu erkundigen, und meiner Meinung nach verdient jeder Schweinehund auf dieser Welt eine zweite Chance. Es ist nichts Umwerfendes – leichte Beute für die Anklage. Aber es ist besser als alles, was Sie seit langem gehabt haben. Lassen Sie den Dingen ihren Lauf. Damit will ich nicht sagen, daß der Angeklagte schuldig ist – das darf ich nicht sagen. Aber ich verrate Ihnen, daß der Staatsanwalt in diesem Fall nur zu zielen und abzudrücken braucht. Also vergeuden Sie nicht meine Zeit, kapiert? Ich erwarte, daß Sie was Ordentliches aushandeln.«

Das war es also. Sie hätte sich kaum deutlicher ausdrücken können.

Lou Parker blies Zigarettenqualm in Richtung seines Gesichts. »Gehen Sie jetzt zu Ihrem Mandanten.«

Im Park, gegenüber dem achtgeschossigen häßlichen Granitmonolith des Gerichtsgebäudes, fand Warren unter einer Eiche eine ruhige Bank. An einer Bude kaufte er sich einen Hot dog und aß ihn beim Studieren der Quintana-Akte. Auf die Seiten tropfte Senf. Warren wischte ihn mit dem Taschentuch weg.

Eine Stunde später ließ er sich auf einem der Eisenstühle in der Besucherzelle des Gefängnisses nieder – genau wie damals mit Virgil Freer. Der moderne Bau, ein massiver, zwölf Stockwerke hoher Würfel – mit Klimaanlage, Computern und Kabelfernsehen ausgestattet –, war nie still. Männer brüllten, Frauen weinten, Telefone schrillten, Türen knallten. Warren saß an einem glänzenden, leeren Metallschreibtisch unter einer Neonlampe, die so grell war, daß ihm die Augen schmerzten. Er sprach mit Hector Quintana durch ein Metallgitter.

Quintana hatte glatte Haut, schwarze Haare, ein unkompliziertes Gesicht. Sie mußten etwa im gleichen Alter sein.

»Mr. Quintana, verstehen Sie Englisch?«

Quintana nickte, aber Warren bemerkte die Unsicherheit in den braunen Augen des Mannes.

Er drückte sich einfach aus. »Mein Name ist Warren

Blackburn, ich bin Rechtsanwalt. Das Gericht hat mich bestellt, damit ich Ihre Interessen vertrete, weil Sie kein Geld haben, um sich einen eigenen Anwalt nehmen zu können. Der Staat Texas wird mein Honorar bezahlen, aber Sie dürfen nicht glauben, daß ich deshalb für die Staatsanwaltschaft arbeite. Ich arbeite jetzt für Sie, Mr. Quintana, wenn Sie keine Einwände gegen mich haben. Wenn Sie welche haben, müssen Sie sie der Richterin Parker erklären. Nichts, was Sie mir über diesen Fall erzählen, werde ich jemals einem Lebenden weitererzählen, es sei denn, Sie geben mir Ihr Einverständnis. Ich bin an meinen Eid gebunden – was wir Rechtsanwälte Schweigepflicht und anwaltschaftliches Aussageverweigerungsrecht nennen. Verstehen Sie, was ich sage?«

»Sir«, sagte Quintana, »ich hab nicht gemacht, was die sagen.«

Warren ignorierte das. Er würde Quintana niemals fragen, ob er es getan hatte. Das war die erste Regel eines Verteidigers, die sich ihm vom ersten Tag seiner Tätigkeit an ins Gehirn eingebrannt hatte.

»Vertrauen Sie mir?« fragte Warren.

»Ja, Sir.«

»Also, dann legen wir mal los.«

Warren erklärte Hector Quintana, daß man ihn beschuldigte, in der Nacht des 19. Mai 1989 in Harris County einen Mann namens Dan Ho Trunh, von Beruf Elektriker, siebenundzwanzig Jahre alt, verheiratet, Vater von zwei Kindern, ermordet zu haben –

»Den Mann kenn ich gar nicht«, sagte Quintana.

»Lassen Sie mich bitte ausreden.«

Langsam und ab und zu seine Spanischkenntnisse zu Hilfe nehmend, die er in San Miguel erworben hatte, erläuterte Warren, daß die Anklageschrift des

Schwurgerichts auf Mord lautete, weil man glaubte, daß das Delikt in Tateinheit mit einem Raub erfolgt war – die Brieftasche von Dan Ho Trunh wurde weder an seiner Person noch in seinem Auto gefunden. Wenn Hector Quintana sich vor Gericht verantwortete und des Mordes für schuldig befunden wurde oder sich selbst schuldig bekannte, dann gab es für ihn nach texanischem Recht nur zwei mögliche Strafen: lebenslänglich oder Tod durch Injektion.

Quintana schnappte nach Luft. »Aber ich hab diesen Mann doch gar nicht umgebracht! Ich kenn ihn nicht! Ich wollte einen Laden ausrauben, *nada más!*«

Warren war an solche Szenen gewöhnt. Wenige Anwälte hatten sich einem Mordverdächtigen vorgestellt und gehört: »Freut mich, Sie kennenzulernen, Herr Rechtsanwalt. Na klar hab ich diesen Dreckskerl umgelegt, und am liebsten würd ich's gleich noch mal machen.«

Das kam erst später, am Ende einer langen Straße voll steiniger Umwege.

»Hector, nun erzählen Sie mir bitte Ihre Version. Was ist am Abend des 19. Mai passiert?«

»Ich war *borrachito*«, sagte Quintana. Ein bißchen betrunken.

»Wo wohnen Sie?«

Bei Freunden, in der Nähe der Pferdeställe im Hermann Park. Abends, hinter einem Schuppen, brieten sie Schweineschwarten in einem Topf mit Fett. Manchmal kochten sie *menudo,* eine Art Kuttelsuppe, die wunderbar ist, wenn man einen Kater hatte. Am Anfang hatte er in einer Tankstelle gearbeitet. Den Job hatte er verloren, weil er eines Tages auftauchte und *borrachito* war und dann ein andermal aus demselben Grund nicht zur Arbeit erschien. Später arbeitete er als Handlanger in einem Supermarkt. Das war ein guter Job gewesen, aber die Konzession wurde an einen Vietnamesen verkauft, der Hector einen Wochenlohn zahlte und ihn dann rausschmiß, weil ein Schwager den Job haben wollte.

»Hat Sie das geärgert?« fragte Warren.

»Ich hatte keine Arbeit. Es war nicht fair.«

Schlecht, dachte Warren. Wenn die Anklage es nicht bereits wußte, würde sie es mit Sicherheit rauskriegen. *»Und Sie waren wütend, weil Sie gefeuert wurden, nicht wahr, Mr. Quintana? Und ist es nicht eine Tatsache, daß Sie, nachdem Sie gefeuert worden waren, gegen alle Vietnamesen einen Groll hegten?«*

Seit Februar hatte Quintana sich mit Gelegenheitsarbeiten über Wasser gehalten – er hatte Holz gehackt, an die Türen von Leuten geklopft und angeboten, ihnen für zwei Dollar das Auto zu waschen –, aber im April gab er sein Bett in einer Barrio-Pension auf, um die Miete zu sparen und Francisca Geld schicken zu können. Seitdem schlief er mit seinen Freunden Pedro und Armando im Park bei den Ställen. Die *policía* ließ sie in Ruhe, wenn sie sich still verhielten. Ein paarmal hatte man ihn gebeten, beim Ausmisten zu helfen, und ihm fünf Dollar gegeben, wenn er einen Morgen lang geschaufelt hatte.

Eines Tages fand er einen Einkaufswagen eines Supermarkts –

»Gefunden? Wo haben Sie ihn gefunden, Hector?«

»Auf der Straße, ich weiß nicht mehr ...« Aber Quintana wurde rot und schien sich zu schämen.

Warren war es egal. Man mußte sie ein bißchen grob anfassen, damit sie merkten, daß Schwindeln keinen Sinn hatte. Dicke Lügen wie »ich war's nicht«

waren vorläufig okay. Aber die kleinen Schwindeleien waren Gift. Sie könnten teuer zu stehen kommen.

»Sie haben den Einkaufswagen vom Parkplatz gestohlen, nicht wahr?«

»Ich hab ihn gefunden. Vielleicht hat ihn jemand anders gestohlen. *Yo no* – ich nicht.«

Ein dickköpfiger Mann. Aber vielleicht stimmte es ja auch. Man konnte nie wissen. Theoretisch war man unschuldig, bis einem die Schuld nachgewiesen wurde – was in der Praxis allerdings manchmal anders aussah.

Quintana berichtete Warren über die verschiedenen Schätze und Lebensmittel, die er aus den Abfallcontainern der Apartmenthäuser fischte, und über sein Erstaunen, was alles weggeworfen wurde, wo doch so vieles noch nützlich war. Er ging oft nach Ravendale, und dort, in jener Nacht, hatte er das, was von einer Flasche Whiskey übriggeblieben war, gefunden. Und *la pistola*.

Nach dem letzten Schluck Old Crow, sagte Hector Quintana, habe er beschlossen, sein Schicksal zu wenden und den Circle-Supermarkt in der Bissonet Street zu überfallen. Er hob die Schultern, als ob er sagen wollte: keine große Sache. Dies sind schwere Zeiten. Ein Mann wird müde und läßt seine Prinzipien schleifen. Die Pistole war nicht geladen, und er war froh darüber. Aber er glaubte, wenn er sie auf den Angestellten im Laden richtete und von ihm verlangte, alles, was sich in der Kasse befand, herüberzureichen, dann würde sich der Mann derart fürchten, daß er es ohne viel Aufhebens täte.

»Etwas müssen Sie verstehen«, sagte Quintana, der den Kurs zu ändern schien und seinen Anwalt mit klarem Blick ansah. »Wenn ich nicht ein bißchen betrunken gewesen wäre, hätte ich's nicht getan.«

Oder wäre gar nicht in der Lage gewesen, es zu tun, dachte Warren. Er erinnerte sich an das, was Altschuler gesagt hatte: Trunkenheit macht ein Verbrechen nicht ungeschehen.

Der Angestellte im Supermarkt behauptete, er könne die Kasse nicht aufkriegen. Sie klemme häufig, man könne nur drauf herumhauen. Er sagte, erinnerte sich Hector: »Bitte, erschießen Sie mich nicht, ich tu mein Bestes.« Endlich sprang die Schublade auf, woraufhin er Hector etwas über 120 Dollar in kleinen Scheinen und Wechselgeld übergab.

»Ich war so glücklich«, sagte Hector zu Warren, »daß ich ihm dankte. Ich lief auf die Straße. Aber da war auch die Polizei schon da. Die waren so schnell! Ich konnt's gar nicht fassen ...«

Zwei Polizisten sprangen mit gezogenen Revolvern aus dem blauweißen Auto. »Polizei! Stehenbleiben, du Arschloch! Schmeiß die Waffe vor die Füße! Kick sie weg!«

Hector hatte diese Szene so oft im Fernsehen gesehen, daß sie unwirklich schien, und doch wußte er genau, was von ihm erwartet wurde. Unaufgefordert drehte er sich um und lehnte sich an ein danebenstehendes Auto, so daß sie ihn durchsuchen und ihm Handschellen anlegen konnten.

»Haben die Ihnen gesagt, daß Sie das Recht hätten, zu schweigen, daß Sie Anrecht auf einen Anwalt haben und so weiter?«

»Ja, wie im Fernsehen.«

Erst spät am folgenden Tag, hier im Gefängnis, kam die Mordsache ins Spiel. Er konnte nicht glauben, daß sie es ernst meinten. Er sagte, sie hätten den Falschen. Aber natürlich glaubten sie ihm nicht.

Warren fragte, wo er am frühen Abend des 19. Mai gewesen sei – bevor er in Ravendale eintraf.

Er war nur so herumgelaufen, hatte an Francisca und seine Kinder gedacht. Er stammte aus El Palmito, einem Dorf in der Nähe von San Luis Potosi im nördlich-zentralen Mexiko. Mit zwanzig hatte er geheiratet. Von der Familie seiner Frau hatte er eine dürre Milchkuh bekommen, von seinem Vater einen senkrückigen Burro und ein Stück braches Land am Ufer eines Flusses. Doch am Ende – bei den steigenden Preisen – reichte es nicht zum Überleben.

»Und in den Stunden, bevor Sie die Pistole im Abfall fanden – haben Sie da mit jemandem geredet? Sind Sie jemandem begegnet, den Sie kennen?«

Er hatte an ein paar Türen geklopft, erinnerte sich Quintana, um zu fragen, ob jemand sein Auto gewaschen haben wollte. Niemand wollte.

Warren dachte sorgfältig nach. »Konzentrieren wir uns auf *la pistola,* Hector. Mit derselben Waffe wurde am selben Abend ein Vietnamese ermordet, und die Tatsache, daß sie sich in Ihrem Besitz befand, ist sehr schlecht. Das verstehen Sie doch, oder?«

»Es waren keine Kugeln drin«, sagte Quintana. »Hab ich Ihnen doch schon gesagt!«

»Haben Sie die Pistole jemandem gezeigt? Einem von Ihren Freunden bei den Ställen?«

»Wie denn?« fragte Quintana verwirrt.

»Es wäre wirklich dumm von Ihnen, mich – was die Pistole betrifft – zu belügen. Wenn Sie lügen, kann ich Ihnen nicht helfen. Ich komm in Teufels Küche und Sie auch. Und es wird Ihnen viel mehr schaden als mir.«

Quintana sah ihm in die Augen. Der Ausdruck war neu – fast drohend.

»Wenn Sie glauben«, sagte er auf spanisch, »daß Sie mich dazu bringen können, zu sagen, ich hätte einen Mann umgebracht oder überhaupt geschossen, dann haben Sie aufs falsche Pferd gesetzt. Vielleicht muß ich, wie Sie sagen, den Richter doch um einen anderen Anwalt bitten.«

»Bleiben Sie auf dem Teppich«, sagte Warren streng und raffte seine Papiere zusammen. »Ich komm wieder.«

Maximum-Gene hatte Warren von einem alten Bergler erzählt, der von seinen Pfannkuchen sagte: »Egal, wie dünn ich den Teig mache, es gibt immer zwei Seiten.«

Warren mußte die andere Seite von Hector Quintanas Pfannkuchen finden. Leider war die beste Person, die man unter diesen Umständen fragen konnte, der Ankläger. Und das war in diesem Fall Staatsanwältin Nancy Goodpaster, die Warren vor vier Jahren, als es um Virgil Freers Vorstrafen ging, belogen hatte.

Als er im siebten Stock das fensterlose 299. Gericht betrat, rief die Richterin Lou Parker gerade die Angeklagten und Anwälte auf. »Kein Schwatzen im Gericht«, sagte die Richterin bissig zu ein paar Frauen auf der hinteren Bank.

Warren gab Nancy Goodpaster ein Zeichen, und sie folgte ihm in ihr kühles kleines Büro neben dem Arbeitszimmer der Richterin. Es war vollgestopft mit Akten und einem Computer. Der Schreibtisch war aufgeräumt, und er bemerkte das Foto eines grauhaarigen schwarzen Paares, das ihre Eltern sein mußten.

»Die Richterin hat heute schlechte Laune«, sagte Warren.

Nancy Goodpaster ließ sich hinter ihrem Schreibtisch auf einem Drehstuhl nieder und blickte ihn gelassen an. »Die Richterin hat die Laune, die sie immer hat. Wir haben uns dran gewöhnt.«

Der unausgesprochene Schlußsatz lautete: Und wenn Sie schlau sind, gewöhnen Sie sich auch daran.

»Sie schafft eine Menge weg«, fügte sie in einem Ton hinzu, der in Warrens Ohren wie eine widerwillige Entschuldigung klang. »Im 299. geht's flott voran.« Was außerdem hieß: Und es ist besser für Sie, wenn Sie flott mitgehen.

Als Nancy Goodpaster noch frisch von der Universität war und Virgil Freers Vorstrafen in der Akte übersehen hatte, waren ihre Gesichtszüge noch weich, und sie war aufgeregt gewesen. Immer, wenn er mit ihr redete, hatte sie an der Nagelhaut ihres Daumens herumgezupft, und die Gesetztheit, die sie aus strahlte, hatte Warren für eine Kaschierung ihrer Dankbarkeit gehalten, nun plötzlich als Juristin ernstgenommen zu werden. Jetzt war sie im Alter von dreißig Jahren schon eine Veteranin, die rangälteste Staatsanwältin im 299. Bezirksgericht. Sie war eine schlanke, zarte junge Frau mit kurzem schwarzem Pagenschnitt. Sie trug nicht mehr die strengen Kostüme und übergroßen Fliegen, die junge Rechtsanwältinnen gern tragen, um wie junge Rechtsanwälte auszusehen. Heute war sie in einen weiten Rock, eine schwarze Bluse und eine saloppe beige Jacke gekleidet. Keine Krawatte, keine Ringe oder andere Schmuckstücke. Ihre schmalen Hände lagen ruhig auf dem Papierstoß vor ihr. Und sie zupfte nicht mehr an ihren Daumen herum.

»Mr. Blackburn«, sagte sie, »ich möchte diesen Fall hinter mich bringen. Also fangen wir an.«

Ein paar Jahre mit Lou Parker und dem Staate Texas, dachte er, und schon ist sie aggressiv.

Er nickte der Akte auf ihrem Schreibtisch zu. »Was haben Sie?«

Was sie habe, sagte sie entschieden, sei ein aussichtsreicher Fall. Sie habe Motiv, Gelegenheit und Besitz der Mordwaffe.

»Irgendwelches *Brady*-Material vorhanden?« fragte Warren.

Brady-Material war Beweismaterial, das einem Angeklagten helfen oder die Glaubwürdigkeit eines Belastungszeugen angreifen konnte. Der Name ging auf den Fall »Brady gegen Maryland« zurück, wo das Oberste Bundesgericht ein Urteil aufhob, weil die Anklage Informationen vorenthielt, die die Schuldlosigkeit des Angeklagten hätten nachweisen können. Man konnte allerdings mehr Saft aus einer uralten Zitrone quetschen als *Brady*-Material aus der Kanzlei des Bezirksstaatsanwalts von Harris County. Deren Einstellung war: selber finden. Es gab Überlassungs- und Unterlassungslügen, dachte Warren. Und der Staat schützt seine Günstlinge.

»Nichts«, sagte Goodpaster.

Das Mordmotiv war Geld. Die Familie des Opfers würde aussagen, daß Dan Ho Trunh beim Verlassen des Hauses an jenem Morgen mehr als 50 Dollar in der Brieftasche hatte, und es war ermittelt worden, daß ihm im Laufe des Tages mindestens 90 Dollar in bar für Elektroreparaturen gezahlt worden waren. Seine Brieftasche war nicht gefunden worden.

Was die Gelegenheit betraf, so war Hector Quintana eine Stunde nach dem Mord keine anderthalb Kilometer entfernt gefaßt worden. Wenn er ein Alibi hatte, war es noch nicht aufgetaucht.

Warren hustete und sagte nichts.

Die Ballistiker bestätigten, daß die Mordwaffe derselbe .32erDiamondback-Colt war, den Hector Quintana umklammerte, als er aus dem Supermarkt in der Bissonet Street rannte. Nachforschungen über die Waffe hatten ergeben, daß sie zuletzt vor fünf Jahren in einer Pfandleihanstalt in Dallas erworben worden war. Der Käufer hatte einen gefälschten Ausweis vorgelegt.

»Und als Quintana in den Supermarkt marschierte, war die Pistole leer, ist das richtig?«

Die Staatsanwältin nickte. »Er war betrunken, sagt der Polizeibericht. Vielleicht zu betrunken, um daran zu denken, sie neu zu laden.«

»Hat man einen Alkoholtest gemacht?«

»Sie konnten den Alkohol riechen.« Zum erstenmal, seit Warren im Büro der Staatsanwältin saß, gestattete sie es sich, weniger feierlich auszusehen. Selbstgefällig sagte sie: »Ob Quintana betrunken war oder nicht, ist mir völlig egal. Er steht nicht wegen Trunkenheit am Steuer oder bewaffnetem Raubüberfall unter Anklage. Hier geht's um Mord.«

Warren lehnte sich auf seinem Holzstuhl zurück und legte die Fingerspitzen aneinander. »Aber Sie haben keine Zeugen.«

»Wie kommen Sie denn darauf? Wir haben eine Zeugin, die ihn am Tatort gesehen hat, und zwei Tage später erkannte sie ihn bei der Gegenüberstellung wieder. Tut mir leid, Mr. Blackburn.«

Er erwiderte nichts, aber sein Gesicht sprach Bände. Nancy Goodpaster zog einen zusammengehefteten Packen Papier aus der Akte. Den warf sie dem unglücklichen Verteidiger über den Schreibtisch zu.

Ein paar Tage später starrte Hector Quintana Warren durch das Metallgitter an. Die sattbraunen Indio-Augen sprachen beredt von seiner Wut und Resignation. Bald würde alles Leben darin verschwinden. Nur Resignation würde bleiben, aber die Wut würde sich in Langeweile verwandeln.

Es gehe ihm ordentlich, sagte Hector. Er arbeite in der Küche als Tellerwäscher.

»Reden Sie mit niemandem über Ihren Fall«, warnte ihn Warren. »Der Knast ist voller Leute, die einen gerne verpfeifen.«

»Niemand fragt mich, warum ich hier bin.« Quintana schien sich darüber zu wundern.

»Das gehört im Knast zum guten Ton. Sie haben mir übrigens nicht gesagt, daß Sie in einer Gegenüberstellung standen.«

»Davon weiß ich nichts.«

»Hat die Polizei Sie nicht mit ein paar anderen Typen mit dem Gesicht zu einem dunklen Spiegel gestellt? Worauf Sie sich mit einer Nummer in den Händen umdrehen und Ihr Profil zeigen mußten?«

»Ach«, sagte Quintana unbeteiligt und müde. »Das war's also. Ich hab die Fünf hochgehalten. Ich hab nicht gewußt, was es bedeutet.«

»Haben Sie das nie im Fernsehen gesehen?«

Quintana starrte ihn wieder an.

»Bei einer Gegenüberstellung«, erklärte Warren und legte den Zweifel seines Mandanten zu seinen Gunsten aus, »befinden sich Leute auf der anderen Seite des Spiegels. Die können *Sie* sehen, aber Sie können die Leute nicht sehen. In diesem Fall war eine Inderin namens Siva Singh auf der anderen Seite des Glases, und die hat Sie rausgepickt. Sie sagte: ›Das ist er.‹«

Mit *er* war der Mann gemeint, den Siva Singh aus dem Einkaufszentrum weglaufen sah. Sie war im hinteren Teil der Wäscherei und Reinigung gewesen und hatte Anzüge und Kleider in Plastikbeutel gesteckt. Sie hatte etwas gehört, was sich später als Schuß herausstellte. Als sie eine oder zwei Minuten später in den vorderen Teil des Ladens ging, sah sie einen Mann, der neben einem Kombi stand. Und in der nächsten Minute: »Meine Güte – er lief ganz schnell weg.«

In der Sommerhitze ging sie kaum nach draußen, nur wenn es nötig war. Sie setzte ihre Arbeit fort, und ein paar Minuten später kam eine Kundin herein, um Kleider zum Reinigen abzugeben. Im Polizeibericht war der Name der Kundin mit Rona Morrison angegeben – fünfundvierzig, geschieden, weiß, Mutter zweier Kinder, als Verkäuferin in einem Geschäft in der Bissonet Street beschäftigt.

Auf dem Weg zurück zu ihrem Auto warf Rona Morrison einen Blick durchs Fenster des Kombis.

Siva Singh hörte den Schrei. Sie eilte hinaus und fand Ms. Morrison kniend auf dem Parkplatz vor. Ms. Morrison würgte. Siva Singh schaute in den Kombi und sah den toten Mann. Sie brachte Ms. Morrison in den Laden, drückte sie auf einen Stuhl und wählte die Nummer 911.

Als der Streifenwagen eintraf, wurde Ms. Singh von den Sergeants der Mordkommission Hollis Thiel und Craig Douglas befragt. Sie beschrieb den Mann, den sie weglaufen sah, als »etwa einsfünfundsiebzig oder einsachtzig groß, mit langem schwarzem Haar, und er trug nur Hosen und Hemd. Er trug kein Jackett. Er sah, wenn ich so sagen darf, arm und wie ein Obdachloser aus. Er war weiß, nicht farbig. Ich hielt ihn für einen Lateinamerikaner.« Sie hatte ihn noch nie im Leben gesehen.

Am folgenden Morgen wählte sie Hector Quintana

im Harris County Jail aus einer Reihe von sechs Männern aus. »Es ist mit Sicherheit die Nummer fünf.«

Warren berichtete das meiste davon Quintana, dessen Haar schwarz war und mit lang beschrieben werden konnte.

»Was haben Sie damals getragen, Hector, als Sie versuchten, den Supermarkt zu überfallen?«

»Hemd und Hose.«

»Keine Jacke?«

»'s war heiß. Meine Jacke lag in der Einkaufskarre.«

»Wo war die Einkaufskarre?«

»Ich hab sie unter 'ner Treppe stehenlassen – da, wo ich die Pistole gefunden hab. Ich wollt sie später holen.«

»Das ist nicht gut.« Warren schüttelte traurig den Kopf. »Die Inderin sagt, sie hätte Sie weglaufen sehen. Können Sie mir erklären, wie das möglich ist? Und überlegen Sie bitte eine Minute, bevor Sie antworten.«

»Ich brauch nicht zu überlegen«, brummte Quintana. »Sie hat einen andern gesehen. *Yo no.*«

»Das ist Ihre Story? Daß Sie nie in der Nähe des Kombi waren – in der Nähe der Reinigung? Daß Sie nie vom Einkaufszentrum fortgerannt sind? Verstehen Sie mich richtig. Ich frage nicht, ob Sie diesen Mann erschossen haben. Ich frag nur, ob Sie von dort oder einem anderen Ort weggelaufen sind. Weglaufen ist kein Verbrechen.«

Der Blick wurde wilder. »Wenn Sie mir nicht glauben –«

»Ich, ich weiß. Ich setze auf das falsche Pferd.« Warren grinste, um so etwas wie Kameradschaft herzustellen. Dann ließ er das Grinsen wieder sein. Jetzt kam der schwierige Teil. Der Dialog zwischen Anwalt und angeklagtem Mandanten war ein Entdeckungsprozeß, ein Segeln durch Untiefen bei Sturm, oft eine Reise aus der Dunkelheit ins schmerzliche Licht. Daß Quintana seine Schuld bestritt, war unerheblich. Es hatte schon Männer gegeben, die ihre Schuld bis zu dem Augenblick bestritten, in dem sie den Gerichtssaal betraten und die grimmigen Gesichter der Geschworenen sahen. Texanische Geschworene töteten. Das gehörte zu ihrem Erbe.

»Hector, ich höre alles, was Sie mir sagen. Ich glaube Ihnen. Aber ich bin Rechtsanwalt und nicht Ihre Mutter. Ich muß das Beweismaterial betrachten, denn das ist es, was die Geschworenen betrachten werden. Also ... ich sage nicht, daß es stimmt oder nicht – aber hier ist doch nun mal diese Inderin, die den Zeugenstand betreten und mit dem Finger auf Ihr Gesicht zeigen und bezeugen wird, daß sie gesehen hat, wie Sie vom Tatort weggelaufen sind. Und der Experte von der Schußwaffentechnik wird sagen, daß die Pistole, die Sie eine Stunde nach dem Mord in der Hand hielten, die Waffe ist, die diesen Vietnamesen getötet hat. Das ist schlecht, sehr schlecht. Verstehen Sie das alles, Hector?«

Quintana nickte ernst.

»Was kann ich, als Ihr Verteidiger, denn den Geschworenen nun erzählen? Ich kann ihnen nicht erzählen, daß Sie woanders waren, als der Mord begangen wurde, weil ich keinen einzigen lebenden Menschen herschaffen kann, der es bestätigen kann. Ich kann nicht sagen, daß Sie ein friedliebender Staatsbürger sind, weil Sie erstens gar kein Staatsbürger sind, was hier allerdings keine Rolle spielt, aber zweitens wurden Sie dabei erwischt, wie Sie mit einer Pistole einen Supermarkt überfielen. Kein friedliebender Akt. Sie waren betrunken, aber das wird Ihnen nicht helfen. Hector, was ich Ihnen zu sagen versuche ... Sie stecken tief in der Scheiße *Mierda profunda*«, fügte er wörtlich übersetzend hinzu.

Das war gewöhnlich der Augenblick, in dem der Angeschuldigte den Kopf senkte, sich an das Gitter krallte, bis seine Fingerknöchel weiß wurden, und dann mit ungeheurer und bitterer Anstrengung – weil die Welt ihn in die Enge trieb und er endlich begriff, welch schrecklichen Preis er für seine Sünden und zweifellos auch seine Dummheit zahlen mußte – sagte: »Was können Sie für mich tun, wenn ich mich schuldig bekenne?«

Warren hatte kaum Zweifel, daß Hector Quintana den Mord begangen hatte. Was ihn jedoch bei der Stange hielt, war nicht nur die Tatsache, daß er Quintana mochte – die Konsequenzen, die sich daraus ergaben, daß man einen Mandanten mochte, waren ihm allerdings nur allzu bewußt –, sondern er meinte auch, eine Art friedfertigen Ernst aus seinem Gesicht zu lesen, wie er ihn in den Mienen vieler armer Männer in Mexiko gesehen hatte. Männer, die sich samstags nachts stockbesoffen auf die kopfsteingepflasterten Straßen legten und den Mond anbellten, Männer, die nur töteten, wenn sie ernsthaft beleidigt wurden oder sich einbildeten, daß irgendein Dummkopf ihre Frau öffentlich anmachte.

Aber es mußte Ausnahmen geben, dachte Warren, und vielleicht war Quintana eine davon. Das Beweismaterial deutete jedenfalls darauf hin. Als Rechtsanwalt und die Interessen seines Mandanten im Auge, mußte Warren sich an die Beweise halten.

Er hatte noch eine Idee. Sie entsprang der Erinnerung an die Männer, die er manchmal in den frühen Stunden des Sonntagmorgens, alle viere von sich streckend, vor den *cantinas* von San Miguel de Allende gesehen hatte.

»Hector, ich weiß, daß Männer, wenn sie sich besaufen, Dinge tun, die sie sonst nicht tun würden. Sie schnappen über. Ich sage nicht, daß es so war, aber vielleicht sind Sie mit diesem Vietnamesen auf dem Parkplatz zusammengeprallt. Vielleicht war er ein blödes Arschloch und hat Sie beleidigt – hat was Häßliches zu Ihnen gesagt, weil Sie Mexikaner sind. Ist das möglich?« Warren spürte, wie sein Gesicht vor lauter Eifer heiß wurde. »Wenn es so war, dann kann ich der Richterin eine Menge Dinge erklären« – er sah plötzlich Lou Parker auf der Richterbank vor sich und wischte das Bild schnell wieder aus seinem Gedächtnis – »oder den Geschworenen, denn wenn wir uns schuldig bekennen, können wir verlangen, daß die Geschworenen das Strafmaß aussprechen. Und wenn Sie ehrlich zu mir sind und ich ehrlich zu denen bin, werden die Geschworenen verstehen, warum passiert ist, was passiert ist . . .« Er merkte, daß sein Mandant ihm kaum zuhörte, und hob die Schultern: » . . .wenn es passiert ist.«

Quintana sagte mit seiner sanften Stimme: »Es wird einen Prozeß geben?«

Warren knirschte mit den Zähnen. Das war ein verdammt dickköpfiger Bursche!

»Es kann einen Prozeß vor Geschworenen geben. Zwölf Männer und Frauen. Ihresgleichen. Einfache Leute.«

»Kann ich mit den Geschworenen reden?«

»Dazu sind Sie berechtigt. Eine Zeugenaussage unter Eid.«

»Dann werd ich den Geschworenen sagen, daß es nicht wahr ist, daß diese Frau einen Fehler macht und daß ich den Mann nie gesehen hab und ihn nicht getötet habe.«

Warren räusperte sich, um seine Ungeduld zu zügeln, und beugte sich vor. »Wenn es einen Prozeß gibt«, sagte er ruhig, »und Sie sagen aus, und die Geschworenen erklären Sie für schuldig, dann werden die Sie entweder zum Tod durch die Injektion von Cyanid oder zu lebenslangem Zuchthaus verurteilen. So sind die Gesetze. Die Geschworenen können nicht davon abweichen.«

»Aber ich werd es ihnen sagen, und die werden mir glauben, auch wenn *Sie* mir nicht glauben. Ich werd's ihnen sagen«, wiederholte Quintana verzweifelt.

Warren ging langsam durch den sich windenden unterirdischen Tunnel, der das Gefängnis mit dem Gerichtsgebäude verband, wo er mit Myron Moore zusammenstieß, einem stämmigen fünfzigjährigen Anwalt. Im Gericht hatte man Moore den Spitznamen Dr. Doom gegeben. Dieser Dr. Verhängnis spendete jedes Jahr eine Menge Geld für die Wahlkampagnen fast aller Richter, und wenn ein mittelloser Angeklagter in eine Mordsache verwickelt war, stand Moore auf den Richterlisten ganz oben – er erklärte jeden für schuldig, und wenn er gezwungen war, die Sache vor die Geschworenen zu bringen, garantierte er den schnellstmöglichen Prozeß. Die Anwälte witzelten, daß die texanischen Strafanstalten daran dächten, allein für seine Mandanten einen Myron-Moore-Flügel zu eröffnen, um sie alle unterzubringen.

Moore hielt ihn auf. »Wie ich höre, haben Sie mir in Lou Parkers Gericht einen Mord weggeschnappt. Brauchen Sie Hilfe?«

»Noch nicht, Myron.«

»Wer ist der Anklagevertreter?«

»Nancy Goodpaster.«

»Gehen Sie nicht zu sanft mit ihr um«, sagte Moore. »Schenken Sie ihr nichts – dämliches texanisches Niggermädel.«

Warren runzelte die Stirn, beschloß aber, sich eine Bemerkung zu verkneifen. »Was macht Scoot Shepard im 181., Myron?«

»Trunkenheit am Steuer. Die Mächtigen scheinen abzustürzen.«

»Das bezweifle ich. Ist bestimmt 'n gutes Honorar drin.«

Als er seinen Weg durch den Tunnel fortsetzte, dachte Warren über Hector Quintana nach und verspürte einen teuflischen Schmerz im Kreuz. Kein Wunder. Es war ein hoffnungsloser Fall. Die Richterin hatte sich deutlich genug ausgedrückt: »Vergeuden Sie nicht meine Zeit. Ich erwarte, daß Sie was Ordentliches aushandeln.« Dieser arme Teufel von Mexikaner macht mir das Leben schwer, dachte Warren. Und ich mag den Mann. Ich will nicht, daß er stirbt.

Es fiel ihm ein, daß Hector Quintana nie gefragt hatte, was geschehen würde, wenn er sich schuldig bekannte.

Warren hätte gesagt: »Ich kann etwas aushandeln, Hector. Die Tatsache, daß der Mord in Verbindung mit einem Raubüberfall begangen wurde, macht die Sache zu einem Kapitalverbrechen. Die Staatsanwältin ist nicht bösartig – glauben Sie mir, es gibt schlimmere. Wenn Sie sich schuldig bekennen, könnte ich versuchen, die Anklage auf Totschlag herunterzudrükken. Sie wird sich wahrscheinlich drauf einlassen – sie weiß, daß die Richterin sich nicht mit einem langen Prozeß aufhalten will. Sie können fünf Jahre mit

Bewährung bis lebenslang aufgebrummt bekommen. Die Staatsanwältin wird eine Empfehlung aussprechen, und die Richterin wird sie akzeptieren. So ist das System – so läuft die Sache. Ich würd's mit 30 Jahren probieren. Die Gefängnisse sind voll, sie brauchen Platz. In 15 Jahren könnten Sie wieder draußen sein.«

Wenn Quintana damit einverstanden wäre – ein Segen für alle! Warren stünde dann in Lou Parkers Gunst. Es würde sich herumsprechen. Nur ein kleiner Anfang, aber immerhin ein Anfang. Und Quintana würde am Leben bleiben und irgendwann seine Francisca wiedersehen.

Wenn Warren den Fall aber vor die Geschworenen brächte und die seinen Mann zum Tod verurteilten – was durchaus im Bereich des Möglichen lag –, stünde er schlechter da als zu Beginn seiner Karriere. Man würde sagen, er habe das Leben eines Angeklagten aus Publicity-Gründen weggeworfen.

Ich darf es nicht zum Prozeß kommen lassen, dachte er, als er am Ende des schwach beleuchteten Tunnels anlangte und am Eingang des Gerichtsgebäudes stehenblieb. Das war sein Deal mit Lou Parker.

Er nahm den Fahrstuhl zum 181. Gericht im dritten Stock, ging an der Schranke vorbei und quetschte sich auf die vordere Bank, die für Rechtsanwälte reserviert war. Mit Scoot Shepard als Verteidiger war der Gerichtssaal mal wieder voll. Der Angeklagte, ein 35jähriger Bankdirektor mit hochgezwirbeltem Schnurrbart, liebenswürdig, aber besorgt aussehend, saß neben Scoot am Verteidigertisch. Warren hatte recht gehabt: Hier spielte das Honorar eine Rolle.

Scoot war gerade dabei, einen jungen Polizeibeamten mit wachem Gesichtsausdruck ins Kreuzverhör zu nehmen. Der Bankdirektor war eines Nachts angehalten worden, weil er auf dem Freeway mit wechselnder Geschwindigkeit in Schlangenlinien herumgekurvt war. Der Polizist hatte ihn gebeten, das Alphabet aufzusagen, und der Banker hatte es nicht geschafft.

Scoot fragte den Polizisten, ob *er* das Alphabet aufsagen könne.

»Jawohl.«

»Würden Sie es bitte den Geschworenen zuliebe tun? Und darf ich mich zu dem Zeugen begeben, Euer Ehren? Ich bin ein ganz klein wenig schwerhörig, und ich möchte doch sicher sein, daß ich jeden einzelnen Buchstaben mitbekomme.«

Den Verteidiger vor sich, der ihm auch noch gespannt ins Gesicht starrte, versuchte der junge Mann sein Glück.

»A-b-c-d-e-f-g-h-i-j-k-l-m-n-o-p-r ... äh ... p-q-r-s ...« Wie vorauszusehen war, lief er rot an. »Nein, warten Sie 'n Moment, lassen Sie mich noch mal anfangen.«

»Sie müssen betrunken sein«, sagte Scoot.

Der Polizist lachte unsicher. »Nein, Sir, ich bin nicht betrunken. Ich bin nur vorübergehend verwirrt.«

»Und kam Ihnen denn in der Nacht des 5. März nicht der Gedanke, daß mein Mandant ebenfalls verwirrt gewesen sein könnte?«

Der Beamte sagte keck: »Ich bin nicht verwirrt, ich bin nervös. Weil Sie so dicht vor mir stehen, Sir.«

»Und standen Sie in der Nacht des 5. März nicht dicht bei meinem Mandanten? Und sind Sie so nervös, wie jemand sein könnte, der um ein Uhr früh von zwei Polizeibeamten aus Houston gestoppt wird, die ihm vorwerfen, betrunken zu sein, wenn er weiß, daß er es nicht ist.«

Der Polizist sagte: »Ihr Mandant hatte keinen Grund, nervös zu sein. Aber ich.«

»Warum? Sie gehen doch nicht ins Gefängnis.«

»Aber Sie sind ein berühmter Anwalt, und ich will nicht, daß die Leute denken, Sie könnten mich zum Hanswurst machen. Und ich *kenne* das Alphabet.«

Der Richter lachte. Die Geschworenen lachten. Selbst der Staatsanwalt grinste.

»Ich bin sicher, daß Sie das Alphabet kennen. Sie sind ein gescheiter Mann. Ihr Zeuge«, sagte Scoot.

Der Richter ordnete eine zweistündige Pause an. Scoot ging sofort auf Warren zu, drückte ihm die Hand und sagte: »Gehen wir doch rüber in mein Büro. Brenda soll uns Sandwiches holen. Diese gottverdammten Restaurants hier in der Gegend – die Klimaanlagen sind derart hochgeschraubt, daß ich meist mit Schnupfen rumlaufe.«

Aber fünf Minuten später, als sie in Scoots Büro im sechzehnten Stock des Republic-Bank-Gebäudes ankamen, sagte Warren: »Um Himmels willen, Scoot, hier ist es fünf Grad kälter als in meinem Kühlschrank.«

»Ich leih Ihnen einen Schal, ich hab genug.«

Den langen teppichbelegten Korridor entlangstapfend, rief er einer seiner Sekretärinnen ein fröhliches »hallo« zu. In seinem Büro zog er aus einem angebrochenen Six-Pack im kleinen Kühlschrank hinter seinem Schreibtisch zwei Dosen Bier. Der Rosenholzschreibtisch war bis auf einen gelben Notizblock, einen Becher mit Bleistiften und mehreren gestapelten Büchern leer. Brenda wurde in die Hitze hinausgeschickt, um Truthahnsandwiches und eine neue Sechserpackung Bier zu holen. Scoot zündete sich eine Zigarette an, riß die Bierdose auf und ließ sich mit einem Seufzer in seinen ledernen Lehnsessel fallen.

Er brauchte einen Drink, aber nicht in der Öffentlichkeit. Die alte Geschichte.

Als sechstes Kind eines Lumpensammlers und einer Alkoholikerin war Scoot (als Joseph Howard Shepard geboren) im Vierten Bezirk von Houston aufgewachsen. Scoot – Straßenjunge, Herumtreiber – finanzierte sein Studium durch illegalen Losverkauf (seinen Spitznamen bekam er, weil er so schnell lieferte). Warren hatte seinen Vater einige Jahre vor seinem Tod gefragt: Was *ist* eigentlich Scoots Geheimnis, das Geheimnis, das er niemals preisgeben will?

»Es ist überhaupt kein Geheimnis«, hatte Richter

Blackburn gesagt, »er lebt nur besser damit als die meisten Leute. Anwalt sein heißt schauspielern – schwindeln. Nehmen wir an, der Fall eines Anwalts hat gewisse Aussichten. Wenn er die Geschworenen dann dazu bringt, ihn zu mögen und ihm mehr zu vertrauen als dem Schweinehund, der gegen ihn argumentiert, hat er's geschafft. Und Scoot ist vorbereitet. Und er kann einen Zeugen richtig einschätzen, wenn er ihm nur fünf Minuten lang zuhört. Er weiß, wie er sich bei ihm beliebt macht oder ihn so auf die Palme bringt, daß er Galle spuckt. Die meisten Leute lügen im Zeugenstand, weil die größte menschliche Illusion die ist, daß wir uns genau erinnern können. Aber auch wenn Scoot der Meinung ist, daß ein Mensch grundsätzlich die Wahrheit sagt, kann er ihn dazu bringen, an sich selbst zu zweifeln . . . manchmal sogar daran, was er tatsächlich gesehen hat. In meinem Gericht hat er mal in einer Vergewaltigungssache eine arme Frau eine ganze Woche lang im Zeugenstand festgenagelt. Am Ende war sie zerstört. Es war das größte Meisterstück, das ich je erlebt habe, weil diese Frau die Vergewaltigung in den kleinsten Einzelheiten beschrieben hatte. Und bis zum heutigen Tag glaube ich, daß sie die Wahrheit sagte.«

Der junge Warren hatte die Stirn gerunzelt. »Warum hast du ihn denn dann eine Woche lang auf ihr herumhacken lassen?«

»Weil mich fasziniert hat, wie er's machte! Er brachte drei Aktentaschen mit ins Gericht – er wußte alles über das Leben dieser Frau, vom Tag ihrer Geburt an bis zu dem Tag, an dem sie vor Gericht aussagte. Und er wußte alles, was es über die Notzuchtgesetze zu wissen gab. Ich sagte immer wieder: ›Lassen Sie das, Mr. Shepard, es ist nicht relevant‹, und fünf Minuten später ging's von vorne los. Ich unterbrach ihn, und er fand jedesmal wieder ein cleveres Hintertürchen. Für 'ne Weile versuchte der Staatsanwalt, ihn zu stoppen, dann gab er auf und nahm's nur noch hin. Nie im Leben hätte ich geglaubt, daß Scoot in dieser Sache auch nur die geringste Chance hätte – und, bei Gott, es kam zum Freispruch!«

Warren war es unangenehm, wie sein Vater den Prozeßverlauf betrachtete. Ein Kampf, ein Turnier zwischen gegnerischen Rechtsvertretern, wo jeder Sieg köstlich ist und jede Niederlage der nächsten Herausforderung Würze gibt. Auf der Uni hatte Warren erkannt, daß die meisten Strafverteidiger unbedingt siegen wollten – auch er. Das Kreuzverhör war die absolute Konfrontation, der Schußwechsel, bei dem entweder der Anwalt oder der Zeuge im Staub verblutete. Der große Strafverteidiger Haynes hatte einmal gesagt: »Ich werde weiter von dem Tag träumen, an dem ich einen Zeugen verhöre und meine Fragen so bohrend und so brillant sind, daß der Bursche herausplatzt, daß er und nicht mein Mandant den ruchlosen Mord begangen hat. Dann wird er mir in die Arme sinken – vom Herzschlag getroffen.«

Aber es mußte doch noch was anderes geben, dachte Warren. Rechtsanwälte sollten nicht nur Gegner und großartige Schauspieler sein. Sie sollten Bannerträger für Anstand und Fairness sein. Sollten – waren es aber selten. Denn sie wurden zuerst als Menschen geboren und geformt, bevor sie in Rechtsanwälte verwandelt wurden.

Das Weiße in Scoots riesigen schwarzen Augen schien mehr denn je blutunterlaufen, und darunter hatte er dunkelgelbliche Ringe, wo sich die Haut straff spannte, als ob er Schwierigkeiten mit der Leber oder sich einer kosmetischen Operation unterzogen hätte. Er mochte an die 65 Jahre sein, aber seine Haare waren immer noch dicht und schwarz. Transplantiert und gefärbt, schätzte Warren, aber mit Pfiff. Man hatte ihm die silbergrauen Schläfen gelassen.

Scoot senkte die Bierdose. »Was wissen Sie über die Ott-Sache? Und meine Mandantin, Johnnie Faye Boudreau?«

Warren wunderte sich, daß er mit ihm darüber diskutieren wollte. Aber er sagte: »Nur das, was ich in der *Chronicle* lese. Außerdem war ich dabei, als sie sich auf Armut berief und Sie die Kaution auf hunderttausend drückten. Und natürlich erinnere ich mich an den Underhill-Mord.«

Zwischen abwechselnden Zügen an der Dose und seiner Zigarette faßte Scoot den Hintergrund kurz zusammen.

Das Opfer, Clyde Ott, war in Houston ein erfolgreicher Gynäkologe gewesen. Mit Anfang Dreißig heiratete er eine seiner Patientinnen, Sharon Underhill, die 40jährige Witwe eines Öl- und Erdgasbarons und Mutter von Teenagern. Mit Sharons Geld baute Dr. Ott die Frauenklinik von Houston, die Ott-Klinik für Alkoholiker, die Underhill-Klinik für Drogensüchtige und eine Reihe von teuren Altenheimen mit dazugehörigen kleinen Pflegestationen. Für alle gab es Wartelisten.

»Ich kannte Clyde Ott«, sagte Scoot. »Wir trafen uns ab und zu auf Dinnerpartys, und einer meiner Neffen war eine Zeitlang in der Underhill-Klinik, um eine kleine Kokain-Gewohnheit loszuwerden. Bevor Clyde Sharon heiratete, legte er mehr Frauen in Harris County aufs Kreuz als sämtliche Baseballspieler von

Houston zusammengenommen. Die Ehe hat ihn nicht davon abgehalten. Auch als reicher Unternehmer behielt er seine gynäkologische Praxis. Hatte eben was für Muschis übrig, und auf die Tour kam er am leichtesten an sie ran. Aber seine Hauptmieze war in den letzten Jahren Johnnie Faye Boudreau. Sie haben sie ja vor Gericht gesehen – eine tolle Frau! Sie ist die Chefin einer Oben-ohne-Bar hinter der Galeria. Vielleicht gehört sie ihr, vielleicht nicht – wer weiß? Als sie jünger war, hat sie 'n paar Schönheitswettbewerbe gewonnen. Dann wurde sie Model, dann Tänzerin. Ein paar Brüder sind in Vietnam umgekommen – sie redet ständig von ihnen. Zweimal verheiratet, keine Kinder. Von ihrem ersten Mann, irgend 'nem Musiker, hat sie sich wegen Verletzung der Unterhaltspflicht scheiden lassen. Der zweite war Drogenhändler, vorbestraft. Von dem ließ sie sich scheiden, als er in Austin 30 Jahre bekam. Das war, kurz nachdem sie sich mit Clyde Ott einließ.«

Fast zwei Jahre zuvor, an einem sonnigen Oktobermorgen, war Clydes Frau, Sharon Underhill Ott, auf dem Weg zum Aerobic-Unterricht auf einem Parkplatz mit einem großkalibrigen Gewehr niedergeschossen worden. Man hatte beobachtet, wie ein Mann in einer schwarzen Lincoln-Limousine vom Tatort raste. Clyde Ott befand sich zu diesem Zeitpunkt auf einem medizinischen Kongreß in San Diego. Johnnie Faye Boudreau besuchte ihre Mutter in Corpus Christi. Todsichere Alibis.

»Johnnie Faye hatte damals noch einen anderen Teilzeit-Freund«, sagte Scoot, »Dink genannt, weil sein richtiger Name David Inkman war. Er war stellvertretender Geschäftsführer in ihrem Club, ein Exmarine. Saß einige Zeit wegen gewaltsamer Körperverletzung im Knast in Huntsville ab. Dink fuhr eine schwarze Lincoln-Limousine. Aber auch er hatte ein Alibi. Ein paar Nutten schworen, er habe sich in der Nacht davor mit ihnen einen angesoffen und bis Mittag in seinem Haus gepennt. Sie schworen, sein Lincoln habe in der Garage gestanden. Die Polizei konnte auf dem Parkplatz nie eine Spur finden, die zu Dinks Weißwandreifen gepaßt hätte, und die Mordwaffe fand sie auch nicht. Beweisaufnahme abgeschlossen.«

Warren erinnerte sich an Fotos des trauernden Witwers in allen Zeitungen. Nachdem Dr. Clyde Ott Sharons Nachlaß in Höhe von 35 Millionen Dollar geerbt hatte, spendete er dem Texas Medical Center fünf Millionen.

Scoot öffnete eine neue Dose Bier.

»Dink – Inkman – hatte ein kleines heruntergekommenes Holzhaus in Montrose. Etwa drei Monate nachdem Sharon Ott getötet worden war, wurde Dink in der Einfahrt seines Hauses von einem vorbeifahrenden Pickup mit einer Schrotflinte niedergemäht. Ich kann Ihnen sagen – man mußte ihn mit einer Maurerkelle vom Beton kratzen.«

Warren atmete stoßartig aus. »Sie meinen –«

»Ich nicht. Andere meinen. Man hat behauptet, daß Johnnie Faye hinter der ganzen Sache steckte, daß sie Clyde Ott heiraten wollte und daß sie deshalb zuerst ihren Ehemann loswerden mußte, was leicht war, und dann Clydes Frau, was schwierig war, und dann, nachdem Dink das aus der Schwärze seines treuen Herzens heraus für sie erledigt hatte, mußte sie auch noch Dink loswerden. Man sagte, es hätte eine Menge Knastbrüder gegeben, die ihr was schuldeten. Es hieß, sie hätte sich diesen Typen hingegeben und sie mit

Dope versorgt, und dann, als sie sie in ihrer Gewalt hatte, bat sie sie um einen kleinen Gefallen. Sie versprach, sich ihnen später erkenntlich zu zeigen, wenn es ein Später gab. Etwa um die Zeit des Inkman-Mords hatte sie auch noch was mit einem Typ namens Bobbie Ronzini, der ebenfalls für sie im Club arbeitete. Ronzini geriet in Verdacht, aber die Bullen konnten ihm nichts nachweisen. Dann verschwand er. Vielleicht in einem Loch im Fußboden. Niemand weiß es. Ich gebe Ihnen nur Hintergrundinformationen«, sagte Scoot gnädig.

»Von dem Inkman-Mord habe ich nie was gehört«, gab Warren zu.

»Woher auch? Nach Washington, D. C., und Detroit ist Houston die Mordhauptstadt der westlichen Welt. Schlägt möglicherweise sogar Beirut. Die Zeitungen haben reichlich Auswahl.«

Das stimmte. Dan Ho Trunhs Tod war gut für einen halben Absatz auf der Rückseite der *Post*, und die *Chronicle* hatte ihn völlig ignoriert.

»So, und nun kommen wir zu der Ott-Sache«, nahm Scoot den Faden wieder auf. »Hier wissen wir, daß Johnnie Faye Boudreau abgedrückt hat. Sie hat es zugegeben. Hat die Polizei angerufen und es ihnen gesagt. Clydes Stieftochter war im Haus, als es passierte. Es wäre also ziemlich kitzlig für Johnnie Faye geworden, hätte sie sich einfach davongeschlichen.«

Mit einer halbautomatischen 22er – ihrer eigenen Waffe, die sie normalerweise in der Handtasche mit sich führte – schoß sie zweimal auf Clyde Ott. Sie besaß einen Waffenschein. In ihrem Club, dem Ecstasy, hatte sie mit schlimmen Typen zu tun.

»Ich sehe es Ihrem Gesicht an, daß Sie wissen möchten, warum ich mit Ihnen darüber rede.« Scoot

Shepard lehnte sich zurück, während sich Zigarettenqualm den Schlitzen der Klimaanlage entgegenkräuselte. Es sei ein publicityträchtiger Fall, sagte Scoot. Scheinbar unkompliziert, wie die meisten Notwehrfälle, aber er habe seine Tücken. Bob Altschuler, der Staatsanwalt, war ein erstklassiger Anklagevertreter und ein gewiefter Schlagzeilenmacher. Er hatte 49 Fälle hintereinander gewonnen und ein besonderes Interesse daran, den fünfzigsten zu gewinnen. Er wollte sich nämlich im kommenden Herbst für das Richteramt aufstellen lassen. Die Staatsanwaltschaft verfügte über gute Leute und bürokratische Mittel. Im Hinblick darauf konnte Scoot den Fall nicht allein bewältigen. Gesetzesbücher mußten gewälzt, potentielle Zeugen ausfindig gemacht und befragt werden. Die beiden jungen Anwälte, die in seinem Büro arbeiteten und ihm normalerweise assistierten, hatten noch monatelang mit einem größeren Rechtsstreit zu tun – eine Antitrust-Sache: Prozesse sowohl vor Landes- als auch Bundesgerichten mit Hunderten von Zeugen.

»Sie hatten Pech«, sagte Scoot. »Lou Parker hat Ihnen böse mitgespielt. Man hat Ihnen seitdem eine Menge Scheiße zugeschoben, aber ich beobachte Sie schon seit Jahren und halte Sie für einen verdammt guten Rechtsanwalt. Wenn Sie frei sind, möchte ich Sie bitten, im Fall Boudreau neben mir die zweite Geige zu spielen.« Scoot zündete sich mit dem Stummel der alten Camel eine neue an. »Ich kannte Ihren Vater, aber Sie sind schlau genug, um zu wissen, daß es sich hier nicht um Nächstenliebe handelt – ich kann mir nicht leisten, barmherzig zu sein, wenn ich gute Hilfe brauche. Johnnie Faye hat mir einen Honorarvorschuß von 75 000 Dollar gezahlt, und ich stelle ihr monatlich 350 die Stunde in Rechnung. Ich zahle Ihnen 20 000 im voraus, was Sie mit Ihrem Stundensatz verrechnen können, was immer der ist. Die Verhandlung ist für den 24. Juli angesetzt. Ich gebe Ihnen einen oder zwei Zeugen zum Bearbeiten. Vielleicht haben Sie Ihren Spaß dran. Vielleicht lernen Sie was dabei. Wie wär's? Kommen wir miteinander ins Geschäft?«

Warren zögerte keinen Augenblick.

Die Medien würden sich prügeln, um mit Scoot ins Gespräch zu kommen, nicht mit dem Anwalt, der die zweite Geige spielte. Aber wenn Scoot ihm vertraute, würden es auch andere tun. Wenn Scoot ihn pries, würde Houston aufhorchen. Und wenn Scoot gewann, würde etwas von seinem Ruhm auf ihn abfärben. Es war ein richtiger Schritt in Richtung Comeback, um in der richtigen Gesellschaft wieder mit Stil arbeiten zu können. Jedenfalls erheblich besser, als sich für einen obdachlosen Mexikaner abzustrampeln, der nicht einsehen wollte, daß er verloren war.

»Einverstanden«, sagte er und streckte die Hand über den Schreibtisch. Scoot schüttelte sie mit festem Griff.

Eine Frau hatte wahrscheinlich die Ehefrau ihres Liebhabers und mindestens einen gekauften Killer umgebracht und jetzt gestanden, ihren Geliebten in Notwehr umgelegt zu haben. Es war kein Kapitalverbrechen, weil die Tat nicht in Verbindung mit einem weiteren Verbrechen begangen worden war und keine weiteren besonderen Umstände zu verzeichnen waren. Das Gesetz verlangte, daß ihr ein Rechtsberater zur Seite stand und daß ihr Rechtsberater sein Möglichstes tat, um ihren Freispruch zu erwirken. Sollte ihm dies nicht gelingen, hatte er vor den Geschworenen für Milde zu plädieren. Skrupel waren nicht inbegriffen – es spielte keine Rolle, ob sie schuldig war oder nicht. Ein teuflisches System! Die Anklage würde versuchen, sie lebenslang hinter Gitter zu verfrachten, die Verteidigung würde kämpfen, um sie als freien Menschen aus dem Gerichtssaal marschieren zu lassen. Ohne kompetente und enthusiastische Verteidigung würde die Staatsanwaltschaft bekommen, was sie wollte, ob die Angeklagte schuldig war oder nicht. Das System würde zusammenbrechen.

Warren fragte: »Welches ist Ihre Strategie?«

Scoot sagte: »Kennen Sie die Story von dem Harvard-Absolventen, der nach Texas kommt und zu seinem Rancher-Onkel sagt: ›Onkel, wieso wird man hier schwerer bestraft, wenn man eine Kuh stiehlt, als wenn man einen Mann umbringt?‹ Sagt der Onkel: ›Schau mal aus dem Fenster. Siehst du die Kühe da draußen auf der Wiese? Sehen die aus, als ob sie's nötig hätten, gestohlen zu werden?‹«

Warren lächelte, obwohl er die Geschichte kannte.

»Rechtfertigung«, sagte Scoot, »ist die älteste Verteidigung in Texas: Der Schweinehund hatte es nötig, umgelegt zu werden. Ein bißchen schwierig heutzutage, wo so viele Yankees zugezogen sind, aber man kann's vor den Geschworenen immer noch probieren. *Ich* würde der Sache jedenfalls Gehör schenken.«

Warren setzte seine Bierdose ab. »Es kommt wohl auch darauf an, was sie von unserer Mandantin halten, oder nicht?«

Scoot nickte zustimmend. »Sie haben recht. Und Sie haben sie gesehen, nicht wahr? Wenn Sie Ihr Bier recht schön kalt stellen wollen, stellen Sie's am besten gleich neben Johnnie Fayes Herz. Daran müssen wir ein bißchen arbeiten. Nehmen Sie das mit nach

Hause und lesen Sie's.« Er reichte Warren eine Kopie der dicken Akte, auf der »Texas gegen Boudreau« stand.

Es hatte aufgehört zu regnen. Grauer Wolkenschimmer driftete über der Stadt dahin. In seinem Büro drehte Warren die Klimaanlage gegen die nachmittägliche Schwüle um ein paar Grad höher, ließ sich hinter seinem Schreibtisch nieder und schlug die Akte auf.

Am Sonntag abend, dem 7. Mai, war die Angeklagte (laut Abschrift der Sekretärin von Johnnie Faye Boudreaus ersten Gesprächen mit Scoot Shepard) von Dr. Clyde Ott zum Essen in der Hacienda, einem Tex-Mex-Restaurant, eingeladen worden. Es gehörte zu Johnnie Fayes Lieblingsrestaurants, ein großes Lokal mit mehreren Räumen und einen halben Meter dicken Lehmsteinmauern. Mariachis schlenderten von Tisch zu Tisch.

»Ich liebe mexikanische Musik bei Kerzenschein«, hatte sie Scoot erzählt. »Und ich liebe gute scharfe Guacamole und dann Beef-Fajitas mit noch brutzelnden goldbraunen Zwiebeln. Wenn mein Atem nach Zwiebeln riecht, sag ich immer: ›Süßer, ich mach's auf ne andre Art wieder gut.‹«

Sie pfiff die Musiker zu sich an den Tisch und ließ sie »Las Mananitas« und »No Vale Nada La Vida«, ihr Lieblingslied, spielen. Sie gab großzügig Trinkgeld. Vor dem Essen nahm Clyde ein paar Drinks zu sich und während des Essens noch ein paar mehr, und wer weiß, was er schon vorher in sich hineingeschüttet hatte.

Clyde trank, sagte sie, und schnupfte Kokain, das er gewöhnlich in extravaganten Mengen besaß. Er gehörte zu den Trinkern, die nie umfallen oder lallend reden. Er wurde schlichtweg bösartig. Vergangene Weihnachten hatte er sie mit geballter Faust geschlagen, einen rechten Haken ins Gesicht. Sie hatte auf dem Ledersofa in seinem Fernsehraum gesessen und versucht, mit ihm zu reden und den Schlamassel ihres Lebens auszusortieren, und irgendwo hatte er sich wegen irgendeiner Sache, die sie gesagt hatte, beleidigt gefühlt und das Zimmer mit seinem bärenartigen Gewatschel durchschritten und ihr eine gelangt, bevor sie wußte, wie ihr geschah. Peng! Die ganze Seidenbluse war voll Blut.

»Zeigte er Reue?«

»Wenn Sie so 'ne Frage stellen, Mr. Shepard, kannten Sie Clyde nicht.«

Er tobte weiter und drohte, sie umzubringen. Sie mußte sich gewaltsam befreien, um zur Unfallstation ins Hermann Hospital fahren zu können. Sie glaubte, ihre Nase sei gebrochen, aber es war eine Knochenfissur im Wangenbein. Eine winzige Delle war immer noch da, wo früher alles glatt und weich gewesen war.

Clyde hatte auch seine Frau Sharon verprügelt und eine von seinen anderen Freundinnen, eine Cocktail-Kellnerin im Grand Hotel. Er schlug ihr drei Zähne aus und mußte ihr 25 000 Dollar plus Zahnarztkosten zahlen, damit sie die Klappe hielt. Und er hatte Johnnie Faye mehr als einmal bedroht. Hob seine Faust und sagte vor zwei Freunden, mit denen sie beim Dinner saßen: »Du Miststück, ich könnte dich umbringen!«

Sie wollte ihn heiraten, Tatsache. Liebe ist was Komisches – man sucht sich nicht immer den Besten aus, um sich an ihn zu verschwenden. Daß er so reich war, hatte nichts damit zu tun, aber sie wollte auch nicht so tun, als ob sein Geld ihrer Zuneigung im Wege gestanden hätte. »Aber ich bin berufstätig«, erzählte sie ihrem Anwalt. »Bin ich immer gewesen. Ich hab genug eigenes Geld. Meine Unabhängigkeit ist mir viel wert.«

Ihr Verhältnis hatte begonnen, als er noch verheiratet war; es war kein Geheimnis. Clyde und Sharon schliefen getrennt in ihrem Fünfundzwanzig-Zimmer-Haus in River Oaks. Wenn er sich scheiden lassen konnte und seine Kliniken dabei nicht verlor, wollte er auf jeden Fall Johnnie Faye heiraten. Er war verrückt nach ihr. Sie war phantastisch im Bett. Wie keine zuvor ging sie auf alle seine Phantasien ein. Sie war die aufregendste Frau, die er je gekannt hatte. Das sagte er oft, wenn er nüchtern war.

Dann wurde Sharon in ihrem nagelneuen pinkfarbenen Trainingsanzug draußen vor ihrem Aerobic-Studio von einem Wahnsinnigen niedergeschossen. Vielleicht verwechselte er sie auch mit einer anderen. Wir werden es nie erfahren.

Clyde trauerte jedenfalls nicht um sie. Er war ein Schwein, aber nicht scheinheilig. Er war natürlich geschockt, ließ sich einen Monat oder so nicht in der Öffentlichkeit blicken. Als er zurückkehrte, hätte er Johnnie Faye heiraten können.

Aber er tat es nicht.

»Es regte mich auf. Ich kann's nicht bestreiten – es regte mich verdammt auf.«

Sie hatte ja nichts dagegen, daß er eine anständige Trauerpause einlegte. Aber sie wollte wissen, woran sie war. Immer wieder fragte sie ihn: »Heiraten wir nun, oder heiraten wir nicht und wann?«

»Na ja . . .«

»›Na ja‹ ist keine Antwort, Clyde.«

»Ich brauch Zeit.«

»Zeit, um dich zu entscheiden, oder Zeit, bevor wir heiraten?«

»Beides, nehm ich an, mein Schätzchen.«

Das brachte sie auf die Palme. Sie konnte Clyde einfach nicht dazu bringen, ihr zu sagen, wo die Schwierigkeit wirklich lag, weil er von Natur aus zugeknöpft war wie die meisten Männer – er hatte Angst, sein tiefstes Inneres preiszugeben (als ob sie kein Mitgefühl gehabt hätte, ihn nicht gestreichelt und ihn aufgemuntert hätte) – und weil sein Hirn die meiste Zeit nicht richtig funktionierte, da die Zellen mit phantastischer Geschwindigkeit durch Single-Malt-Scotch und kolumbianisches Kokain ruiniert wurden.

»Laß uns ganz ruhig zu Abend essen«, sagte sie. »Keine Freunde. Und wir werden über unsere Hochzeit reden. Wir werden einen Zeitplan aufstellen, mit dem wir leben können.«

Das war der Zweck ihres Dinners am Abend des 7. Mai in der Hacienda gewesen. So gegen neun waren sie eingetroffen. Aber Clyde betrank sich und wurde ausfallend. Vorwürfe und Gemeinheiten flogen über den Tisch. »Bring mich nach Hause«, sagte sie, bevor der Espresso kam.

Mit »nach Hause« meinte sie ihre Wohnung, aber Clyde hatte andere Vorstellungen. Betrunken oder stoned oder nüchtern – nie konnte er von ihr genug kriegen, obwohl seine Fähigkeit in den ersten beiden Fällen selten seinem Verlangen entsprach. Sie fuhr, und sie schafften es ohne besondere Vorkommnisse bis zum Haus am River Oaks Boulevard. Sie fuhr den Porsche in die Garage. Ging dann ins Schlafzimmer.

Warum, wollte Scoot wissen, wenn er doch so bösartig geworden war?

Nun, manchmal war Sex ein Weg, Probleme zu lösen, Haßgefühle zu beseitigen. Oder was immer es war, das ihn böse machte. Und sie war auch ein bißchen angetrunken, konnte nicht so klar denken.

Aber als er ihn dann nicht hochkriegen konnte, als sie jeden Trick probierte, den sie kannte, und er total frustriert herumbrüllte und sie wieder beschimpfte, stieg sie aus dem Bett und zog sich an. »Ich halt das nicht mehr aus, Clyde. Ich bin nicht auf dieser Welt, um mich von dir als Zielscheibe benutzen zu lassen. Ich verlasse dich.«

Sonst war er immer reumütig geworden, wenn sie damit drohte, und hatte sie angefleht, ihm noch eine Chance zu geben. Aber nicht in dieser Nacht. Er schrie: »Mir hängen deine Drohungen zum Hals raus!« und schlug ihr ins Gesicht.

In seiner schwarzseidenen Schlafanzughose folgte er ihr hinunter ins Wohnzimmer. Er war kein kleiner Mann, einsachtzig groß und zwei Zentner schwer, mit kräftigen Schultern und Bauch. Als echter texanischer Christ war er Ringer der Leichtgewichtsklasse gewesen. Er watschelte zwar, wenn er ging, war aber fix genug. Im Wohnzimmer manövrierte er sich zwischen Johnnie Faye und den Flur, der zum Eingang führte. Seine Augen waren blutunterlaufen. Er keuchte; einen Moment lang glaubte sie, er würde einen Anfall bekommen. Er hob die Faust, und sie wich über den Teppich zum Kamin zurück.

Am Kaminbock lehnte ein Schürhaken. Johnnie Faye packte ihn, um sich zu verteidigen. Clyde drehte ihn ihr wie einen Zweig aus der Hand. Durch das Zimmer taumelnd, verschanzte sie sich hinter einem weißen italienischen Sofa, Bücherregale im Rücken. Sie schrie ihn immer wieder an: »Um Himmels willen, was hab ich getan?« Sie hoffte, daß ihr Schreien seine

Stieftochter Lorna wecken würde, die aus Dallas zu Besuch war und sich in einer der Gästesuiten aufhielt. Aber das Haus war riesig, die Wände aus doppelten Dämmziegeln.

In ihrer Handtasche lag die halbautomatische 22er, die sie immer bei sich trug. Sie hatte sie noch nie benutzt, außer einmal vor Jahren auf einem Schießplatz im Norden der Stadt. Sie kramte zwischen Schlüsseln, losen Kleenex-Tüchern und Make-up herum. Dann richtete sie die Pistole auf ihn. Sie zielte nicht, sie richtete sie nur auf ihn.

Er kam langsam auf sie zu.

»Clyde«, sagte sie klar und deutlich, »wenn du näher kommst, erschieß ich dich.«

Als Antwort hob er den Schürhaken wie einen Baseballschläger. Sie schrie: »Nicht!« Aber der besoffene Narr kam immer näher. In ihrer Angst drückte sie ab. Die 22er war 1928 als halbautomatische Pistole gebaut worden, warf die Kartusche einer abgefeuerten Patrone automatisch raus und lud die nächste Patrone aus dem Magazin in das Patronenlager. Aber vor langer Zeit hatte ein früherer Besitzer mal den Abzugshahn runtergefeilt, das drehbare innere Teil, das den Hammer gespannt hielt, und machte die Pistole so vollautomatisch. Das hatte sie ganz vergessen, sagte sie. Das war die Tragik an der ganzen Sache. Sie konnte nicht verhindern, daß drei Schüsse los gingen.

Kaum zu glauben, aber er holte immer noch mit dem Schürhaken aus. Als sie vorsichtig den Kopf hob, sah sie, wie er auf das weiße Sofa fiel. Er war wahrscheinlich schon tot, als er ausholte. Obwohl eine Kugel danebengegangen war, hatte eine ihn fast genau zwischen die Augen und die andere in die Brust getroffen.

Und was war mit der Sicherung? wollte Scoot wissen.

Sie mußte die Waffe unwillkürlich entsichert haben, als sie sie aus der Handtasche nahm.

Und wußte sie, daß es illegal war, den Abzugsstollen herunterzufeilen.

»Ich war's doch nicht«, sagte sie.

Sie schrie nicht. Clyde lag auf den Knien, den Kopf auf das Sofa gebettet, ein Arm auf den Teppich baumelnd. Sie berührte die Leiche nicht. Sie bemerkte, daß im nächsten Raum der Fernseher lief. Wahrscheinlich hatte ihn Lorna angelassen. Sie ging hinein und schaltete ihn mitten in einem Monolog von Johnny Carson aus.

Vom Telefon im Fernsehzimmer aus wählte sie 911, gab ihren Namen und die Adresse in River Oaks an und sagte: »Ich hab eben einen Mann umgebracht. Kommen Sie bitte und helfen Sie mir . . .«

Den Beamten von der Mordkommission erzählte sie eine kürzere Version dieser Geschichte. Eine Kopie ihrer Aussage lag in der Akte. Die Einzelheiten deckten sich. Wenn ihr niemand widersprach, dachte Warren, werden wir diesen Fall gewinnen. Wir können gar nicht verlieren, es sei denn, Scoot schläft im Gerichtssaal ein, und das war noch nie vorgekommen.

Abends, zu Hause, wärmte er im Mikrowellenherd das Hühnerfrikassee vom vergangenen Tag auf und setzte Oobie eine Mischung aus Hundefutter, rohem Rindergehacktem und Maisöl vor. Dann breitete er die Unterlagen auf der Wohnzimmercouch aus. Er las die Akte ein zweites Mal durch – bis Mitternacht. Dann ging er zu Bett. Charm war nicht nach Hause gekommen. Neuerdings ging sie in der Freizeit ihre eigenen Wege, traf sich mit einer Clique vom Sender, hatte ihren eigenen Stundenplan.

Am Morgen lag sie schlafend neben ihm. Blondes Haar ringelte sich auf dem Kissen. Er betrachtete ihr Gesicht. Er hatte es acht Jahre lang geliebt und kannte es bis zu der winzigen Narbe, wo der Zweig eines Blaubeerstrauches sich in ihrem Mundwinkel verhakt hatte, als sie dreizehn war. Warren begriff: Zuerst lieben wir die Illusion der Perfektion. Später beginnen wir, die Unvollkommenheiten zu lieben, weil sie Verwundbarkeit signalisieren. Und was wir lieben, möchten wir beschützen.

Er wollte mit ihr reden. Der Eid der Verschwiegenheit galt nicht für Eheleute, wie er meinte. Und sie hatte ihm immer geholfen, die Dinge klarer zu sehen. Sie sah blaß aus, um die Augen herum aufgedunsen. Aber ihr morgendlicher Schlaf war ihr heilig, und er weckte sie nicht.

Als er mit Oobie am Bayou entlanglief, die Fersen mit stoischem Rhythmus auf den Beton trommelnd, faßte er seinen Entschluß. Mit Scoot an der Ott-Sache zu arbeiten, war erstrangig, und er hatte die Chance verdient, ohne es zu merken. Er hatte seine Selbstachtung verloren, hatte wie ein demütiger Bauer auf den Feldern des Rechts geackert, und endlich zahlte sich die Schufterei aus. Er würde gute Arbeit leisten. Sich behaupten.

Aber er konnte kein geteiltes Leben führen. Zwei Mordprozesse waren einer zuviel. Er mußte Quintana loswerden. Sei ein kluger Anwalt und schau den Tatsachen ins Gesicht! Hör auf, den armen Kerl zu bedauern – er ist schuldig. Hau ihn raus, und zwar schnell!

Am folgenden Tag wurde Warren in Richter Binghams Gericht als Coverteidiger für die Angeklagte in der Sache »Texas gegen Johnnie Faye Boudreau« registriert. Er schüttelte die Hand des dunkel gekleideten Bob Altschuler, dessen Handschlag dem eines Schwergewichtsringers glich.

»Herzlichen Glückwunsch«, polterte der Staatsanwalt. »Setzen wir uns und legen wir die Karten offen auf den Tisch. Sie wissen, daß diese Frau eine gottverdammte Wahnsinnige ist, eine Serienmörderin – das wissen Sie doch, oder? Die hat doch nicht alle Tassen im Schrank. Sie halten mich wahrscheinlich für eine Kreuzung zwischen Pontius Pilatus und Attila, dem Hunnen. Aber, mein Junge, ich weiß, wovon ich rede. Die Moral einer Ratte hat sie. Das ist eine Kannibalin, eine mordlustige Verrückte!« Er weigerte sich, Warrens Hand loszulassen. Er brauchte eine gefesselte Zuhörerschaft. »Der Nightclub gehört ihr – diese Firma in Louisiana ist doch nur ein Aushängeschild mit irgendeinem Großcousin von ihr als Strohmann. Es wird vor Gericht nicht zur Sprache kommen, aber sie hat Otts Frau und den Typ, der das Ding für sie gedreht hat, und den Typ, der *den* Typ erledigt hat, erledigt, und wir glauben, daß sie 82 ganz spontan noch so 'n schlitzäugigen Koreaner beseitigt hat, der in ihrem Club in der Küche arbeitete und ihr unverschämt kam, als sie ihm keine Lohnerhöhung geben wollte. Denken Sie, ich mache Witze? Ich weiß es. Und Gott allein weiß, wer davor noch alles dran glauben mußte. Für dieses Aas ist Mord und Totschlag ein Weg, mit Problemen fertig zu werden und abzurechnen. Wenn Sie der Gesellschaft einen Dienst erweisen wollen, dann helfen Sie mir, sie hinter Schloß und Riegel zu bringen, zumindest bis sie zu alt ist, um noch mehr Schaden anzurichten. Sagen Sie Ihrem Partner, ich werd mich mit 50 Jahren begnügen.«

Warren seufzte. »Sind Sie fertig? Kann ich gehen?«

»Denken Sie, ich lüge?«

»Sie neigen vielleicht zur Übertreibung.«

»Sie glauben nichts davon?«

»Es ist nicht meine Aufgabe, zu glauben oder nicht zu glauben«, sagte Warren. »Es ist Ihre Aufgabe, es zu beweisen. Kümmern Sie sich darum, und vergeuden Sie nicht meine Zeit.« Er befreite sich aus Altschulers Umklammerung, aber seine Finger waren feuerrot, und die Knochen schmerzten.

Er schritt zügig aus und eilte die Treppe zu Lou Parkers Gericht hinauf. Die Geschworenenbank war mit Anwälten vollgestopft, die auf einen Auftrag warteten. Vor drei Tagen noch, dachte Warren, bin ich einer von ihnen gewesen.

Er zog Nancy Goodpaster in eine ruhige Korridorecke. Verhandelt wurde überall, manchmal sogar auf den Gerichtstoiletten.

»Karten auf den Tisch, Nancy. Was würden Sie für 'n Geständnis von Hector Quintana geben?«

»Ist er bereit?«

»Er sagt, er war's nicht. Ob es stimmt oder nicht – ich muß ihm was bieten.«

»Was wollen *Sie*, Warren?«

Aha, jetzt, wo sie glaubt, den Fall durchpeitschen zu können, um von Lou Parker auf die Schulter geklopft zu werden, nennt sie mich beim Vornamen. Er gab vor nachzudenken.

»Reduzieren Sie die Anklage auf Totschlag. 20 Jahre. Ziehen Sie die Anklage wegen bewaffneten Raubes und Waffenbesitzes zurück.«

»Sie vergeuden meine Zeit.« Nancy Goodpaster sah auf ihre goldene Armbanduhr. Aber Warren wußte, daß sie keinen wichtigeren Termin hatte.

»Die Identifizierung durch Siva Singh reicht nicht aus.«

»Ich denke, doch.«

»Auf dem Parkplatz vor der Reinigung war es dunkel. Ich hab's überprüft. Keine anständige Straßenbeleuchtung. Es gibt Tausende, die schwarze Haare haben und an einem Sommerabend Hemd und Hose tragen. Ich glaube nicht, daß die Singh das Gesicht des Mannes wirklich gesehen hat.«

»Sie behauptet es.«

»Nancy, was es zu einem Kapitalverbrechen macht, ist die Annahme, daß es sich um einen Raubüberfall gehandelt hat. Sagen Sie mir nur eins: Was hat Hector Quintana mit den 150 Dollar aus Trunhs Brieftasche gemacht? Er hatte sie nicht, als er den Supermarkt überfiel. Selbst wenn er die Brieftasche in den Abfall geworfen hätte, wär doch das Geld noch dagewesen, oder? Es glaubt doch wohl keiner, daß er das Geld mit der Brieftasche weggeschmissen hat. Sie können nicht an Mord festhalten.« Er wartete einen Augenblick. »Sie wollen die Sache doch hinter sich bringen, oder?«

»Natürlich.«

»Dann geben Sie ein bißchen nach. Geben Sie wohlwollend nach.«

»50 Jahre.«

»Mein Mandant wird das nie akzeptieren. Er ist nicht vorbestraft. Er hat gearbeitet, er ist kein Landstreicher. Das ist ein einfacher mexikanischer *campesino.* Hat Frau und Kinder zu Hause – sein Vater hat ihm zur Hochzeit einen Esel geschenkt. Er ist kein Mörder.«

»Er hat getötet, das macht ihn zum Mörder.«

»Sie wissen, was ich meine.«

»Und es macht keinen Unterschied. Mörder haben Frauen und Kinder. Ich kannte einen, der lahme Hunde aus dem Tierasyl holte. Ich erinnere mich an einen, der sich Eichhörnchen als Haustiere hielt. Und jetzt kenne ich also einen, der einen Esel besitzt. Mein Gott, Warren . . .« Sie seufzte. »Er tut Ihnen leid, das ist alles. Wieder so 'n armer Teufel wie damals. Na ja – wenn er mein Mandant wäre, täte er mir wahrscheinlich auch leid.«

Gut. Er kam weiter. Sie hatte ein Herz. Er mochte sie dafür.

»Und wenn Quintana im Zeugenstand steht«, sagte Warren, »wird er auch den Geschworenen leid tun. Er ist nicht grob, er ist nicht böse, er ist kein schlechter Mensch. Er besitzt Stolz und Würde, und man sieht's ihm an. Die Geschworenen werden den Mord nie abnehmen. Und wenn sie ihn für ein geringeres Vergehen für schuldig erklären, werden sie ihm erheblich weniger als lebenslänglich zuteilen.«

»40 Jahre«, sagte sie. »Mein letztes Angebot.«

»Sie sind eine harte Frau.«

»Nein, ich tue nur meine Pflicht. Wie Sie die Ihre.« Sie schien sich zu ärgern.

»Sie nehmen die Anklage wegen bewaffneten Raubes zurück?«

»Ich werd's mir überlegen, Warren. Jetzt muß ich gehen. Schönes Wochenende!«

Warren seufzte. Er hoffte, daß sie ihm sein Triumphgefühl nicht ansah. Er rettete schließlich einem Mann das Leben.

Am späten Vormittag des folgenden Montags stellte Scoot Shepard in seinem Büro die Frage: »Kennen Sie das Notwehrgesetz?«

Warren nickte und runzelte die Stirn. »Und ich weiß, daß 1974 im Strafgesetzbuch eine Bestimmung aufgepfropft wurde, die die ›Pflicht, sich in Sicherheit zu bringen‹, fordert.«

»Sie haben's erfaßt.« In der einen Hand hielt Scoot eine Zigarette, in der anderen ein Glas Bourbon mit Eis.

»Mir scheint«, sagte Warren, »eine Frage, die der Staatsanwalt den Geschworenen zur Überlegung empfehlen könnte, wäre die: Wenn Clyde Ott in jener Nacht betrunken war und Johnnie Faye Boudreau beschimpfte – warum ist sie bloß mit ihm ins Haus gegangen? Warum ist sie nach oben gegangen? Und als sie das Schlafzimmer verließ und die Treppe hinunterging – warum ist sie nicht einfach aus dem Haus gerannt, bevor er ihr den Weg versperren konnte? Hat sie sich genügend in Sicherheit gebracht? Und wenn Clyde ihr schon einmal die Nase gebrochen hat und sie ihn für gewalttätig hielt – warum traf sie sich noch mit ihm? Wenn's stimmt, was sie sagt, hat er ihr im Beisein von zwei Zeugen gedroht, sie umzubringen. Das ist, oberflächlich betrachtet, gut für uns, aber die Sache hat einen Haken. Die Anklage wird sagen, das ist der Grund, warum sie die Pistole für ihre Dinner-Verabredung in der Handtasche hatte. Sie werden's Vorsatz nennen.«

»Oh, wie wahr.« Scoot lächelte dünn. »Natürlich hängt alles davon ab, wie die Dame es wiedergibt, wenn sie aussagt. Ihre Glaubwürdigkeit ist ausschlaggebend. Ärgern Sie sich nicht zu sehr über ›die Pflicht, sich in Sicherheit zu bringen‹. Diese Yankee-Anwälte, die alle hier zu uns runtergekommen sind, als das Öl auf 35 Dollar pro Barrel geklettert ist, haben das unserem Recht reingewürgt. Die wollten Texas ins 20. Jahrhundert befördern, juristisch gesehen. Gegen den Wind gepißt! Hier sind wir immer noch in Texas! Die Leute laden noch immer ihre Flinten, kein Mann muß sich ducken, wenn er bedroht wird. Das ist die Basis der Notwehr, egal, was das Gesetz über die verdammte Pflicht, sich in Sicherheit zu bringen, behauptet.«

Warren fiel ein, daß Texas von allen Staaten der Union am längsten Grenzschlachten schlug. Seine Bürger waren fest mit Kanonen und Blut verbunden – stets mit dem Rücken zur Wand. Er dachte auch an jenes texanische Gesetz, das es nicht als Verbrechen ansah, den Liebhaber der Ehefrau zu töten. Es war vor etwa zwanzig Jahren aus den Büchern gestrichen worden, aber das Gesetz räumte einem immer noch das Recht ein, sich zu bewaffnen und eine Erklärung zu begehren, wenn man aus zuverlässiger Quelle erfuhr, daß einem jemand nach dem Leben trachtete.

»Lassen Sie mich Ihnen eine Geschichte erzählen«, fuhr Scoot fort. »Mein erster Mordfall, vor fast 40 Jahren. Mein Mandant, ein Typ namens Whitey Garcia, schoß seine Frau und ihren Freund über den Haufen, als sie in einer Bar im dritten Bezirk ruhig an ihrem Bier nippten. Reiner Vorsatz. Er ging zu ihnen hin und fragte seine Frau, was sie da mache. Der andere Typ, der Ramos hieß, mischte sich ein und sagte: ›Sie macht gar nichts.‹ Whitey zog eine Neun-Millimeter und jagte ihm eine Kugel in den Bauch. Seine Frau sprang auf, schrie und rannte durch die Bar. Er schoß ihr in den Rücken. Dann schoß er Ramos in den Kopf. Steckte die Pistole wieder in den Gürtel und stapfte davon.

Die Anklage bot Whitey Garcia, nachdem er den Mord an seiner Frau gestanden hatte, 60 Jahre. Ramos interessierte sie nicht. Wir lehnten das Angebot ab, und ich brachte den Fall vor die Geschworenen. Die sprachen ihn schuldig. Verhängten zehn Jahre, kamen rüber und schüttelten ihm die Hand und sagten, sie hätten getan, was sie konnten, und wenn er nicht so verflixt weit gegangen wäre und auch noch seine Frau umgelegt hätte, hätten sie ihn freigesprochen.«

Scoot füllte sein Glas neu.

»Was ich damit sagen will – man hat nicht die Pflicht, sich in Sicherheit zu bringen. In den letzten Jahren sind im Hinblick auf die Rechte des schwächeren Geschlechts große Fortschritte gemacht worden. Gleiche Chancen, gleiche Löhne, kein Betatschen im Büro und so weiter. Mein Einwand ist folgender: Warum ist eine Texanerin in unserem aufgeklärten Zeitalter verpflichtet, sich mehr als ein Mann in Sicherheit zu bringen? Vor allem, wenn das Schwein es nötig hatte, getötet zu werden? Von dieser Theorie möchte ich die Geschworenen überzeugen und meine Mandantin aus Dwight Binghams Gerichtssaal marschieren lassen, wie einst Whitey Garcia aus der Bar.«

Also ein Frauenrechtsfall. Warren schnalzte mit der Zunge. Wenn's einer schaffte, dann Scoot.

Er fragte den Älteren: »Halten Sie Johnnie Fayes Story für wahr?«

»Schwer zu sagen. Bis jetzt hab ich nichts anderes, womit ich arbeiten könnte. Ich möchte, daß Sie mit ihr reden. Und schnüffeln Sie herum, und reden Sie mit allen anderen, mit denen Sie reden müssen. Und dann reden Sie wieder mit ihr, bis ihr Ihre Stimme zum Hals raushängt. Finden Sie raus, wo man uns packen könnte.
Wenn ich vor die Geschworenen trete, will ich keine unangenehmen Überraschungen erleben.«

»Wann sehe ich sie?«

Scoot schaute auf seine Rolex. »In etwa zwei Stunden. Wir gehen alle zum Astrodome und schauen uns Baseball an – Sie und ich und Johnnie Faye und ihr neuer Freund. Ihre Idee, ihre Einladung. Baseball langweilt mich zu Tode. Aber in den Pausen können Sie die Dame kennenlernen.«

Warren langte nach dem Telefon. »Ich muß nur rasch telefonieren und eine Dinner-Verabredung absagen.« Während er die Nummer drückte, sagte er: »Scoot, wenn von den Geschworenen jemand Spanisch spricht, soll Johnnie Faye ihnen lieber nicht sagen, welches ihr mexikanisches Lieblingslied ist.«

»Warum – was isses?«

»Laut ihrer Akte: ›No Vale Nada La Vida‹.«

Scoot schaute verdutzt.

Warren lachte trocken. »Sie wissen nicht, was es bedeutet?«

»Nein.«

»Das Leben ist nichts wert.«

Warren fuhr nach Hause, um sich umzuziehen. Als er um die Ecke und in die Sackgasse bog, die zu seinem

Haus führte, sah er Charms Mazda in der Einfahrt stehen. Sie war also gleich nach der Arbeit nach Hause gefahren. Sie erwartete ihn nicht. Er hatte ihr gesagt, daß er sich mit den Levines zum Essen treffen würde. Charm war auch eingeladen. »Ich bezweifle, daß ich's schaffe«, hatte sie gesagt, »aber wenn's klappt, rufe ich Shepards Büro an.«

In der dunstigen Abendhitze sah Warren, daß Charm und ein Mann, den er nicht kannte, neben einem Auto standen, das auf derselben Straßenseite, etwas weiter oben, geparkt war. Charm stand mit dem Rücken zu ihm, die Beine leicht gespreizt, ihr Rock straff. Sie trug ein blaßblaues Kostüm – das für 1 600 Dollar von Lord & Taylor, wie er sich erinnerte. Die Autotür stand offen, und der Mann stützte sich energisch gestikulierend darauf ab. Warren trat leicht auf die Bremse seines Wagens.

Der Mann legte seine Hand auf Charms Schulter. Er schien sie zu drücken. Dann legte er seine Handfläche an ihre Wange und ließ sie sekundenlang darauf ruhen. Charm neigte leicht den Kopf.

Ihre Gesten waren beredt genug; Warren verstand sie sofort.

Langsam fuhr er näher heran und blieb etwa fünfzehn Meter von ihnen entfernt neben einem anderen Auto stehen. Wegen der Sackgasse konnte er nicht an ihnen vorbeifahren – das Blackburnsche Haus lag so ziemlich am Ende der Straße. Er konnte eine Kehrtwendung machen oder im Rückwärtsgang zur Avenue zurückfahren, aber das würden sie merken. Und er brachte es nicht über sich, sie in Verlegenheit zu bringen, indem er einfach in die Einfahrt einbog.

Er wartete, bis der Mann endlich aufhörte zu reden, sich hinabbeugte, Charm kurz auf die Lippen küßte und in sein Auto stieg.

Er fuhr an Warren vorbei, ohne ihn eines Blickes zu würdigen. Das Lenkrad fest umklammert, starrte Warren Warren ihm ins Gesicht. Er sah einen sonnengebräunten Mann von etwa 40 Jahren mit Schnurrbart. Er merkte, daß sich seine Lippen, ausgedörrt, in einer Grimasse über den Zähnen zurückgezogen hatten.

Charm drehte sich um und ging rasch mit klappernden Absätzen die Einfahrt hinunter ins Haus. Aus seinem Auto sah er, wie sich die Haustür hinter ihr schloß.

Weiter oben auf der Straße brüllten sich Kinder etwas zu. Rollschuhe schabten über Beton. Warren stellte das Auto am äußersten Rand seiner Einfahrt ab.

Hineingehen? Sich wegschleichen? Ausgehen und sich besaufen?

Es war immer noch sein Zuhause. Seine Kleidung war drin, und er brauchte sie. Er zog die Schlüssel aus dem Zündschloß, stieg aus, schloß die Haustür auf und betrat den kühlen Flur, der zum Wohnzimmer führte. Oobie sprang an ihm hoch und wedelte wild mit dem Schwanz.

Wenn du doch reden könntest, Oobie. Ich würde dir viele Fragen stellen.

Charm saß in einem Schaukelstuhl am Küchentisch aus Kiefernholz und trank kalten Weißwein. Das Knirschen des Schaukelstuhls war das einzige Geräusch, als sie mit verschwommenem Blick hochsah. Auch etwas Wildes lag darin und eine Wut, die seiner eigenen gleichkam. Wut überspielt Angst, wußte er.

»Ich hab dich draußen gesehen«, sagte er. »Ich saß im Auto.«

Sie starrte ihn schweigend an.

Warrens Herz flatterte, aber alles andere war taub. »Können wir uns im Schlafzimmer unterhalten, Charm? Ich muß mich umziehen.«

Scheinbar gehorsam folgte sie ihm mit dem Weinglas in der Hand, und Oobie trottete hinterher, den Schwanz fest zwischen die Beine geklemmt. Oobie wußte Bescheid. Charm setzte sich auf die Kante des breiten Ehebetts, während Warren seinen Anzug auszuziehen begann und die Hose Bügelfalte auf Bügelfalte in den hölzernen Halter preßte. Die Taubheit war weg, aber jetzt klingelte es in seinen Ohren. Ich weiß nicht, was ich sagen will oder tun soll. Es liegt an ihr.

»Okay«, sagte Charm endlich seufzend.

»Was ist okay?«

Er fing an, nach seiner Baseballmütze zu suchen, die irgendwo zwischen Jogginganzügen, alten Tennisschuhen und zerrissenen T-Shirts mit verschiedenen Aufschriften steckte.

»Das ist ein Mann, mit dem ich mich neuerdings treffe«, sagte sie leise.

»Treffe?«

»Mit dem ich ein Verhältnis habe.«

Er fand die schwarze Astro-Kappe und beschloß, sie sich gleich hier und jetzt aufzusetzen. Jede Hand fühlte sich wie 25-Pfund-Gewichte an, und er fummelte idiotisch am Schild herum. Er merkte, daß er wie beim Training im Fitneßclub keuchte.

Als er sich umdrehte, sagte Charm: »Du siehst albern aus.«

Er trug ein weißes Hemd, rote Unterhosen und die Astro-Kappe.

»Das liegt daran, daß ich mich albern fühle«, erklärte er, während er spürte, wie ihm das Blut durch die Adern surrte.

»Was wirst du tun?« fragte Charm. »Wie reagiert man traditionell hier unten, wenn man herausfindet, daß die Ehefrau ein Verhältnis hat? Verhaut man sie? Trampelt man mit den Cowboystiefeln auf ihr herum? Brüllt man und rauscht man aus der Tür – total ›verstimmt‹, wie ihr das nennt?«

Ihre Augen hatten sich mit Tränen gefüllt.

»Das tun wir manchmal«, sagte Warren, »und manchmal bringen wir den Dreckskerl zur Strecke und schießen ihm zwischen die Augen.«

»Wunderbar«, murmelte Charm.

»Erzähl.«

War sie erleichtert, daß er nicht brüllte? Daß er sich in der Gewalt zu haben schien? Es war schwer zu sagen. Sie schien nicht ganz dazusein.

»Willst du seinen Namen wissen? Alle Einzelheiten? Wie lange, wie oft? Willst du wissen, ob er besser oder schlechter als du im Bett ist? Ja?«

»Bitte, Charm.«

Nach kurzem Schweigen sagte sie: »Was genau willst du also wissen?«

Das zwang ihn zu überlegen, er sah klarer und sagte sanft: »Wie es dir geht. Was du jetzt vorhast.«

Sie weinte fünf Minuten lang.

Daran war er gewöhnt. Sie war eine Frau mit tiefen Empfindungen und schnell durchbrennender Sicherung an den Tränenkanälen, und manchmal konnte sie nicht aufhören. Warrens übliche Reaktion war, sie in die Arme zu nehmen und ihr ins Ohr zu flüstern, ihren Rücken zu massieren, so wie er es bei den Müttern beobachtet hatte, deren Babys nicht aufgestoßen hatten.

Aber jetzt im Schlafzimmer, im verblassenden Licht, tröstete er sie nicht mit seinen Händen, und er beruhigte sie nicht mit seinen Worten. Er wußte nicht mehr, wie.

Sie ging ins Bad, um sich das Gesicht zu waschen. Warren zog frisch gewaschene Jeans, ein sauberes weißes Hemd und seinen Baumwollblouson an. Er setzte sich auf den Boden und zwängte seine Füße in die alten Cowboystiefel.

Als sie herauskam, wiederholte er: »Erzähl.«

»Das hilft auch nicht.«

Er begriff, daß sie sich selbst damit meinte. In den Worten schwang eine schreckliche Bedeutung mit.

»Vielleicht hilft es *mir*, Charm.«

Sie dachte eine Weile darüber nach.

»Okay. Vielleicht sollte ich.«

Er war Rechtsanwalt – Zivil –, nicht Strafrecht. Partner in einer großen Firma. Welche? Egal. Er war aus New York. Sein Name? Gehört nicht zur Sache. Vor ein paar Monaten hatte er was beim Sender zu tun, irgendeine potentielle Verleumdungsklage, und er war von seinem Hotel herübergekommen und hatte sie befragt. Sie hatten einen Cocktail zusammen getrunken, anschließend zusammen gegessen.

»Wir fanden uns sympathisch. Er war gescheit und witzig. So beschlossen wir, Freunde zu sein. Ich hab dir nichts davon erzählt, weil wir – ehrlich gesagt – im vergangenen Jahr ziemlich eigene Wege gegangen sind.«

»Es war nicht mein Wunsch«, stellte Warren fest.

»Willst du streiten und mich unterbrechen? Wenn ja –«

»Erzähl weiter, Charm.«

Der Mann war wieder nach New York gereist, aber er hatte mehrmals angerufen und war dann wegen dieser Rechtsangelegenheit für eine Woche zurückgekehrt. Sie hatte sich mit ihm getroffen, und die Affäre hatte ihren Anfang genommen. Er war in sie verliebt, behauptete er. Sie war sich nicht sicher, was er ihr bedeutete. Vielleicht war sie auch in ihn verliebt gewesen.

»Gewesen? Oder noch?«

»Darauf weiß ich keine Antwort.«

Verliebt! Er wollte ihr sagen, das war Chemie und Lust, Mittel und Wege der Natur, damit sich die Spezies fortpflanzte. Schmutzige Tricks der Natur! Die Chemie war schwankend. Die Lust ebbte und flutete. Sie liebte *ihn*, sie war seine Frau. Sie waren Partner, Kameraden. Das hatte Substanz, Gehalt, Dauer.

Aber nichts davon konnte er in annehmbare Worte fassen. Er versuchte, seine Gedanken in seinen Blick zu legen und hinüberzukatapultieren – dorthin auf die Bettkante, wo sie zusammengekauert saß.

Ihr Liebhaber rief sie immer wieder aus New York an. Er nahm sich zwei Wochen frei und flog ein drittes Mal nach Houston. Er lebte in Manhattan von seiner Frau getrennt und wartete auf das endgültige Scheidungsurteil. Er hatte drei Kinder. Es war nicht seine Absicht gewesen, so etwas so bald nach dem Scheitern seiner Ehe passieren zu lassen, aber es war eben passiert.

»Drei Kinder. Mein Gott«, murmelte Warren.

»Sollte das eine gehässige Bemerkung sein?«

»Es ist mir nur so herausgerutscht. Wie fühlst du dich denn bei der ganzen Sache?«

»Durcheinander.«

»Das kann ich mir vorstellen. Und was ist mit unserer Ehe?«

Das war doch der Kern der Sache, oder nicht? Sie hätte doch überhaupt kein Verhältnis angefangen, wenn ihre Ehe sie nicht auf fundamentale Weise im Stich gelassen hätte. Sie hatte das Vertrauen in Warren verloren – sie sah in ihm einen Mann ohne Ziel, einen Mann, wie sie vor einiger Zeit schon gesagt hatte, dem jede Motivation fehlte. Ihr Sexualleben hatte sich verbessert, dann wieder nachgelassen. Er kommunizierte nicht mit ihr. Schon seit einem Jahr nicht mehr, seit diesem kurzen Therapieversuch. Was ging in ihm vor, hinter der Maske? Sie hatte keine Ahnung. Ihre Dinnerpartys fanden immer nur mit anderen Anwaltspaaren statt, und dann drehten sich die Gespräche immer nur darum, was im Gericht los war – die endlosen sarkastischen Analysen von Fällen, Richtern, Staatsanwälten – lausiger juristischer Tratsch. Bis auf ihre Arbeit war ihr Leben langweilig. Nicht ausgefüllt. Er langweilte sie. Wahrscheinlich – mit all diesem Pflichtverteidigungskram, und wenn er seine Kochmütze aufsetzte, um sein Cordon bleu zu machen, und nach dem Essen mit der Fernbedienung durch die siebenundvierzig Fernsehkanäle rauschte, während er in seinem Sessel klebte – langweilte er sich selber. Den Eindruck vermittelte er jedenfalls. Vielleicht war sie nicht mehr in ihn verliebt.

»›Verliebt‹ ist ein irrationaler Zustand. Aber du liebst mich«, sagte er hartnäckig. »Das ist ein Unterschied.«

»Behandle mich nicht wie einen Teenager. Ich kenne den Unterschied. Ja, ich liebe dich. Ich mag dich. Und die letzten paar Jahre hast du mir leid getan.«

Nicht mehr als ich mir selber, dachte er. Aber jetzt war es anders. Das wollte er ihr sagen, aber die Worte kamen ihm anmaßend und albern vor und kamen nicht heraus.

»Willst du mich verlassen und diesen Typ heiraten?«

»Er setzt mich ganz schön unter Druck.«

»Das ist keine Antwort, Charm.«

»Ich weiß nicht, was ich tun will.«

Er blickte auf seine Uhr. Es war zehn Minuten vor acht. »Es tut mir leid«, sagte er. »Mehr als du weißt. Ich hab dich wahrscheinlich enttäuscht. Vielleicht hast du mich auch enttäuscht. Ich möchte mit dir über all das reden. Und es tut mir auch leid, daß ich gehen muß. Wir werden miteinander reden, wenn ich zurück bin. Oder morgen.«

Charms verschwommener Blick flackerte auf. »Du gehst? Jetzt? Wohin?«

Er steuerte schon auf die Schlafzimmertür zu und fischte in seinen Jeanstaschen nach den Autoschlüsseln.

»Zum Baseball, mit Scoot Shepard und einer Mandantin.«

»Ist das dein Ernst? Zum Baseball – wo unser Leben auseinanderfällt?«

»Ich muß. Es ist dienstlich.« Er haßte die Worte, noch während er sie aussprach.

Sie sprang vom Bett und rannte barfuß durch den Flur und das Wohnzimmer bis zur Vorhalle hinter ihm her. Als seine Hand auf dem Türknauf lag, drehte er sich nach ihr um.

»Leck mich am Arsch!« schrie sie.

Er streckte die Hand aus, um ihre Schulter zu berühren, aber sie zuckte vor ihm zurück. Er sagte leise: »Charm, hör mir gut zu. Ich liebe dich noch immer, und ich werd dich nicht gehen lassen.«

Er öffnete die Tür und trat hinaus in die stickige Abendwärme. Es war schon fast dunkel. Dann drehte er sich um und sagte mit festerer Stimme: »Was diesen New Yorker mit Frau und drei Kindern betrifft – seine Story ist so billig wie eine Zwei-Dollar-Uhr. Ich wette, er trinkt vor dem Essen Martinis und trägt Hemden mit Alligatoren auf der Tasche. Wenn ich ihn jemals wieder um mein Haus herumlungern sehe, werd ich auf ihm herumtrampeln!«

Danach fühlte er sich besser. Auf der Fahrt zum Astrodome kam er sich wie ein Idiot vor, ein Hahnrei, ein Heimatloser. So heimatlos wie Hector Quintana. Er weinte.

Die Astros führten gleich zu Anfang, und die Menge im klimatisierten Stadion tobte. Auf seinem Platz auf der linken Seite des Spielfeldes jubelte und johlte Warren. Normalerweise war er kein ausgesprochener Fan des Houston-Teams, aber an diesem Abend hatte er ein besonderes Interesse, die Gegner der New York Mets anzufeuern.

Neben ihm prustete Johnnie Faye Boudreau vor Lachen. »Sie amüsieren sich ja super, Mr. Blackburn. So was von Begeisterung hab ich gern.«

Scoot trank Whiskey aus einem silbernen Flachmann. Warren und Johnnie Faye und ein Mann namens Frank Sawyer, der behauptete, aus Alabama zu stammen, tranken Bier aus Plastikbechern. Sawyer war glatt rasiert, etwa dreißig, hatte hellblaue Augen und sehr kurz geschnittenes blondes Haar. Er redete nicht viel und zwang sich jedesmal, wenn Warren zu ihm hinsah, zu einem widerwilligen Halblächeln. Militär, dachte Warren. Bodyguard und Hengst in einem, wie's scheint. Rausschmeißer im Club, sagte Johnnie Faye. Den könnt ich gebrauchen, um diesen verdammten New Yorker rauszuschmeißen.

Sawyer hatte das hagere, gemeine Aussehen bestimmter Deputy Sheriffs im Süden. Unter dem schwarzen T-Shirt spannten sich die Muskeln und

Schultern eines Gewichthebers. Er war auf beiden Armen tätowiert: ein blauroter feuerspeiender Drachen auf einem, ein Anker und das Wort »Rosie« auf dem anderen. Ob er gesessen hatte wie der tote Dink und der verschwundene Ronzini? Immer, wenn er nach Huntsville fuhr, um einen von seinen Mandanten zu besuchen, fiel ihm auf, wie viele Insassen ihre Lebensgeschichte auf Armen und Brust verewigt hatten. Virgil Freer hatte auf seinem linken Deltamuskel ein nacktes Mädchen tanzen lassen.

Warren plauderte lässig mit Johnnie Faye, aber immer wieder schwirrten ihm wie Moskitos durch ein zerrissenes Fliegengitter Bilder von Charm durch den Kopf. In der zweiten Hälfte des Durchgangs fragte ihn Johnnie Faye, ob sie nicht über den Fall reden sollten.

»'s ist nicht gerade die richtige Zeit und der richtige Ort«, sagte Warren so freundlich wie möglich. »Aber erzählen Sie mir ruhig was von sich.« Ihre Augen flakkerten dankbar auf. Er hatte die Tür zu jedermanns Lieblingsthema aufgestoßen. »Scoot sagt, Sie seien mal Schönheitskönigin gewesen?« soufflierte er.

»Ein Höhepunkt meines Lebens«, sagte sie. »Ich hab versucht, Texanerinnen ins zwanzigste Jahrhundert zu schleusen.«

Sie sei in Odem, einer kleinen Stadt im Westen von Corpus Christi, mit ihrem geliebten Zwillingsbruder Garrett, ihrem älteren Bruder Clinton und der jüngeren Schwester Jerene, die immer noch in Odem lebte und mit einem Apotheker verheiratet war, aufgewachsen, erzählte sie. Daddy war Baptistenprediger und besaß gleichzeitig die Tankstelle am Ort. Auf einem Schild stand: »Eds Exxon und Gebetsstube – JESUS KOMMT BALD! Kaltes Bier zum Mitnehmen«. Es war die Art von Kleinstadt, wo man eine falsche Nummer wählte und trotzdem eine Viertelstunde lang quasselte. Als sie mit der High-School fertig war, kam Vietnam; ihr Bruder Clinton wurde von einer Mine zerfetzt und in einem Leichensack nach Texas zurückverfrachtet. Und jetzt waren diese gottverdammten Schlitzaugen hier und rissen sich alles – von Krabbenfischerbooten bis zu Supermärkten – unter den Nagel, und ihre schwarzhaarigen Gören mit den dämlichen Gesichtern schnappten den echten amerikanischen Kids sämtliche Stipendien weg.

»*Ich* wollte aufs College«, erzählte sie Warren, »aber ich konnt's mir nicht leisten. Das bedaure ich am meisten.«

Sie schuftete in der Tankstelle, bis sie genug Geld zusammenhatte, um sich nach Corpus Christi absetzen zu können, wo sie in einer Bäckerei bediente, mit Jungs rumspielte, ein paar Abtreibungen über sich ergehen ließ und ihre Zeit vergeudete. Aber dann wurde ihr klar, daß Corpus hinterm Mond lag.

Ein paar Semester lang nahm sie Abendkurse im Del Mar College. Sie wollte aus ihrem Leben was machen. Dann lernte sie ein paar Frauen kennen, die am Ocean Drive ihre BHs verbrannten und auf Parkplätzen für Frauenrechte demonstrierten. Eine davon war lesbisch. Johnnie Faye probierte es aus. Sie fand's nicht übel, aber Männer waren ihr lieber. Sie schloß sich mit 21 der Frauenbewegung an, die ihre Zentrale in Dallas hatte und sich SPIT nannte – »Society for Protesting Injustice in Texas«. »Ich brauche halt Freunde.«

Als die jährliche Wahl der Miss Texas in Austin und davor Ausscheidungsrunden in ganz Texas bevorstanden, heckten die SPIT-Frauen einen Plan aus. Sie kauften Johnnie Faye einen anständigen schwarzen Badeanzug, ein teures weißes Glitzerkleid und einen busenbetonenden Büstenhalter. Eine der Frauen, eine Friseuse, färbte Johnnie Fayes Haare hellgolden und setzte sie unter eine Höhensonne.

Johnnie Faye wurde Miss Corpus Christi, und mit dem Titel gewann sie 1 500 Dollar. Daß die Preisrichter allerdings etwas zögerten, lag, wie sie erklärten, daran, daß sie ihnen ein bißchen zu sexy »und vielleicht zu selbstbewußt« vorkam.

Die Frauen gaben ihr entsprechende Tips. Vor der Miss-Texas-Wahl ging sie auf Diät, machte täglich drei Stunden Gmynastik. Sie übte sich in Zurückhaltung, nahm Gesangsstunden und las Frauenmagazine.

Es gab aber ein Problem: Im Sportclub lernte sie einen krausköpfigen jungen Fiedler einer Country-Music-Band kennen – er hieß Bubba Rutherford und erinnerte sie stark an den armen Clinton. Sie ging mit Bubba ins Bett und kam zu dem Schluß, daß sie ihn mehr als ihren damaligen Freund liebte. Bubba versprach ihr die Welt, und zwei Wochen später heiratete sie ihn im Rathaus von Corpus.

Als ihre SPIT-Freundinnen davon erfuhren, rieten sie ihr, die Klappe zu halten. Miss-Texas-Anwärterinnen hatten ledig zu sein.

Nach der Vorrunde wurde sie von den Organisatoren erneut instruiert, sich mehr zu dämpfen, niedlicher zu sein und noch ein paar Pfund zu verlieren. Die meisten Bewerberinnen nahmen Speed, um ihr Gewicht niedrig zu halten. Andere litten an Bulimie, stopften sich mit Essen voll und steckten sich anschließend den Finger in den Rachen, um alles wieder auszukotzen. »Die haben ihre Titten mit Klebeband geliftet und ihre Hintern mit Festiger eingesprüht.

Ein Haufen Irre und Ausgeflippte. Sie haben mir leid getan.«

Johnnie Faye war unter den letzten acht, und beim Talentteil in der Endrunde wurde sie Zweite und bekam den silbernen Pokal.

Hätte sie Gold gewonnen, dann hätte sie bis zur Miss-America-Wahl dichthalten müssen – so war's geplant. So aber stand sie am Mikrophon, ließ ihre weißen Zähne in die Fernsehkameras blitzen und sagte: »Leutchen, ich werde euch jetzt mal erzählen, wie's bei so einem Wettbewerb wirklich zugeht . . .« Die Organisatoren versuchten, ihr das Wort abzuschneiden, aber die Fernsehleute waren begeistert. Sie fuhr fort, das tägliche Leben ihrer an Vitaminmangel leidenden, mit Klebeband gestützten, gefühlsmäßig arg mitgenommenen Mitbewerberinnen zu beschreiben. Die Reaktion war so überwältigend, daß sie von ihrem vorbereiteten Skript abwich und der Welt verkündete, sie sei in Wirklichkeit Ms. Bubba Rutherford, habe die Katze aber nicht aus dem Sack lassen dürfen, denn »jungfräuliches Fleisch ist die einzige Art von Fleisch, das die chauvinistischen Schweine in diesem Zirkus zulassen.«

Die SPIT-Frauen trugen sie triumphierend aus dem Saal. Sie verlor ihren Titel, was sie erwartet hatte, und bekam etliche Model-Angebote von einer Werbeagentur in Houston, was sie nicht erwartet hatte. Bald wurden ihr SPIT und Bubba langweilig.

»Also ließ ich mich scheiden und ging nach Houston. Inzwischen tauchte mein Zwillingsbruder Garrett auf, den ich mehr als jeden anderen auf der Welt liebte, und zog bei mir ein. Ich sorgte für ihn. Er hatte Alpträume und war ein Junkie. Das hatte der Krieg aus ihm gemacht. Ich sagte immer: ›Garrett, du hast getan, was du tun mußtest. Es muß dir doch nicht leid tun, diese gelben Schweine umgelegt zu haben – die haben's doch verdient!‹ Aber an einem Wochenende ging er mit ein paar Kumpels weg und setzte sich den goldenen Schuß. Das war das Schlimmste, was mir je passiert ist, noch schlimmer als der Tod meines Vaters und der von Clinton. Damals arbeitete ich als Tänzerin und war total erledigt. Ich fand jemand, der mir ein paar Jahre lang das Ecstasy mitfinanzierte, und der Rest ist Geschichte. Wollen Sie den Teil auch noch hören?«

Scoot hatte sich inzwischen entschuldigt und war gegangen. Die Mets hatten aufgeholt, und es stand unentschieden.

Warren sah immer wieder Charm und ihren New Yorker Liebhaber vor sich. Und um die bösen Geister zu vertreiben, feuerte er die Astros noch temperamentvoller als vorher an. Johnnie Faye erzählte ihm, wie sie den Club renoviert und neue Leute eingestellt hatte, einen Typ heiratete, der sich als nichtsnutziger Drogenhändler entpuppte – »wurde geschnappt, als er 20 Kilo lieferte, da hab ich mich scheiden lassen.« Strawberry schlug den Ball für die Mets über den Zaun, und nach dem Wechseln der Mannschaften konnten die Astros den Ball nicht einmal aus dem Innenfeld schlagen.

»Ich fahr immer noch dreimal im Jahr zu meiner Mama nach Odem runter, und ich halt zu jedem, der zu mir hält. Das ist meine Überzeugung«, schloß Johnnie Faye.

Sie gingen hintereinander zum Ausgang hinauf. Am Würstchenstand blieb Johnnie Faye wie angewurzelt stehen und tippte mit dem Finger auf seine Brust. »Guter Freund, ich hab ein Hühnchen mit Ihnen zu rupfen; es ist auch meine Überzeugung, immer offen zu sagen, was ich denke. Seit dem verdammten Unentschieden haben Sie kein einziges Wort mehr gehört! Ich plaudere hier meine ganze Lebensgeschichte aus – was Sie ja schließlich wollten –, und Sie sitzen da und machen sich Sorgen, ob irgend so 'n Knilch da draußen den Ball erwischt oder nicht!«

»Das ist es nicht«, sagte Warren.

»Was dann? Sie sollen mein Anwalt sein, zusammen mit Mr. Shepard. Er hat gesagt, ich soll mit Ihnen reden und die Wahrheit sagen, die ganze Wahrheit und nichts als die Wahrheit, was ich getan hab. Aber ich weiß nicht, ob ich einen Anwalt will, der mir nicht zuhören kann. Ich werd keinen Aufstand machen, aber Sie schulden mir eine Erklärung.«

Warren holte bebend Luft und sagte: »Meine Frau hat mir eben erklärt, daß sie eine Affäre hat. Sie wird mich vielleicht verlassen. Das geht mir im Kopf rum, nicht das Spiel.«

Johnnie Fayes Gesicht erblühte wie eine rosige Rose. Das Dunkle verschwand aus ihren zweifarbigen Augen. »Das hätten Sie mir früher sagen sollen, Warren«, sagte sie, während die Menge sich um sie herum auflöste. Ihre Stimme wurde weicher: »'s gibt nichts auf der Welt, was ich nicht kenn, wenn's darum geht, was zwischen Männer und Frauen passiert. Diese Story kenn ich so gut, daß ich einen Roman drüber schreiben könnte.«

Sie zog Frank Sawyer zu sich heran und küßte ihn auf die knochige Backe.

»Geh du schon mal in den Club zurück, Schätzchen. Ich schlepp meinen neuen Freund in 'ne Bar und hör mir *seine* Geschichte an. Der gute Anwalt braucht Hilfe.«

Sie gab Sawyer einen Schubs. Dann hängte sie sich bei Warren ein. »Es gibt Frauen, denen braucht man bloß den kleinen Finger zu geben, und schon reißen sie einem das Herz raus und trampeln das arme Ding platt. Ist Ihre Frau so eine?«

»Nein«, sagte Warren, »nein.«

»Dann kann ich Ihnen vielleicht helfen.« Sie dirigierte ihn zur Astrodome Sports Bar.

Früh um neun stand Warren verkatert vor dem Haus des verstorbenen Dan Ho Trunh. Charm hatte geschlafen, als er um eins nach Hause gekommen war. In der Dunkelheit kroch er leise ins Bett, blieb auf seiner Seite und lauschte eine Weile ihrem gleichmäßigen leisen Atmen. Sie schien sich beruhigt zu haben. Ihre Worte fielen ihm wieder ein und trafen ihn wie Schläge. Er umklammerte das Kopfkissen, und der Schmerz drückte gegen seine Augenlider. Nichts von allem war wahr. Morgen früh stehe ich auf, und alles ist gut.

Bleierne Niedergeschlagenheit weckte ihn. Er zog sich an, absolvierte sein morgendliches Ritual und verließ das Haus, ohne einen Blick auf seine Frau zu werfen.

Die Trunhs wohnten südlich des Autobahnrings in Blueridge, in einer Straße mit kleinen ordentlichen Backsteinhäusern. Ein kleiner Chevrolet stand in der Einfahrt. Warren spähte hinein. Er war makellos sauber: kein Kaugummipapier auf dem Boden, nicht mal ein Staubfleck auf dem Armaturenbrett.

Auch das Haus war makellos: Brokatvorhänge, Sets auf dem Küchentisch, Spitzendeckchen auf den Armlehnen der Wohnzimmersessel, Fotos würdevoll aussehender älterer Asiaten an der Wand über dem Fernseher. Dan Ho Trunhs winzige junge Witwe und Mutter trugen schwarze Blusen und schwarze Jeans. Ein paar Kinder spielten leise in einem anderen Raum. Warren reichte ihnen seine Visitenkarte und erklärte, daß er der Anwalt sei, der vom Staat Texas für die Verteidigung des Mannes bestellt worden war, dem die Tötung ihres Gatten und Sohnes angelastet wurde.

Keine Kleinigkeit, so was zu sagen.

Sie schienen zu verstehen. Die jüngere Ms. Trunh, die Witwe, die etwa 25 war, bot Warren ein Glas Grapefruitsaft an. Ihre dunklen Augen waren ernst, aber sie lächelte ihn an. Wie könnte sie helfen?

»Indem Sie mir alles erzählen, was am Abend passiert ist, bevor Dan Ho das Haus verließ. Und am Morgen.«

Sie erzählten ihm nichts, was er nicht bereits wußte, außer welche Fernsehprogramme die Familie gesehen hatte.

Er konzentrierte sich auf die Witwe, die besser Englisch sprach als ihre Schwiegermutter. »Sie gaben vor der Polizei an, Ihr Mann habe an jenem Tag seine Brieftasche dabeigehabt. Haben Sie gesehen, wie er die Brieftasche genommen hat, bevor er weggegangen ist, Ms. Trunh?«

»Nein, aber er hatte sie immer dabei. Sein Geld und viele verschiedene Karten waren drin.«

»Kreditkarten?«

Ms. Trunh schüttelte den Kopf. Keine Kreditkarten. Er zahlte bar und mit Scheck.

Warren sagte: »Es tut mir schrecklich leid, Sie so belästigen zu müssen. Ich kann mir denken, wie Ihnen beiden zumute sein muß.«

Die beiden Damen Trunh nickten wieder verzeihend.

»Woher wissen Sie, daß er mehr als 50 Dollar in der Brieftasche hatte?«

»Das war immer so«, sagte die Witwe.

»Hatte Ihr Mann Feinde, Ms. Trunh? Jemand, der böse auf ihn war?«

Die Witwe verneinte es.

Warren schluckte den Rest seines Grapefruitsaftes und stellte Fragen über die Familie und Dan Hos Freunde. Siebzig Prozent aller Morde wurden von Freunden und der Familie des Opfers begangen.

Alle mochten Dan Ho. Niemand hatte ihn jemals bedroht.

Er fragte, ob die Polizei immer noch das Auto hatte, mit dem ihr Mann unterwegs war. Nein, sagte die Witwe, es war zurückgebracht worden. Es stand hinten in der Garage.

»Kann ich's mal sehen?«

Die Frauen in gleichen Trauerjeans führten ihn durch die Küche in die Garage, wo Werkzeuge und Farben sauber auf Sperrholzregalen aufgereiht waren. Der alte blaue Fairlane sah aus, als ob er gerade gewaschen und gewachst worden wäre. Seine Farbe, ein besonders knalliges Blau, glänzte im Schatten. Warren öffnete die Tür auf der Fahrerseite. Hitze strömte heraus. Innen war staubgesaugt worden – sauber wie der Chevy in der Einfahrt. Von Blutflecken keine Spur.

Seine Gedanken wanderten. In der Hitze der Garage dachte er daran, wie er Charm auf dem Vordersitz seines alten TransAm zum erstenmal geküßt hatte. Wie der Kuß immer weiter und weiter gegangen war, bis er selbst in eine andere Welt schwebte, und wie sie später, mindestens einmal im Jahr, sehnsüchtig gefragt hatte: »Wirst du mich jemals wieder so küssen?«

Er öffnete das Handschuhfach. Leer bis auf die Wagenpapiere, die mit einer Büroklammer zusammengehalten waren. Als er hinter das Auto trat, um sich das Kennzeichen zu notieren, murmelte die Frau etwas in ihrer weichen Sprache. Er blickte auf und probierte ein aufmunterndes Lächeln.

»Rechtsanwälte schreiben tausend Dinge auf, die völlig nutzlos sind. Machen Sie sich bitte keine Sorgen.«

Er sah, daß die rechte hintere Stoßstange ein paar Zentimeter weit abgerissen war, und davor lief ein cremefarbener Kratzer über dem glänzendblauen Metall. Während er – mit seinen Gedanken ganz woanders – darauf starrte, schwatzte die Schwiegermutter jetzt lauter. Sie schien verärgert zu sein.

»Sie ist nicht böse auf Sie«, sagte die Witwe. »Sie ist böse auf die Polizei, weil sie das Auto beschädigt haben.«

Warren fragte, was die Polizei gemacht habe.

»Was Sie sich gerade anschauen. Die Stoßstange und den großen Kratzer – das war noch nicht, als mein Mann am Morgen wegfuhr. Die Polizei hat das gemacht, als sie den Wagen zurückbrachten.«

»Ach«, sagte Warren. Die Mutter redete immer noch Vietnamesisch und benutzte ihre Hände, um ihrer Meinung Gewicht zu geben.

Die Witwe sagte: »Natürlich sagen sie: ›Nein, das waren wir nicht. Das war schon vorher so‹. Und deshalb müssen wir die Reparatur selbst bezahlen. Das kostet viel Geld.«

Ein Mann, ein Ehemann, Sohn und Vater, war tot. Es war erstaunlich, worüber sich die Menschen aufregten.

»Ja, das kostet enorm viel«, sagte Warren und machte sich aus Gewohnheit Notizen über den Schaden.

Vom Haus der Trunhs fuhr er zum Hermann Park und zu den Ställen. Bevor er ausstieg, zog er sein Jackett aus und rollte die Ärmel hoch.

Hinter dem Schuppen, wo Hector Quintana einmal gelebt hatte, fand Warren einen geschwärzten Topf, in dem jemand Schweineschwarten gebraten hatte; in der Nachmittagssonne konnte man das Fett riechen. Ein zusammengerollter Fetzen einer karierten Decke lag auf der Erde. Aber es war niemand in der Gegend. Der Reitplatz in der Nähe, mit Gattern und umgefallenen Barrieren, war ebenfalls verlassen. Die Hitze rollte in Wellen über den Boden. Ein Pferd wieherte im Stall.

Im Stall war die Luft beißend. Er sah, daß eine Stute aus einer der Boxen geführt worden war und am Hinterzwiesel eines englischen Sattels, der auf dem Stroh lag, festgebunden war. In der leeren Box schaufelte ein Mann Pferdemist in einen Eimer.

»Armando?«

Der Mann drehte sich um. Er wischte sich den Schweiß von der Stirn. Er war dünn und dunkel und trug ausgebeulte, fleckige Hosen.

»Armando ist nicht hier«, sagte der Mann.

»Dann müssen Sie Pedro sein.«

Der Mann nickte. Er war weder mißtrauisch noch hoffnungsvoll. Er sah nur müde aus.

»Na, wie geht's denn so?« fragte Warren. »Harte Arbeit – *mucho trabajo, si?*«

»Nicht so schlimm«, sagte Pedro.

»Na, Sie sehen aber ganz schön kaputt aus. Und ich wette, Sie sind hungriger als 'n Straßenköter. Machen Sie hier fertig, dann lad ich Sie zu Hühner-Tacos und Bier ein. Ich bin ein Freund von Hector.«

Vom Taco-Stand brachte Warren die Plastikteller zu seinem Auto, wo er den Motor und die Klimaanlage hatte laufen lassen. Zu seiner Verwunderung – obwohl es eigentlich Sinn machte – hatte Pedro nicht gewußt, daß Hector im Gefängnis saß. Hector war einfach verschwunden. Pedro und sein Freund Armando hatten die Achseln gezuckt – vielleicht tauchte er wieder auf, vielleicht nicht.

»Hat schon jemand von der Staatsanwaltschaft mit Ihnen gesprochen?«

Niemand war gekommen, sagte Pedro und schmierte die Salsa tief in seinen Taco hinein. Warren konnte das nicht – es würde ihm den Gaumen aufreißen und die Zunge betäuben.

»Hector soll einen Mann umgebracht haben?« Pedro hörte nicht auf zu kauen, aber er schüttelte heftig mit dem Kopf. »Glaub ich nicht.«

»Ich auch nicht, Pedro, aber sie sagen, er war's. Mit der *pistola*, die er in seinem Einkaufswagen mit sich herumschob.«

»Der hatte keine Pistole«, sagte Pedro, offensichtlich überrascht.

»Sie haben sie nie gesehen?«

»Was gesehen?«

»Die Pistole, die Hector sich gekauft oder ausgeliehen hat.«

»Hab nie 'ne Pistole gesehn – kann ich beschwörn. Von wem soll er sie denn ausgeliehen haben? Wir kennen niemand mit 'ner Pistole.«

»Wann haben Sie und Armando Hector zuletzt gesehen?«

Am Tag, an dem Hector verschwand, am frühen Nachmittag. Pedro war sich da ganz sicher.

»Vielleicht hat er sich die Pistole danach gekauft«, sagte Warren.

»Der hatte doch gar kein Geld für 'ne Pistole.«

»Woher wissen Sie das so genau?«

»Der hat sich doch noch drei Dollar von mir gepumpt. Ich vertrau ihm – ich hab ihm schon mal was geliehen, er hat's immer zurückgezahlt. Ich pump ihn auch an, wenn ich nix hab.«

»Würden Sie das alles vor Gericht bezeugen?«

Pedro sah unglücklich aus.

»Ich kann Sie nicht für die Aussage bezahlen«, sagte Warren, »das ist gegen das Gesetz. Aber ich kann Ihnen Geld geben, damit Sie sich 'n paar Tage lang was zu essen kaufen können. Ich kann Ihnen ein paar Sachen zum Anziehen kaufen.« Er zog zwei Zwanzig-Dollar-Scheine aus dem Portemonnaie und schob sie in Pedros schmutzige Hemdentasche. »Es kann Ihnen nichts passieren, nicht, wenn Sie die Wahrheit sagen. Verstehen Sie, was ich sage? Hector ist Ihr Amigo.«

Mit den Fingern fing Pedro ein Stück Huhn auf, das aus dem Taco gefallen war.

»Pedro, wenn sie ihn schuldig sprechen, wird er vielleicht getötet.«

»Erschossen? Durch ein Exekutionskommando?«

»Nein, das ist unmenschlich – die Typen können danebenfeuern und einem einen Bauchschuß verpassen. Hängt man einen Mann, kann der Knoten rutschen, und er wird erwürgt. Der elektrische Stuhl – er verglüht – soll auch schon Feuer gefangen haben. Gaskammer – da kotzt und brüllt er. Texas ist moderner. Hier setzen wir einen Mann unter Drogen. Dann wird ihm Cyanid in die Vene gespritzt. Man sagt, es tut nicht weh. 's ist aber noch keiner zurückgekommen und hat gesagt, wie's wirklich ist.«

Pedro sagte immer noch nichts. Warren merkte, daß er ihn nicht verstanden hatte.

»Schauen Sie – Sie gehen einfach zum Gericht, reden, und dann gehen Sie wieder. Die werden Sie nicht abschieben, weil Sie keine Papiere haben, das versprech ich Ihnen. Wenn ich mich drum kümmere – machen Sie's dann?«

»Okay«, sagte Pedro. Aber es kam nicht von Herzen.

Warren fuhr den Mexikaner zu den Ställen zurück, gab ihm eine seiner Visitenkarten, paßte auf, daß sie mit den 40 Dollar sicher in einer Hosentasche verschwand, und ließ ihn aussteigen.

»Verlassen Sie die Stadt nicht. Verlassen Sie nicht einmal den Hermann Park, ohne mich anzurufen und mir zu sagen, wo Sie zu erreichen sind. Es kann auch ein R-Gespräch sein. Lassen Sie mich nicht im Stich, Pedro. Lassen Sie Hector nicht im Stich! *Viva Mexico!*«

Pedro nickte. Und als Warren winkend davonfuhr, winkte er auf diese komische südamerikanische Art zurück – mit der hohlen Hand, als ob er ihn heranwinkte.

Später am Nachmittag suchte Warren Siva Singh in der Reinigung auf. Die Inderin teilte ihm höflich mit, daß die Staatsanwältin ihr gesagt habe, sie solle mit niemandem über die Sache reden. Entzückend, dachte Warren.

»Nancy Goodpaster hat das gesagt? Die Staatsanwältin?«

»Meine Güte, Sir, bitte werden Sie nicht böse. Ich habe ihre Karte gleich hier.« Sie nahm ihre Brille ab und griff in ihre Handtasche.

»Sie hat kein Recht, so etwas von Ihnen zu verlangen, Ms. Singh«, erklärte Warren. »Ich glaube, Sie haben sie mißverstanden. Sie sind selbstverständlich berechtigt, mit mir zu reden. Und wenn Sie fair sein wollen, sollten Sie es sogar.«

Siva Singh lehnte jedoch ab. Er wählte Nancy Goodpasters Nummer, konnte sie aber nicht erreichen.

Den nächsten Morgen verbrachte er in Ravendale, wo er an Türen der Apartmenthäuser neben dem Parkplatz auf der Westseite klopfte. Hier mußte Hector sich in der Dunkelheit hingesetzt und beschlossen haben, den Supermarkt auszurauben.

Die wenigen Leute, die zu Hause waren, starrten ihn entgeistert an. »Im Abfallcontainer? Vor drei Wochen? Ob ich mich erinnere, eine halbleere Flasche Old Crow oder ein Paar Tennissocken weggeworfen zu haben? Machen Sie Witze?«

Warren trug Anzug und Krawatte, deshalb hielt ihn niemand für einen total Verrückten. Aber es konnte sich auch niemand erinnern, einen Mann im Abfallcontainer herumwühlen oder auf dem Parkplatz sitzen gesehen zu haben. Aber nicht alle waren zu Hause. Die Leute spielten Tennis oder schwammen oder verbrannten sich die Haut in der Sonne neben dem Pool.

Im Hauptgebäude wartete Warren hinter zwei anderen. Dann zeigte er einer hübschen Frau an der Rezeption seine Visitenkarte. Sie trug ein Schildchen am Revers, auf dem »Janice« stand. Er fragte sie, ob es ein Schwarzes Brett gebe, wo er eine Nachricht hinterlassen könnte. Nein, sagte Janice, das Schwarze Brett ist nur für die Mieter da.

»Also, dann wüßte ich gern – wenn ich einen Zettel drucken lasse – könnten Sie mir dann einen Gefallen tun und in jeden Briefkasten einen stecken?«

»Die Post wird zur Tür gebracht.«

»Wofür sind die Briefkästen?«

»Ersatzschlüssel, Rechnungen und Mitteilungen von der Verwaltung. Werbung können Sie nicht hineinwerfen.«

Es handle sich nicht um Werbung, erklärte Warren geduldig. Es war eine Bitte um Informationen, die einem Mann helfen könnten, der vielleicht fälschlicherweise eines Verbrechens beschuldigt werde.

»Tut mir leid«, sagte sie, »und ich hab zu tun.« Sie drehte sich einem Schreibtisch zu.

»Einen Augenblick, Janice.« Widerwillig drehte sie sich wieder um, und er sagte: »Ich bin Rechtsanwalt, und meinem Mandanten droht die Todesstrafe für etwas, was er, wie er sagt, nicht getan hat. Ich brauche Ihre Hilfe. Wenn das nicht klappt, kann ich sicher jemanden in diesem Büro finden, der tut, was zu tun ist, und höflich dazu.«

Er hatte seine Stimme überhaupt nicht erhoben.

»Es tut mir sehr leid«, sagte Janice. »Ich hab schreckliche Migräne. Wenn Sie wüßten, was hier los ist, würden Sie's verstehen. Das Schwarze Brett hat keinen Sinn – da schaut nie jemand hin. Wenn Sie mir die Zettel bringen, steck ich sie in die Kästen.«

»Vielen Dank, Ma'am. Ich werde der Verwaltung schreiben und mich für Ihre Freundlichkeit bedanken.«

In der Polizeizentrale in der Reisner Street holte sich Warren unten bei der Anmeldung einen Besucherausweis aus Plastik und nahm dann den Aufzug zur Mordkommission im dritten Stock. Hollis Thiel, der zusammen mit Craig Douglas Hector festgenommen hatte, hatte die Strafanzeige eingereicht, die die Staatsanwaltschaft zur Anklagejury brachte, um die Anklage zu sichern. Sie lautete unter anderem: ». . . daß Hector Quintana de Luna am 19. Mai 1989 vorsätzlich und wissentlich den Tod von Dan Ho Trunh durch Erschießen des Klägers mit einer Pistole herbeigeführt und den Mord in Tateinheit mit einem Raub begangen hat, was EINE VERLETZUNG DER RUHE UND WÜRDE DES STAATES darstellt.«

Ruhe und Würde des Staates! Was für ein Unsinn, dachte Warren.

Die Mordkommission überblickte einen Parkplatz für die blauweißen Streifenwagen und ein Betongewirr aus Autobahnausfahrten. Das Büro hatte eine Akustikplattendecke und metallenes Mobiliar. Außer Zigarrenrauch meinte Warren immer eine Mischung aus altem Schweiß und frischer Angst zu riechen.

Douglas war groß, in den Dreißigern, und sah aus wie eine Leiche. Thiel glich einem alternden Schweinchen Dick. Warrens persönliche Meinung war die, daß Thiel ein verbitterter, ehrlicher, schwer schuftender Kriminalist war und Douglas ein nichtsnutziger Straßenköter, der im Zeugenstand lügen würde, um sich selbst ins rechte Licht zu rücken und eine Verurteilung zu sichern. Beide haßten Verteidiger wie die Pest.

»Hat die Goodpaster Sie angerufen?« fragte Warren.

Thiel nickte. »Sie meinte, wir könnten Ihnen 'n paar Dinge erzählen.«

»Hat sie auch gesagt, daß ich den Polizeibericht zu sehen kriegen soll?«

»Ausgeschlossen«, sagte Douglas. »Was die Zeugen uns mitteilen, ist vertraulich.«

Thiel sagte: »Wir würden Ihnen ja gerne helfen, aber es geht leider nicht.«

Warren lachte nicht gerade amüsiert. »Dick und Doof. Ihr Typen seid schon zwei Komiker.«

»Ihr Rechtsanwälte schneit hier einfach so rein«, sagte Thiel, »und erwartet, daß wir für euch den roten Teppich ausrollen. Und dann holt ihr uns in den Zeugenstand und gebt euch die größte Mühe, uns wie verlogene Halunken darzustellen.«

Warren hob die Schultern. »Mein Job.«

»Und Sie wissen, was unsrer ist«, murmelte Douglas.

»Erzählen Sie mir was über Quintana – in Ihrer eigenen gewählten Ausdrucksweise.«

Dazu waren sie bereit. Thiel wiederholte die Geschichte von der Festnahme, die mit dem, was Hector ihm berichtet hatte, weitgehend übereinstimmte. Der Angestellte des Supermarktes hatte mit dem Fuß auf einen Knopf gedrückt. Ein Alarmsignal hatte in der nächsten Polizeiwache geblinkt. Am nächsten Tag hatte die Ballistik die Mordkommission angerufen, um ihnen zu sagen, daß Kaliber und Drall im Lauf von Hectors Pistole zur Kugel paßten, die im Gehirn von Dan Ho Trunh gefunden worden war. Da Thiel und Douglas die Beamten waren, die am Tatort aufkreuzten, war Hector in ihr Büro gebracht worden, wo ihm ein zweites Mal seine Rechte vorgelesen wurden.

»Hat er einen Anwalt verlangt?«

»Zu blöd dafür«, sagte Douglas. »Der saß bloß da und brabbelte: ›Ich weiß nich, von was Sie reden.‹«

»Haben Sie ihn gefragt, wo er die Pistole herhatte?«

Thiel strich sich übers Kinn. »Er hat was erzählt. Ich weiß aber nicht mehr was.«

»Hat er gesagt, daß er sie in einem Müllcontainer gefunden hat?«

»Genau.«

»Noch andere Fingerabdrücke auf der Waffe?«

»Verschmierte.«

»Haben Sie das Auto untersucht, in dem die Leiche gefunden wurde?« fragte Warren.

»War nichts drin. Nancy sagte, wir sollten Ihnen 'n paar Fotos geben.« Thiel zog eine Schublade heraus und griff nach einem Ordner.

»Was ist mit Haar und Faser?« Das war die Spezialeinheit, die sich jeden Tatort mit Staubsauger und Pinzette vornahm und unter den Fingernägeln des Opfers herumstocherte.

»Fehlanzeige.« Thiel schob den Ordner über den Schreibtisch. »Das Opfer wurde durch ein offenes Fenster auf der Fahrerseite seines Autos erschossen. Die Schußwaffentechnik sagt, vielleicht 'n Meter fünfzig, 'n Meter achtzig. Ihr Bursche muß danach einfach reingelangt und die Brieftasche herausgeklaubt haben.«

Warren blickte auf seine Notizen. »Übrigens, wer hat den Wagen vom Tatort weggefahren? Es war doch ein Ford-Kombi, oder?«

»Ich«, murmelte Douglas.

»Haben Sie auf dem Weg zur Polizeigarage zufällig ein paar Laternenpfähle gestreift?«

»He, darüber hab ich schon mit seiner Alten verhandelt.« Douglas schlug den Ordner auf und ließ die Farbvergrößerungen auf den Schreibtisch gleiten. Unter dem knochenweißen blendenden Licht der Neonleuchte an der Decke starrte Warren auf einen zusammengesunkenen Körper auf dem Autositz, das Gesicht vor lauter Blut unkenntlich.

»Und das hier«, sagte Douglas und tippte auf ein Foto, das er aus dem Stoß gezogen hatte. »Sehen Sie das? Die verdammte Stoßstange war schon abgerissen, als wir ankamen. Das hab ich ihr gesagt.« Er lachte heiser. »Machen Sie jetzt in Zivilrecht? Wollen Sie vielleicht die Frau des Opfers vertreten und die Bullen wegen Sachbeschädigung verklagen?«

»Danke, meine Herren.« Warren stand auf. Er steckte die Fotos in seine Aktentasche. »Ist Tommy Ruiz im Laden?«

Ruiz war der Beamte von der Mordkommission, der Johnnie Faye Boudreau in der Nacht, in der Clyde Ott ermordet wurde, festgenommen hatte. Mit dem mußte auch noch verhandelt werden.

»Ich glaub, ja«, sagte Thiel. »Ich ruf mal durch.«

Auf dem Pflaster begann der Teer zu schmelzen. Warren fuhr seinen BMW langsam auf den Parkplatz hinter dem Gefängnis in der Austin Street.

Zwei schweigende Penner kamen auf ihrem Weg zur Mission dahergeschlendert, die sich nur wenige Häuserblocks weiter, am Gericht und dem modernen Bürokomplex vorbei, befand. Die mittägliche Golfküstenhitze lag drückend über der Stadt. Warren lockerte die Krawatte.

Zehn Minuten später saß er in einem der Besucherräume Hector Quintana gegenüber. Der Schweiß trocknete auf Warrens Stirn, und sein Rücken war kalt, wo die Klimaanlage auf die feuchten Stellen blies.

»Hector, wir müssen zu einer Entscheidung kommen. Und bestimmte Dinge müssen einfach gesagt werden.«

»Was kann ich denn noch sagen?« Quintana blickte ihn finster an.

»*Ich* habe Ihnen was zu erzählen. Der Bezirksstaatsanwalt macht Ihnen ein Angebot.«

»Wer ist der Bezirksstaatsanwalt?«

»Der Bezirksstaatsanwalt ist ein Typ, den Sie nie kennenlernen werden – er macht nur Politik. Ich rede eigentlich von einer stellvertretenden Bezirksstaatsanwältin, Nancy Goodpaster, die Sie ganz bestimmt kennenlernen und wahrscheinlich hassen werden. Die möchte Sie nämlich lebenslang hinter Schloß und Riegel sehen oder den Staat Texas dazu bringen, Ihnen Cyanid zu spritzen. Das ist ihr Job. Und sie glaubt, sie hat schlüssige Beweise. Das Problem ist, daß ich mit ihr in dieser Hinsicht sogar einer Meinung bin.«

Quintana atmete heftig. Warren hob die Hand, um abzublocken, was zu kommen schien.

»Ich versuche, objektiv zu sein. Das gehört zu meinem Job. Aber es ist nicht ganz so schlimm, wie ich es schildere. Immer ruhig Blut!«

Quintana atmete wieder etwas ruhiger.

»Die Gerichte sind voll. Nancy Goodpaster ist deshalb zu einem Kompromiß bereit. Sie wird die Anklage von Mord auf Totschlag herabsetzen. Sie bietet Ihnen vierzig Jahre an.«

Leise wiederholte Quintana die Zahl.

»Ich weiß, vierzig Jahre klingt wie 'ne ganze Menge«, sagte Warren. Er sah das Entsetzen des Mannes in seinen Augen und spürte, wie sich ein wenig davon in seinem eigenen Herzen einzunisten begann. Das war der häßliche Teil seines Berufs. Vielleicht könnte er sich dran gewöhnen, aber gefallen würde es ihm nie.

»Und es *ist* ja auch 'ne Menge«, fuhr er fort, »obwohl Sie bei guter Führung höchstens die Hälfte davon absitzen müßten. Aber eins müssen Sie wissen – die Todesstrafe läßt sich nicht halbieren.«

Quintana stöhnte.

»Ich weiß, Hector. Ich weiß. Sie sagen, Sie sind unschuldig. Vielleicht schaff ich's, weniger als vierzig für Sie rauszuschlagen. Vielleicht fünfunddreißig. Ich kann's aber nicht versprechen. Und es ist Ihre Entscheidung.«

Quintana ballte die Fäuste und begann leise zu weinen.

Warren überlegte kühl, warum. Es gab mehrere Möglichkeiten. Weil Hector seine Francisca vermißte, weil er einen Mann umgebracht hatte und jetzt dafür bezahlen mußte oder weil er keinen umgebracht hatte und das Ganze über seinen Verstand ging. Jeder einzelne Grund oder ein paar davon zusammengenommen reichten aus. Armer Teufel!

»Vierzig Jahre . . .« murmelte Quintana. »Zwanzig, haben Sie gesagt, wenn ich anständig bin.«

Zahlen für mich, dachte Warren. Jahre für ihn. Dreihundertfünfundsechzig Tage und Nächte in jedem einzelnen.

»Was soll ich machen, Mr. Blackburn?«

»Schieben Sie mir nicht die Entscheidung zu, Hector. *Sie* sollen's mir sagen.«

»Mr. Blackburn, hören Sie mir zu! Ich frag Sie nicht nach Beweisen. Das haben Sie mir ja alles schon gesagt, und ich glaub, ich versteh's auch. Aber ich frag Sie, ob Sie glauben, daß ich diesen Mann, den ich gar nicht kenn, umgebracht habe. In El Palmito konnt ich nicht mal 'n Schwein töten. Die Leute haben mich ausgelacht, mich für einen Dummkopf gehalten. Glauben Sie wirklich, ich habe einen Menschen umgebracht, der mir nie was getan hat, noch nicht mal 'n Wort mit mir geredet hat?«

Warren blickte in Quintanas feuchte Augen. Es lag keine Angst mehr darin und plötzlich auch keine Verzweiflung mehr. Nur Sehnsucht und eine einfache Bitte. In Warrens tiefstem Innern entstand ein Gefühl, das sein Herz berührte. Dieses Gefühl kannte er nicht. Virgil Freer hatte ihm leid getan – für Hector Quintana empfand er etwas anderes. Er konnte es nicht erklären. Charm vielleicht, aber sonst niemandem. Es war ähnlich wie Liebe. Wenn man jemanden liebte, glaubte man ihm. Man vertraute ihm. Wie irrational das Gefühl auch sein mochte, in diesem Augenblick schien es unbestreitbar.

Pedro hatte gesagt, daß Hector keine Pistole besaß, auch kein Geld hatte, um sich eine zu kaufen. Worte, die wahr klangen. Pedro hatte nicht gewußt, daß Hector inhaftiert worden war. Er hatte keine Zeit gehabt, sich auszudenken, wie er seinem Amigo helfen konnte. *Res gestae*, sagte das Gesetz – Worte, die spontan, im Eifer des Gefechts, gesprochen wurden. Die Juristen trauten solchen Aussagen aus Erfahrung. In der Verhandlung waren sie von der »Hörensagen-Regel« ausgenommen: Man konnte sie im Zeugenstand zitieren.

Was Siva Singh betraf – Warren hielt sie für eine aufrichtige Frau, die an Recht und Ordnung glaubte und der Polizei helfen wollte. Augenzeugen waren sich ihrer Sache immer so sicher. Hatten sie sich erst einmal auf eine Geschichte festgelegt, wollten sie unbedingt daran festhalten. Die meisten Augenzeugen haben nicht die Zeit, rot von grün oder klein von groß zu unterscheiden. Das denken sie sich später aus, ohne es zu merken.

Alle schienen das zu wissen, nur die Geschworenen nicht.

Hectors Story war einfach. Er wich nie davon ab, widersprach sich nicht, wurde nie rot, außer wenn er vom Einkaufswagen erzählte. Vielleicht stimmte auch das, vielleicht hatte er ihn irgendwo gefunden und wußte, daß er ihn eigentlich zurückbringen müßte, hatte es aber noch nicht getan und schämte sich. Ich glaube ihm. Das ist kein Mensch, der tötet.

Warren verschränkte die Hände hinterm Kopf, lehnte sich zurück und ließ seine Wirbelsäule knacken. Es war verrückt. Er hatte eine Vereinbarung mit Lou Parker. Der Boudreau-Prozeß hing über ihm. Der wichtigste Prozeß seines Lebens. Wenn er mit Scoot gewinnen könnte, wenn er Scoot beeindrucken könnte, wäre er auf dem richtigen Gleis. Aber er konnte Quintana nicht im Stich lassen. Er hätte sich geschämt.

Er hatte auf Virgil Freer gesetzt und verloren. Vielleicht schuldete ihm das Leben was. Vielleicht auch nicht. Vielleicht machte er den gleichen Fehler noch mal. Ein entsetzlicher Gedanke.

Mit trotziger Gewißheit verwarf er ihn sofort. Er war nicht mehr derselbe wie vor vier Jahren.

»Nein, Hector, ich glaub nicht, daß Sie es getan haben.«

»Nein?«

In Hectors Augen standen neue Tränen. Vor Schmerz oder Freude – Warren wußte es nicht.

»Nein, wirklich nicht. Ich würde Sie niemals belügen.«

»Aber warum muß ich dann zwanzig Jahre ins Gefängnis?«

»Mir fällt kein einziger verdammter Grund ein«, sagte Warren.

Hector nickte bedächtig.

Warren schoß das Blut ins Gesicht. »Jetzt hören Sie mal zu! Ich werde gegen die Regeln verstoßen, ich werde Ihnen sagen, was ich tun würde, wenn ich in Ihrer Haut steckte. Wenn ich unschuldig wäre – ich meine, wenn ich meinen Anwalt nicht verarschen würde und auf ein Wunder hoffte, das nie eintrifft –, würde ich ungeheuer viel beten und es zum Prozeß kommen lassen. Wenn ich wirklich unschuldig wäre. Aber es ist Ihr Leben und nicht meins. Ihre Chancen stehen schlecht. Enorm schlecht. Ungeheuer schlecht! Und die haben 'ne wasserdichte Sache. Ich will Sie nicht auch nur einen Zentimeter in die eine oder andere Richtung schieben. Ich sage Ihnen nur, was ich denke.«

»Okay«, sagte Quintana leise.

»Okay was?«

»Prozeß.«

»Wirklich? Sie wollen's riskieren?«

»Ja.«

»Sie wissen, was passiert, wenn Sie verlieren?«

»Ja. Sie werden mich umbringen, einschläfern. Vielleicht nicht so schlimm wie zwanzig Jahre Knast. Ich weiß nicht. Is' mir egal. Ich bin unschuldig.«

Eine ganz nichtige Sache – wird in Null Komma nix über die Bühne gehen. Was tu ich hier eigentlich? Bastle am Leben und Tod eines anderen Menschen herum? Aber man kann doch keinen Mann für schuldig erklären und ihm zwanzig Jahre seines Lebens rauben, wenn er sagt, daß er unschuldig ist, und wenn man ihm glaubt. Das kann doch nicht die Aufgabe eines Rechtsanwalts sein. Es kann nicht die Aufgabe eines Menschen sein. Dieses Gefühl der Gewißheit, daß Quintana unschuldig war, durchfuhr ihn von neuem. Wenn ich das glaube, dachte Warren, habe ich erst recht keine Wahl, noch weniger als er. Und wenn sie ihn töten, muß ich länger damit leben als er.

Es war unmöglich, sich durch das Gitter die Hände zu schütteln. Warren preßte die Handfläche gegen das kühle Metall. Quintana preßte zurück.

Warren sammelte seine Papiere zusammen. »Ich werde tun, was ich kann«, versprach er. »Wir werden's den Ärschen schon zeigen. Aber, wenn Sie Ihre Meinung ändern, sagen Sie mir um Gottes willen Bescheid!«

Nachdem Warren mit Nancy Goodpaster gesprochen hatte, beorderte sie die Richterin in ihr Arbeitszimmer. Nancy Goodpaster sah unglücklich aus. Sie hatte zu Warren gesagt: »Ich glaube, Sie machen einen Fehler. Sie und Quintana.«

Wieder einmal dachte Warren an das Traumbild seiner Jugend: das Recht als Beschützer, Rechtsanwälte als Bannerträger für Anstand und Fairneß. Und er dachte an Hector, der gesagt hatte: »Ich weiß nicht. Es ist mir egal. Ich bin unschuldig.«

Er setzte sich auf die Couch vor das Bücherregal voller Harvard-Klassiker, dem Schreibtisch der Richterin gegenüber. Die volle Kraft der Nachmittagssonne brannte durchs Fenster auf seinen Nacken. Auf dem Schreibtisch, hinter der tibetanischen Statuette eines Pferdes, stand die Bronzeplatte, die Rick erwähnt hatte, auf der eine weibliche Gottheit um Führung angefleht und ihr Gefälligkeit versprochen wurde. Sie war ihm bisher nicht aufgefallen. Ob die Richterin sie nur zu besonderen Gelegenheiten hinstellte?

Lou Parker klemmte sich eine Zigarette zwischen Daumen und Zeigefinger und richtete sie wie einen Pfeil auf ihn – gleich würde er abgeschossen werden, ihm genau zwischen die Augen.

»Lassen Sie mich mal eines klarstellen, Mr. Blackburn. Vor kaum einer Woche haben Sie die Staatsanwältin gebeten, sich mit Ihnen zu einigen.«

»Das ist richtig, Euer Ehren.«

»Nancy war mit vierzig Jahren einverstanden. Ein Bombendeal.«

»Aber mein Mandant läßt sich nicht darauf ein, Euer Ehren.«

»Wenn jemand mit Mord zu mir kommt, brumm ich ihm fünfzig oder sechzig auf.«

Wenn du guter Laune bist, dachte Warren.

»Mein Mandant ist ein eigensinniger Mann«, sagte er. »Er sagt, er ist unschuldig. Und zufällig glaub ich's ihm.«

Sie krächzte: »Dann sind Sie ein Schwachkopf! Soweit ich mich erinnere, saßen wir vor gar nicht so langer Zeit schon mal hier und haben die Weichen gestellt. Ich soll die Fakten eines Falls erst erfahren, wenn es zum Prozeß kommt, aber ich bin weder taub noch blind. Ich hab Ihnen gesagt, daß es für die Anklage kleine Fische sind. Ich hab Ihnen gesagt, Sie sollen was aushandeln für diesen Typ und meine Zeit nicht verschwenden. Denken Sie, das hab ich vergessen? Wenn Sie mir das antun, kriegen Sie in Ihrem ganzen Leben keinen Job mehr in meinem Gericht, das kann ich Ihnen versprechen!«

»Soll Nancy eben ihre Kanonen auffahren«, sagte Warren, die Drohung ignorierend. »Was spielt es denn für eine Rolle, ob mein Mandant auf einem Prozeß besteht oder nicht?«

Die Richterin erhob ihre Stimme: »Ich sag Ihnen, was für eine Rolle es spielt! Sie sollen die Rechte dieses Mannes in seinem besten Interesse vertreten. Wenn er sich für nicht schuldig erklärt und keine Chance hat zu gewinnen und Sie ein Angebot auf dem Tisch haben, das sein elendes Leben rettet, dann liegt es in Ihrer Verantwortung, ihn zu überreden, das Angebot anzunehmen. Auch wenn Sie glauben, daß er unschuldig ist! Das ist elementar, aber ich habe das ungute Gefühl im Bauch, daß bestimmte elementare Dinge Ihnen von Zeit zu Zeit entgehen – wie gehabt.«

Warren runzelte die Stirn und trommelte mit den Fingern nervös auf dem Arm der Couch. Die Spitze saß.

Die Richterin beugte sich vor – wie ein Jagdhund, der die Beute wittert. »Haben Sie diesen Quintana richtig aufgeklärt?«

»Ich hab mein Bestes getan«, sagte Warren.

»Wieso glaube ich Ihnen nicht ganz? Wieso denke ich, daß Sie die Absicht haben, zwei wertvolle Wochen meiner Zeit damit zu verbringen, dem Pöbel was vorzuspielen? Und für jeden Tag im Gericht ein fettes Honorar einzustreichen?«

»Das weiß ich nicht, Euer Ehren«, sagte Warren, deutlich verärgert. »Warum sagen *Sie* mir nicht, wieso?«

»Werden Sie nicht frech, Herr Rechtsanwalt!«

»Dann stellen Sie bitte nicht in Frage, was ich für meinen Mandanten, den Sie nie gesehen haben, für das beste halte, und der, wie ich Sie erinnern darf, seine Unschuld beteuert.«

»Das tun sie doch alle!« schnaubte sie. »Bis man die nackten Tatsachen vor ihnen ausbreitet. Wir reden hier nicht von Schock-Bewährung oder Neunzig-Tage-Knasttherapie. Wir reden von einer Spritze in den Arm. *Buenas noches, José.*«

»Das weiß er alles.«

Seine Entschlossenheit brachte sie immer mehr in Rage. Sie lief rot an. »Und was denken Sie eigentlich, wird das Ganze für Sie bringen? In meinem Gericht werden Sie nicht mehr arbeiten. Der Prozeß wird keine Schlagzeilen machen – ein blöder, ignoranter Mexikaner, der einen vietnamesischen Handlanger kaltgemacht hat. Was geht also in Ihrem sogenannten Hirn vor? Wie rechtfertigen Sie diese Farce?«

Im Vergleich zu ihrer Stimme, dachte Warren, wäre das Geräusch einer Harke, die über einen gepflasterten Gehsteig gezogen wird, geradezu reizvoll. Seine Rückenmuskeln verspannten sich. Seine Finger trommelten weiter, und mit einem Fuß tappte er unaufhörlich auf den Teppich. Quintanas Verteidigung wäre auch in einem fairen Prozeß mit einem sachlichen Richter fadenscheinig. Jetzt, wo er die Parker dermaßen in Fahrt gebracht hatte, schien eine sachliche richterliche Entscheidung ungefähr so wahrscheinlich wie Schnee am Prozeßtag.

Und vielleicht täusche ich mich ja auch, dachte Warren. Mein Gott, vielleicht täusche ich mich schon wieder. Das kann ich mir nicht leisten. Dann ist nicht nur meine Karriere im Eimer, sondern auch mein ganzer Glaube an die Menschheit.

Wachsendes Entsetzen kroch in ihm hoch, aber er wußte, er würde nicht und konnte nicht klein beigeben. Als sie merkte, daß er nicht die Absicht hatte, ihr zu antworten, preßte sie die Lippen zusammen und grabschte nach dem Terminkalender. Sie blätterte wild darin herum und wandte sich dann an Nancy Goodpaster.

»Frau Staatsanwältin, ist die Anklage zur Eröffnung des Hauptverfahrens bereit?«

»Ja, Euer Ehren.« Dies waren Nancy Goodpasters erste Worte in der Kanzlei.

»Das Gericht wird am kommenden Montag, den 12. Juni, um neun Uhr, den verfahrenseinleitenden Antrag entgegennehmen. Verteidigungsantrag am nächsten Freitag, den 16. Juni. Die Staatsanwaltschaft hat eine Woche zum Erwidern. Wie wär's mit einem Prozeßtermin? Ist die Anklage bereit?«

»Die Anklage kann in sieben Tagen bereit sein«, sagte Nancy Goodpaster.

»Zu früh. Aber am Mittwoch, den 5. Juli, gleich nach dem Feiertag, hab ich noch einen Termin frei. Am 21. Juli, das ist ein Freitag, fliege ich nach Hawaii in Urlaub. So sieht's aus.«

Warren sprang auf die Füße.

Die Befragung und Auswahl der Geschworenen erfolgte normalerweise in Gruppen von jeweils vierzig oder sechzig Bürgern, je nach Größe des Gerichtssaals. Aber bei einem Mordprozeß, wo die Möglichkeit der Todesstrafe gegeben war, wurde jeder Geschworene einzeln befragt. Das konnte Wochen dauern.

»Judge Parker«, plädierte er, »damit brechen Sie mir das Genick! Einschließlich der Geschworenenbefragung geben Sie mir weniger als drei Wochen für die ganze Sache. Und ich habe nur drei Wochen zur Vorbereitung! Bei einer Mordsache ist das überhaupt nichts!«

»Sie reden gegen den Wind! Mein Terminkalender ist voll bis zum Herbst. Sehen Sie selbst!« Sie schmiß den offenen Kalender auf seine Schreibtischseite hinüber. »Sie wollten einen Prozeß – die Geschworenenbefragung beginnt am 5. Juli. Und dabei bleibt's.«

Warren zwang sich zur Ruhe. Er versuchte es mit einer anderen Taktik. »Scoot Shepard und ich verhandeln den Fall Boudreau am 24. Juli. Bei aller Hochachtung – können wir die Quintana-Sache nicht nach Ihrem Urlaub in Angriff nehmen?«

Die Richterin drückte ihre Zigarette aus und lehnte sich im Sessel zurück. »Lassen Sie diesen Quatsch mit der Hochachtung! Sie achten mich kein bißchen hoch, und ich Sie ganz gewiß auch nicht. Sie sind ein gottverdammter Idiot. Sie tun mir leid.«

Sie schwenkte die Hand in Richtung Tür.

Im Büro von Nancy Goodpaster – nachdem sie sich hinter ihrem Schreibtisch niedergelassen und ein beharrlich klingelndes Telefon abgefertigt hatte und nachdem sich Warren einige Minuten lang die fürchterlichen Aussichten für ihn und für seinen Mandanten durch den Kopf gehen ließ – sagte er: »Haben Sie ein gutes Gedächtnis, Frau Staatsanwältin?«

Ihre Augen wurden schmal. Das Sonnenlicht, das durch die Jalousien sickerte, betonte ihre Wangenknochen. »Ich vergesse keine Gerichtstermine, wenn Sie das meinen.«

»Ich möchte, daß Sie sich an alles, was heute da drin passiert ist, erinnern. Machen Sie sich Notizen, wenn's nötig ist.«

»Warum?«

»Nur so zum Spaß, Nancy«, sagte er. »Nur für den Fall, daß ich in der Hitze des Gefechts was vergesse. Haben Sie Ms. Singh gesagt, daß sie nicht mit mir reden soll?«

»So was würde ich nicht tun. Ich hab ihr nur gesagt, daß sie nicht muß, wenn sie nicht will.«

»Kann ich jetzt den Polizeibericht sehen?«

»Nein.«

»Hat die Parker Ihnen denn nicht gesagt, daß das hier leichte Beute ist? Wovor fürchten Sie sich also?«

»Ich halte mich nur an die Bestimmungen. Ich hätte Ihnen die Akte zeigen können, wenn Sie zu einem Handel bereit gewesen wären. Aber da dem nicht so ist, kann ich Ihnen den Bericht nicht geben. Und das wissen Sie. Jetzt ist Krieg – es ist kein Spiel.«

»Wie konnte ich mir bloß einbilden, daß es ein Spiel ist?« sagte er. »Zum Teufel mit Ihnen!«

Sie zwang sich zu einem dünnen Lächeln. Sie war Staatsanwältin – solche Worte waren für sie nichts Neues. Nach der Verhandlung setzten sich Staatsanwalt und Verteidiger meist noch zu einem Drink zusammen und entschuldigten sich für die Flüche, die ihnen in der Hitze des Gefechts entfahren waren. Dann schüttelte man sich die Hände.

Warren erhob sich. An der Tür blieb er stehen und drehte sich noch einmal um. »Haben Sie vor, das hier für den Rest Ihres Lebens zu tun?«

»Das wäre wohl ein bißchen ermüdend«, sagte sie.

»Sie meinen, eines Tages wären Sie lieber Verteidigerin und verdienten das große Geld. Ein zweiter Scoot Shepard.«

Sie hob die Schultern. »Vermutlich. Das ist das Licht am Ende des Tunnels. Obwohl – wie Sie wissen sollten – das Licht am Ende des Tunnels auch ein Zug sein kann.«

»Das ist gut. Stammt das von Ihnen?«

»Vielleicht hab ich's mal irgendwo gehört. Ich kann mich nicht erinnern.«

»Trainieren Sie Ihr Gedächtnis, Nancy«, sagte Warren.

Am selben Abend, etwa eine Stunde bevor Warren nach Hause fuhr, verließ Scoot Shepard sein Büro im Republic-Bank-Gebäude und steuerte dem Houstonian Club entgegen. Er war recht guter Laune – die Geschworenen hatten seinen Banker, der wegen Trunkenheit am Steuer vor Gericht stand, freigesprochen. Seiner Gewohnheit entsprechend hatte Scoot dann noch etwa zehn Minuten allein mit den zwölf Männern und Frauen im Geschworenenraum verbracht, um herauszufinden, was ihre Entscheidung motiviert hatte. »Wir vertrauten dem Urteilsvermögen des Polizeibeamten nicht«, erklärte der Obmann, »nachdem er beim Aufsagen des Alphabets einen Fehler gemacht hatte.«

Scoot wollte sich mit ein paar Kumpels zu einer frühabendlichen Runde Bourbon und Poker treffen. Hinter ihm spiegelten sich Bürogebäude in anderen Fassaden. Er langte im Handschuhfach seines Cadillacs nach einem Röhrchen Tabletten. Den ganzen Tag über hatte er schon darauf herumgekaut, aber seine Magenverstimmung wollte nicht verschwinden. Auch die Schmerzen im Hinterkopf nicht.

Er hatte Allen Park und Buffalo Bayou passiert und fuhr jetzt auf dem Memorial Drive Richtung Westen. Ohne Vorwarnung – die Kopfschmerzen und Schwindelanfälle der letzten beiden Jahre, die Ermahnungen seiner Frau und das Nörgeln seines Arztes nicht gerechnet – verschwamm ihm plötzlich alles vor den Augen. Die Straße wurde völlig unscharf. Scoot verspürte einen unangenehmen Schmerz in der linken Schläfe, als ob jemand mit dem Fingerknöchel dagegen gedrückt hätte.

Er fuhr auf einer kurvenreichen Strecke des Drive. Rechts und links der Straße standen Villen im Kolonialstil mit kurz geschorenen Rasen, und in diesem Augenblick wechselte die Straße von einer rechten Kurve in eine linke. Scoot sah es nicht. Als der Cadillac über den Bordstein sprang, waren Scoots Instinkte noch so gut, daß er seinen Fuß aufs Bremspedal zwang, sonst hätte er einen Rasen durchgepflügt, die gußeiserne Statue eines Negerjungen in Jagdkleidung umgefahren und wäre mit sechzig Stundenkilometern in ein zweistöckiges Ziegelhaus geknallt.

Der Cadillac drehte sich, aber ihm stand immer noch eine alte Sumpfeiche im Weg. Als seine Stoßstange donnernd dagegen prallte, der Kühlergrill sich um den Baumstamm wickelte und die Lenksäule sich in Scoots Brust bohrte, schrie er verzweifelt: »Oh, Scheiße! Sie haben mich erwischt . . .«

Auf der Autobahn ein- und ausscherend, um einen Fahrstreifen mit gleichmäßigerem Verkehrsfluß zu finden, deprimiert über das, was im Büro der Richterin passiert war und ahnen ließ, wie sich der Prozeß seines Mandanten abspielen würde, spürte Warren, wie ein neuer Refrain in seinem Kopf pochte. Ich will meine Frau wiederhaben. Ich brauche sie. Ich brauche jemanden, mit dem ich reden kann. Ich verliere vielleicht den Boden unter den Füßen. In seinem Herzen war kein Vorwurf mehr, es war nur wund. Zum x-tenmal grübelte er darüber nach, warum sie in Tränen war, als er das Haus betrat. Hatte ihr Rechtsanwalt aus New York ihr ein Ultimatum gestellt? Trauerte sie ihrer Ehe nach? Tat er ihr leid? Er hatte darauf gebrannt, sie zu fragen, es aber nicht gewagt. Sie hätte ja ehrlich antworten können.

Allein zu Hause, mixte er sich einen Wodka-Tonic. Sechs Uhr zweiunddreißig an der Wanduhr. Er schaltete den Fernseher im Wohnzimmer ein.

Da war Charm, in Farbe, die blauen Augen auf ihn gerichtet, die Lippen tonlos bewegend, die schmalen Hände auf dem Pult vor dem Skyline-Hintergrund gefaltet. Er drückte ein paarmal auf den Lautstärkenregler.

». . . wir kommen gleich wieder zu Ihnen zurück

mit der tragischen Geschichte einer Frau aus Sugar Land, die zum zweitenmal mißgebildete Drillinge geboren hat. Und dann das Wetter und das Neueste vom Sport von unserem stets optimistischen Don Benson. Bitte, bleiben Sie bei uns . . .«

Er stellte den Ton ab und öffnete die dünne Quintana-Akte.

Geschworenenbefragung in drei Wochen. Lou Parker war im Recht: Das Gesetz verlangte, daß man dreißig Tage nach der Anklage oder zehn Tage, nachdem das Gericht den Antrag entgegengenommen hatte, prozeßbereit sein mußte. Meist waren die Terminkalender so voll, daß die Richter Vertagungen noch automatischer gewährten, als sie ihre Richtersprüche herunterrasselten. War ein Termin erst einmal festgesetzt, konnte man einen Aufschub nur dann verlangen, wenn ein Zeuge fehlte, der für den Fall entscheidend war. Das mußte man aber beweisen. Und einen solchen Zeugen hatte er nicht.

Er studierte die Notizen von seinem Besuch bei den Trunhs. Was Nancy Goodpaster in ihrem Schlußplädoyer anführen würde, war folgendes: Wenn Raub nicht das Motiv war, wofür dann der Mord? Niemand behauptete, daß der Mörder und das Opfer sich kannten. Meine beste Chance, dachte er, liegt darin, ganz schnell die besonderen Umstände rauszuarbeiten – den Diebstahl der Brieftasche. Wenn ich das schaffe, dann fragen sich vielleicht die Geschworenen, warum Hector einen Mann hätte umbringen wollen, den er nicht kannte. Nicht daß die Geschworenen ein Motiv in Betracht ziehen mußten – sie waren nur Richter von Fakten: Hat Hector Quintana freiwillig und vorsätzlich Dan Ho Trunh ermordet? Aber Geschworene waren nicht immer rational, hielten sich nicht immer an den Beschluß des Richters. Vielleicht – wenn sie glaubten, daß kein Raub vorlag – wären ein oder zwei von ihnen unsicher, was die Frage des Motivs betraf. Es bedurfte nur einer oder zwei Personen, um ein Geschworenengericht zu blockieren. Oder sie würden Hector vielleicht für schuldig erklären und dann, wenn sie über das Strafmaß entscheiden mußten, milde sein.

Ein zweifaches Vielleicht. Ein Menschenleben hing davon ab.

Vielleicht hatte es Hector getan. Betrunken, unfähig, sich zu erinnern, das Entsetzliche jetzt verdrängend, weil er nicht glauben konnte, daß es möglich war. Der Gedanke war wie ein Eisblock, der sich unaufhörlich gegen Warrens Rückgrat preßte.

Auf dem Fernsehschirm sah er Scoot Shepard, in glänzendweißes Halogenlicht getaucht, vor irgendeinem Gerichtssaal mit Reportern sprechen. Überrascht beugte sich Warren auf der Couch vor. Hatte die Staatsanwaltschaft etwa die Anklage gegen Johnnie Faye aus Mangel an Beweisen fallenlassen? Aber er merkte schnell, daß es sich um einen alten Filmausschnitt aus dem Nachrichtenarchiv handelte. Scoot war jünger. Sah gesünder aus.

Warren stellte den Ton wieder an.

Charm sagte mit gesetzter Stimme: ». . . im Alter von vierundsechzig Jahren. Ein großartiger Rechtsanwalt aus Texas ist tot. Der Mann, der die Sex-Ärztin Martha Sachs, den Ölmilliardär John R. Baker und den Mafia-Boß Nick Fellino erfolgreich verteidigte, starb am Spätnachmittag bei einem Unfall auf dem Memorial Drive. Aus einem vorläufigen medizinischen Bericht geht hervor, daß Mr. Shepard unter Alkoholeinwirkung stand und kurz vor dem tödlichen Unfall einen leichten Gehirnschlag erlitt. Mehr dazu in den Nachrichten um dreiundzwanzig Uhr auf Kanal 26. Don?«

»Heute abend im Astrodome«, sagte Don Benson, »werden die Houston Astros mit Jim Clancy als Werfer im Endspiel gegen die New York Mets versuchen . . .«

Warren war wie betäubt. Das war einfach nicht möglich. Er schaltete von Sender zu Sender, aber alle brachten nur das Wetter und Sport. Schließlich stellte er das Gerät ab. Die Stille des Hauses schlug ihm wie Donner um die Ohren.

Warren schritt das Zimmer ab. Scoot, du armer Hund. Er stöhnte laut auf, überraschte sich selbst dabei.

Er hatte nicht genug Zeit mit Scoot verbracht, um ihn zu betrauern. Aber er hatte ihn gekannt, ihn respektiert, ihn sogar gemocht. Der Tod war so schwer faßbar: Im Gericht arbeitete man mit den Details und Konsequenzen des Todes, aber nicht mit der Tatsache selbst.

Er hörte Scoots gedehnten Tonfall. Nie mehr. Nur noch Erinnerung. Und der Ott-Fall . . . die beste Chance meines Lebens. Weg. Weg mit Scoot. Er trank aus und goß sich neu ein.

Johnnie Faye Boudreau müßte sich einen neuen Anwalt suchen. Einen alten Hasen mit viel Erfahrung und Einfluß, obwohl keiner an Scoot herankäme. Die Aussichten, daß dieser Anwalt Warren bitten würde, mit ihm zusammenzuarbeiten, standen gleich Null. Die hatten alle schon ihre Leute an der Hand. Wenn Scoots Jungs nicht mit der Kartellsache ausgelastet gewesen wären, dachte Warren, hätte er mich gar nicht gefragt.

Ganz am Anfang seiner Laufbahn als Rechtsanwalt

hatte Warren zwei handgeschriebene Notizen an die Pinnwand über seinem Schreibtisch geheftet. Auf dem einen Zettel stand: »Nie etwas als gegeben betrachten.« Und auf dem anderen: »Worauf immer du dich vorbereitest, was immer dir Sorgen macht, trifft nicht ein, sondern immer etwas ganz anderes.« Im Lauf der Jahre hatte die Sonne die Sprüche verblichen, und schließlich hatte er die Zettel zerknautscht und weggeworfen.

Er wartete auf Charm. In seinem ganzen Leben, seit dem ersten Tag, an dem seine Mutter ihn am Schulhof abgesetzt hatte, hatte er sich nicht so verlassen gefühlt. Er trank weiter Wodka-Tonics und leerte den Rest gesalzener Erdnüsse, die sich noch in einem Glas befunden hatten. Um Mitternacht ging er, etwas benommen und müde, zu Bett. Er war fast eingeschlafen, als das Telefon klingelte. Er riß den Hörer von der Gabel und sagte: »Charm? Bist du okay?«

Aber es war Johnnie Faye Boudreau. Sie klang verängstigt. Warren hatte Mühe, ihre Worte zu verstehen. Schließlich begriff er, daß sie im Club war und daß jemand im Autoradio die Spätnachrichten gehört und ihr gerade von der Tragödie erzählt hatte.

Warren hörte Gelächter im Hintergrund. Johnnie Fayes Stimme wurde höher. »Was soll ich nur machen?«

»Sie werden sich beruhigen«, sagte Warren bestimmt, »und in den nächsten Tagen suchen Sie sich einen neuen Anwalt, der den Fall übernimmt. Der Richter wird den Prozeßtermin verschieben. Der neue Anwalt wird genug Zeit haben, sich vorzubereiten. Es wird alles gutgehen. Sie haben gute Chancen. Jeder anständige Rechtsanwalt kann den Prozeß gewinnen, das verspreche ich Ihnen.«

»Ich will Mr. Shepard!« stieß sie heulend hervor.
»Das wird schwierig sein«, sagte Warren.
»Kann ich Sie sehen? Ich brauch Ihren Rat.«
»Ja, natürlich.«
»Ich meine *jetzt.*«
»Ich bin in zwanzig Minuten im Club.«

In einem Gartenlokal in der Nähe des Gerichtsgebäudes aß Warren mit Richter Dwight Bingham zu Mittag. Durch die Hitze trieb ein leichter Wind den Duft von Heckenrosen und Jasmin in ihre Nasen. Warren war um drei Uhr früh vom Ecstasy zurückgekehrt und um sechs Uhr dreißig wieder aufgestanden. Er war ins Büro gegangen, wo er die Boudreau-Akte durchlas und Gesetzesbücher wälzte und dann um acht das Gericht anrief, wenige Minuten bevor der Richter den ersten Termin wahrnahm.

Bingham hob eine Gabel voll geschwärzten Wels zum Mund. »Ich mache mir Sorgen um Sie, mein lieber Warren. Bob Altschuler ist ein unheimlich guter Staatsanwalt. Er wird sich im November um das Richteramt bewerben. Das ist eine große Sache, vielleicht seine letzte große. Er wird wie der Teufel kämpfen, um sie zu gewinnen.«

»Ich auch«, sagte Warren kategorisch.

»Wenn Sie verlieren, sieht es schlecht aus für Sie. Besonders nach der Sache mit der eidesstattlichen Versicherung, die Ihnen mit Lou Parker passiert ist.«

»Ein alter Hut«, entgegnete Warren.

Aber er wußte, daß das nicht stimmte. Er hatte einen kreolischen Fischsalat bestellt, aber keinen Appetit. Trotzdem stocherte er im Essen herum und tat, als ob es ihn interessiere.

»Ich kann es schaffen«, sagte er. »Scoot und ich haben uns drei- oder viermal getroffen, und ich habe eine Kopie der ganzen Akte. Ich versuch's ungefähr so, wie er es gemacht hätte. Schauen Sie, diese Boudreau meint, daß sie mich haben will. Das ist doch das Wichtigste.«

Er hatte sie nicht gefragt. Er hatte sie nicht bedrängt. In der vergangenen Nacht im Ecstasy hatte sie mindestens viermal gesagt: »Ich weiß nicht, was ich tun soll«, und Warren hatte ständig wiederholt, daß sie sich nicht sofort entschließen müsse. Sie könnte sich in der Stadt umhören – jeder Rechtsanwalt würde den Fall übernehmen. Die Sache stünde gut, betonte er. Sie brauchte nur die Wahrheit zu sagen. Nur ein Idiot könnte einen solchen Fall verlieren.

»Haben Sie Vertrauen zu mir?« fragte Johnnie Faye.

Hatte er Vertrauen zu *ihr*? Was für eine komische Art, es auszudrücken.

»Wenn Sie Scoot die Wahrheit gesagt haben«, antwortete Warren vorsichtig, »und wenn Sie demjenigen, den Sie als Ihren neuen Anwalt wählen, auch die Wahrheit sagen, habe ich Vertrauen in Ihre Verteidigung.«

»Könnten Sie meinen Fall gewinnen?«

»Ja.«

»Würden Sie ihn gewinnen?«

»Ja.«

»Mr. Shepard war der gescheiteste Anwalt in der Stadt«, sagte Johnnie Faye, »möge er in Frieden ruhen. Er hat Sie ausgesucht, damit Sie mit ihm arbeiten, also müssen Sie auch gut sein. Er hat mir mehr oder weniger erzählt, was Ihnen vor ein paar Jahren passiert ist – er sagte, Sie würden für einen Mandanten alles tun, aber damals seien Sie einfach zu weit gegangen. Er sagte, Sie seien einer der besten jungen Anwälte, die er kenne. Gescheit, pfiffig, und Sie arbeiteten schwer. Ich finde Sie auch gescheit, vielleicht nicht so sehr in der Liebe. Aber mir ist aufgefallen, daß eine Menge kluger Leute gar nicht so klug sind, wenn's ums Gefühlsleben geht. Vielleicht haben sie nicht die Zeit, sich alles richtig zu überlegen. Wenn ich Sie bitten würde, den Fall zu übernehmen – würden Sie's tun?«

»Ja«, sagte Warren.

»Ich möchte das alles hinter mich bringen. Ich möchte nicht, daß der Prozeß vertagt wird. Er hängt über meinem Kopf wie ein Schwert. Ich kann nachts nicht schlafen. Ich weiß nicht, was ich machen soll.«

»Sie werden schon das Richtige tun«, hatte Warren geantwortet.

Im Gartenrestaurant zog der Richter die Stirn kraus und hielt ein kaltes Glas Eistee an seine schlaffen Bakken. »Warum empfehlen Sie ihr nicht, sich jemanden wie Myron Moore zu nehmen, und Sie machen den zweiten Verteidiger?«

»Weil Myron faul ist. Er kann mir nicht das Wasser reichen. Na, hören Sie – das wissen Sie doch!«

»Wann wird Ms. Boudreau Ihnen Bescheid geben?«

»Ich werde sie heute abend wieder im Ecstasy treffen.«

»Ich möchte Ihnen was sagen, Warren. Ganz im Vertrauen.«

Der alte Richter seufzte leise. Sein Gesicht schien aus glänzenden braunen Klumpen und fahlen schlaffen Falten zu bestehen. »Sie waren damals dabei, im Gericht, als es um die Herabsetzung der Kaution von

Ms. Boudreau ging. Die ganze Sache mit der Gesellschaft in Louisiana, die den Club besitzen soll – daß sie kein Geld hat –, das war doch alles Mumpitz. Ich wußte es, konnte es nicht beweisen, wollte mich nicht damit aufhalten. Das ist eine clevere Frau. Die kriegt, was sie will, wickelt die Leute um ihren kleinen Finger. Passen Sie bloß auf sich auf! Tun Sie nichts, was ich nicht tun würde!«

»Hab ich seit Jahren nicht getan«, sagte Warren wahrheitsgetreu.

Er zahlte die Rechnung trotz des richterlichen Protests und verließ das Lokal. Johnnie Faye Boudreau zu verteidigen war im wahrsten Sinne des Wortes *die* Chance seines Lebens. Aber wenn Johnnie Faye ja sagte, das war ihm klar, dann hatte er zwei Mordfälle durchzufechten, Rücken an Rücken. Er würde sich zerreißen müssen. Er konnte alles gewinnen ... oder alles verlieren. Verzweifelt dastehen und seinen noch verzweifelteren Mandanten sagen: »Ich habe mein Bestes getan ...«

Wenn das überhaupt stimmte.

Die Lobby des Gerichtsgebäudes von Harris County und selbst die Hallen vor den Gerichtssälen schienen wie unter einem Schleier, als ob Scoot Shepards Tod der Geschäftigkeit und dem Tumult scheinbarer Gerechtigkeit vorübergehend Einhalt geboten hätte. Aber in den Gerichtssälen, wo die Fahnen von Texas auf halbmast gesetzt worden waren, ging alles seinen üblichen Gang.

Als der Richter zur Pause aufrief, packte Warren Rick Levine am Ärmel. »Hast du eine Minute?«

Sie gingen bis zur Treppe.

»Der arme Scoot«, sagte Rick. »Er hat den Löffel ein

bißchen zu früh abgegeben, was? Aber er hat's ja drauf ankommen lassen, der Blödmann. Und wo stehst du nun in der Boudreau-Sache?«

Warren berichtete von seinen Gesprächen mit Johnnie Faye und Dwight Bingham. »Wenn sie ja sagt, brauche ich einen guten Anwalt, der mir assistiert. Nicht nur einen guten Anwalt – einen sehr guten Anwalt. Machst du mit?«

Türen wurden geschlagen. Irgendwo, weit weg, weinte eine Frau. Rick strich sich nachdenklich über den Schnurrbart. »Ich tu eigentlich schon genug für die Wohlfahrt. Bringt's denn was ein? Ich muß meine Rennpferde ernähren.«

»Was immer ich kriege, teil ich mit dir.«

»Das reicht vielleicht nicht mal für den Hafer. Welche Rechtfertigung?«

»Notwehr. Clyde Ott hat gedroht, sie umzubringen – es gibt Leute, die es gehört haben. Und bevor sie ihn abknallte, hob er einen Schürhaken auf.«

»Hat sie ihn provoziert? Wenn ja, kann sie nämlich keine Notwehr beanspruchen.«

»Sie behauptet, sie hätte es nicht getan«, sagte Warren. »Es gibt keine Zeugen, die das widerlegen könnten.«

»Ich bin im Juli ziemlich eingedeckt.« Rick zog die Stirn in Falten und kratzte sich am Kopf.

Warren wartete. Er sagte nichts.

»Scheiße – klar, ich mach's«, sagte Rick und schlug ihm klatschend auf die Schulter. »Eine gute Sache. Eine Menge TV-Publicity. Laß mich 'n paar Zeugen ins Kreuzverhör nehmen. Die Bullen – ich bin phantastisch mit Bullen.«

»Unsere Mandantin wird dir gefallen«, sagte Warren. »Wenn sie unsere Mandantin wird.«

Warren und Johnnie Faye saßen im Ecstasy an einem kleinen runden Tisch neben der Hufeisenbar. Frank Sawyer lehnte an der Bar und sondierte die Freitagnachtmeute. Junge Frauen bewegten sich zwischen den Gästen als Kellnerinnen und Couch-Tänzerinnen. Sie trugen hohe Absätze und Halfter und gelbe Bänder im Haar, und ein paar von den nackten Brüsten waren preisverdächtig. In der Erwartung eines Zehn- oder Zwanzig-Dollar-Scheins, der als Belohnung in ihr Halfter geschoben wurde, standen die Tänzerinnen mit gespreizten Beinen über einigen Männern und wanden sich zum Discobeat, ohne mit ihnen in Berührung zu kommen. Die Musik war gnadenlos, und der Zigarettenqualm ringelte sich im Strahl der Scheinwerfer. Warrens Augen brannten.

Er deutete mit dem Kopf auf eine Tänzerin, die höchstens achtzehn war. »Wo kriegen Sie die her?«

Johnnie Faye schien sich vom Trauma der vergangenen Nacht erholt zu haben. Sie lachte fröhlich. »Aus ganz Texas. Kleinstadtmädels. Meistens von einem bösen Papa weggelaufen. Hab auch 'n paar aus England, eine aus Schweden. Interessiert? Würde Sie von Ihren Sorgen zu Hause ablenken.«

»Wohl kaum«, sagte Warren. »Also – kommen wir miteinander ins Geschäft oder nicht? Wenn ja, muß ich zurückfahren und die Akte für Rick Levine fotokopieren.«

»Ich hab mich seit gestern nach Ihnen erkundigt. Eine Menge Leute halten unheimlich viel von Ihnen. Wußten Sie das? Natürlich ist das sehr positiv, was ich aber von einem Anwalt vor allem hören will, ist, daß ich nicht verlieren kann.«

Warren sagte: »Ein Anwalt, der sagt, daß Sie nicht verlieren können, ist ein Dummkopf.«

»Mr. Shepard hat's gesagt.«

»Das glaub ich nicht. Sie müssen ihn mißverstanden haben. Es ist ein aussichtsreicher Fall. Er ist zu gewinnen. Nicht ganz das, was man ›kleine Fische‹ nennt, aber fast.«

»Strengen Sie sich 'n bißchen mehr an, Herr Rechtsanwalt.« Sowohl Johnnie Fayes blaugraues als auch ihr haselnußbraunes Auge hatten sich verdüstert. Er begriff: Alle wollten sie, daß man sich festlegte, absolute Gewißheit. Das gab es sonst nirgends auf der Welt – warum dann zwischen Mandant und Anwalt in einem großen Kriminalfall? Wohl weil man nirgendwo sonst so ausgeliefert war.

»Prozesse sind nicht einfach«, sagte er. »Manche Zeugen lügen. Die Geschworenen halten manche ehrliche Zeugen für Lügner. Manche lügende Zeugen scheinen die Wahrheit zu sagen. Andere Zeugen sind vergeßlich. Wieder andere sind durcheinander. Manche Geschworenen schlafen ein oder hören nicht zu. Rechtsanwälte können Fehler machen. Richter auch. Die Geschworenen haben immer recht, ob sie recht haben oder nicht. Das alles nicht außer acht lassend, werden wir Sie so gut wie oder besser als jeder andere in der Stadt vertreten.«

»Sehen Sie«, sagte sie, »Sie können gut reden, wenn Sie in Fahrt kommen. Das wollte ich hören. Sie werden mich da rauskriegen. Ich mag Sie, Herr Rechtsanwalt. Also, gehen Sie ran – Sie und Mr. Levine. Jude, wie?«

Warren nickte. Was kam als nächstes?

»Mit 'nem Juden und 'nem guten Kerl an meiner Seite kann ich nicht verlieren, oder?«

Warren lächelte.

Auf Scoots Beerdigung am Samstag, an der mehrere hundert Rechtsanwälte, Richter und ehemalige Mandanten teilnahmen, stand Warren abseits, schwitzte in der Hitze und hörte der Eloge kaum zu. Er hörte andere Stimmen. Er führte imaginäre Gespräche. »Dies macht Sinn. Dies ist eine Ehe. Aber *das* ist nur Verliebtheit ... bestenfalls.« Seine Frau zärtlich in die Arme nehmend, flüsterte er ihr ins Ohr: »Es wird alles gut. Vertrau mir.« Er spielte einen jüngeren Cary Grant, und Charm wurde fügsam in seinen Armen. Sie würde bleiben, den New Yorker aufgeben. Er sah Licht, und es war kein Zug. In seiner Phantasie war er scharfsinnig und weise. Das Schlimmste, was er sich vorstellte, war der Moment, in dem sie murmelte: »Ich brauche Zeit.« Er sagte: »Nimm dir, soviel du brauchst, mein Liebling.«

Johnnie Faye war auch da. Sie trug schwarze Seide und einen schwarzen Sonnenschirm, um die Nachmittagssonne abzuwehren. »Wie geht's?« fragte sie.

»Gut. Rick und ich treffen uns morgen.«

»Ich hab Vertrauen«, sagte sie.

Als er am Abend nach Hause kam, stand Charms Auto in der Einfahrt. Er hatte seine Frau seit Montag, dem Tag, an dem er sie draußen mit ihrem Liebhaber erwischt hatte, kaum gesehen. Seit diesem Tag hatte sich in Warrens Leben alles verändert.

Er ging durchs Schlafzimmer, während Oobie sich an sein Hosenbein krallte. Charm stand unter der Dusche und wusch sich die Haare. Mit einem dicken braunen Handtuch um den Kopf und einem anderen wie einen Sarong um den Körper gewickelt kam sie heraus.

Sie schien nicht überrascht, ihn zu sehen. Oder war sie nur gleichgültig? Dies war die Wirklichkeit, nicht Phantasie.

»Gehst du heute abend auch zum Baseball?« fragte sie, als sie sich anzuziehen begann. Sie öffnete die große Tür des begehbaren Schranks und trat ein. Um ihm den Anblick ihres Körpers zu verwehren. Auch gut – er hätte ihn sich auch anderswo vorstellen können.

»Das war mit einer Mandantin wegen einer Mordsache.«

»Bist du die nicht los, jetzt wo Scoot tot ist?«

»Ich hab den Fall übernommen. Rick assistiert.«

Charm kam hinter der Tür hervor. Sie trug einen Slip und eine schwarze Seidenbluse, die sie über ihrem Büstenhalter zuknöpfte. Die hellen Augenbrauen waren hochgezogen. »Wie hast du das geschafft?«

Er erzählte ihr von seinen Gesprächen.

»Und Rick macht mit? Kein Ruhm für ihn in der Sache.«

»Es bleibt genug für alle übrig, wenn wir gewinnen. Und wir werden beide bezahlt.«

»Das ist gut für dich, Warren. Das ist sehr positiv. Ein guter Fall? Werdet ihr gewinnen?«

»Das weiß man nie, oder?« Normalerweise hätte er ihr alles genauer erzählt. »Charm, können wir reden?«

»Das halte ich für eine gute Idee.«

Aber das Gespräch hatte keine Ähnlichkeit mit seinen Tagträumen im Auto. Vielleicht hatte er zuviel geprobt. Ja, natürlich wollte sie Zeit . . . Nicht, damit er sie zurückgewinnen konnte, sondern um herauszufinden, was sie mit dem Rest ihres Lebens anfangen wollte. Sie hatte einen Agenten in Chicago beauftragt, ihr in einem Topsender – Chicago, Los Angeles, Boston, New York – einen Job als Moderatorin zu verschaffen.

»Aber unser Leben ist hier.«

»Dein Leben ist hier, Warren. Nicht meines. Du weißt, daß ich immer etwas Besseres gesucht habe.«

»Und was ist mit uns?«

Er wollte sie in die Arme nehmen. Sie hob eine Hand, um ihn zurückzuhalten. Er sah, daß ihre Finger zitterten.

»Warren, es fällt mir schwer, es zu sagen. Ich will mich scheiden lassen.«

Es war wie sein schlimmster Alptraum. Er lief im Kreis herum, um sich in die Gewalt zu bekommen. Aber er hatte sich nicht in der Gewalt. Warum, zum Teufel, sollte er sich auch in der Gewalt haben?

»Damit du den anderen heiraten und nach New York ziehen kannst?«

»Dazu entschließe ich mich, wenn ich soweit bin. Ich will mich nicht hetzen lassen.«

»Gut«, sagte er bitter.

»Ich hab dran gedacht, auszuziehen«, sagte Charm. »Aber ich bin egoistisch. Eigentlich will ich das gar nicht. Du weißt, wie sehr ich Apartments hasse. Ich dachte, wir könnten das Haus noch eine Weile miteinander teilen. Ich finde aber nicht, daß wir das Bett teilen sollten. Das ist für uns beide ein bißchen schmerzhaft.«

»Wer zieht also aus?« Er machte eine Handbewegung in den Raum hinein.

»Das liegt bei dir, Warren. Ich habe nicht das Recht, dich rauszuschmeißen. Aber die Schränke im Gästezimmer sind so klein. Ich hab so viel mehr Zeug als du. Würde es dir sehr viel ausmachen?«

Nach einer Minute sagte er: »Es würde mir sehr viel ausmachen.«

Seufzend wickelte sie das Handtuch von den Haaren und schüttelte die nassen blonden Strähnen. Er folgte ihr ins Bad, wo sie den Haartrockner anschloß.

»Charm, gehst du aus?«

»Ja.« Das Wort war ruhig ausgesprochen, aber gewichtig genug, um ihn wie ein Felsbrocken auf der Brust zu treffen. »Und du?« Ihr Finger lag auf dem Schalter des Haartrockners.

»Ich hab zu arbeiten.«

»Vielleicht werden wir Freunde, Warren.«

»Das bezweifle ich sehr.« Er ging aus dem Zimmer, bevor Tränen seinen Blick trübten.

In der Küche tätschelte er Oobie, die nicht gefüttert worden war. Er hörte den Wäschetrockner surren. Das erinnerte ihn daran, daß er zu waschen hatte. Die Unterwäsche ging ihm aus. Er leerte die Dose mit Hundefutter in die Schüssel und ließ heißes Wasser darüber tröpfeln, um Soße zu machen.

Er sah Oobie beim Fressen zu. Ja, es macht mir viel aus.

Er setzte sich ins Wohnzimmer und legte den Kopf in die Hände. Er konnte nicht im selben Haus mit ihr wohnen.

Charm ging zehn Minuten später. Sie rief ihm ein tonloses Lebewohl zu. Er hörte ihre hohen Absätze auf dem Gehweg entlangeilen.

Er ging zum Essen in ein Restaurant in der Nachbarschaft. Dann kehrte er heim und arbeitete eine Stunde lang an der Quintana-Sache. Danach widmete er sich der Boudreau-Akte, aber seine Augen wurden müde. Die beiden Fälle verschwammen, wurden zu einem. Ich sehe die Dinge nicht mehr klar, stellte er fest. Kann mich nicht konzentrieren. Das Leben zweier Menschen liegt in meinen Händen, und meine verdammten Hände zittern.

Er schaute sich den letzten Teil von *Casablanca* im Spätprogramm an. Er kannte die Flugplatzszene fast Wort für Wort auswendig. Er schaltete den Fernseher aus, deckte eines der beiden Betten im Gästezimmer auf und las eine halbe Stunde lang im neuen Roman von García Márquez. Um zwei Uhr knipste er die Nachttischlampe aus.

Er erwachte in der Dämmerung des Sonntagmorgens. Der kurze Schlaf hatte ihn nicht erfrischt. Auf dem Weg in die Küche bemerkte er, daß die Schlafzimmertür angelehnt war. Er klopfte leise. Dann trat er ein: Vielleicht konnten sie miteinander reden. Das Bett war unbenutzt. Charm war nicht nach Hause gekommen.

»Zum Teufel mit ihr«, sagte er leise. Ich werde mein Leben weiterleben. Vom Küchentelefon aus rief er Ravendale an und erkundigte sich nach einem Apartment. Um zehn war er mit seinem Hund eingezogen.

Spät am Montag nachmittag wurden Warren M. Blackburn und Richard C. Levine als Verteidiger in der Sache »Texas gegen Johnnie Faye Boudreau« in Richter Binghams Gericht registriert.

An einem regnerischen Nachmittag Ende Juni, als schokoladenbraune Wolken vom Golf heraufzogen, rief Richterin Lou Parker Warren und Nancy Goodpaster in ihre Kanzlei. Sie richtete ihren schneidenden Blick auf den Mann, der zwischen Hector Quintana und dem Tod stand.

»Wie sieht's mit Klamotten für Ihren Heini aus? Ich will nicht, daß der Typ mit abgewetzten Stiefeln an den Füßen und einem Harris-County-Overall dasitzt und uns alle beschämt. Hat er was? Wenn nicht, kaufen Sie ihm was. Der Bezirk bezahlt's. Das heißt aber nicht, daß Sie ihm einen Fünfhundert-Dollar-Anzug besorgen sollen. Finden Sie raus, was er für 'ne Größe hat, und machen Sie sich auf die Socken – die Straße runter zu Kuppenheimer. Da ist Ausverkauf.« Ohne ein Danke abzuwarten, drehte sie sich zu Nancy Goodpaster und wedelte mit ihrem dicken Zeigefinger vor der Staatsanwältin wie ein Vater vor einem ungezogenen Kind. »Ich glaube nicht an überfallartige Prozesse. Das habe ich Ihnen schon mal gesagt, Nancy – wenn Sie irgendwas wissen, das nach *Brady* riecht, raus damit! Wenn Sie der Verteidigung nicht alle Informationen geben können, die ein Todesurteil rechtfertigen, dann geht's nicht um ein Kapitalverbrechen, worauf der Tod steht.«

Der Tod. Es war eine Abstraktion, nicht die Tatsache, daß ein menschliches Leben ausgelöscht und eine vom Leid ausgelaugte Familie zerstört wurde. Das Gesetz besagte, daß der Tod eine ordnungsgemäße Strafe war – *lex talionis*, Mord mit gesetzlicher Billigung.

Nancy Goodpaster wiederholte, daß sie nichts zu offenbaren habe.

»Die Auswahl der Geschworenen beginnt Mittwoch in einer Woche«, gab die Richterin bekannt, »und ich kann verdammt noch mal garantieren, daß ich nicht mehr als acht Tage darauf verwenden werde. Die Befragung beschränke ich für jeden Geschworenen auf dreißig Minuten pro Partei. Ich hab eine Schachuhr auf dem Schreibtisch. Wenn sie Ping macht, ist der Fall erledigt. Keine Ausnahmen. Sehen Sie, daß Sie die Sache in den Griff kriegen.«

Sie starrte Warren düster an. »Lassen Sie sich das Ganze gut durch den Kopf gehen. Wenn Sie für Ihren Typ noch was aushandeln und ihn fünf vor zwölf raushauen können, werde ich zwar nicht jubilieren, weil Sie so lange gewartet haben, aber ich werde Sie ganz bestimmt nicht dran hindern. Ist das klar?«

»Klar«, sagte Warren.

Ihr finsterer Blick verdüsterte sich noch mehr. »Ich sehe Sie beide zur Geschworenenbefragung Mittwoch in einer Woche, Punkt neun.«

Ordentliche Befragungen von Geschworenen dauerten in Texas bei Verbrechen, die mit der Todesstrafe geahndet werden konnten, manchmal über einen Monat. Nicht in Lou Parkers Gericht. Die Schachuhr tickte.

»Was verdammt verfassungswidrig ist«, sagte Rick Levine, als Warren es ihm erzählte. »Ekelhaft dazu.

Das könntest du anfechten, weißt du? Stell haufenweise Anträge – zitiere höchstrichterliche Entscheidungen. Wenn sie ablehnt, ist das ein Revisionsgrund.«

»Das möchte ich mir eigentlich lieber aufheben«, sagte Warren. »Es ist vielleicht das einzige, was ich in der nächsten Instanz vorbringen kann.«

Am Abend, in seiner Wohnung in Ravendale, sah er sich mit seinem gemieteten Videogerät Filme an. Er hatte sich außerdem einen Karton voll Töpfe und Pfannen und andere Küchenutensilien, einen Radiowecker, ein paar Drucke mit Segelbootrennen und schneebedeckten Bergen ausgeliehen und seinen Kühlschrank mit Wurstaufschnitt und gefrorenen Fertiggerichten, Peperoni-Pizzen und polnischem Wodka aufgefüllt. Keine Kocherei mehr – das war passé, gehörte zu einem anderen Leben. Er las das Buch von García Márquez zu Ende und fing eins über die Reagan-Präsidentschaft an. Manchmal spielte er in voller Lautstärke Bach, Verdi und Gordon Lightfoot, bis sich die Nachbarn beschwerten. Er machte nie sein Bett und spülte das Geschirr nur jeden dritten Tag. Die Möbel des Apartments waren im gewöhnlichen beigen Motelstil, und er konnte eine Tasse heißen Kaffee auf dem Couchtisch stehenlassen, ohne daß ihm jemand sagte, er solle einen Untersetzer drunter legen.

Er und Rick trafen sich mehrmals mit Johnnie Faye, um sich ihre Story anzuhören und eine Prozeßakte vorzubereiten. Warren gab ihr eine Definition: »Notwehr ist die Anwendung tödlicher Gewalt, um die unmittelbar bevorstehende Gefahr, getötet zu werden oder schwere Körperverletzungen zu erleiden, abzuwehren, wenn man keine Gelegenheit hat, sich in Sicherheit zu bringen. Die Geschworenen sind belehrt worden, alle Umstände von Ihrem Gesichtspunkt aus zu betrachten.« Johnnie Fayes Aussage war das entscheidende: Wenn die Geschworenen ihr glaubten, würde sie freigesprochen werden, wenn sie ihr keinen Glauben schenkten, würde man sie schuldig sprechen. »Es geht in drei Stufen vor sich«, erklärte Warren. »Zuerst erzählen Sie uns genau, was passiert ist. Dann befragen wir andere mögliche Zeugen. Dann proben wir mit Ihnen – präparieren Sie für die Hauptvernehmung und das Kreuzverhör unter Eid. Lassen Sie unterdessen nichts aus, egal, für wie trivial Sie es halten. Sagen Sie nichts, was nicht den Tatsachen entspricht. Erzählen Sie uns wahrheitsgetreu, was passiert ist, Minute für Minute. Wir sind Ihre Anwälte. Wir sind hier, um Ihnen zu helfen, nicht, um über Sie zu urteilen.«

Was sie erzählte, wich nie von früher Gesagtem ab. Die Anwälte machten sich Notizen. Rick nahm die Notizen dann mit ins Büro, wo seine Sekretärin, Bernadette Loo, sie in den Computer eingab und speicherte.

»Aussichtsreich«, sagte Rick das erstemal, nachdem Johnnie Faye gegangen war. »Hier stimmt bis jetzt eigentlich alles. Wenn sie die Wahrheit sagt, könnte dein Hund sie verteidigen und gewinnen. Wozu brauchst du mich überhaupt?«

»Du bellst schöner«, sagte Warren.

Die Bezirksstaatsanwaltschaft in der Person von Bob Altschuler hatte ihnen Auszüge aus dem Polizeibericht überlassen. Die Spurensicherung hatte genug Hügelketten und Täler auf dem Schürhaken gefunden, die sowohl zu den Fingern von Clyde Otts rechter als auch linker Hand paßten. Der Schürhaken war auf dem Wohnzimmerteppich, direkt vor dem Sofa –

Clydes vorletzter Ruhestätte – gefunden worden. Johnnie Fayes Abdrücke waren auch drauf, was aber zu ihrer Geschichte paßte. Altschuler hatte Warren auch einen Satz Fotos des Wohnzimmers überlassen, einen Grundriß der Villa am River Oaks Drive, eine Niederschrift dessen, was Johnnie Faye am Telefon zur Polizei gesagt hatte, und eine Kopie der Notizen von Sergeant Ruiz, die er sich gemacht hatte, nachdem er sich im Haus der Otts das Geständnis angehört hatte. Das war alles *Brady*-Material, sonst wären die Papiere in der Fannin Street Nummer 201 im Aktenschrank geblieben.

Warren wünschte, seine Mandantin hätte den Mund gehalten und sich erst mit einem Anwalt beraten. Als er sie fragte, warum sie es nicht getan hatte, sagte sie: »Das hätte ja ausgesehen, als ob ich was zu verbergen hätte. Die Schwachköpfe sollten gleich wissen, daß es mir leid tat, aber geschämt hab ich mich ganz und gar nicht.«

Warren ging zur Bibliothek der *Chronicle* und fotokopierte die Artikel über die Ermordung von Sharon Underhill Ott und David Inkman. Verweise darauf waren im Prozeß ausgeschlossen, aber das Verteidigungsteam mußte über den Hintergrund Bescheid wissen. Altschuler hatte sich sicher auch schon informiert, und man konnte nie wissen, inwieweit das, was der Staatsanwalt wußte, für einen selbst von Wichtigkeit war.

Spät am Nachmittag fuhr Warren zum Restaurant Hacienda, um die Angestellten zu befragen.

Sowohl der Kellner als auch der Oberkellner erinnerten sich, daß Dr. Ott und Johnnie Faye dort gegessen hatten, und die Geschäftsleitung überließ ihm eine Kopie der Rechnung, aus der hervorging, daß sie zehn *Frozen Margaritas* konsumiert hatten. Der Kellner erinnerte sich an einen Streit am Tisch. Nein, er konnte sich nicht erinnern, was die Dame und der Herr gesagt hatten. So viele Leute stritten sich in Restaurants.

Zwei Musiker mit Gitarren in zerkratzten schwarzen Kästen schlenderten herein. Ja, sie hatten für Johnnie Faye gesungen, und sie hatte ihnen ein Trinkgeld gegeben. Streit? Wer weiß? Schon so lange her.

Nicht besonders gut, aber auch nicht schlecht. Warren setzte alle Namen auf eine Zeugenliste zwecks möglicher Ladung.

An einem anderen Abend suchte er das Ehepaar auf, das – laut Johnnie Fayes Aussage – gehört hatte, wie Clyde ihr drohte, sie umzubringen. Dr. und Ms. Gordon Butterfield, ein Schönheitschirurg und seine Frau, wohnten am Memorial Drive in einem Haus, das mit schwedischem Biedermeier und Art-deco-Möbeln vollgestopft war. Sie charakterisierten Johnnie Faye als oberflächlich und unmoralisch. Sie waren mit Clyde befreundet gewesen, betonten sie. Sie hatten zu ihm gesagt: »Die ist nur hinter deinem Geld her. Sieh zu, daß du sie los wirst, bevor es zu spät ist.« Prophetische Worte.

Aber sie konnten sich auch an jenen Abend erinnern, vor einem Jahr oder so – ein Wohltätigkeitsdinner im Houston Racquet Club zugunsten der Obdachlosen.

Dr. Butterfield sagte: »Sie stritten sich wie üblich um das Geld, das Clyde für seine Stiefkinder ausgab. Der Junge ist das, was ich einen Tunichtgut nenne, und das Mädchen ist zweimal geschieden und hat mehrere Kinder. Sie haben natürlich von Sharon geerbt, aber nicht genug für ihren Bedarf. Clydes beträchtliches Vermögen stammte von Sharon, wie Sie sicher wissen. Clyde war ein großzügiger Mann – er hatte seine Fehler, er war schließlich auch nur ein Mensch, aber er war großzügig. Er unterstützte die Stiefkinder, und diese Boudreau war dagegen. Dann passierte es also – mitten in diesem Streit, dem wir Einhalt zu gebieten versuchten, denn er ging uns ehrlich gesagt auf die Nerven –, daß diese Boudreau ihm ihren Drink ins Gesicht schüttete. Völlig unangebracht, meiner Meinung nach. Und Clyde sagte: ›Du Miststück, ich könnte dich umbringen.‹ Was ich absolut nicht als echte Drohung aufgefaßt habe, wie ich Ihnen versichern kann. So etwas sagt man eben, wenn man wütend ist und vor seinen Freunden gedemütigt wird. Da war absolut keine Absicht dahinter.«

Lila Butterfield sagte: »Sie hat auch Sharon beleidigt. Ich bin mit der armen Sharon aufs College gegangen.«

Warren fragte: »Erinnern Sie sich an Ms. Boudreaus genaue Worte, Ms. Butterfield?«

»Wenn mein Mann sagt, daß sie gesagt hat, was er gesagt hat«, erklärte Lila Butterfield, »dann ist das auch genau das, was sie gesagt hat. Er hat ein ausgezeichnetes Gedächtnis für Triviales.«

»Sie haben die Bemerkung nicht gehört?«

»Nur mit halbem Ohr. Das war alles so vulgär. So unpassend bei einem Wohltätigkeitsdinner. Man hört nicht unbedingt hin.«

Warren trank seinen Scotch aus und ging. Später sagte er zu Rick: »Die Frau hat eine halbe Flasche Sherry geleert, solange ich da war. Wir werden vielleicht den Mann nehmen müssen, aber er war Clydes Freund und haßt unsere Mandantin. Außerdem ist er ein aufgeblasener Idiot. Ich fragte, ob Clyde jemals auf Sharon eingeschlagen hätte, und er kreischte: ›Niemals – wie können Sie so etwas überhaupt denken!‹ Ich versuchte herauszufinden, ob Clyde in ihrer Gegenwart jemals Kokain geschnupft hatte. Seine Frau schnappte nach Luft, als ob ich gefragt hätte, ob er Zehnjährige gebumst hätte. Gordon richtete sich in seinem Ohrensessel auf und sagte: ›Clyde war ein geachtetes Mitglied der Ärzteschaft, Mr. Blackburn. Das ist meine Antwort an Sie, und sie wird sich nicht ändern.‹ Ich konnte ihnen dann noch die Namen der anderen abluchsen, die bei diesem Dinner mit am Tisch saßen. Wir müssen sie finden, alles abchecken.«

Aber als Rick sie aufsuchte, konnte sich niemand erinnern, höchstens, daß vielleicht ein Drink verschüttet worden war.

Warren hatte mehr Glück im Hermann Hospital, wo er sich eine Kopie des Berichts der Unfallstation in der Nacht vom 22. Dezember 1988 beschaffte: »Beschwerden der Patientin: Frakturverdacht, Nasenbein. (Schwellung am Nasenrücken festgestellt) Diagnose: Knochenfissur des linken Jochbeins. Behandlung: keine. Verordnung: Tylenol III.« Der junge Arzt, der Johnnie Faye behandelt hatte, war bereit auszusagen. Ja, sie sagte, ihr Freund habe sie geschlagen. Sie genierte sich überhaupt nicht. Meistens genierten sie sich, sagte der Arzt.

Rick schaute in der Bar im Grand Hotel vorbei, aber Cathy Lewis – die Kellnerin, der Clyde angeblich 25 000 Dollar zahlte, weil er ihr drei Vorderzähne ausgeschlagen hatte – arbeitete seit achtzehn Monaten nicht mehr dort. Niemand wußte, wo sie war. C. Lewis stand sechsmal im Telefonbuch von Harris County, aber die einzige Catherine klang wie mindestens siebzig. »Ruf alle Hotelbars an«, sagte Warren zu seinem

Partner, »und probier's mal mit deinen Leuten bei der Sozialversicherung und der Kraftfahrzeugzulassung. Wir brauchen sie. Find sie, dann kriegst du sie als Zeugin.«

Das Verteidigungsteam beschloß, daß Warren das Präparieren übernehmen sollte. Bei ihren letzten beiden Treffen hatte Johnnie Faye fast alle ihre Aussagen an ihn gerichtet. Manchmal, wenn sich Rick einmischte, warf sie ihm einen irritierten Blick zu, der an Zorn grenzte. Rick folgerte mit einer Handbewegung durch die Luft: »Sie mag mich nicht. Das ist zwar selten, aber so was kommt vor. Dich hat Scoot auserwählt, du bist ihre Kuscheldecke, an der sie herumkaut. Ich bin nur ein schnellschwätzender Jud. Ich meine, sie ist nicht blöd – sie respektiert meine überlegene Intelligenz und meine juristischen Kenntnisse, aber ich werde das Gefühl nicht los, daß sie weder meinen Humor noch meine Nase besonders schätzt. Also übernimm du das Präparieren. Ich halte meine Klappe und sehe biblisch weise aus.«

Jeden Morgen rannte er mit Oobie am Braes Bayou entlang. Oobie war illegal im Apartment: keine Haustiere gestattet. Er drückte den beiden Hausmeistern je einen Zehn-Dollar-Schein in die Hand und sagte, wenn sie tagsüber in seiner Wohnung einen Hund bellen hörten, sei das ein Tonband, das er zur Abschreckung von Einbrechern abspielte. Samstags kam eine Putzfrau, eine riesige Schwarze aus Barbados namens Theodosia. Während Theodosia staubsaugte und den angesammelten Dreck aus dem Backofen kratzte, sang sie Calypsosongs, und eines Morgens sang er »Brown-skinned Gal« und »Day-O« mit ihr im Duett, die einzigen Lieder dieser Art, von denen er den Text kannte. Er freute sich auf Theodosias Besuche. Er war einsam.

Er ging zum Gericht, wenn es erforderlich war, und traf sich mit Hector Quintana im Besucherraum des Gefängnisses, mit Rick und Johnnie Faye Boudreau in Ricks oder seinem eigenen Büro und mit potentiellen Zeugen. Er stellte Zeugenpläne und eine Verteidigungstheorie für beide Fälle auf. Der eine war einfach. Bei dem anderen, für Quintana, biß er die Zähne zusammen und stöhnte. Das Hin und Her zwischen den beiden Gerichtssachen machte ihn nervös und bescherte ihm Träume, die vor lauter Durcheinander alptraumhaft waren. »Es liegt in Ihrer Verantwortung, ihn zu überreden, das Angebot anzunehmen«, hatte Lou Parker gesagt, »auch wenn Sie glauben, daß er unschuldig ist.« Warren träumte die Worte in den Mund von Dwight Bingham hinein und sah sich selbst im Zeitlupentempo in dessen Gericht, wie er Johnnie Faye Boudreau schuldig sprach. Anschließend schrie Johnnie Faye ihn an: »Wie konnten Sie das tun? Sie wußten doch, daß ich unschuldig bin!« Er fiel ihr zu Füßen, kroch vor ihr im Dreck.

Dann erwachte er, das Kopfkissen schweißnaß. Die Klimaanlage war in der Nacht zusammengebrochen. Er stand auf, duschte kalt. Dann drückte er auf die Taste des Kassettenrecorders, hörte sich ein Flötenquartett von Mozart an und versuchte sich zu beruhigen.

Wenn er gegen sechs Uhr abends heimkehrte, vermied er es, Kanal 26 einzuschalten, und sah sich die Nachrichten eines anderen Senders an. Er hatte auf Charms Anrufbeantworter eine Nachricht hinterlassen, um ihr zu sagen, wo er war, und in den vergangenen beiden Wochen hatte sie zweimal angerufen. Er auch. Routinekram: eine fragliche Rechnung von der

Krankenkasse; hatte er zufällig ihr Maniküreset mitgenommen? Nein, hatte er nicht. Er fragte, ob er Samstag früh vorbeikommen und seinen Reserve-Jogginganzug und Tennisschuhe, die er im Trockner gelassen hatte, abholen könne. Kein Problem, sie sei am Wochenende verreist.

Zweimal erkundigte sie sich, ob alles in Ordnung sei, und jedesmal sagte er: »Es geht mir gut, Charm. Und wie steht's bei dir?« Das erstemal antwortete sie »alles bestens« und das zweitemal »okay«.

Aber er konzentrierte sich nicht auf Feinheiten. Er gab ihr die Zeit, die sie brauchte, um zu tun, was sie tun wollte; er wollte keine Einzelheiten, Entschuldigungen oder Argumente. Er wollte keine langen Gespräche. Das Herz tat ihm weh, aber das ging sie nichts an.

Und das Herz tat ihm ja auch nicht ständig weh. Es gab Stunden, in denen er gar nicht an Charm dachte. An manchen Juniabenden trainierte er im Fitneßraum des Hauptgebäudes, bis er schwitzte. Dann ging er raus an den Pool. Meist war ein Volleyballspiel in Gang, und ein paarmal machte er mit, spritzte und schrie mit den anderen herum. Eine junge Schwarzhaarige in seinem Team sagte, sie heiße Mary Beth und sei gerade aus Michigan zugezogen. Und wie war sein Name? Und woher kam er? Und was machte er? Er gab höflich Auskunft. Dann machte er sich aus dem Staub.

Janice hinter dem Tresen lächelte jedesmal gewinnend mit gebleckten Zähnen, wenn er vorbeikam, um sich zu erkundigen, ob sich schon jemand auf die Zettel gemeldet habe, die er drucken ließ und in jeden Briefkasten gesteckt hatte, und in ihrem Blick lag eine verschleierte Einladung.

Aber das war es nicht, was er brauchte, noch nicht. Keine Verwicklungen, keine flüchtigen Abenteuer. Konzentrier dich auf die Aussage der Boudreau und den leidenden Hector Quintana. Trainier dein Herz im Fitneßraum. Paß gut auf Oobie auf, denn die liebt dich und braucht dich.

Eines Abends vergaß er, sie zu füttern. Am nächsten Morgen, auf dem Freeway, unterwegs zu einem Zeugeninterview, erinnerte er sich. An der nächsten Ausfahrt machte er kehrt und fuhr die ganze Strecke zurück nach Ravendale, wo Oobies Schwanz vor Freude wedelte. Er umarmte sie heftig. Ein dummer hungriger Hund war alles, was er noch hatte.

So ganz nebenbei, in einem günstigen Augenblick im Gespräch am Pool und an der Rezeption sagte er zu Mary Beth beziehungsweise Janice: »Ich lebe getrennt von meiner Frau. Ich vermisse sie. Ich versuche noch, herauszufinden, was schiefgelaufen ist.« Zu beiden Frauen die gleichen Worte. Und er schenkte beiden ein distanziertes Lächeln.

Aber die Frauen schienen seine Verfügbarkeit – wenn's das war – zu riechen. Gerichtstratsch war im Umlauf, schnell wie der Schall, wenn nicht sogar mit Lichtgeschwindigkeit. Eines Morgens, als er in der Kanzlei von Richter Bingham den Termin für die Zeugenladungen in der Sache »Boudreau« vereinbarte, faßte Maria Hahn, die Protokollführerin, ihn am Ellbogen.

Maria war Ende Dreißig und hatte einen unehelichen achtjährigen Sohn, eine Tatsache, die die meisten unverheirateten Juristen abschreckte. Sie war groß und langbeinig, trug ihr kurzes braunes Haar in einer feingekräuselten Dauerwelle, hatte strahlendblaue Augen und einen Nacken wie ein Modigliani-

Porträt. Die verheirateten Juristen machten sich regelmäßig an sie ran, aber Maria lachte alle, bis auf Bob Altschuler, aus. Man sagte ihnen ein Verhältnis nach, das jetzt allerdings Vergangenheit war. Es wurde gemunkelt, sie habe ihn fallengelassen. Altschuler, ein verheirateter Mann von fünfundvierzig, litt immer noch. Man sah es seinen Augen an, wenn er zu Maria hinter ihrer Stenomaschine und den fliegenden Fingern mit den roten Nägeln blickte.

Sie erzählte ständig schlüpfrige Witze und kicherte viel mit Dwight Bingham, der das Verfahren unterbrach, wenn er den Eindruck hatte, daß sie müde war. »Pause für die schöne Maria«, sagte er dann, und oft nahm Maria, die zur Richterbank lächelte, den Satz ins Protokoll auf. Bingham war es egal.

Sie fragte Warren, wie es ihm gehe, und er sagte, gut.

»Warren, ich bin in so 'nem Club. Er nennt sich ›Turmhohe Texaner von Houston‹, ob Sie's glauben oder nicht. Montag ist Feiertag, und abends gibt's dort 'ne große Fourth-of-July-Party. Ich möcht nicht allein gehen, und ich bin auf keinen von diesen Riesenaffen scharf. Haben Sie Lust, mitzukommen?«

»Klingt gut«, sagte Warren nach einem Moment. Er mochte Maria. Sie war immer gut gelaunt. »Wie groß sind Sie eigentlich genau?«

»Einszweiundachtzig. Und Sie?«

»Einsfünfundachtzig. Vielleicht 'n paar Millimeter drunter.«

»Dann werden Sie nicht aufgenommen. Männer müssen einsachtundachtzig sein. Aber ich darf einen Kleinen mitbringen.« Sie drückte seinen Arm, und ein glucksendes Geräusch entrang sich ihrer üppigen

Brust. »Geben Sie mir Ihre neue Nummer. Ich ruf Sie an und sag Ihnen, wann und wo.«

Seine neue Nummer. In den Worten klang Melancholie und Verheißung mit. War eine neue Nummer wie ein neues Leben?

In Shorts und Safarihemd erschien Rick Levine in Warrens Bungalow-Büro. Es war der Samstagnachmittag des langen Fourth-of-July-Wochenendes. Dieses Mal brachte Rick Bernadette Loo mit. Sie hatte die Grippe gehabt und war mit der Abschrift in Rückstand geraten.

Die beiden Anwälte gingen die Zeugenliste durch. Johnnie Faye sollte um vier eintreffen und weiter präpariert werden. Bernadette ließ sich in der Nische häuslich nieder, in der Warrens Computer und Drukker standen.

»Ich hab noch eine Frage, bevor wir anfangen«, sagte Rick. »Etwas läßt mir keine Ruhe.«

»Schieß los!«

Rick rollte eine schematische Zeichnung des Erdgeschosses von Clyde Otts Haus am River Oaks Drive auseinander. Die Ausmaße des Hauses waren grandios. Man betrat eine große Halle aus italienischem Marmor, von der aus eine breite Marmortreppe in südlichem Stil in die oberen beiden Stockwerke führte. Rechter Hand lag ein Wohn- und Fernsehzimmer mit überdimensionalem Fernseher, Dolby Surround Audio/Videosystem und Billardtisch. Links lag hinter einem Bogen ein weiteres riesiges Wohnzimmer mit Perserteppichen und größtenteils weißen italienischen Ledersesseln und -sofas und dunklen Rosenholzmöbeln von Chippendale. Dem Kamin gegenüber, in einiger Entfernung, enthielt eine Wandnische ein eingebautes Bücherregal, vor dem das Ledersofa stand, auf dem Clyde Ott gestorben war.

Ricks Finger zeigten auf den Umriß des Sofas. »Nehmen wir an – wie unsere Mandantin uns immerzu versichert –, daß Clyde mit dem Schürhaken in drohender Weise über seinen Kopf hinweg ausholte und sie ihn in dem Augenblick erschoß, in dem er auf sie einschlagen wollte. Wieso hat dann aber – als er fiel – die Stoßkraft seines Arms den Schürhaken nicht über das Sofa gegen das Bücherregal geschleudert? Wieso landete der Feuerhaken einen halben Meter vom Sofa entfernt auf dem Teppich, und zwar auf *dieser* Seite?«

Hinter ihnen tippte Bernadette Loo wild auf der Computertastatur herum. Ab und zu nahm sie einen Schluck kaltes Budweiser, das sie aus Warrens kleinem Kühlschrank im Flur stibitzt hatte.

»Denk mal drüber nach«, sagte Warren. Er hatte es schon getan.

Rick zuckte mit den Schultern. »Das möcht ich schon, aber zwei meiner Pferde laufen morgen im Derby Downs, und Liz und ich fliegen heute abend noch nach New Orleans. Also, klär du mich auf.«

»Es ist möglich«, sagte Warren, »daß Clyde den Schürhaken so geschwungen hat – um seinen ganzen Körper rum –, daß er hinter ihm auf dem Teppich landete. Allerdings ...« Warren preßte seine Lippen zu einem gespannten Lächeln zusammen.

Rick nickte. »Es ist auch möglich, daß der Schürhaken das Bücherregal traf und hinter dem Sofa landete und daß sie ihn aufhob und vor das Sofa legte, nachdem sie Clyde erschossen hatte, damit das Ganze offensichtlicher war. Und auf diese Weise konnte die Polizei ihn auch nicht übersehen.«

»Sie hätten ihn sowieso nicht übersehen.«

»Das war ihr vielleicht nicht klar«, vermutete Rick.

Richtig, dachte Warren, vorausgesetzt, die Prämissen dieses Szenariums sind glaubwürdig. Die anderen Morde fielen ihm ein: Sharon Ott, Dink, möglicherweise Bobbie Ronzini und der unbekannte Kochgehilfe, den Altschuler erwähnt hatte. Wenn sie zu diesen Morden angestiftet hatte und ungeschoren davongekommen war, mußte sie alle Beamten von der Mordkommission für Schwachsinnige halten.

»Natürlich gibt es noch eine Möglichkeit«, sagte Warren. »Ein völlig anderes Faktenpaket.«

»Ja, die Schürhakenstory ist ein verdammtes Märchen. Clyde hat ihn nie angefaßt und damit herumgefuchtelt. Sie hat ihn erschossen und dann den Haken in seine Hand gedrückt, um die Fingerabdrücke zu fixieren. Und dann legte sie ihn auf den Teppich, und zwar an eine Stelle, die sie für die sichtbarste hielt, damit die doofen Bullen ihn auch finden würden. Und dann hat sie sich diese Geschichte mit der Pistole ausgedacht.«

»Du hast's erfaßt«, sagte Warren.

»Du meinst, diese süße kleine Mieze aus Odem hat so eine abscheuliche Tat begangen?«

»Alles ist möglich, wie unwahrscheinlich auch immer. Aber ich hab nicht vor, sie danach zu fragen.«

»Bob Altschuler bestimmt. Wenn wir darauf gekommen sind, kommt er auch drauf. Er wird sich einen Fachmann für bewegliche Objekte nehmen – wie immer diese Wissenschaft heißt –, einen Physiker! Bist du sicher, daß du diese Schwarze Witwe im Zeugenstand placieren willst?«

»Was haben wir denn ohne sie? Wenn die Geschworenen ihr glauben, ist sie frei. Und warum sollten sie ihr nicht glauben? Hat die Anklage vielleicht jemand, der ihr widersprechen könnte? Es gibt keine Überraschungszeugen in diesem Fall. Altschuler vertritt die Anklage nur, weil er sauer ist, daß sie bisher ungestraft davongekommen ist. Er hofft auf ein Wunder. Wir sind hier, um sicherzustellen, daß es nicht geschieht. Aber ich muß sie präparieren – die Sache mit der Pflicht, sich in Sicherheit zu bringen.«

»Scoot hat doch gesagt, daß du dir darüber keine Sorgen zu machen brauchst.«

»Scoot hat mit der Sache nichts mehr zu tun«, sagte Warren.

Johnnie Faye Boudreau kam um fünf. Sie parkte den Mercedes auf dem Platz vor dem Haus. In einer Seidenbluse und engen weißen Dior-Hosen, mit Hüftschwung und einem Lächeln von Ohr zu Ohr fegte sie herein und kreischte: »Wie geht's denn meinem Team? Sind wir am gewinnen, oder müssen wir alles zusammenschlagen?«

Warren stellte sie Bernadette vor, die einen neuen Stoß von Ricks Notizen abtippte. Nach etwa zehn Minuten, als Warren Johnnie Fayes Geschichte von der Rauferei und dem Schürhaken noch einmal mit ihr durchsprach, verschwand ihr Lächeln. Unruhig rutschte sie auf dem Stuhl hin und her, schlug die Beine übereinander, mal in die eine, mal in die andere Richtung. Ihre Augen wurden matt und kalt. Sie begann, an einem Fingernagel herumzufummeln. Dann blickte sie unter dunkelgezeichneten Augenbrauen mit theatralischem Stirnrunzeln düster in die Gegend.

»Könnte ich euch Herren mal für eine Minute allein sprechen?«

»Bernie«, sagte Rick, »schauen Sie, ob Sie nicht noch irgendwo ein paar Bier und Kartoffelchips auftreiben können.«

Ein Zehn-Dollar-Schein tauchte in seiner Hand auf. Bernadette verließ den Bungalow.

Johnnie Faye stieß einen Seufzer von Sopranistinnenformat aus. »Okay, ihr Typen, was hat *die* hier verloren?«

»Sie ist Ricks Sekretärin«, sagte Warren.

»Weiß ich. Ich hab sie in seinem Büro gesehen. Sie gefällt mir nicht. Ich traue euch. Aber ihr nicht.«

Warren erklärte, daß die Schweigepflicht sich auch auf die Sekretärinnen und sonstigen Angestellten von Rechtsanwälten erstreckte. Ein Rechtsanwalt würde aus der Anwaltschaft ausgeschlossen werden, wenn er seinen Eid bricht. Eine Sekretärin würde nicht nur gefeuert und nie wieder für einen Anwalt arbeiten, sondern sie müßte auch mit einer Anklage rechnen. Und sie brauchten die Notizen, die sie sich in früheren Sitzungen gemacht hatten. Bernadette würde sie wunderschön eintippen.

»Hört zu, ich bin schon 'ne ganze Weile länger in der Welt herumgekommen als ihr. Ich trau denen einfach nicht.«

»Anwaltssekretärinnen?«

»Nein, Sie Dummkopf. Kapieren Sie denn nicht, wovon ich rede?«

Rick hüstelte. »Ms. Loo arbeitet seit drei Jahren für mich. Ihr Urgroßpapa war ein Kuli aus Fuschun oder sonstwoher und kam mit einem Vertrag in der Tasche, um Eisenbahnschienen für Southern Pacific zu legen. Bernadette hat die Universität von Houston absolviert.

Sie sieht vielleicht aus wie Charlie Chans Schwester, aber sie kann Chinesisch weder lesen, schreiben noch sprechen. Sie ist eine vertrauenswürdige hundertprozentige Amerikanerin.«

Johnnie Faye schoß mit Blicken um sich und ließ eine Schimpfkanonade vom Stapel.

Schlitzaugen seien nichts wert. Die Japse rissen sich die Banken untern Nagel, kauften sämtliche Aktien im Fortune 500 und die Hälfte der teuren Immobilien auf, während Toyota Ford und Chevy killte. Die Chinesen seien alle Kommunisten, die als Fünfte Kolonne rübergeschickt würden. Am schlimmsten aber seien die Vietnamesen – sie gab zum besten, was Warren bereits gehört hatte: daß die texanischen Krabbenfischer ihren Job verloren hätten und daß die Supermärkte aussähen, als ob ganze Familien von Schlitzaugen dort campierten. Die hatten ihre eigene Mafia hier. Drogen? *Die* haben die doch erfunden! Und wir haben versucht, ihre Ärsche drüben in Nam zu retten! Hunderttausend von unsren Jungs mußten sich abknallen lassen, oder sie sind süchtig geworden wie Garrett. Und kommt von diesen aufgeblasenen Dreckfinken vielleicht ein Dank? »Sie glauben, ich übertreibe«, sagte sie, »aber die meisten Leute haben nicht den Mumm zu sagen, was sie wirklich denken. *Ich* sag's jedenfalls, wie's ist. Schickt sie alle zurück, wo sie hergekommen sind, bevor's zu spät ist! Wenn's nach mir ginge –«

Ihr Gesicht war puterrot, der Busen hob und senkte sich unter der Seide. Sie war außer Atem. Warren und Rick sahen sich an.

»Na, jedenfalls«, schloß Johnnie Faye etwas ruhiger, »falls Sie nicht gecheckt haben, was ich damit sagen will – ich trau ihnen nicht.«

»Wir haben's gecheckt«, sagte Rick.

»Wenn Ihre kleine Freundin zurückkommt, dann sagen Sie ihr gefälligst, daß wir sie nicht brauchen. Nichts für ungut, natürlich.«

Als Bernadette ein paar Minuten später die Fliegengittertür aufstieß und eine Sechserpackung kühles Budweiser auf dem Schreibtisch absetzte, sagte Rick: »Wir sind fertig, meine Liebe. Sie können nach Hause gehen. Oder«, fügte er mit kaum veränderter Miene hinzu, »gehen Sie doch rüber zum Bamboo Garden oder zu Fu und essen Sie was Schönes. Auf meine Rechnung natürlich.«

»Mein Gott, Sie wissen doch, daß ich das Zeug nicht ausstehen kann«, sagte Bernadette und packte ihre Sachen zusammen.

»Hab ich vergessen«, sagte Rick.

Die Rechtsanwälte nahmen sich Johnnie Faye wieder vor: der Grundriß von Clydes Wohnzimmer, der Schürhaken, ihr Wissen, was die Funktion der 22er betraf. Nach einer Stunde klingelte das Telefon. Es war Charm. Es tue ihr leid, Warren zu stören, aber sie sei in der Nachbarschaft – könnte sie für ein paar Minuten vorbeikommen? Könnten sie miteinander reden?

Ihre Stimme überraschte ihn, und einen Moment lang sagte er nichts.

»Paßt es dir schlecht, Warren?«

»Bleib mal dran –« Er legte die Hand über die Sprechmuschel und sprach mit Rick, der sagte: »Okay. Wir sind für heute fertig. Ich schnapp mir einen frühen Flug und erzähle meinen Pferden eine Gutenachtgeschichte.«

»Ich würde Ihre Frau gern kennenlernen«, sagte

Johnnie Faye mit süßer Stimme. »Macht's Ihnen was aus, wenn ich bleibe?«

Irgendwie war Warren froh, daß Johnnie Faye dablieb, wenn Charm kam. Er wollte nicht herumrätseln, aber die möglichen Gründe für ihren Besuch jagten durch seinen Kopf. Die Scheidung – oder wieder zusammenkommen. Zweifellos keines von beidem. Wahrscheinlich etwas völlig Belangloses.

Rick ging türknallend aus dem Haus, und Johnnie Faye entschuldigte sich und ging zur Toilette, um ihr Make-up aufzufrischen und sich die Haare zu bürsten. Warren spulte das Tonband zum Anfang zurück und beschäftigte sich damit, die Spulen sausen zu sehen – eine nahm ab, die andere zu. Wie Zukunft und Vergangenheit.

Johnnie Faye kam kläräugig zurück. Warren sagte: »Wir haben noch ein paar Minuten. Spielen wir doch die Sache mit der Pistole noch mal durch.«

»Ich hab's kapiert.«

»Lassen Sie's vor mir ablaufen. Diesmal mit anderen Worten. Beim Kreuzverhör wird der Staatsanwalt auf Ihnen rumhacken, und wenn Sie immer wieder die gleichen Sätze benutzen, macht das auf die Geschworenen einen schlechten Eindruck. Konzentrieren Sie sich auf die Wahrheit, aber aus verschiedenen Blickwinkeln. Das heißt wörtlich: Sehen Sie sich selbst aus verschiedenen Winkeln des Wohnzimmers. Können Sie das?«

Eine der beunruhigenden Fragen war: Erschoß sie Clyde in einer Reflexbewegung, oder erschoß sie ihn, weil sie die Absicht hatte, ihn umzubringen? Und die Hinführung dazu war: Spannte sie den Hahn der Pistole, oder drückte sie nur ab, weil sie mit der Waffe gar nicht richtig vertraut war? Bisher hatte sie mehrere

Antworten gegeben. Sie hatte den Hahn gespannt, sie hatte ihn nicht gespannt. Sie hatte die Absicht, *auf* ihn zu schießen, ihn aber nicht umzubringen. Oft sagte sie: »Es ging alles so schnell. Ich erinnere mich gar nicht so genau.«

Warren hatte beschlossen, sie bei der Hauptvernehmung nichts Derartiges zu fragen. Das kann Altschuler machen. Soll er sie piesacken oder, wie die Anwälte es nannten, »auf Fischfang gehen«.

Warren hatte ihr nie empfohlen, Fakten zu erfinden, und er erfand auch keine für sie. Das hätte nicht nur gegen die standesrechtlichen Grundsätze, sondern auch gegen sein eigenes Interesse verstoßen. Man wußte nie, womit ein Angeklagter herausplatzte, wenn ein Staatsanwalt wie Altschuler sie durch ein maschinengewehrartiges Kreuzverhör hetzte und fragte: »Hat Mr. Blackburn Sie aufgefordert, das zu sagen, Ms. Boudreau?« Oder was sie behaupten würde, wenn die Geschworenen sie schuldig sprachen. Warren dachte an Virgil Freers Verrat. Beim Präparieren hatte er bis jetzt versucht, seine Einstellung zu ihren Antworten mittels aufmunterndem Lächeln oder, wenn sie danebenlag, mit Stirnrunzeln zu vermitteln. Sollte sie die Sache in die Hand nehmen. Sollte sie sich doch mit dem nützlichsten Blickwinkel der Wahrheit vertraut machen.

Sie hatte ihm nicht geantwortet. Er wiederholte: »Können Sie das?«

»Was passiert, wenn ich ein bißchen schwindle?«

»Wie bitte?«

»Schauen Sie – Sie sind doch mein Anwalt. Es ist alles vertraulich, stimmt's? Ich frag Sie also – was passiert, wenn ich mich wirklich an irgendwas nicht erinnere? Oder wenn ich mich so erinnere, daß man mich in die Mangel nimmt? Dann stell ich mich doch lieber hin und sag's so, daß es gut für mich ist.«

Er überlegte. Nicht, daß er über die grundsätzliche Beantwortung im Zweifel gewesen wäre. Nur, wie es ihr klarmachen, damit sie es kapierte und nicht vergaß?

»Zweierlei kann passieren, wenn Sie lügen, Johnnie Faye. Sie können ungestraft davonkommen. Aber wenn der Staatsanwalt Sie ermüdet und durcheinanderbringt oder wenn ein Zeuge Ihnen widerspricht oder wenn es schwerwiegende Beweise gibt, die das Gesagte widerlegen, oder wenn Sie jemand anderem die Wahrheit gesagt haben und diese Person dann Ihre ›frühere widersprüchliche Aussage‹, wie wir es nennen, bezeugt – dann kann's Ihnen an den Kragen gehen. Mit der Mangel, vermutlich.« Er schwieg, so vielsagend er konnte. »Und da ist noch eine Sache. Wenn ich Sie in den Zeugenstand stelle, bürge ich für Ihre Aufrichtigkeit. Wenn ich weiß, daß Sie lügen werden, kann ich Sie da nicht hinstellen. Das sind die Regeln.«

»Komisches Spiel, Herr Rechtsanwalt«, sagte Johnnie Faye.

In dem Augenblick hörte er das vertraute Geräusch von Charms Mazda, der auf die kleine Parkfläche rollte. Eine Autotür wurde mit der typischen Wucht zugeschlagen.

»Das ist meine Frau«, sagte Warren. »Es dauert ein paar Minuten. Wir machen weiter, wenn sie wieder fort ist. Denken Sie nach über das, was ich Ihnen gesagt habe.«

Er wischte Kartoffelchips von seinem Schoß, stand auf und holte sich ein Bier aus dem Kühlschrank. Nach einer Minute, in der er sich vorstellte, wie Charm sich die Lippen nachzog, näherten sich ihre raschen Schritte der Tür. Klingt, als ob sie ihre Nikes trägt. Er schüttelte verwundert den Kopf. Ich weiß so viel von ihr.

Charm in verwaschenen Jeans und Greenpeace-T-Shirt hatte ein verblüfftes Gesicht aufgesetzt, und ihre Augen schossen Pfeile auf die Frau, die neben dem Schreibtisch saß. Warren machte sie miteinander bekannt.

»Ich bin echt stolz, Sie kennenzulernen«, sagte Johnnie Faye. »Ich kann nicht gerade behaupten, daß ich mir die Nachrichten oft anguck, aber wenn, dann seh ich immer Sie.«

Charm lächelte lau, drehte sich zu Warren um und sagte: »Ich dachte –«

»Du hast es mir erst vor ein paar Minuten gesagt. Mein Prozeß fängt diese Woche an. Wenn du mit mir allein sein willst, können wir rausgehen.«

Es war ein bißchen kühler geworden, dreißig Grad. Es ging auf den Abend zu. Während Warren sie auf den Parkplatz führte, sagte er: »Wir können in meinem Auto sitzen. Ich werde die Klimaanlage einschalten.«

»Mir macht die Hitze nichts aus, solange es trocken ist. Ich werde sie vielleicht sogar vermissen, wenn ich weggehe.«

»Du bist komisch«, sagte Warren.

Charm stand ihm gegenüber. Er lehnte sich gegen die Motorhaube von Johnnie Fayes cremefarbenem Mercedes. »Was kann ich also für dich tun?«

»Ich finde, wir sollten unsere Scheidung in die Wege leiten. Ich wollte es dir persönlich sagen. Es kam mir einfach nicht richtig vor, einen Brief zu schreiben oder es dir am Telefon zu sagen.«

Gar nicht belanglos. Wieder falsch.

»Ich habe mit einem Anwalt gesprochen. Hier in der Stadt«, fügte sie schnell hinzu. »Er heißt Arthur Franklin. Er wird sich mit dir in Verbindung setzen.«

Warren nickte grimmig. »Kenn ich nicht«, murmelte er.

»Es wird einfach sein«, sagte Charm. »Keine Alimente. Wir verkaufen das Haus, und jeder kriegt die Hälfte. Es sei denn, du willst das Haus behalten und wieder einziehen, dann lassen wir von der Bank den derzeitigen Wert ermitteln, und du zahlst mir die Hälfte aus. Dasselbe mit allen anderen Geldanlagen. Ist das fair?«

»Und der Unterhalt für die Kinder?«

»Was?«

»Ich mach bloß Witze.«

»Finde ich gar nicht witzig.«

»Ach, nimm doch nicht alles so ernst, Charm. Es war doch deine Idee, oder nicht?«

»Vermutlich.«

»Vermutlich?«

»Sei nicht so rechtsanwälterisch. Es ist nicht so leicht für mich, wie du denkst.«

»Für mich auch nicht«, sagte Warren.

»Du machst aber die Witze. Du scheinst in ziemlich guter Stimmung zu sein.«

Was mit Charm passierte, kam ihm vor wie eine Traumszene in einem Film oder wie eine von den Seifenopern, die er sich in den vergangenen Jahren im Büro angesehen hatte, wenn das Telefon nicht klingelte und er deprimiert war. In guter Stimmung? Sobald er an den kleinen Balkon in San Miguel de Allende dachte, war die Stimmung wie weggeblasen.

»Wirst du wieder heiraten? Willst du für die drei Gören dieses Typs Stiefmutter spielen?«

Sie warf den Kopf zurück, und ihre blonden Haare bauschten sich sekundenlang wie eine Mähne auf. »Darüber möchte ich nicht diskutieren, Warren. Gib mir eine Chance, Warren.«

Sie litt also auch. Aber weswegen? Weil sie ihn verließ, oder wegen irgendeiner Sache, die mit ihrem Kavalier aus New York zu tun hatte?

»Wolltest du mir sonst noch was sagen?« fragte er.

»Ich glaube nicht. Nicht heute. Ißt du ordentlich? Du siehst dünn aus.«

Die alten Gewohnheiten, daß man sich umeinander kümmerte, waren nicht totzukriegen, stellte er fest. »Ich trainiere«, sagte er. »Ernsthaftes Kochen hab ich vorläufig aufgegeben. Vielleicht hab ich deshalb abgenommen.«

»Wie geht's Oobie?«

»Die Hüfte plagt sie, aber sie ist munter.«

»Das ist wohl deine Mandantin in der Ott-Sache?« Charm nickte zum Fenster des Bungalows. »Phantastisch aussehende Dame.«

Sich mit den Handflächen abstützend, schwang er sich auf die Motorhaube des Autos und ließ die Stiefel baumeln. Das Metall gab unter seinem Gewicht ein bißchen nach.

»Setzt du dich immer auf den Mercedes deiner Mandanten?« fragte Charm mit gekräuselten Lippen.

Er sagte nichts, zuckte nur gleichgültig mit den Schultern.

»Na, es macht ihr sicher nichts aus«, sagte Charm. »Ich sehe, daß sie eine unachtsame Fahrerin ist.«

»Wie kommst du darauf?«

»Die Stoßstange. Und der Kotflügel.« Charms Blick wies zum vorderen Teil des Wagens.

Er sprang von der Motorhaube und folgte ihrem Blick. Er sah, daß die Stoßstange sich vom Kühlergrill gelöst hatte. Im Kotflügel war eine kleine Delle, und ein leuchtendblauer Fleck hatte sich in die Cremefarbe gebohrt. Man hätte es leicht übersehen können, wenn man bei gutem Licht nicht ganz genau hinsah.

Er starrte ununterbrochen drauf und wußte zuerst gar nicht, warum. Und dann, nicht sofort – eher so, wie Schlamm aus einem Loch in der Erde quillt und träge fließend Gestalt, Bedeutung annimmt –, erinnerte er sich, wo er diese Kombination von Blau und Cremefarben zum erstenmal gesehen hatte. Merkwürdiger Zufall. Er hatte Johnnie Faye erzählt, daß er noch an einem anderen Fall arbeitete, der vor ihrem verhandelt werden würde, aber sie hatte es mit einer Handbewegung abgetan und wenig Fragen gestellt. Die Mandanten mußten sich immer die Illusion bewahren, daß man sich auf sie allein konzentrierte.

Aber wie viele Autos in Houston waren mit diesem merkwürdig leuchtenden Blau gespritzt? Und wie viele Zusammenstöße konnten diese blauen Autos mit anderen cremefarbenen gehabt haben? Warren blieb fast die Luft weg.

Nachdem Charm weggefahren war, ging er ins Haus zurück, wo Johnnie Faye auf ihn wartete. Damit kann ich mich jetzt nicht befassen, dachte er. Später, wenn ich allein bin. Sei vorsichtig und unterstelle nichts. Johnnie Faye trank ein Bier und blätterte in einem drei Monate alten *Law Journal*. Warren entschuldigte sich für die Verzögerung.

»Sie sehen aufgeregt aus«, sagte Johnnie Faye.

»Bin ich auch«, gab er zu. »Aber ich möchte nicht drüber reden.« Ein Gedankenblitz ließ ihm keine Ruhe. »Ich muß noch weiter mit Ihnen arbeiten. Sind Sie müde?«

Nein, sagte sie, sie sei nicht müde. Ihre Augen leuchteten auf, wie immer, wenn er sich auf sie konzentrierte. Sie behandelte es wie ein Spiel, ein Theaterstück, in dem sie der Star war. »Proben wir also wieder Kreuzverhör«, sagte Warren. »Sie sind im Zeugenstand, unter Eid. Ich bin Bob Altschuler. Ich fange mit der Mordwaffe an, gehe aber vielleicht auf andere Themen über – so was macht er nämlich. Bereit?«

Johnnie Faye nickte.

»Ms. Boudreau, Sie haben Dr. Ott mit einer 22er Pistole erschossen. Ist das richtig?«

»Ja.«

»Haben Sie diese 22er immer in Ihrer Handtasche mit sich herumgetragen?«

»Ja, ich brauchte sie zu meinem Schutz.«

»Nein«, sagte Warren, »rechtfertigen Sie sich nicht. Beantworten Sie nur seine Frage mit fester und klarer Stimme. Wenn Sie eine Erklärung hinzusetzen, klingt das, als ob Sie sich verteidigen wollten. Und er kann den Richter bitten, von Ihnen zu verlangen, daß Sie damit aufhören. Verstanden?«

Sie nickte.

»Ms. Boudreau, ist die 22er die einzige Pistole, die Sie besitzen?«

»Nein.«

Er schluckte es und sagte vorsichtig: »Beschreiben Sie bitte die andere Pistole.«

»Es ist eine 45er. Sie liegt in der Schreibtischschublade in meinem Club, unter Verschluß.«

»Sind Sie sicher, daß es eine 45er ist und kein anderes Kaliber?«

Sie sah ihn merkwürdig an. »Ja.«

Hör auf, dachte Warren, sonst merkt sie was. »War die 22er, die Sie in Ihrer Handtasche hatten, immer geladen?«

»Ja.«

»Gesichert?«

»Ja.«

»Wußten Sie an jenem Abend, an dem Sie mit Dr. Ott ins Restaurant Hacienda gingen, daß sie in Ihrer Handtasche war?«

»Ja, das wußte ich schon, aber ich hab nicht drüber nachgedacht.«

»Nur ja oder nein«, warnte Warren.

Sie zog die Stirn in Falten. »Ja.«

»Wußte Dr. Ott, daß Sie an jenem Abend eine Pistole mit sich führten?«

»Ich weiß nicht.«

»Gut«, sagte Warren. »Das ist die richtige Antwort. Übrigens wird Mr. Altschuler diese Frage wahrscheinlich gar nicht stellen, und wenn doch, würde ich Einspruch erheben. Sie wissen nicht, was Clyde wußte oder nicht wußte, und passen Sie auf, daß man Sie nicht in eine Falle lockt und Sie dazu bringt, Vermutungen anzustellen. Also. Haben Sie Dr. Ott an jenem Abend gesagt, daß Sie die Pistole dabeihatten?«

»Nein.«

»Im Restaurant Hacienda, wo Sie und Dr. Ott speisten, kam es zwischen Ihnen zum Streit, nicht wahr?«

»*Er* stritt.«

»Hat er Sie beleidigt?«

»Ja.«

»Und haben Sie ihn beleidigt?«

»Nein, ich hab nur den Mund gehalten und zugehört.«

»War Dr. Ott betrunken, als Sie beide an jenem Abend, nach dem Essen, sein Haus erreichten?«

»Ja.«

»Waren Sie betrunken?«

»Ja, aber nicht so betrunken wie er.«

»Sie hatten Ihren Mercedes vor seinem Haus geparkt, nicht wahr?«

»Ja.«

Er überlegte, was er sie über den Mercedes fragen konnte. Ist es Ihr einziges Auto? Fährt sonst noch jemand damit? Haben Sie in letzter Zeit einen Unfall gebaut? Nein, sei kein Dummkopf. Halt dich zurück. Sie wartete. Er spürte, wie ihre Gedanken tickten.

»Also – als Sie bei ihm ankamen, hätten Sie mit Ihrem Auto nicht auch gleich nach Hause fahren können, zu Ihrer Wohnung – wenn Sie gewollt hätten?«

»Na . . . ja, ich denke schon.«

»Aber das haben Sie nicht getan, nicht wahr?«

»Nein. Warten Sie mal«, sagte sie zu Warren. »Kann ich erklären, warum ich nicht heimgefahren bin?«

»Nein, nur wenn er Sie danach fragt, und das wird er nicht. Er wird keine Fragen stellen, die mit ›warum‹ beginnen. Und er wird Sie nicht fragen: ›Wie erklären Sie das und das?‹, weil das ebenfalls eine Warum-Frage ist. Aber bei der Hauptvernehmung werde ich Ihnen eine Menge solcher Fragen stellen, und Sie können soviel reden, wie Sie wollen – dann werden Sie also schon erklärt haben, warum Sie nicht gleich nach Hause gefahren sind. Okay, machen wir weiter! Wir überspringen mal einiges. Ms. Boudreau, als Sie später mit Dr. Ott die Treppe hinuntergingen – wo sind Sie hingegangen?«

»In die Halle.«

»Die Halle am Eingang?«

»Ja.«

»Dr. Ott war betrunken und beleidigend und bedrohte Sie?«

»Ja. Alle drei Sachen.«

»Waren Sie immer noch betrunken?«

»Ja.«

»Sie hätten gleich aus der Tür gehen können, oder?«

»Nein.«

»Er hat Ihnen den Weg versperrt?«

»Ja.«

»Sie kamen zuerst die Treppe herunter, und er folgte Ihnen, aber er brachte es trotzdem fertig, Ihnen den Weg zur Tür hinaus zu versperren?«

»Ja, er holte mich im Vestibül ein.«

»Danach habe ich Sie nicht gefragt«, sagte Warren, »aber okay. Das ist eine natürliche Reaktion. Und jetzt, Ms. Boudreau – wie sind Sie vom Vestibül ins Wohnzimmer gelangt?«

»Er stieß mich hinein.«

Warren machte sich Notizen.

»Schön«, sagte er, »dann hoben Sie den Schürhaken auf, um sich zu verteidigen, und er nahm ihn Ihnen weg. Er fluchte und drohte, Sie umzubringen. Wo standen Sie, Ms. Boudreau?«

»Hinter dem Sofa.«

»Und Sie hatten die Pistole bereits auf ihn gerichtet?«

»Nein.«

»Wann zogen Sie die Pistole aus Ihrer Tasche?«

»Als er den Haken in die Höhe hob, als ob er damit auf mich einschlagen wollte.«

»Und er kam mit dem Feuerhaken über dem Kopf auf Sie zugerannt?«

»Ja.«

»Und dann haben Sie ihn erschossen?«

»Ja.«

»Er lief auf Sie zu, als Sie ihn erschossen?«

»Ja.«

»Er hat nicht gezögert? Ist nicht stehengeblieben?«

»Nein.«

»Sie zielten auf seinen Kopf und drückten ab?«

»Nein, ich hab überhaupt nicht gezielt. Ich war starr vor Schreck.«

»Sie haben dreimal abgedrückt, nicht wahr?«

»Nein, nur einmal.«

»Aber drei Kugeln wurden abgefeuert, entspricht dies nicht der Tatsache?«

»Doch.«

»Sie spannten den Hahn, als Sie die Pistole aus Ihrer Handtasche nahmen, nicht wahr?«

»Ich kann mich nicht erinnern.«

»Wußten Sie, daß der Abzugsstollen dieser Pistole heruntergefeilt worden war?«

»Ich weiß gar nicht so genau, was ein Abzugsstollen ist.«

»Sie haben mit dieser Pistole geübt, nicht wahr?«

»Einmal, vor fünf Jahren, als ich sie gekauft habe. Ich glaube, ich hab das Ziel höchstens zwei- oder dreimal getroffen.«

»Schön«, sagte Warren, nachdem er sich weitere Notizen gemacht hatte. »Das reicht für heute. Wie fühlen Sie sich?«

»Gut«, sagte Johnnie Faye mit funkelnden Augen.

»Na, ich bin ziemlich erledigt. Gehen wir das Ganze irgendwann nächste Woche noch mal durch. Ich ruf Sie an.«

Durch die Jalousie am Fenster beobachtete er, wie der Mercedes über den Bordstein rumpelte, die Montrose Street hinauffuhr und in den langen Schatten des frühen Abends in Richtung Universität verschwand.

Er ließ sich auf seinen Drehstuhl fallen, kippte ihn nach hinten und verschränkte die Hände hinterm Kopf.

Zufall. Es mußte Zufall sein.

Er nahm die Quintana-Akte und den gelben Umschlag mit dem Fotopäckchen, die ihm die beiden Beamten von der Mordkommission überlassen hatten, vom Schreibtisch. Er starrte auf das Foto von Dan Ho Trunhs blauem Kombi, auf den cremefarbenen Kratzer im Metall auf der rechten Seite, gleich vor der hinteren Stoßstange. Dieser Kratzer, schwor Ms. Trunh, war nicht dagewesen, als ihr Mann am Morgen seines Todes das Haus verließ.

Schön. Es hätte irgendwann im Laufe des Tages passieren können. Trunh hätte alle möglichen cremefarbenen Autos streifen können.

Aber es gab ein cremefarbenes Auto, bei dem sich eben jene blaue Farbe in den vorderen linken Kotflügel gebohrt hatte. Die blaue Farbe war schreiend, auffallend – wahrscheinlich selbst aufgespritzt. Und die Vorurteile der Besitzerin des cremefarbenen Mercedes waren auch auffallend. »Schlitzaugen sind nichts wert . . . Wenn's nach mir ginge . . .«

Er erinnerte sich, daß Bob Altschuler ihm diese nicht unerwiesene Geschichte erzählt hatte: »Wir glauben, daß sie spontan so 'n schlitzäugigen Koreaner, der in ihrem Club in der Küche arbeitete und ihr unverschämt kam, als sie ihm keine Lohnerhöhung geben wollte, beseitigt hat. Sie denken, ich mache Witze? Ich weiß es.«

Das kann nicht sein, dachte Warren. Es machte keinen Sinn. Es gab keine Verbindung. Wenn Johnnie Faye Boudreau in der Vergangenheit gemordet hatte, dann mit klarem Motiv. Sharon Ott, damit Clyde frei war. Dink, weil er zuviel wußte und gefährlich war. Ronzini (wenn er überhaupt tot war) aus dem gleichen Grund. Clyde Ott in Notwehr – wenn sie die Wahrheit sagte.

Wenn sie Clyde und den Küchenjungen getötet hatte, warum dann nicht auch Dan Ho Trunh?

Weil es keine Verbindung gibt. Keine außer dem blauen Fleck auf dem Auto.

Er verbrachte fast den ganzen Montag in seinem Büro und bereitete ein Eröffnungsplädoyer für Hector Quintana vor, wobei er in seinem Notizbuch Zeugen wegstrich und sich über den Einwand Gedanken machte. Das Kriterium für diesen Einwand war nicht von rechtlicher Bedeutung; es war überzeugungsmäßig von Bedeutung. Viel war nicht da. Nachdem die Anklage ihre Sache vorgetragen hätte, würde Hector vor den Geschworenen stehen und seine Story erzählen: »Ich war's nicht.« Wunderbar zulässig, aber kaum überzeugend.

Am späten Nachmittag suchte er Hector auf, um sicherzugehen, daß er die richtige Kleidung hatte, und um ihm zu sagen, wie er sich im Gerichtssaal verhalten sollte. Hector war ernst und freundlich. Ab und zu versuchte er höfliche Konversation über das Gefängnisleben zu machen, aber es war mühsam. Warren ging deprimiert weg. Dieser Mann konnte es nicht gewesen sein. Er war unschuldig. Und ich habe keine Möglichkeit, es zu beweisen.

Er ging ins Büro zurück und legte die Füße auf den Schreibtisch. Er starrte auf einen leeren Fleck auf der weißen Wand und zwang sein Hirn zur Arbeit. Er versuchte, einfache Verbindungen herzustellen. Er überflog die Alternativen und fing dann wieder von vorn an, indem er sich bewußt, kühl, in mentalem Zeitlupentempo durcharbeitete. Zuerst schweigend, dann laut, seine Stimme jedoch kaum mehr als ein Flüstern, das in seinem Hals vibrierte, als ob es von anderswo herkäme. Er stand auf, um sich im Spiegel zu betrachten. Seine Augen blickten ihn im verblassenden Licht ruhig an. Es waren nicht die Augen eines Verrückten.

Er setzte sich wieder an den Schreibtisch und stützte die Ellbogen auf. Der Abend brach herein. Er starrte auf das Polizeifoto. Der zweite Zeiger seiner Uhr drehte und drehte sich um das Zifferblatt und trug menschliches Leben ab. Wenn er keinen krassen Beobachtungsfehler gemacht hatte, wenn er zu glauben wagte, daß ihr Auto mit Dan Ho Trunhs Ford kollidiert hatte und es zwischen diesem Vorkommnis und seinem Tod einen Kausalzusammenhang gab – dann blieben immer noch die Fragen nach dem Warum und Wie offen.

Keine Verbindung, außer der Wut, die sie in seinem Büro offenbart hatte, ihren Vorurteilen und Altschulers Beschuldigungen. Und ihre Bücher. Aber das war zu weit hergeholt.

Kann ich sie fragen? Vorsichtig sondieren? Herausfinden, wo sie an jenem Tag, an jenem Abend war? Ich hab keinen Grund zu fragen. Aber wenn sie unschuldig ist, weiß sie nicht, worauf ich hinauswill, und sie wird mir sagen, wo sie war – also riskiere ich nichts. Wenn sie es getan hat, wird sie sich ausweichend verhalten, vielleicht wütend sein. Ich werde es bemerken und die Wahrheit wissen. Und sie wird bemerken, daß ich es weiß. Und damit riskiere ich alles. Ich werde als Anwalt erledigt sein und nicht für 'n Groschen Beweise haben.

Er blickte auf seine Uhr: Es war fast acht. Er packte seine Sachen zusammen, verschloß das Büro und fuhr nach Ravendale zurück, um sich für die Party umzuziehen.

Ein bärtiger Mann von mindestens eins achtundneunzig Länge schlug Warren auf die Schulter und brüllte über dem Lärm: »Na, Kleiner, wieso bist du für dieses patriotische Fest nicht richtig angezogen?«

»Ich wußte nicht, daß es ein Kostümfest ist«, gab Warren zu.

»Was?«

Warren brüllte hinauf: »Ich hab gesagt, mein Sarong ist im Trockner eingegangen!«

Der bärtige Riese lachte schallend und steuerte auf den Swimmingpool hinter dem Haus zu. Warren folgte. Unterwegs schnappte er sich eine Piña Colada von der Bar.

Es war seine vierte, seit er und Maria Hahn zur Fourth-of-July-Party der Turmhohen Texaner von Houston gekommen waren, die im Haus eines Paares stattfand, dessen Länge zusammengenommen drei Meter achtundsiebzig ausmachen mußte. Die fünfzig großen Gäste schienen den Dimensionen des Hauses nicht zu trauen. Die meisten waren zum Rasen hinterm Haus und seiner schrankenlosen Decke aus sternübersätem Juli-Himmel gewandert, wo sie zum Discobeat ihre Glieder recken und ihre Hüften kreisen lassen konnten, ohne befürchten zu müssen, ein Loch in die Wand zu stoßen.

»Scheiße«, rief Maria aus, als sie und Warren eintrafen und sahen, daß alle Sandalen, Muu-Muus, Federn und Muschelgirlanden trugen. »Wieso hab ich nicht daran gedacht?«

»Innerer Widerstand«, sagte Warren. »Das kenn ich gut.«

»Wir saufen uns einen an«, schlug Maria vor, »und dann können wir bis auf unser Dingsbums strippen und in den Pool springen, und keiner schert sich einen Pfifferling drum, Sie und ich am allerwenigsten.«

Warren erinnerte sie daran, daß einer von ihnen seinen Wagen dreißig Minuten lang in einer Feiertagsnacht auf dem Freeway heimwärts dirigieren mußte.

Maria lachte. »Keine Bange, Herr Anwalt. Ich sorg schon dafür, daß Sie heil nach Hause kommen.«

War es spießig von ihm? Daß er lebend in sein Bett zurückkehren wollte? Fand er nicht. Maria war eine komische Nummer, eine stille Abenteurerin. Darüber nachsinnend, ließ er seinen Gedanken freien Lauf, und plötzlich setzte sich eine Idee fest. Er zögerte, aber da er ein Fitzelchen betrunkener war, als er sich klarmachte, wurde sein Zögern in Sekundenschnelle von Entschlossenheit abgelöst. Es gab etwas, was er unbedingt tun mußte. Und zwar konnte er nicht nur heute nacht, nein, er mußte es heute nacht noch tun. Morgen war es vielleicht schon zu spät. Wie hatte er es bloß übersehen können? Diese Dringlichkeit nicht begriffen?

Das Summen in seinem Kopf war wunderbar befreiend, doch wenn er noch einen von diesen geeisten Rum-Drinks hinunterkippte, wäre er außer Gefecht. Er raffte sich auf. Anrufen. Dann gehen. Er setzte den Drink ab und ging ins Haus. Seine Uhr zeigte elf Uhr fünfundzwanzig.

Im Bad hing ein pinkfarbenes Wandtelefon. Warren wählte die Nummer des Ecstasy, des Clubs, den Johnnie Faye angeblich nicht besaß. Es klingelte fünfmal, bevor er dröhnende Musik und dann eine Stimme hörte, die sich mit dem Namen des Clubs meldete.

»Fernamt. Voranmeldung aus Corpus Christi für Johnnie Faye Boudreau, Ma'am.«

Fünf Sekunden dauerte die Wartezeit, weniger als er gedacht hatte. Johnnie Faye mußte sich im Büro aufgehalten haben.

»Ja? Mama, bist du's? Was ist los?«

Warren trennte die Verbindung, indem er – in der Hoffnung, eine amtliche Unterbrechung zu simulieren – mehrmals auf die —-Taste und dann auf die Gabel an der Wand drückte.

Marias Füße und wohlgeformte Waden baumelten im Wasser des Schwimmbeckens. Sie unterhielt sich mit zwei Frauen in Muu-Muus. Als sie Warrens Blick auffing, entschuldigte sie sich und flatterte zu ihm herüber.

»Ich amüsier mich prima«, sagte er, »aber ich muß woanders hin. Muß mich um was kümmern. Ich hätte es Ihnen vorher sagen sollen. Und ich brauch vielleicht Hilfe.«

»Junge, Junge, Sie sind wirklich geheimnisvoll«, erklärte sie, als ob sie es bereits vermutet und er es jetzt bestätigt hätte.

»Ich brauche jemand, der Schmiere steht. Und einen Zeugen. Keine Fragen.«

»Nur eine, mein wunderlicher Freund, wenn Sie nichts dagegen haben. Wollen Sie eine Bank ausrauben?«

»Ein Auto fotografieren.«

Maria ging nicht ins Kreuzverhör mit ihm. Sie schien die Verlockungen des Unbekannten der prosaischen Realität vorzuziehen. Warren war es recht. Sie war Dwight Binghams Protokollführerin.

Auf der dunklen Straße unterhalb des Party-Hauses schloß er die Tür seines Wagens auf. »Haben Sie Ihre Kamera dabei?« fragte sie.

»Nein, ich muß ... o Scheiße!« fluchte er. »Charm hat die verdammte Kamera!«

Maria berührte ihn rasch am Arm. »Ruhig. Ich hab eine Kamera. Und ein Blitzlicht. Und einen Film. Halten Sie vor meinem Haus, und ich hol die Sachen, und dann fahren wir dahin, wo Sie hinfahren müssen, und tun, was Sie tun müssen.«

Eine halbe Stunde später hatte sich Maria umgezogen. Sie trug jetzt Sandalen und ein loses Baumwollkleid mit einer Schärpe aus vielfarbiger Thaiseide. Es war zwanzig Minuten nach Mitternacht. Warren fuhr in westlicher Richtung, dem Richmond-Strip entgegen.

Sie schloß die Augen und schwieg, bis sie fast dort waren. Er glaubte, sie schliefe.

»Wollen Sie einen Witz hören?« Bevor er antworten konnte, sagte Maria: »Warum haben Politiker eine Gehirnzelle mehr als Pferde?«

Er sagte, er wüßte nicht warum.

»Damit sie bei Paraden nicht auf die Straße scheißen.«

Er lachte höflich. Dann sah er die Lichter des Ecstasy. Vor dem Club durchbrachen Straßenlampen die Schatten der Nacht, die über der Parkfläche lagen. Warren fuhr langsam in eine Lücke am äußeren Rand des Parkplatzes, der nicht weit von einem Hähnchenimbiß in völliger Dunkelheit lag. Im beleuchteten Eingang des Clubs tauchten unter flackernder roter Neonschrift scherenschnittartige Silhouetten auf. Gelächter und Musikfetzen drangen herüber, als die Tür sich öffnete und wieder schloß.

»Das Auto, das Sie fotografieren wollen –«

»Ich sehe es.«

Er hatte befürchtet, daß der Mercedes zu nahe am Eingang des Clubs geparkt sein könnte. Aber das Auto stand in der zweiten Reihe, etwa sechs Plätze von der Tür entfernt. Johnnie Faye mußte spät gekommen sein.

»Wollen Sie mir nicht sagen, worum es geht?« fragte Maria.

»Eigentlich nicht.«

Sie lachte. »Was kann ich dazu sagen? Okay. Kann ich irgendwie helfen?«

»Zeigen Sie mir, wie dieser Blitz funktioniert, bleiben Sie sitzen und lassen Sie den Motor laufen.«

»Wow! Wie im Film.«

Warren lächelte automatisch, aber sein Herz krampfte sich zusammen und schlug plötzlich schneller. Er dachte an die Filme, in denen in der Fluchtszene immer etwas schiefging.

Er wußte, wo Johnnie Faye wohnte, obwohl er nie in ihrer Wohnung gewesen war. Er hätte das Foto natürlich auch am Morgen schießen können, wenn sie mit Sicherheit schliefe. Nein, nicht mit Sicherheit – wahrscheinlich. Und das Hochhaus hatte eine abgeschlossene Tiefgarage. Er würde eine elektronische Karte benötigen, um reinzukommen, oder sich durch das Gebäude Einlaß verschaffen müssen. Und vielleicht gab es einen Wächter. Zu riskant. Aber heute nacht war's noch riskanter. Er würde mehr als das Foto benötigen, vielleicht sogar eine chemische Analyse.

Sei schlau: Nimm dir für diesen Job einen Privatdetektiv. Er zögerte.

»Ich mag Sie, Mr. Blackburn«, sagte Maria.

»Wieso?«

»Ich versuche gerade, das herauszufinden. Schauen Sie« – sie nahm ihm die Kamera aus der Hand und ließ das Blitzlicht einrasten – »hier stellen Sie den Abstand ein. Wenn Sie auf diesen Knopf drücken und das rote Licht aufleuchtet, ist es soweit.« Sie knipste probeweise, und es blitzte. »Jetzt können Sie loslegen. Achten Sie nur drauf, daß das kleine rote Biest wieder angeht.«

»Kapiert«, sagte er, aber seine Entschlossenheit schrumpfte.

Wenn ich noch einen Tag warte oder jemanden beauftrage, wird das Auto womöglich neu gespritzt. So liefen die Dinge. Man wußte, daß man etwas tun mußte, aber man verschob das Ganze aus einem scheinbar guten Grund – und dann entglitt einem die Gelegenheit ohne Vorwarnung. Andere Vorsichtsmaßnahmen kamen dazwischen, und schließlich war's zu spät.

Fang an. Tu's gleich.

»Maria, Sie werden vielleicht eidlich bestätigen müssen, was ich jetzt gleich mache. Schauen Sie zu.«

»Das verlangt mein Sohn auch immer von mir, wenn er vom Sprungbrett ins Becken der Nachbarn springt.«

Warren ging durch die warme Nachtluft auf den Club zu. Keine Heimlichtuerei, beschloß er. Aber mach schnell.

Maria sah alles. Sie sah, wie Warren in die Hocke ging und, als er auf der Fahrerseite des hellen Mercedes stand, die Pentax hochhielt. Sie sah den kleinen

Schwarzen an der Tür des Clubs und daß sich sein Kopf zu Warren drehte. Sah, daß der Mann hinstarrte und dann verschwand. Sie hörte den Baß des Rockbeat, dann wieder Stille.

Warren stand mit dem Rücken zum Club. Er drückte auf den Knopf des Blitzgeräts, und die rote Lampe leuchtete auf. Andere Autos blockierten das vage Licht der Parkplatzlampe. Durch den Sucher der Kamera blickend, stellte er fest, daß es schwieriger war als gedacht, die Linse auf den kleinen blauen Kratzer zu richten, der den Kotflügel des Mercedes zierte. Er schwitzte.

Er schoß einmal und registrierte die kurze Lichtflut mit Befriedigung. Dann machte er einen Schritt nach links und knipste wieder.

Wie kann ich beweisen, daß es dieses Auto war? *Ihr* Auto?

Tritt zurück, sieh, daß du alles draufbringst. Dann noch eine Aufnahme vom Kennzeichen vorn und vom Kotflügel. Eine unwiderlegbare Szenenfolge.

Maria hörte das Gedröhn der Musik, als sich die Tür des Clubs öffnete und der kleine Schwarze mit einem größeren Weißen durch die Tür trat. Maria langte zur Fahrertür und stieß sie auf. Zweimal rief sie laut Warrens Namen.

Warren stellte die Entfernung ein – viereinhalb Meter. Er hatte fast den ganzen Wagen im Bild, einschließlich Kotflügel und Kennzeichen. Er drückte sein Auge noch einmal gegen den Sucher. Das Auto wurde plötzlich dunkel, verdeckt. Etwas zerrte an seiner Kamera.

»Was ist los?«

Frank Sawyer, im selben schwarzen T-Shirt und in

derselben Hose, die er im Astrodome getragen hatte, drückte die Hand auf die Pentaxlinse.

»Verdammte Scheiße – was soll 'n das?«

Der kleine Schwarze hatte sich verdrückt. Für Ärger war Sawyer zuständig. Sawyer trat ins Licht der Straßenlampe.

»Ich tu nur meine Arbeit«, sagte Warren und dachte: Das ist ja kläglich. Er hatte keine Ausreden parat. Wenn man bei so einem Job versagte, dann aber richtig.

Etwas in sich hinein brummend, versuchte Sawyer, die Kamera wegzureißen, aber der Gurt um Warrens Hals hinderte ihn. Warren wurde nach vorn gezogen und schob Sawyer mit der flachen Hand weg.

Sawyer versetzte ihm eine Linke zwischen Backenknochen und Ohr. Die Knöchel bohrten sich tief in den Nerv. Der Gurt um Warrens Hals und Sawyers Griff um die Linse verhinderten, daß er auf den Beton knallte. Aber die Welt verdunkelte sich. Er meinte, in lichtlosen Tiefen zu versinken, eine Meile unterhalb des letzten Sonnenstrahls.

Frank Sawyer hieb auf ihn ein, bis er auf dem Bauch lag. Dann riß er ihm die Kamera vom Hals und schmetterte sie so lange auf die Erde, bis sie Schrott war.

Warren wußte nichts davon; er hörte entferntes Knirschen und geisterhafte Stimmen. Als nächstes spürte er, wie ihn jemand an den Ellbogen zerrte. Er wurde hochgezerrt. Ein Duft fruchtigen Parfüms. Marias Stimme kam von weit her aus dem Nebel.

». . . es ist okay, es ist okay. Um Himmels willen, beruhigen Sie sich . . .«

Sein Kopf und sein Blick klärten sich. Kühle Luft strich über seine Backen. Maria Hahn fuhr. Sein Kopf dröhnte, als ob jemand einen Militärmarsch auf ihm trommelte. Er riß sich zusammen und hörte auf zu stöhnen.

»Wo fahren wir hin?«

»Ins Krankenhaus.«

»Ich brauche kein Krankenhaus. Ein Eisbeutel genügt.«

»Ich hab gerufen«, sagte Maria. »Sie haben mich nicht gehört.« Die Kamera war fort, sagte sie. Sie wußte nicht, was Sawyer damit gemacht hatte. Er ging einfach weg, wieder rein in den Club.

»Der hat die Kamera mitgenommen? Unverschämtheit. Ich schulde Ihnen eine Kamera.« Warren hob den Kopf ein wenig, sah Ampeln vorbeisausen und spürte gleichzeitig teuflische Schmerzen. Er wollte ihr etwas sagen, was wichtig schien. Es war erstaunlich, wie sich die Vergangenheit der Gegenwart aufdrängte, aber meist zu spät, um einen Nutzen draus ziehen zu können.

»Als ich klein war«, sagte er, die Worte mühsam zusammensuchend, »nahm mein Vater mich mit auf eine Farm in Fort Bend County. Da war ein Maulesel. Ich rannte drauf zu, dachte, es sei ein Pferd, und wollte drauf reiten. Mein Vater zog mich weg und sagte: ›Gib acht, Junge, der ist gefährlich.‹ Aber der alte Farmer sagte zu mir: ›Junge, der Muli hätt' dir nix getan. So nah wärst du gar nicht an ihn rangekommen.‹«

Er bettete sich auf Marias Wohnzimmercouch, einen Eisbeutel gegen die rechte Gesichtshälfte gepreßt. Vielleicht war sein Backenknochen gebrochen, aber im Hermann Hospital hatte er erfahren, daß man einen Backenknochen nicht einrichten kann. Die Schmerzen hielten ihn wach, aber dadurch konnte er alle Stunde oder so in die Küche stolpern und das Eis wechseln. Er hatte zwei Schmerztabletten geschluckt.

Um vier nahm er die eisige Wodkaflasche zur Gesellschaft mit ins Bett. Wenn er sie nicht an die Lippen hielt, drückte er sie gegen die Stirn.

Seine Träume waren nicht angenehm. Er war Fahrer in einem Fluchtauto vor einer Bank. Seine Kumpels kamen mit der Beute angerannt. Er drehte den Zündschlüssel, aber der Motor startete nicht. In einem anderen Traum trat ihn der Maulesel. Wieder in einem anderen, eine Flughafenszene, grinste Charm ihn hämisch an. Dann drehte sie sich um und ging durch die Abenddämmerung zu einem Privatflugzeug, das sie nach New York und für immer aus seinem Leben entführte.

Ein kleiner Junge stand neben Warren und beobachtete, wie er ein verklebtes Auge öffnete. Das Wohnzimmer lag im Schatten, die Jalousien waren heruntergelassen, aber es war eindeutig Morgen. Der Junge hatte Sommersprossen und lockige braune Haare und machte ein interessiertes Gesicht.

Er hörte Marias Stimme: »Randy, stör ihn nicht. Laß ihn schlafen . . .«

Das Gesicht des Jungen verschwand. Warrens Auge schloß sich wieder.

Um zehn erwachte er erneut. In Marias Badezimmerspiegel sah er, daß seine rechte Gesichtshälfte geschwollen war. Mit jedem Schritt und jeder Kopfbewegung traf ihn ein empfindlicher Schmerz. Schatten hatten sich unter seinen Augen ausgebreitet, und die Augen waren rot unterlaufen. Die Quetschung auf seiner Backe war glänzend grün mit violetter

Umrandung, die Farbe großer, bösartiger texanischer Schmeißfliegen.

Er ging langsam aus dem Badezimmer. Marias Hals ragte anmutig aus einem marineblauen Frotteebademantel. Sie ging barfuß auf dem Küchenboden.

»Wie geht's Ihnen?«

»Hab mich schon besser gefühlt.«

»Auch schon besser ausgesehen. Hungrig?«

»Ja, bitte.« Er hatte sich damit abgefunden, was ihm sein Körper zu sagen versuchte, und so beschloß er, jeden Anschein von Selbstdisziplin aufzugeben und sich in den natürlichen Zustand der Hilflosigkeit fallenzulassen.

In der Küche verrührte sie Eier und briet Speck. Der Geruch zog seinen Magen zusammen. Er fragte: »Wo ist Ihr Sohn?«

»Bei einem Freund. Wollen Sie mir nicht sagen, um was es da eigentlich ging? Ich finde, ich sollte Bescheid wissen.«

»Das kann ich nicht«, sagte er.

»Sie können nicht, oder Sie wollen nicht?«

»Kann nicht. Glauben Sie mir. Es tut mir leid.«

»Okay«, sagte sie. »Vorläufig. Und was haben Sie nun vor?«

Er fühlte sich benommen, und seine Beine waren schwer. Er hatte keine Pläne. Er hatte eine Menge Zweifel, aber keine Pläne. Aber auf eines versuchte er sich zu konzentrieren.

Die Party zur Feier des Vierten Juli war gestern – Montag – gewesen. Alle Büros und die Gerichte von Harris County waren heute geschlossen. Die Auswahl der Geschworenen für Quintana würde morgen beginnen. Hartnäckig, mit leidenden Gehirnzellen, erinnerte sich Warren, daß er für heute zwei Dinge vorgesehen hatte – zum Hermann Park gehen und Pedro den Arm umdrehen, damit er in der folgenden Woche zugunsten von Hector Quintana aussagte, und die Mercedes-Fotos entwickeln, abziehen und vergrößern lassen.

Letzteres konnte er von der Liste streichen. Frank Sawyer war auf Befehl sicher inzwischen dabei, sich einen Fetzen Sandpapier und Farbe zu nehmen und den Schaden auszubessern.

Tut mir leid, Hector, aber ich hab's versucht.

Ungenügend. Johnnie Faye Boudreau würde ihn als Rechtsanwalt sausen lassen. Sie würde morgen zu Richter Bingham gehen und ihm sagen, sie habe jegliches Vertrauen verloren und nicht gewußt, daß ihr Anwalt so unerfahren sei. Bingham würde einen Aufschub gewähren, bis sie einen anderen gefunden hatte. Die Geschichte würde sich rumsprechen. Warrens großartiges Comeback wäre eine Pleite.

»Mein Plan«, sagte er zu Maria Hahn, »ist, ein kühles Loch zu graben und hineinzukriechen.«

»Sie sind noch zu was ganz anderem fähig«, sagte Maria.

Wahrscheinlich. Sie hatte recht. Er war ihr dankbar. Warum war sie so nett zu ihm? War er in letzter Zeit gar nicht gewöhnt.

»Richtig. Aber erst esse ich diese Eier auf. Sie sind köstlich. Sie sind wunderbar. Das sind die besten Eier, die ich je gegessen habe.«

Maria lachte und sah ihn mit freundlichen blauen Augen an.

Um die Mittagszeit, als sich die Julihitze zusammenballte, fuhr er zum Hermann Park. Der Schuppen war leer. Der Topf mit dem Fett der gebratenen

Schwarten war weg. Ein Schwarzer mistete emsig eine Box aus.

»Hier waren mal zwei Männer«, sagte Warren. »Zwei Mexikaner.«

»Die sind fort.«

»Wann?«

»'n Tag bevor ich gekommen bin.«

»Wann war das?«

»Donnerstag, Freitag.«

»Das kann ich nicht glauben. Wo sind sie hin? Weiß es jemand?«

Der Mann zog die Schultern hoch.

Fort. Verschwunden. Wie Hector verschwunden war, wie der Kratzer am Kotflügel des Mercedes verschwinden würde. Wie die Chancen für Hectors Verteidigung, die jetzt schon so gottserbärmlich waren, verschwinden würden, wenn er Pedro nicht fand. Frustriert stapfte er auf den Rasen. Ich hätte letzte Woche herkommen sollen – hätte zweimal die Woche herkommen sollen, damit Pedro spurte. Ich hätte den Mexikaner in einem Hotelzimmer absetzen sollen. Hätte ihm mehr Geld geben sollen. Hätte zu Johnnie Fayes Werkstatt fahren sollen, statt zum Club, oder einen Fachmann anheuern.

Mit plötzlicher Heimtücke hämmerte das Blut durch die Gefäße in Warrens Kopf. Er fühlte sich schwindlig und stolperte in den lichtgesprenkelten Schatten eines Baums, wo er sich minutenlang an die rauhe Borke lehnte.

Mit dem tröstlichen Gedanken an ein kühles Bier, einen abgedunkelten Raum und bußfertige Stille fuhr auf dem Montrose Boulevard zurück.

An seinem Anrufbeantworter blinkte die rote Lampe. Die erste ruhige Stimme war die von Arthur Franklin, Charms Scheidungsanwalt, der Warren bat, sobald wie möglich zurückzurufen.

Okay, Arthur Franklin. Wird gemacht.

Die zweite Stimme war Johnnie Faye Boudreau. Rufen Sie mich heute zurück, befahl sie. Ich will Sie sehen. Wir haben eine Menge zu bequatschen, Herr Rechtsanwalt.

Ihre Wohnung lag im achtzehnten Stock eines nagelneuen Backsteingebäudes und überblickte das Texas Medical Center – ein herrlicher Blick auf die Innenstadt von Houston: Spiegel aus Glas und Stahl, von der Sonne angestrahlt. Warren hatte eine moderne Einrichtung erwartet, aber Johnnie Fayes Wohnzimmer war das einer alten Dame, vollgestopft mit Andenken und verschnörkelten Möbeln. Fotos in Goldrahmen starrten düster von jeder Wand: Mutter, Vater, Brüder, andere Familienmitglieder, sie selbst, als sie noch jung und unschuldig war. Die Flächen waren mit Schnickschnack und Schalen, Krügen, Vasen und Porzellanfiguren vollgestellt. Sie besaß eine antike Standuhr und ein Ölgemälde, das einen Sonnenuntergang im Wilden Westen darstellte. Das Büfett und die Kredenz aus Mahagoni hatten geschwungene Beine. Der Teppich war ein verblichener Schiras, die Vorhänge malvenfarbiger Damast, der Fernseher ein großes Standgerät. Ein Bücherschrank aus Glas war mit weiterem zusammengewürfeltem Ramsch gefüllt.

»Sie sehen«, sagte Johnnie Faye, »ich bin Sammlerin.«

Sie trug mit goldenen Troddeln geschmückte Pantoffeln und einen glitzernden goldenen Hosenanzug, der ihr üppiges Dekolleté und ihre schmale Taille betonte. Sie ließ sich in einem reich verzierten Sessel nieder und legte die Füße auf ein Sitzkissen. Ein Krug mit Eistee, zwei Gläser und eine Schale mit Zitronenscheiben standen auf dem kleinen Couchtisch.

»Ich hab gleich gewußt, daß was faul war – von wegen Corpus. Sie dürfen meinen sechsten Sinn nicht vergessen, Herr Rechtsanwalt. Und wenn's meine Mama nicht war, was ich im Nu herausfand, wer dann? Jemand wollte sicher sein, daß ich im Club war, und irgendein Streich war im Anzug. Aber warum? Das hätt' ich gern gewußt...« Sie hob das Eisteeglas zu einem Toast auf ihren Scharfsinn. »Also hab ich 'nen Typ hierhergeschickt, damit er das Fort zu Hause bewacht, und hab Frankie gesagt, er soll den Club im Auge behalten, falls dort was Merkwürdiges passiert. Und hab ich's nicht gesagt? Aber Sie haben gekriegt, was Sie verdienen. Sie dürfen sich nicht beklagen.«

»Haben Sie eine Kopfschmerztablette?«

Sie brachte ein Tablett mit allen möglichen Arzneimitteln an, und Warren schluckte zwei Aspirin und spülte mit Eistee nach.

»Sie sind mein Anwalt«, sagte Johnnie Faye, »und ich soll offen zu Ihnen sein. Aber das gilt für uns beide. Ich finde, ich hab das Recht zu erfahren, was Ihnen an meinem Auto so gefällt, daß Sie's abfotografieren wollen. Aber«, sagte sie listig, »ich werd Sie nicht danach fragen, weil Sie mich nämlich verkohlen würden. Und dann sähe ich rot! Also, halten Sie den Mund und hören Sie mir zu!«

Es war alles so zivilisiert und höflich. Er saß da mit einer Frau, die wahrscheinlich drei Menschen umgebracht hatte – drei, von denen er's wußte. Sie servierte ihm Nachmittagstee und Aspirin. Es gehörte zu seinem Job als Rechtsanwalt. Aber wo führte es hin?

»Sie sind noch immer mein Anwalt«, sagte sie, als

ob sie seine Gedanken gelesen hätte. »Und ich brauche Ihren Rat. Wenn ich noch was gemacht hätte – könnten die mir das anhängen, wenn ich wegen Clyde vor Gericht stehe? Könnten die mich fragen, ob ich's war?«

Warren wurde wachsam, aber er war verpflichtet, ihr ehrlich zu antworten.

»Man kann Sie im Kreuzverhör befragen«, erwiderte er wie ein Mann, der am Rand eines Abgrunds steht, »wenn man einen vernünftigen Grund hat zu glauben, daß Sie es getan haben. Aber sie sind an Ihre Antwort gebunden. Sie können Ihnen nicht widersprechen oder dann noch Beweismittel anbringen, wonach Sie das andere Verbrechen begangen haben.«

»Auch bei einem Mord?«

»Ja, sogar bei einem Mord.«

»Auch, wenn es der Mord an diesem vietnamesischen Typ ist, den ich Ihrer Meinung nach umgelegt habe?«

Er spürte, daß er blaß wurde. Es stimmte also. »Ja«, sagte er.

»Okay – ich war's. Notwehr. Ich mußte.«

Warrens Herz schlug aus der Reihe. Aber er sagte vorsichtig: »Sie haben ihn auf dem Wesleyan-Terrace-Parkplatz vor der Reinigung erschossen. Sie haben eine 32er benutzt und sie dann in einen Müllcontainer vor einem Apartmentkomplex geworfen.«

Johnnie Faye sagte nichts.

»Warum?« fragte er perplex.

Sie berichtete . . .

Auf der Heimfahrt von ihrer Kauforgie hatte sie die Wahl – entweder die Ampeln auf der Westheimer oder den Verkehr auf dem Southwest Freeway. Johnnie Faye entschied sich für die Autobahn.

So weit sie sehen konnte, nichts als Stau. Ein Unfall, vermutete sie, oder ein klappriger Pickup von irgend so 'nem Idioten mit leerem Tank auf der linken Spur. Mit ihrem Mercedes im Schneckentempo dahinkriechend, drehte sie die Klimaanlage einen Strich höher, zündete sich eine Zigarette an und schob eine Kassette von Led Zeppelin ein.

In dem Moment versuchte der Ford Fairlane vom Freeway runterzufahren. Sie konnte es ihm nicht verdenken – sie hatte auch daran gedacht. Aber er blinkte nicht, und er streifte ihre Stoßstange, donnerte auf die rechte Spur vor einen abbremsenden Lkw und steuerte auf die Wesleyan-Ausfahrt zu.

Sie schnitt zwei Fahrzeuge, um ihn einzuholen. Bei der ersten roten Ampel auf der Wesleyan fuhr sie parallel und drückte auf die Hupe.

Sie brüllte: »He, fahr an die Seite, du Arschloch! Ich will mit dir reden!«

Ihr Fenster war geschlossen, und er konnte sie nicht hören. Jetzt sah sie ihn zum erstenmal deutlich. Aber er hätte wahrscheinlich sowieso nichts verstanden, weil's ein Schlitzauge war: das übliche schwarze Haar und die bedrohliche, ausdruckslose Fratze.

Die Ampel wurde grün, und er fuhr wieder los. Sie trat aufs Gas und brauste hinter ihm her, und dann – glücklicher Zufall – hielt er den Wagen auf dem Parkplatz vor der Reinigung. Als sie ihr Fenster herunterkurbelte, sah Johnnie Faye, wie die Inderin Kartons stapelte. Dieses Land, dachte sie, waren mal die Vereinigten Staaten. Jetzt ist es eine asiatische Müllhalde.

Sie fing an zu schreien und geigte ihm gehörig die Meinung. Dan Ho Trunh reagierte nicht. Er starrte sie nur an, als ob sie total ausgeflippt wäre. In seinem Gesicht zuckte es ein bißchen, obwohl immer noch kein echter Ausdruck drin war. Aber sie hatte *Platoon* und *Full Metal Jacket* gesehen. Sie wußte, zu was diese Typen fähig waren. Ihre Brüder waren für diese Dreckschweine gestorben.

Er schimpfte zurück, erzählte sie Warren, zischte zwischen seinen vorstehenden weißen Zähnen und langte in seine Hosentasche, um irgendwas rauszuziehen. Johnnie Faye geriet in Panik. So konnte das Leben enden, auf einem Parkplatz, den man nicht mal kannte, durch die Hände eines unbekannten Ausländers. Sie drehte am Knopf des Handschuhfachs und packte den 32Kaliber-Diamondback-Colt, der zwischen dem Kassettenstapel lag.

Der Vietnamese richtete sich auf. In seiner rechten Hand steckte etwas Dunkles, und es war auf sie gerichtet.

»Ich hab wahrscheinlich geschrien«, sagte sie zu Warren. »Aber ich hab's ihm gegeben, bevor er mir's geben konnte. Goldene Regel.«

Schnell und ruckweise atmend, mit wild klopfendem Herzen raste Johnnie Faye davon.

Der Diamondback-Colt lag auf dem Sitz neben ihr. Ich mag die kleine Pistole, dachte sie traurig. Aber sie muß verschwinden.

Warren glaubte, daß sie glaubte, was sie ihm erzählte. Man mußte es von ihrer Warte aus sehen. So hatten es auch die Geschworenen zu sehen. »Mord ist eine Möglichkeit, Probleme aufzuarbeiten und abzurechnen«, hatte Altschuler gesagt. Eine schnelle, primitive Lösung. Erst als es geschehen war, übernahm der raffinierte Teil ihres Wesens die Spurenverwischung.

Warren hatte noch nie einen solchen Menschen kennengelernt, aber er hatte gewußt, daß diese Varianten existierten.

Er fragte: »Haben Sie jemals von einem Mann namens Hector Quintana gehört?«

»Das kann nicht Ihr Ernst sein«, sagte Johnnie Faye mit gerunzelter Stirn. »Sie denken wohl, ich bin von gestern. Hector Quintana heißt doch der Typ, den Sie auch noch verteidigen, oder? Für den irgend so 'ne Richterin Sie bestellt hat.«

Warren nickte. Er war verblüfft, wieviel sie wußte. Es mußte irgendeine logische Verbindung geben, die ihm entgangen war. Er starrte sie an und sagte: »Und was ist mit Quintana?«

»Der war's nicht – was wir beide jetzt wissen. Sie werden ihn also freikriegen, genau wie mich, weil ich Clyde in Notwehr erschossen habe.«

So einfach war das. Sie war eine Frau mit ungeheurem Vertrauen.

»Aber eins müssen wir noch klarstellen«, sagte Johnnie Faye mit fester Stimme. Sie beugte sich über den Tisch und fixierte ihn mit ihren aufmerksamen zweifarbigen Augen. »Sie sind immer noch mein Anwalt. Ich behalte Sie.«

Er starrte sie ungläubig an. Er hatte seinen Rausschmiß erwartet.

»Wollen Sie wissen, warum? Weil ich Sie besser kenne, als Sie denken. In manchem vielleicht sogar besser als Ihre Frau. So was nennt man Intuition. Kommt von Erfahrung, und die hab ich.« Sie lächelte, aber ihre Augen blieben prüfend und kalt.

»Sie kennen mich nicht«, sagte Warren.

»O doch. Es gefällt Ihnen vielleicht nicht, aber es stimmt. Sie sind anständig. Aufrichtig. Pfadfinderehre.

Sie werden mich nicht im Stich lassen. Wenn Sie mein Anwalt sind, tun Sie, was Sie können. Vielleicht noch mehr, jetzt, wo Sie wissen, was Sie wissen. Sie hätten nämlich Angst, es nicht zu tun.«

»Wieso glauben Sie«, fragte Warren, »daß ich Ihr Anwalt bleiben will?«

»Etwa nicht?« Die Frage schien sie zu amüsieren. »Ich dachte, es sei eine tolle Sache für Sie.«

»Wenn in diesem Staat noch gehängt würde«, sagte Warren mit rauher Stimme, »würd ich den Knoten in die Schlinge machen. Ich würde Ihnen die verdammte Nadel selber in den Arm stechen.«

»Sicher«, sagte Johnnie Faye, »sicher, in Ihrer Phantasie. Das ist natürlich. Aber nicht in der Wirklichkeit. Sehen Sie? Ich kenne Sie doch. Warum meinen Fall hinschmeißen? Was gewinnen Sie damit? Zum Staatsanwalt können Sie nicht gehen. Sie sind jetzt mein Anwalt, und das waren Sie gestern und vorige Woche und die Woche davor. Alles, was ich Ihnen erzählt habe, unterliegt der Schweigepflicht, auch wenn Sie mich aufgeben. Jetzt und für immer, ohne Ausnahme. Ich hab mich erkundigt. Ich hab Freunde, die von solchen Sachen was verstehen. ›Vertraulich‹ ist das richtige Wort, stimmt's? Sie können mir helfen zu gewinnen, und Sie und dieser jüdische Witzbold werden genau das tun. Aber Sie können niemand erzählen, was ich Ihnen erzählt habe. Stimmt's nicht, Herr Rechtsanwalt?«

Er konnte sich nicht beherrschen und stöhnte auf. »Warum hat Scoot ausgerechnet mich ausgewählt?«

»Warum hat –« Johnnie Fayes Augen weiteten sich. »Sie halten es für Zufall, wie? Einfach nur Pech – was man so Ironie des Schicksals nennt –, daß Sie Quintanas Anwalt und gleichzeitig meiner sind?«

Beim Anblick seines Gesichtsausdrucks schlug sie sich, scheinbar erstaunt, selber auf die Wange. »Sie kapieren's immer noch nicht!«

»Sieht so aus«, sagte Warren leise. Ihm graute vor dem, was er noch hören sollte.

Sich fast begierig über den kleinen Tisch beugend, erklärte Johnnie Faye: »Ich las in der *Chronicle*, daß dieser Quintana wegen der Ermordung des Schlitzauges eingelocht worden sei, und ich hatte 'n gewisses Interesse dran, könnte man sagen, wie die Sache weitergeht. Dann ruft mich Mr. Shepard zu sich und teilt mir mit, daß er für meinen Fall Hilfe braucht: ›Es gibt ein paar gute Anwälte, von denen ich mir einen aussuchen kann, aber es ist *Ihr* Geld, drum erzähl ich Ihnen ein bißchen was von jedem, und Sie können wählen.‹ Ihr Name steht auf der Liste. Mr. Shepard erzählt mir, was Sie vor ewigen Zeiten mal gemacht haben, und sagt: ›Dieser Kerl ist wieder im Kommen, und der ist echt gut. Er ist gerade als Pflichtverteidiger für einen illegalen Einwanderer bestellt worden, der einen Vietnamesen erschossen hat.‹«

Kurz danach beschloß Johnnie Faye, daß »Warren Blackburn der Richtige ist«.

Laß den Blackburn nicht aus den Augen. Paß auf ihn auf. Sieh zu, daß du rauskriegst, was er weiß.

Warren schüttelte wie betäubt den Kopf. Indem sie ihn als Anwalt engagierte, sicherte sie sich sein Stillschweigen, falls er auf etwas stoßen sollte, das sie mit dem Tod von Dan Ho Trunh in Verbindung brachte. Bedeutete das, daß sie sich von Anfang an vorgestellt hatte, daß irgendwann der Tag käme, an dem sie frohlockend und gefahrlos beichten würde?

Ich glaube nicht, daß ich die Antwort darauf wissen will, dachte Warren. Die Muskeln seiner Beine spannten sich, seine Fäuste ballten sich. Er atmete flach.

»Warum sind Sie so sicher«, fragte er, »daß ich Sie – wenn ich Sie in der Ott-Sache verteidige – nicht vor die Hunde gehen lasse? Ich könnte das Ganze dermaßen versauen, daß die Geschworenen nicht mal den Saal verlassen müßten, um Sie schuldig zu sprechen.«

»Darüber hab ich nachgedacht«, sagte Johnnie Faye. »Hab 'ne Menge Schlaf drüber eingebüßt. Das können Sie gar nicht. Die merken's, wenn Sie die Sache versauen wollen. Sie würden ganz schnell wieder draußen sitzen. Ich bekäme einen neuen Prozeß, und jemand anders würde mich verteidigen.« Sie tätschelte seinen Arm. »Und das werden Sie alles nicht tun. Ich kenne Sie. Sie tun Ihr Bestes. Sie tun, was man von Ihnen verlangt. So sind Sie eben, Herr Rechtsanwalt. Deshalb gefallen Sie mir. Und mir gefällt die Idee, daß Sie in meiner Nähe sind, so kann ich immer auf Sie aufpassen.« Sie gähnte und langte nach einer Zigarette. »Überschlafen Sie's. Gewöhnen Sie sich an den Gedanken. Sie werden sehen, daß ich recht habe.«

»Und was, wenn Hector Quintana verurteilt wird?« fragte Warren. Sein Verstand war trüb vor Hilflosigkeit. »Was, wenn ich ihn nicht retten kann? Was, wenn er zum Tode verurteilt wird oder lebenslänglich bekommt?«

»Einem traurigen Lied ist es egal, wessen Herz es bricht«, sagte Johnnie Faye Boudreau. »Sie, vor allen anderen, sollten das wissen.«

»Erheben Sie sich bitte von den Plätzen!« rief der Gerichtsdiener, als Lou Parker in den Gerichtssaal fegte und ihren Platz auf der hohen Richterbank einnahm, um den Mordprozeß gegen Hector Quintana zu beginnen.

Ihr Blick schnellte wie ein Peitschenhieb von den Anwaltstischen zur Geschworenenbank und zu dem guten Dutzend vietnamesischer Zuschauer. In ihrer wallenden schwarzen Robe, dem braunen Haar mit den stahlgrauen Strähnen, das in ihrem Nacken zu einem Knoten zusammengedreht war, stellte sie eine unwiderstehliche Kraft dar – unwiderstehlich wie ein Sturm, unverrückbar wie ein Felsbrocken. Die Richterbänke der übrigen Richter trugen Schilder wie »Hon. So-und-So« (vollständiger Name, einschließlich Mittelinitial), »Bezirksrichter, 299. Bezirksgericht«. Aber die Tafel an Louise Ann Parkers Bank verkündete: »Lou Parker, Richterin«. Die Botschaft entging nur Dummköpfen oder Hoffnungsvollen.

An diesem Tag trug Hector Quintana – kleine Aufmerksamkeit des Staates Texas – einen einigermaßen gut sitzenden blauen Anzug mit dunkelblauem Schlips, schwarze Schuhe und Socken. Warren, der beim Eintreten der Richterin neben seinem Mandanten am Verteidigertisch stand, legte eine Hand auf Hectors Arm und drückte ihn rasch.

Um Mut zu machen.

Nancy Goodpaster war abgehärtet und fix. In ihrer Eröffnungserklärung gegenüber den Geschworenen sagte sie wiederholt: »Das Beweisergebnis wird erbringen . . .« und dabei hielt sie ununterbrochen Blickkontakt mit den Geschworenen. Warren sah, wie sie nickten, während sie ihr ins Gesicht starrten. Sie sahen eine intelligente junge Schwarze, nicht hübsch genug, um eifersüchtig zu werden, und nicht zu belehrend, um herablassend zu wirken. Sie trug eine senffarbene Bluse unter einem billigen Kostüm im selben Blau wie Hectors Anzug.

»Das Beweisergebnis wird erbringen«, schloß die Staatsanwältin, »daß der Angeklagte« – sie sah Hector direkt ins Gesicht und stieß mit dem Finger genau so, wie es in den Staatsanwaltsseminaren gelehrt wird, in seine Richtung, wobei der Grundgedanke der ist, daß die Geschworenen sonst nicht glauben, daß die Anklage mit ganzem Herzen bei der Sache ist – »sich bewußt vornahm, Dan Ho Trunh nicht nur zu berauben, sondern ihn auch zu ermorden. Meine Damen und Herren, das Beweisergebnis wird erbringen, daß der Mord nicht Resultat eines Kampfes war. Der Angreifer wurde nicht bedroht, und es gab keinen Widerstand. Das Beweisergebnis wird erbringen, daß Hector Quintana von Anfang an die Absicht hatte, Dan Ho Trunh zu ermorden, um einen Betrag von weniger als 150 Dollar zu stehlen. Das Beweisergebnis wird die kaltblütige, vorsätzliche Ermordung eines unbewaffneten Menschen erbringen.«

Hector Quintana, der jetzt saß, riß die Hände in

die Höhe. Lautes Stöhnen – das Aufheulen einer gequälten Seele.

Der jammervolle Schrei hallte durch den Gerichtssaal. Alle Augen waren auf Hector Quintana gerichtet. Nancy Goodpasters Mund stand offen. Drei ganze Sekunden lang war der Raum völlig still, so daß Warren seinen Herzschlag hörte. Konnte ein Schuldiger so schmerzerfüllt schreien? Würden die Geschworenen die Wahrheit begreifen?

Judge Parker platzte in die Stille hinein: »Herr Verteidiger, lassen Sie das nicht noch mal passieren! Keine Ausbrüche mehr! Ich will seine Hände auf dem Tisch sehen, sonst kommt er in Handschellen!«

Warren flüsterte in Hectors Ohr: »Tun Sie das nicht wieder.« Und setzte leiser hinzu: »Jedenfalls nicht heute.«

Als sich die Staatsanwältin gesetzt hatte, stieß die Richterin ihre Hand in Richtung des Verteidigers.

Warrens rechte Gesichtshälfte schmerzte, aber das Kopfweh war verschwunden. Die Quetschung wechselte von Schwarzgrün zu Lila. Er hatte die Story zum besten gegeben, daß ihm um zwei Uhr früh auf der Heimfahrt von einer Party auf der Autobahn ein Reifen geplatzt war. Er hatte ihn selbst gewechselt, der Wagenheber rutschte weg. Warren hatte keine Ahnung, ob ihm jemand glaubte.

Er hatte ein kurzes Eröffnungsplädoyer vorbereitet, aber jetzt kamen ihm plötzlich ganz andere Gedanken. Er räusperte sich und stellte sich vor die Geschworenen.

Warren sagte: »Hector Quintana ist unschuldig. Er ist in allen Anklagepunkten schuldlos. Nicht nur ›nicht schuldig‹ laut Gesetz, sondern wirklich unschuldig. Das Beweisergebnis wird erbringen, daß er nicht am Tatort war. Das Beweisergebnis wird erbringen, daß er Dan Ho Trunh nicht ermordet hat und daß dieser ganze Fall ein entsetzlicher Justizirrtum ist. Und wir werden es Ihnen ohne jeden Zweifel beweisen.«

So weit wagte er zu gehen.

Am Abend nach seinem Treffen mit Johnnie Faye Boudreau hatte er in seinem Apartment den Teppich abgeschritten, geistesabwesend in den Fernseher geschaut, in Rechtsbüchern und anderen dicken Wälzern über die Standespflichten eines Juristen geblättert. Eine Menge war über das Aussageverweigerungsrecht und die Pflicht, vertrauliche Informationen des Mandanten zu verschweigen oder weiterzugeben, geschrieben worden. Der Anwalt als einer, der jemanden verpfeift, war ein beliebtes Thema bei juristischen Symposien und entfachte stets hitzige Debatten.

Warren war auf den Balkon hinausgetreten, wo er die wenigen Sterne betrachtete, die zwischen den Wolkenmassen hervorblinzelten. Die Hitze drückte ihm gegen die Schläfen.

Eines war klar. Ein Prozeß diente angeblich der Wahrheitsfindung, aber bei der Überprüfung der Wahrheit wurde bloß Förmlichkeiten Genüge getan. Keinem Zeugen, der schwor, »die Wahrheit, die ganze Wahrheit und nichts als die Wahrheit« zu sagen, war es gestattet, dies wirklich zu tun. Der Mantel der Unschuld wurde so weit über den Angeklagten geworfen, daß er durch Regeln geschützt wurde, die häufig die Enthüllung der ganzen Wahrheit verhinderten. Ein Angeklagter hatte das Recht auf einen Rechtsbeistand, auf einen Geschworenenprozeß, auf ein ordnungsgemäßes Verfahren und das Aussageverweigerungsrecht, um sich nicht selbst bezichtigen zu müssen. Einem Anwalt im Glauben an seine Schweigepflicht ein Geheimnis anzuvertrauen und dann zu erfahren, daß dieser Anwalt das Geheimnis preisgab, war auch eine Art von Selbstbezichtigung. Die standesrechtlichen Grundsätze und ihre vierte Regel besagten: Gleichgültig, wie ruchlos das Geheimnis – es zu offenbaren, ist verboten.

In diesem Fall, dachte Warren, ging es jedoch um Dinge, die solche Überlegungen nichtig machten, schwerer wiegende Pflichten. Zum Beispiel seine Verpflichtung gegenüber Hector Quintana.

Wie wild ging er die Fallsammlungen durch. Auch das war auf niederschmetternde Weise klar: Das Geständnis eines Mandanten hinsichtlich einer nicht zusammenhängenden Straftat darf nicht offenbart werden. Die Regel lautete: »Der Anwalt darf eine vertrauliche Information oder ein Geheimnis seines Mandanten nicht wissentlich zu seinem Vorteil oder zum Vorteil eines Dritten verwenden, es sei denn, der Mandant ist mit der vollständigen Offenlegung einverstanden.« Die Schweigepflicht war heilig. Und dem Zeugnisverweigerungsrecht unterliegende Mitteilungen büßten ihren Status nicht mit der Beendigung einer Beziehung ein. Selbst wenn Warren sie in der Ott-Sache fallenließ, war er durch seine Schweigepflicht gebunden. Er war Priester, sie Büßerin – für immer und ewig.

Nein, dachte er, das kann nicht sein. Egal, wie ich dafür bestraft werde, ich muß es tun. Das Gesetz kann meinetwegen Scheiße sein, aber ich bin ein Mensch.

Da er nicht gegenteilig instruiert worden war, erlaubten es ihm die Regeln, sein Wissen mit dem Coverteidiger zu teilen. Spät am folgenden Nachmittag fuhr er zu Rick Levines Büro. Als der Nachmittag sich gegen Abend abkühlte, gingen sie zusammen durch den Tranquility Park.

»Du Idiot«, sagte Rick, »wenn du nicht zu ihr gegangen wärst und ihr die Chance gegeben hättest, dir einen Strick um den Hals zu legen, hättest du gleich zur Staatsanwaltschaft laufen können!«

»Und sagen sollen, daß ich sie verdächtige? Daß ich ihr Auto mit einem blauen Kratzer drauf gesehen habe? Und was hätte das genützt? Ich habe ja keine Beweise!«

»Es muß doch Ausnahmen zum Aussageverweigerungsrecht geben«, sagte Rick düster.

»Ja, es gibt vier Ausnahmen. Wenn dir dein Mandant die Erlaubnis gibt, wenn dein Mandant von einem Verbrechen erzählt, das er für die Zukunft plant, wenn es die einzige Möglichkeit ist, an dein Honorar heranzukommen, oder wenn du dich selber gegen die falsche Anschuldigung, dich widerrechtlich verhalten zu haben, verteidigen mußt.«

»Sie hat uns bezahlt, das geht also nicht. Findest du nicht, daß es widerrechtliches Verhalten wäre, diesen Quintana für einen Mord sitzen zu lassen, den die Drachenlady verübt hat?«

»Doch, aber es gibt keine Anschuldigung gegen mich. Das könnte nur passieren, wenn Quintana verurteilt wird. Und was passiert, wenn ich dann rede? Dann hab ich immer noch keine Beweise! Ich kann Johnnie Faye nicht festnageln, und deshalb kann ich auch Quintana nicht retten.«

Sie saßen an einem kleinen Teich und goldenen Mohnbeeten unter einer Magnolie. Wunderschön, dachte Warren. Die Welt ist wunderschön. Nur die Menschheit ist korrupt.

Rick hob die Schultern. »Dann geh jetzt zur Staatsanwaltschaft und sag denen, daß du die Kratzer an den beiden Autos gesehen hast. Du hast nicht mit ihr gesprochen, sie hat nicht gestanden, und du übertrittst nicht das Gesetz der Schweigepflicht. Wirf das in den Schoß der Anklage und laß sie damit fertig werden.«

Warren lachte bitter. »Daran hab ich auch schon gedacht. Dann werden sie gegen mich ermitteln, aber nichts nachweisen können. Und dann reicht sie beim Rechtsausschuß gegen mich Klage ein. ›Dieser Typ da hat vor vier Jahren in der Freer-Sache gelogen, nicht wahr? Er lügt wieder. Er haßt mich, und er macht das nur, um den Kopf eines anderen Mandanten zu retten.‹ Der Staatsanwalt wird vielleicht einen Lügentest fordern, den ich nicht bestehen werde, weil gelogen ist, daß sie mir gegenüber nichts gestanden hat. Und dann flieg ich aus der Anwaltschaft.«

»Geh zu Nancy Goodpaster oder Lou Parker. Du hast die Pflicht, Hector zu retten.«

Warren schlug mit der Faust auf den Boden. »Glaubst du, das weiß ich nicht? Die Parker würde 'nen Orgasmus kriegen, wenn sie mich rauswerfen könnte. Nancy wird sagen: ›Das ist alles gut und schön, aber woher soll ich wissen, daß Sie die Wahrheit sagen? Wo sind Ihre Beweise? Was soll ich tun, Mr. Blackburn? Soll ich das Verfahren einstellen, weil Sie behaupten, daß ein anderer und nicht Ihr Mandant schuldig ist? Die Fakten sprechen dagegen. Wir haben hier den Besitz der Waffe. Wir haben eine eindeutige Identifizierung durch einen Augenzeugen. So einfach geht das nicht, Herr Rechtsanwalt!‹«

Warren schnupperte Rosenduft, den eine frühabendliche Brise mit sich trug. Es machte ihm keine

Freude. »Ich werde mich von der Quintana-Sache zurückziehen«, sagte er und stand bleich im letzten Sonnenlicht.

»Und du meinst, Hector wird verstehen, was du ihm sagst und warum du dich mitten in der Geschworenenauswahl davonschleichst?«

»Nein.«

»Die Parker wird einen wie Myron Moore ernennen. Eh du dich versiehst, wird der für den armen Kerl vierzig Jahre ausgehandelt haben. Kannst du damit leben?«

»Ich kann weder so noch so damit leben«, stöhnte Warren.

»Ich weiß nicht, was ich dir raten soll, höchstens: Laß Johnnie Faye nicht wissen, daß du mit mir gesprochen hast. Sonst flippt die aus. Und das können wir nicht gebrauchen.«

Warren verließ den Park so klug wie vorher.

Am Abend, in seiner Wohnung, überlegte er sich: Ich bin nicht nur meinem Mandanten Hector Quintana und meiner Mandantin Johnnie Faye Boudreau und den standesrechtlichen Grundsätzen und der Rechtsstaatlichkeit gegenüber verpflichtet, sondern vor allem gegenüber meinem eigenen Gewissen. Warren, ein Agnostiker, wenn es um die Frage der absoluten Wahrheit ging, fühlte sich nichtsdestoweniger verpflichtet, daß ein Prozeß ohne falsche oder unvollständige Angaben geführt wurde. Wieder dachte er an den Freer-Fall. Bei Virgil Freer hatte er die Regeln mißachtet und einem Betrug durch Lügen Vorschub geleistet. Wenn er hier nun die Regeln beachtete, würde er einen Betrug durch Schweigen begünstigen.

Das kam ihm, gelinde gesagt, wahnwitzig vor.

Ich kann meine Schweigepflicht mißachten. Ich kann zu Charm gehen, und wenn sie nichts unternehmen kann, kann ich zu den übrigen Medien gehen – ich kann offenlegen, was ich weiß. »Ich gebe meinen Beruf auf. Ich würde es nicht tun, wenn ich euch nicht die Wahrheit sagte. Helft diesem Mann!« Vielleicht brächten sie es als Schlagzeile – beuteten es als saftige Nachricht aus.

Aber würde Hector damit geholfen? Die Geschworenen mußten sich eidlich verpflichten, allein unter Zugrundelegung der Beweismittel über Hectors Schuld oder Unschuld zu entscheiden. An diesem Eid würde sich nichts ändern.

Das Rechtswesen, dachte Warren bitter, schützt uns vor Barbarei und bringt uns statt dessen die Barbarei des Rechtswesens.

Ich kann meine Schweigepflicht mißachten, o ja, und das werde ich auch tun – wenn es einen Zweck hat. Ohne Zweck kein Sinn. Ich kann Hector Quintana jetzt nicht verlassen. Ich weiß Dinge, die ein anderer Anwalt niemals wissen könnte. Es gibt keine Antwort darauf, keine anständige Lösung. Eins nach dem anderen. Halt an der Sache fest. Halt an beiden Sachen fest. Warte wie ein Löwe im Hinterhalt, bis sich das Opfer zeigt und einen Fehler macht. Behalt sie im Auge, und zwar aus demselben Grund, aus dem sie mich im Auge behalten will, und sieh zu, was passiert.

Im frühen Mittelalter wurde über Schuld und Unschuld oft dadurch entschieden, daß der Angeklagte barfuß und mit verbundenen Augen über neun rotglühende Pflugscharen gehen mußte, die in ungleichen Abständen der Länge nach ausgelegt worden waren. Verbrannte er sich, wurde er schuldig gesprochen.

Viel hatte sich nicht verändert.

Weniger als vierundzwanzig Stunden, nachdem er erfahren hatte, wer Dan Ho Trunh ermordet hatte, hatten er und Nancy Goodpaster begonnen, die Geschworenen auszuwählen, die über Leben oder Tod von Hector Quintana entscheiden müßten. Es war kaum möglich vorauszusagen, wie sich ein Geschworener verhalten würde. Ein paar offensichtliche Killer konnte man eliminieren, auch die frommen Lutheraner und die dünnlippigen Pensionäre, die daran festhielten – egal, wie der Richter sie auch belehrte –, daß der Angeklagte so lange schuldig war, bis seine Unschuld nachgewiesen wurde. Darüber hinaus arbeitete Warren nach einem einfachen Prinzip: Wenn dir das Gesicht eines Geschworenen nicht gefällt, mag er deins wahrscheinlich auch nicht – also lieber weg mit ihm. Wenn sie dich anlächeln, nimm sie. Er fragte oft: »Sähen Sie einen wie Sie gern unter den Geschworenen, wenn Sie selbst angeklagt wären?« Sein System funktionierte fast immer. Früher, als er noch nicht als Pflichtverteidiger Deals aushandelte, hatte er mehr als genug Prozesse gewonnen. Er war zwar ein bißchen aus der Übung, aber es würde alles zurückkommen.

Der Verteidigung wie der Anklage wurde eine festgesetzte Anzahl peremtorischer Absagen zugestanden – Disqualifizierung von Geschworenen ohne Begründung. Nancy Goodpaster eliminierte auf diese Weise vor allem Latinos. Warren hatte sich schon im voraus gegen Asiaten entschieden, aber es standen sowieso keine auf der Liste. Er wollte junge Leute haben. Er theoretisierte, Jüngere hätten mehr Mitgefühl für einen illegalen Einwanderer, einem Mitglied der neuen Legion von Obdachlosen. Wenn Mitgefühl überhaupt von Bedeutung war, wenn Mitgefühl stärker als das Beweisergebnis war, wenn ein Blinder keinen rotglühenden Pflugscharen ausweichen mußte.

Am ersten Morgen begleitete er Hector in den Gerichtssaal und sagte zu ihm: »Hören Sie genau zu. Anwälten ist es meist vollkommen egal, ob ein Mandant schuldig ist oder nicht. Aber wir tun unser Bestes. Es ist sogar besser, wenn man glaubt, daß der Mandant es getan hat. Wenn die Geschworenen ihn verurteilen, sagt man sich, na und? Das elende Schwein hat's doch verdient.«

Er sagte nicht, daß es einem das Herz zerreißt, wenn man seinen Mandanten für schuldlos hält und die Geschworenen einem nicht glauben.

Hector blinzelte ein paarmal.

»Ich weiß, daß Sie es nicht getan haben«, sagte Warren.

Hector nickte schweigend. Schwacher Trost, dachte Warren, auf dem Weg ins Zuchthaus oder in die Todeszelle. Aber mehr konnte er ihm nicht bieten.

Mitten in der Geschworenenbefragung hatte er Maria Hahn in ein italienisches Restaurant eingeladen. »Ich hab noch nichts unternommen, um Ihre Kamera zu ersetzen, aber es wird geschehen. Das verspreche ich Ihnen. Ich bin in diesen Tagen nicht ganz bei mir.«

Maria winkte ab. Später, vor dem Lokal, küßte er sie brüderlich auf die Wange und sagte gute Nacht.

Zwei Tage später, um die Mittagszeit, stieß er in einem vollbesetzten Gerichtsaufzug mit ihr zusammen. Sie packte ihn am Arm. »Sie sehen furchtbar aus«, flüsterte sie. »Ich lade Sie zum Lunch ein. Kopf hoch.«

Nichts Düsteres oder Verzweifeltes oder Deprimierendes an der hübschen Maria. Sie konnte sich ihre Affären aussuchen, wenn ihr danach war. Aber was wollte sie dann von ihm? Freundschaft? Gesellschaft?

Er langte nach der Rechnung. »Ich hab Sie eingeladen«, erinnerte ihn Maria.

»Zu spät.«

»Ich will meine Pentax.«

»Geben Sie mir bis Freitag abend Zeit.«

»Abgemacht – ich führ Sie zum Essen aus. Und lassen Sie Ihr Geld zu Hause.«

Die Geschworenen für Quintana waren bis zum Donnerstag ausgewählt und vereidigt. Sie setzten sich aus sieben Männern und fünf Frauen zusammen: sieben Weiße, fünf Schwarze, die Hälfte unter dreißig. Warren war zurückhaltend erfreut, aber er wußte, daß eine Jury vom Augenblick der Vereidigung zu einem neuen, unabhängigen Lebewesen wird.

Lou Parker instruierte die Geschworenen, den Fall nicht miteinander und nicht einmal mit der Familie zu erörtern und am Montag um acht Uhr dreißig im Gericht zu erscheinen.

Am folgenden Tag ging Warren in einen Discountladen und kaufte die Pentax. Dann schleppte er seine schwere Aktenmappe in Arthur Franklins Kanzlei im dreißigsten Stock des Texas Commerce Tower. Charms Anwalt war ein Mann in den Sechzigern mit glattem Gesicht und klaren Augen. Er trug einen grauen Anzug, ein blauweiß gestreiftes Hemd und eine rote Krawatte – ein Texaner mit Harvardstudium. Sein Büro roch nach Möbelpolitur, Havanna-Zigarren und fetten Bankkonten. Vielleicht, dachte Warren, hätte ich doch Zivilrechtler werden sollen. Ich würde mich langweilen, aber nicht so verdammt viel Schlaf verlieren. Ich müßte mich nicht mit Mördern und Halunken und angeklagten Unschuldigen herumschlagen.

»Sie sind selbst Rechtsanwalt, Mr. Blackburn. Sie wissen, daß diese Angelegenheiten nie angenehm sind, aber sie müssen nicht bitter sein.« Arthur Franklin ließ die Kurzform des Standardplädoyers des Scheidungsanwalts folgen. Am Ende war Warren mit allen Bedingungen von Charm einverstanden. Es gab nichts, worüber man sich streiten konnte. Aber er fühlte sich elend. Ein Teil seines Lebens endete. Hatte geendet. Im Aufzug schüttelte er verwirrt den Kopf. Eine Frau im Aufzug sah ihn an. Dann trat sie einen Schritt zurück. Er merkte, daß er die Fäuste geballt und die Zähne in lautlosem Knurren gebleckt hatte.

Kein Wunder.

Er ging nach Hause, um zu duschen und Oobie zu füttern, und um acht traf er sich mit Maria Hahn in einem französischen Restaurant in River Oaks. Warren schaute auf die Speisekarte und sagte: »Darf ich was Taktloses fragen? Können Sie sich das leisten?«

»Sicher«, sagte Maria. »Nicht ständig, aber das Leben ist kurz.«

Für ihren normalen Arbeitstag bei Richter Bingham beziehe sie ein Gehalt, erklärte sie, und für zusätzliche Arbeiten bezahlte man sie pro Seite. Bei Berufungen, die das ganze Protokoll verlangten, verdiente sie am meisten. Oder bei großen Sachen mit Mandanten, die gut bei Kasse waren, wie Drogenhändler, deren Anwälte täglich Zeugenvernehmungsprotokolle verlangten.

Nach dem Espresso bot das Lokal zu Ehren der 200. Wiederkehr des französischen Nationalfeiertags einen Remy Martin an. Warren hob sein Glas. »Auf die Unabhängigkeit.«

Maria bezahlte die Rechnung mit einer Visa-Karte und sagte: »Trinken wir die andere Hälfte doch bei mir zu Hause. Ich besitze eine ganze Flasche Courvoisier. Wir werden die Revolution wie die Franzosen feiern.«

Als er ihr mit seinem Auto folgte, überlegte er sich, daß es ungehobelt und unfreundlich gewesen wäre, ihre Einladung auszuschlagen. Nur ein Drink. Auf der ganzen Fahrt dachte er an Hector Quintana und Johnnie Faye Boudreau.

Marias Sohn Randy verbrachte einen Monat bei seinen Großeltern in Austin. Sie legte spanische Gitarrenmusik auf, drehte die Lautstärke herunter, streifte die Schuhe ab und ließ sich neben Warren auf das Wohnzimmersofa fallen. Der Raum war kühl und vom diskreten Schein zweier Tischlampen erleuchtet. Der Drink wärmte ihn, das Sofa war weich. Wie jeder andere Vagabund sprach auch er sofort auf diese Bequemlichkeiten an. Maria nahm ihm das halbgeleerte Cognacglas aus der Hand und stellte es auf den Couchtisch. Sie neigte sich zu ihm und küßte ihn. Er war überrascht – aber nicht wirklich. Er hatte es kommen sehen. Nur ein Kuß.

Aber der Kuß setzte sich fort, und Warren genoß ihn mehr als erwartet. Sie war eine schöne Frau, glaubte er. Er hatte immer ihren merkwürdig gebogenen Modigliani-Nacken bewundert. Die Venen des schlanken Bogens pulsierten unter seinen Fingerspitzen. Er begann, ihn zu küssen, ihn mit seinen Lippen von oben bis unten und dann wieder aufwärts zu streifen, während sie an ihn gelehnt erschauerte. Sie trug keinen Büstenhalter, und er spürte, daß ihre Brüste rund und weich waren.

»Maria –«

»Oh, sei still«, sagte sie leise. »Ich versprech dir, es tut nicht weh. Tun wir's doch einfach.«

Samstag morgen um sechs verließ Warren ihre Wohnung und fuhr nach Ravendale, wo er seine Aktentasche und Oobie und einen Beutel Hundefutter holte. Auf dem leeren Freeway fuhr er schnell wieder zurück. Vom Stadium der Unvernunft war er in einen Zustand geraten, den man als »außer Kontrolle geraten« bezeichnen konnte. Maria hatte ein französisches Bett mit einem halben Dutzend dicken Daunenkissen in mit Rüschen besetzten pfirsichfarbenen Kissenbezügen. Er hatte befürchtet, er könnte Probleme haben, Charm könnte dazwischentreten.

Sie blieben fast den ganzen Tag bei zugezogenen Jalousien im Bett. Kühle Luft blies durch den Raum. Er konnte sich nicht erinnern, wann er zum letztenmal mit solcher Energie und solch unkompliziertem Übermut Liebe gemacht hatte. Er schrieb's Maria zu, war aber auch mit sich selber zufrieden. Was für Fallen das Leben uns stellt. Und welches Vergnügen es uns bietet, wenn wir nicht zu viel denken, nichts verweigern und nicht lügen.

»Laß uns zu Hause bleiben«, schlug Maria vor. »Verstecken wir unsere Uhren.«

Sie rief in einem Einkaufszentrum in der Nachbarschaft an und bestellte eine Pizza und Bier. In der Nacht schlief sie an seinem Rücken. Unter den Kissen lagen Pizzakrümel.

Am Sonntag morgen brachte sie Eier und Schinken auf Toast mit Käse überbacken und Cappuccino ans Bett. »Meine kulinarische Spezialität«, sagte sie.

»Ich kenne deine echte Spezialität, Maria Hahn.«

»Nein, Blackburn, kennst du nicht.«

Mitten am Vormittag, als er sich an die Kissen lehnte und sich wieder einmal durch die Quintana-Akte zu kämpfen versuchte, brachte Maria sie ihm bei.

Als es dunkel zu werden begann, schlüpfte er unter der Decke hervor und zog seine Uhr aus der Kommodenschublade. Er fühlte sich herrlich dekadent, ausgelaugt und knochenlos und zog sich langsam an. Maria verkündete, sie würde im Bett bleiben und bis zum Morgen schlafen.

»Danke«, sagte er.

»Wofür?«

Sie habe seinen Schwanz wieder zum Leben erweckt, erklärte er. Er hatte geglaubt, seine ganze Lust, alle Gefühle der Freude seien abgestorben.

»Willst du etwa behaupten«, sagte sie, »daß der Schwanz den Mann beherrscht?«

»Nein, aber es ist schön, ihn dabeizuhaben.«

»Raus mit dir, du Anwalt.« Sie winkte ihm nach, als er zur Tür ging.

Zu Hause studierte er den Beweisbeschluß der Staatsanwaltschaft in der Rechtssache »Quintana«, dann seine eigene Zeugenliste. Die Zeit mit Maria trat in den Hintergrund. Es war ein Traum gewesen. Er war wieder mitten im Alptraum. Und am folgenden Morgen, einem diesigen Tag mit Gewitterwolken, die am Horizont über dem Golf von Mexiko lauerten, und bei einer Temperatur von fünfunddreißig Grad begann der erste Prozeß.

Der Gerichtsdiener führte Hector Quintana aus der Zelle.

In der strengen pechschwarzen Robe absoluter Autorität, das Haar im Licht der Neonröhren eher eisengrau als braun schimmernd, blickte Judge Parker von der Richterbank herunter. Sie nickte Nancy Goodpaster zu. »Sie können Ihren ersten Zeugen aufrufen, Frau Staatsanwältin.«

»Die Anklage ruft Khuong Nguyen auf.«

Ein zierlicher Mann in den Fünfzigern setzte sich auf den Zeugenstuhl. Er trug ein hellgraues Seidenjakkett, ein weißes Hemd, eine schwarze Krawatte mit roten Punkten und perfekt gebügelte graue Hosen. Er hätte ein Banker aus Saigon oder ein Professor für orientalische Philosophie sein können. Er identifizierte sich jedoch als Besitzer des Supermarkts 7-Eleven in River Oaks. Nach seiner Ankunft in Houston im vergangenen November hatte er den Konzessionsvertrag geschlossen. Als er den Supermarkt übernahm, war der Angeklagte, Hector Quintana, bereits etwa drei Monate für den früheren Besitzer als Lagerarbeiter und allgemeiner Handlanger tätig gewesen.

Die Staatsanwältin fragte: »Hat der vorhergehende Besitzer Ihnen im Hinblick auf Mr. Quintana irgendwelche Empfehlungen gegeben, Sir?«

»Einspruch«, sagte Warren. »Hier wird nach Hörensagen gefragt.«

»Stattgegeben. Versuchen Sie, die Frage anders zu formulieren, Frau Staatsanwältin.«

»Danke, Euer Ehren. Mr. Nguyen, was hielten Sie von dem Angeklagten, nachdem Sie mit dem früheren Besitzer gesprochen hatten?«

»Ich erhebe immer noch Einspruch«, sagte Warren. »Die Antwort läuft auf Hörensagen hinaus und bezieht sich auf eine Aussage, die außerhalb des Gerichts gemacht wurde. Der frühere Besitzer ist nicht hier, um ja oder nein sagen zu können.«

»Erklären Sie mir nicht, was es mit ›Hörensagen‹ auf sich hat, Mr. Blackburn!« Die Richterin funkelte ihn an. Dann richtete sie ihren Blick auf die Staatsanwältin. »Nun?«

»Euer Ehren«, sagte Nancy Goodpaster, »es geht um die damalige Meinung von Mr. Nguyen. Wir machen nicht geltend, daß das, was der andere Besitzer gesagt haben mag, der Wahrheit entspricht. Uns geht's nur ums Motiv.«

Warren sagte hartnäckig: »Es ist nicht relevant, es ist benachteiligend, und es ist nicht zulässig.«

»Ich lasse den Zeugen antworten.« Die Richterin wandte sich an die Geschworenen. »Bemerkungen, die sich auf den früheren Besitzer beziehen, sollen Sie weder glauben noch bezweifeln. Achten Sie nur auf die Reaktion des Zeugen zum damaligen Zeitpunkt.«

Mit kultivierter Stimme und leicht französischem Akzent sagte Mr. Nguyen: »Mir wurde gesagt, daß Hector Quintana ein guter Arbeiter, aber, wie soll ich mich ausdrücken, nicht ganz zuverlässig sei. Daß er mehrmals während der Arbeitszeit vielleicht unter Alkoholeinfluß gestanden habe.«

Nancy Goodpaster fragte: »Und was haben Sie getan, Mr. Nguyen, nachdem Sie das erfahren haben?«

»Ich mußte ihn entlassen.«

Warren sprang auf. »Euer Ehren, ich erhebe Einspruch gegen diese ganze Befragung. Was hat das mit dem Verbrechen direkt zu tun? Es führt zum Versuch, die Geschworenen voreingenommen zu machen. Ich bitte darum, daß alles gestrichen wird und die Geschworenen angewiesen werden, das Gesagte nicht zu beachten.«

»Dem Einspruch wird nicht stattgegeben«, sagte die Richterin, »und setzen Sie sich, Mr. Blackburn. Einsprüche werden nicht dadurch gewichtiger, daß sie im Stehen vorgebracht werden. Ich hab Ihnen schon mehrfach gesagt, daß Sie sich nicht für den Pöbel in Szene setzen sollen.«

So lief es also ab. Warren hatte das Schlimmste erwartet. Das Schlimmste geschah.

Nancy Goodpaster fing wieder an: »Haben Sie Mr. Quintana eine Abfindung gezahlt?«

»Einen Wochenlohn. Einhundertzehn Dollar gehen aus meinen Unterlagen hervor.«

»Und hat es ein Gespräch zwischen Ihnen gegeben?«

»Er schien aufgeregt, und ich hatte den Eindruck —«

»Nein«, unterbrach ihn die Staatsanwältin, »erzählen Sie uns nicht von Ihren Eindrücken. Berichten Sie nur, was Sie zu ihm gesagt haben und was er zu Ihnen gesagt hat.«

Warren konnte sehen, daß die Geschworenen günstig reagierten. Die Staatsanwältin war mit ihren eigenen Zeugen streng. Ein netter Zug. Sie war gut.

Mr. Nguyen, ein feiner Herr, schien sich über den

Verweis zu ärgern. Offensichtlich gab er lieber Eindrücke wieder. Er runzelte die Stirn und strich sich über den Schlips.

»Ich sagte zu ihm: ›Es tut mir sehr leid, aber ich muß Sie entlassen‹, und ich gab ihm das Geld. Und er sagte: ›Das ist nicht fair.‹ Ich glaube, ich habe dann wiederholt, daß es mir leid tue.«

»Und was tat Mr. Quintana?«

»Er wurde wütend und beschimpfte mich.«

»Sie verstanden, daß er Sie beschimpfte?«

»Es war sehr deutlich.«

»Danke, Mr. Nguyen. Ihr Zeuge.«

Bevor Warren sich erhob, beriet er sich eine Minute lang flüsternd mit Hector. Nun kam der Teil, den die meisten Anwälte genossen. Dem Zeugen ein neues Arschloch machen, nannten sie es. Warrens Vorstellung war weniger brutal: Man stecke eine feine Nadel des Zweifels in die Glaubwürdigkeit des Zeugen und wiederhole diese Prozedur bei jedem Zeugen, bis dieser Effekt bei den Geschworenen den schmerzlichen Verdacht erzeugt hat, daß etwas nicht ganz geheuer war, daß sich die Staatsanwaltschaft als Ankläger irgendwie von der Leidenschaft, um der Anklage willen anzuklagen, mitreißen ließ. Es war nicht reine Uneigennützigkeit, denn nach Warrens Ansicht neigten die Geschworenen am Anfang eines Prozesses dazu, sich mit zivilen Zeugen zu identifizieren; gegen einen kriegerischen Verteidiger konnten sie sehr schnell eine Abneigung entwickeln.

Um Hectors willen beschloß er jedoch, seine Krallen wenigstens halbwegs zu entblößen. Er trat vor und stellte sich in die Mitte zwischen Anwaltstische und Richterbank.

»Mr. Nguyen, Sie erwähnten, daß der frühere Besitzer Ihnen sagte, daß Hector ein guter Arbeiter war, aber hin und wieder bei der Arbeit trank. Nein – ein paarmal habe er ›*vielleicht* unter Alkoholeinfluß‹ gestanden. Das haben Sie gesagt. Trotzdem hatte der vorhergehende Besitzer doch so viel von ihm als Arbeitnehmer gehalten, daß er ihn nicht entließ, nicht wahr?«

»Es scheint so«, sagte Mr. Nguyen vorsichtig.

»Sir, wo haben Sie gelebt, bevor Sie hierherzogen?«

»In Singapur. Und davor in Saigon.«

»Wie viele Sprachen sprechen Sie?«

»Fünf, unterschiedlich gut. Vietnamesisch natürlich – Englisch, Französisch und Thai. Und etwas Chinesisch, Mandarin.« Er lächelte bescheiden.

»Aber Spanisch sprechen Sie nicht, oder?«

»Ich hatte noch keine Gelegenheit, es zu erlernen.«

»Und als Mr. Quintana Sie angeblich beschimpfte, war es auf spanisch, nicht wahr?«

Mr. Nguyen zog die Stirn kraus. »Wie ich sagte, es war deutlich.«

»Sir, entschuldigen Sie, aber ich habe Sie nicht gefragt, ob es deutlich war oder nicht. Ist das richtig?«

»Ja, aber –«

»Bitte, Mr. Nguyen! Ich habe Sie gefragt, ob Mr. Quintana Sie auf spanisch beschimpft hat. Richtig?«

»Ja. Vermutlich.«

»Sie wissen die Antwort auf diese Frage, nicht wahr?«

»Ja.« Nguyen wand sich auf dem Zeugenstuhl und blickte zur Richterin hinauf.

Warren sagte: »Würden Sie den Geschworenen und mir bitte den Gefallen tun, mich und nicht die

Richterin anzusehen und die Frage zu beantworten, die Ihnen gestellt wurde? Hat Mr. Quintana Sie auf spanisch beschimpft?«

»Ich glaube mich zu erinnern, daß es so war.«

Warrens Stimme wurde böse. »Haben Sie von dem, was Mr. Quintana sagte, ein Wort verstanden?«

»Ein paar Wörter«, sagte Nguyen. Er versuchte, sein Gesicht zu wahren.

»Ach?« Warren versuchte es auf gut Glück: »Wiederholen Sie sie bitte gegenüber den Geschworenen.«

»Ich erinnere mich nicht an sie«, sagte Nguyen.

»Keine weiteren Fragen, Euer Ehren.«

Der nächste Zeuge, Rona M. Morrison – eine blasse nervöse Frau Ende Vierzig –, wurde vereidigt. Sie schien zu fragen: Wieso bin ich hier – ich hab doch gar nichts getan?

Von Nancy Goodpaster veranlaßt, erzählte sie, daß sie am Abend des 19. Mai, etwa Viertel nach acht, ein paar Röcke und Baumwollpullover in die chemische Reinigung an der Wesleyan Street gebracht hatte, und auf dem Weg zurück zu ihrem Auto hatte sie »nur mal schnell in diesen Kombi reingeschaut, der da stand«. Und da saß ein Mann drin, der »richtig tot aussah«.

»Was haben Sie dann getan?« fragte die Staatsanwältin.

»Geschrien, glaub ich. Dann ist diese Dame aus der Reinigung rausgekommen.«

Nancy Goodpaster ließ ein paar Tatortfotos abstempeln und offiziell als Beweismaterial vorlegen; sie reichte sie der Zeugin.

»Ist es das, was Sie gesehen haben, Ms. Morrison?«

Rona Morrison nickte. Tränen begannen zu tropfen.

Warrens Gesicht verfinsterte sich. Eine Heulsuse war für die Anklage immer ein Glücksfall.

»Ms. Morrison«, sagte Lou Parker, »meine Protokollführerin hat keine Nick-Taste. Würden Sie sich also freundlicherweise zusammenreißen und dann mit ja oder nein antworten?«

Ja, das war es gewesen, was Ms. Morrison gesehen hatte. Nancy Goodpaster reichte die Fotos an die Geschworenen weiter. Sie ließ sie bei dem blutüberströmten Gesicht, bei den starrenden Augen verweilen.

Warren ging ins Kreuzverhör. Er konnte nichts Wertvolles dabei erfahren, aber es war eine Gelegenheit, den Geschworenen zu verstehen zu geben, daß er nicht darauf aus war, ehrliche Zeugen brutal zu behandeln.

»Ms. Morrison, dies ist schmerzlich für Sie, nicht wahr?«

Sie sagte, ja. Sie habe Alpträume gehabt.

»Das kann ich verstehen. Haben Sie an jenem Abend auch noch jemand anderen auf dem Parkplatz gesehen?«

Niemand, an den Sie sich erinnern konnte.

»Diesen Mann haben Sie nicht gesehen, nicht wahr?« Er legte seine Hand auf Hectors Schulter und drückte sie.

»Nein, den hab ich nicht gesehen.«

»Danke, Ms. Morrison. Keine weiteren Fragen.«

Nancy Goodpaster rief den Tatortfotografen auf, um die Tatsache festzuhalten, daß die Fotos, die den Geschworenen gezeigt worden waren, in der Tat Aufnahmen der Leiche von Dan Ho Trunh waren. Ein Sanitäter der Feuerwehr sagte aus, daß er am 19. Mai um zwanzig Uhr siebenundzwanzig auf dem Parkplatz der Wesleyan Terrace eingetroffen war und an der Halsschlagader den Puls geprüft hatte, bevor er Trunh für tot erklärte. Dann betrat der stellvertretende Leichenbeschauer von Harris County den Zeugenstand, um den Geschworenen die Todesursache in für Laien verständlichen Worten mitzuteilen.

Eine langweilige Angelegenheit, aber theoretisch kam die Jury als Gesamtheit bei Prozeßbeginn jungfräulich an; sie wußte nichts über die Straftat oder das Opfer. Man mußte ihr beweisen, daß Straftat und Opfer tatsächlich existierten.

Bei diesen drei Zeugen verzichtete Warren auf das Kreuzverhör. Aus dem Augenwinkel sah er die Richterin nicken. Guter Junge, schien sie anzudeuten. So kommen wir mit der Sache voran.

»Die Anklage ruft Sergeant Hollis Thiel auf.«

In dem üblichen schlechtsitzenden braunen Anzug eines Detectives der Mordkommission ließ sich Thiel auf dem Zeugenstuhl nieder. Er sagte in Polizei-Jargon aus: »Sergeant Douglas und ich erhielten am 19. Mai 1989, zwanzig Uhr fünfundzwanzig, Anweisung. Wir trafen etwa um zwanzig Uhr fünfzig im siebentausender Block der Wesleyan Street ein. Der Kläger befand sich in zurückgelehnter Stellung auf dem Vordersitz eines Kombis der Marke Ford Fairlane, Baujahr 1983 . . .«

Nancy Goodpaster fragte ihn, was er gefunden hatte, als er das Fahrzeug durchsuchte.

»Zulassungspapiere für das Fahrzeug, was zur positiven Identifizierung des Klägers als Dan Ho Trunh führte. Einen Kasten mit verschiedenen Elektrikerwerkzeugen. Ein paar schmutzige Hemden und ein paar zusammengeknautschte Jacken.«

Keinerlei Waffen, erwiderte Thiel auf die entsprechende Frage. Keine Brieftasche, kein Geld.

»Haben Sie als erfahrener Ermittlungsbeamter irgendwelche Anzeichen eines Kampfes festgestellt, der der Erschießung von Mr. Trunh vorausgegangen sein mochte?«

»Nein, Ma'am.«

»Ihr Zeuge.«

Warren trat vor den Verteidigertisch.

»Sergeant Thiel, ist es nicht eine Tatsache, daß in Harris County bei mehr als zwei von drei Morden ein Opfer und ein Mörder beteiligt sind, die entweder Freunde oder Blutsverwandte sind?«

Das sei in der Tat eine Tatsache, sagte Thiel, bevor die Staatsanwältin aufsprang, um aus Rechtserheblichkeitsgründen Einspruch zu erheben. Dem Einspruch wurde stattgegeben.

»Euer Ehren –«

»Keine Widerrede, Mr. Blackburn. Ich habe entschieden.«

Warren versuchte eine andere Taktik. »Sergeant Thiel, daß Sie als Ermittlungsbeamter in Mordsachen erfahren sind, ist von Ms. Goodpaster bereits festgestellt worden. Bleiben wir also bei der Ermittlungsarbeit. Als Sie den Tatort erreichten, war das Fenster auf der Fahrerseite des Autos des Opfers offen. Ist das richtig?«

»Ja.«

»Und die Fahrertür war unverschlossen, stimmt das?«

»Ja.«

»Sie fanden keine Brieftasche am Opfer oder im Auto?«

»Nein.«

»Wenn Mr. Trunh eine Brieftasche gehabt hat, muß sie jemand vor Ihrem Eintreffen genommen haben.«

»Das ist richtig.«

»Und niemand kann sagen, wer diese Brieftasche genommen hat, nicht wahr? Es muß nicht die Person gewesen sein, die ihn erschossen hat, richtig?«

»Einspruch!« bellte die Staatsanwältin. »Hier wird zu Spekulationen aufgefordert.«

»Stattgegeben.«

»Aber Euer Ehren –«

»Stattgegeben. Fahren Sie fort, Mr. Blackburn.«

Warren kochte. Dann beruhigte er sich.

»Lassen Sie es mich so formulieren, Sergeant. Was irgend jemand zu tun gehabt hätte – irgend jemand, der gerade vorbeikam –, war nur, die Tür so wie Sie zu öffnen, einen Toten zu sehen und seine Brieftasche zu nehmen. Stimmt das?«

»Einspruch!«

»Antworten Sie nicht, Sergeant!« schrie die Richterin. »Mr. Blackburn, es reicht! Beide Anwälte zu mir in mein Zimmer!«

Am ersten Morgen gleich zwei Verweise von der Richterbank. Die Geschworenen folgten meist ausnahmslos der Tendenz des Richters, wenn denn der Richter tendierte. Und Lou Parker »tendierte« stark. Es geht mir an den Kragen, dachte Warren. Im Richterzimmer, an ihrem Schreibtisch, hustete die Richterin eine Minute lang, zündete sich eine Zigarette an und richtete dann den vertrauten Finger auf Warrens Brust. »Jetzt hören Sie mir mal zu! Was ich entscheide, gilt! Wenn Sie wegen Rechtsfehlern vor einem höheren Gericht in Revision gehen wollen – bitte schön! Aber versuchen Sie sich nicht durch die Hintertür reinzuschmuggeln, wenn Ihnen die Vordertür vor der Nase zugeschlagen wird, oder ich werd Sie wegen Mißachtung des Gerichts verklagen! Das ist *mein* Gerichtssaal. Verstanden?«

Warren überlegte, welche Möglichkeiten er hatte. Er konnte sie versöhnlich stimmen, er konnte die Sache ausdiskutieren, er konnte den Mund halten und sich von ihr überrollen lassen, oder er konnte Stellung beziehen. Er meinte, er sei ein gutes Stück vorangekommen, seit er für Virgil Freer gelogen hatte, ein gutes Stück sogar seit J. J. Gillis. Er hatte es satt, von dieser Frau getreten zu werden.

Warren sagte: »Nein, Judge, dies ist nicht Ihr Gerichtssaal. Ihre einzige Funktion besteht darin, uns beiden« – er winkte, um Nancy Goodpaster mit einzubeziehen – »zu helfen, den Geschworenen den wahrheitsgetreuen Hergang des Geschehens zu präsentieren. Sie können entscheiden, und Sie mögen öfter recht haben als unrecht. Aber Sie müssen entscheiden, ohne die Geschworenen gegen mich oder meinen Mandanten einzunehmen. Weil es Quintanas Gerichtssaal ist, bis diese Geschworenen mit ihrem Spruch hereinkommen. Er sieht der Todesstrafe entgegen. Ich habe nicht die Absicht, diesen Fall schludrig durchzuziehen, damit Sie in Hawaii schneller braun werden.«

Neben ihm senkte Nancy Goodpaster den Kopf.

Lou Parker hatte ihn mit offenem Mund angestarrt. Sie hatte eine Faust geballt, und ihr Kiefer öffnete und schloß sich mehrmals. Sie schien es nicht zu merken.

»Kein Wort mehr«, stammelte sie. »Ich lasse niemanden voreingenommen sein, verstanden? Sie folgen meinen Entscheidungen! Richtig oder falsch – ich bin die Richterin! Und jetzt raus mit Ihnen! Und wenn Sie mir wieder mal so frech kommen wie eben, können Sie Ihr Lager im Knast aufschlagen!«

Sie hatte einen Rückzieher gemacht. Er saß nicht im Knast, und wenn sie ihn dort hinschaffte, konnte sie ihn nicht festhalten. Ein Anwalt, der wegen Mißachtung des Gerichts vorgeladen wurde, wurde automatisch ohne Kaution von der Untersuchungshaft verschont. Sonst könnten die Richter den Anwälten ja ständig mit »ich bring Sie hinter Gitter, wenn Sie nicht machen, was ich sage« drohen.

Und sie hatte gestammelt. Vielleicht würde sie ihn von nun an in Ruhe lassen.

Im Flur, auf dem Weg zum Gerichtssaal, blieb er am Trinkbrunnen stehen. Als er sich aufrichtete, sah ihn Nancy Goodpaster an. Mit zusammengekniffenen Lippen und traurigen Augen bewegte sie den Kopf hin und her. Sie war nicht darauf aus, Hector Quintana in die Pfanne zu hauen; sie tat nur ihre Pflicht, gab sie ihm zu verstehen.

Nancy Goodpaster rief Paul Stimac, einen dünnen, dunkelblonden Mann auf, der aussah, als ob sein Gesicht nie einen Sonnenstrahl gesehen hätte.

»Wo arbeiten Sie, Mr. Stimac?«

»Im Circle-K-Supermarkt, Ecke Bissonet und Harding. Ich bin der Nachtkassierer.«

Am Abend des 19. Mai, berichtete Stimac mit piepsiger Stimme, war ein Mann in den Laden gekommen und hatte eine Pistole auf ihn gerichtet. Ja, der Mann war im Gerichtssaal. Er identifizierte Hector Quintana.

»Hatten Sie Angst um Ihr Leben, Mr. Stimac?«

Warren erhob mit ruhiger Stimme Einspruch.

Die Richterin starrte auf ihn herab. »Mit welcher Begründung, Mr. Blackburn?«

»Irrelevant und darauf angelegt, die Geschworenen gegen meinen Mandanten einzunehmen.«

»Die Frage betrifft seinen Gefühlszustand, nicht die Fakten«, konterte die Staatsanwältin.

»Es ist immer noch irrelevant«, sagte Warren.

»Das finde ich nicht.« Die Richterin schüttelte den Kopf. »Der Mann war dort, und er richtete eine Waffe auf ihn. Ich finde, es ist relevant, was er empfand. Dem Einspruch wird nicht stattgegeben.«

»Judge!« sagte Warren scharf. »Der Gefühlszustand dieses Zeugen mag für den angeblich versuchten Raub relevant sein, aber nicht für das Verbrechen, das meinem Mandanten zur Last gelegt wird.«

»Dem Einspruch wird nicht stattgegeben. Ich habe gesagt, dem Einspruch wird *nicht* stattgegeben!«

»Na ja, ich bin schon zweimal überfallen worden«, antwortete Stimac. »Ich hatte keine so große Angst. Ich wußte ja, was ich zu tun hatte.« Er war auf einen Knopf am Boden getreten, der die Polizei alarmierte. Dann hatte er den Mann hingehalten. Er übergab ihm das Geld. Die Polizei traf ein.

Warren übernahm das Kreuzverhör. »Mr. Quintana hat Sie nicht bedroht, oder?«

Nancy Goodpaster erhob Einspruch. »Hier wird zu Schlußfolgerungen des Zeugen aufgefordert.«

»Stattgegeben«, sagte Lou Parker.

Warren zuckte leicht mit den Schultern. »Ich werde die Frage anders formulieren. Hat er so was wie ›Wenn du das Geld nicht rüberschiebst, jag ich dir 'ne Kugel in 'n Kopf‹ gesagt, irgend so etwas?«

»Nein«, sagte Stimac, »er hat nur Geld verlangt. Der sah aus, als ob er mehr Angst hatte als ich.«

»Würde es Sie überraschen, Sir, wenn Sie hörten, daß in der Pistole, die Mr. Quintana auf Sie richtete, keine Kugeln waren?«

»Einspruch«, warf Nancy Goodpaster ein, »es fehlt die Aussage.«

Sie meinte damit, daß keine Frage gestellt werden durfte, die eine Tatsache einbezog, die noch nicht als solche nachgewiesen worden war. Die Pistole war nicht geladen, aber noch kein Zeuge hatte ausgesagt, daß sie nicht geladen war. Was Warren natürlich wußte. Aber die Geschworenen wußten es noch nicht, und sie würden es sich durch den Kopf gehen lassen.

»Stattgegeben«, polterte die Richterin.

Am Nachmittag betrat Officer L. E. Manley den Zeugenstand. Er war ein junger, athletisch gebauter Schwarzer und sagte aus, daß er und sein Kollege vom Revier herübergerast waren und den Angeklagten festgenommen hatten, als er mit der Pistole in der Hand aus dem Supermarkt getrottet kam. Natürlich nahmen sie ihm die Pistole ab.

»Ja, das ist die Waffe«, sagte er, nachdem die Staatsanwältin sie als Beweismittel registrieren ließ und in seine Hände legte. »Ein 32kalibriger Diamondback-Colt. Diese Waffe hat einen Kolben mit charakteristischer Einlegearbeit aus Elfenbein. Leichtgewicht, wenig Rückstoß. Und am Hahn und an der Rückstoßfeder ist was gemacht worden. Dadurch ist sie ganz leicht abzufeuern. Es braucht nur einen leichten Ruck am Abzug.«

Warren machte sich Notizen. Neue Informationen. Danke, Officer Manley.

Die Staatsanwältin fragte Manley: »Waren Kugeln in der Pistole, als Sie sie Mr. Quintana abnahmen?« Sie wollte die Frage, die gestellt wurde, als Stimac im Zeugenstand war, entschärfen. Seht, Geschworene, wir haben nichts zu verbergen. Ich laß euch herausfinden, daß sie nicht geladen war.

»Nein, Ma'am.«

»Ihr Zeuge.«

Wird über ein Kapitalverbrechen verhandelt, arbeitet die Verteidigung immer mit einer Theorie, die den Geschworenen eingeflößt werden soll, eine Theorie, die der Behauptung der Anklage, daß der Angeklagte schuldig ist, entgegenwirkt. Die Theorie der Verteidigung mag richtig oder falsch sein, stichhaltig oder nicht überzeugend – sie muß nur logisch zusammenhängend und logisch akzeptabel sein und in die Köpfe der Geschworenen Zweifel an der Schuld setzen. In diesem Fall befand sich Warren in seltenem Vorteil. Er wußte, daß seine Theorie absolut stichhaltig war. Hector Quintana war nicht auf dem Parkplatz der Wesleyan Terrace gewesen. Warren hatte, bevor er Hollis Thiel verhörte, gewußt, daß Hector Trunhs Brieftasche nicht genommen hatte. Und jetzt, mit Officer Manley im Zeugenstand, wußte Warren genau, warum am Hahn und an der Rückstoßfeder des Diamondback-Colts etwas gemacht worden war, damit er »ganz leicht abzufeuern« war.

Mit Manleys Hilfe etablierte er, daß Hector keine Kugeln bei sich gehabt hatte und keine im oder außerhalb des Supermarkts gefunden worden waren.

»Gibt es viele Räuber mit ungeladenen Waffen?« fragte Warren.

»Nur dumme«, sagte Manley kichernd, und die Geschworenen kicherten mit.

»Ich beantrage die Streichung«, sagte Nancy Goodpaster. »Irrelevant.«

»Antrag stattgegeben.« Die Richterin wies die Geschworenen an, die Antwort nicht zu beachten.

Warren war hartnäckig: »Wie vielen Räubern mit ungeladener Waffe sind Sie in all den Jahren, in denen Sie bei der Polizei sind, begegnet – keinem, hab ich recht?«

»Mr. Blackburn!« donnerte die Richterin.

»Euer Ehren«, sagte Warren ruhig, »es war eine ganz andere Frage.«

Lou Parker befahl: »Antworten Sie nicht, Manley! Und Sie, Mr. Blackburn – ich warne Sie! Fahren Sie fort!«

Warren fragte: »Officer Manley: Diese bewußte Pistole, sagten Sie, habe ein Elfenbeingriffstück, und am Hahn und an der Rückstoßfeder sei herummanipuliert worden, damit man leicht abdrücken kann. Hab ich das richtig verstanden?«

»So ungefähr.«

»Nach Ihrer Erfahrung könnten Sie sagen, daß dies keine Waffe ist, die ein Mann im allgemeinen mit sich führt, oder?«

Manley warf Nancy Goodpaster einen Blick zu. Rasch rief Warren aus: »Nein, schauen Sie nicht hilfesuchend zu ihr! Sagen Sie nur die Wahrheit!«

»Ja, das stimmt.«

»Sie würden sagen, daß sie einer Frau gehört, nicht wahr?«

»Einspruch!«

»Stattgegeben«, erklärte die Richterin.

Aber den Geschworenen gegenüber hatte er sein Argument angebracht – falls sie zuhörten und interessiert waren.

»Keine weiteren Fragen.«

Nancy fragte: »Ist an dieser Waffe irgend etwas, das einen Mann hindern könnte, sie zu benutzen?«

»Nein, Ma'am.«

»Und der Angeklagte hatte sie in jener Nacht bei sich?«

»Ja.«

Dann war Warren wieder an der Reihe und schlug in dieselbe Kerbe. »Er hatte sie bei sich. Aber kam es Ihnen nicht in den Sinn, daß sie ihm vielleicht gar nicht gehörte?«

»Einspruch. Es wird zu Spekulationen aufgefordert.«

»Stattgegeben.«

»Können Sie sich einen Grund vorstellen, Officer Manley, warum ein obdachloser und bettelarmer illegaler mexikanischer Einwanderer eine Pistole bei sich hatte, die nicht nur nicht geladen, sondern, nach Ihrer eigenen Aussage, auch nicht von der Art war, die Männer mit sich führen?«

»Einspruch! Es wird zu Spekulationen aufgefordert, und es gibt keine Aussage, daß er ›bettelarm‹ ist.«

»Sie können antworten, Manley«, sagte Lou Parker zu Warrens Überraschung. Dann setzte sie, an die Staatsanwältin gerichtet, hinzu: »Sonst formuliert er's bloß wieder anders und quetscht es auf irgend 'ne andere Art aus ihm raus.«

Manley zuckte mit den Schultern. »Es war vielleicht die einzige Waffe, an die er rankommen konnte. Vielleicht hat er sie sich geliehen. Vielleicht hat er sie irgendwo gefunden. Alles ist möglich.«

»Ihr Zeuge.«

Aber das war's für Manley. Er wurde aufgefordert, den Zeugenstand zu verlassen.

Der Experte von der Schußwaffentechnik identifizierte den Diamondback-Colt als die gekennzeichnete Waffe, die ihm in der Nacht des 19. Mai von Officer Manley übergeben worden war und anschließend mit verschiedenen Kugeln, die bei ungelösten Verbrechen benutzt worden waren, verglichen wurde. Erst spät am folgenden Nachmittag wurde die aus Dan Ho Trunhs Gehirn entnommene Kugel ins Labor gebracht. Sie paßte auf Anhieb.

Es war nach drei. Noch Zeit für einen Zeugen, wenn sie keine Pause machten, und das war Lou Parkers Absicht. Sergeant Craig Douglas wurde vereidigt, und er erklärte gegenüber den Geschworenen, daß er am Morgen des 21. Mai Hector Quintana im Büro der Mordkommission wegen Mordes festgenommen habe. Er hatte dem Angeklagten seine Rechte vorgelesen und ihn gefragt, ob er eine Aussage machen wolle. Der Angeklagte hatte von dieser Möglichkeit keinen Gebrauch gemacht. Bevor Warren Einspruch erheben konnte, sagte Douglas von sich aus: »Er tat so, als wüßte er nicht, wovon ich rede.«

»Sergeant Douglas«, begann Warren beim Kreuzverhör, »Sie sagen, Mr. Quintana tat so, als wüßte er nicht, wovon Sie reden. Haben Sie eine besondere Methode, mit der Sie in seinen Kopf schauen können, um zu diesem Schluß zu kommen?«

»Nein«, sagte Douglas.

»Keine weiteren Fragen.«

Die Richterin klopfte mit ihrem schwarzen Eichenhammer auf den Tisch und entließ die Geschworenen bis neun Uhr früh des folgenden Tages.

Als sie gegangen waren, legten der Gerichtsdiener und ein Polizeibeamter Hector wieder die Handschellen um die Gelenke. Sie traten kurz zur Seite, um den Verteidiger und seinen Mandanten miteinander reden zu lassen. Hector sah erschöpft und blaß aus.

Warren sagte: »Hören Sie, es ist gut gelaufen. Und morgen wird alles noch besser.«

Hector nickte erschreckend höflich. Er weiß, dachte Warren, er weiß, daß ich an einer Stahlwand picke.

»Sie kriegen Ihre Chance«, sagte Warren ein bißchen verzweifelt.

Hector schüttelte den Kopf. »Sie werden mir nicht glauben. Ich werde sterben.« Seine Stimme war wie eine herabfallende Axt.

»Nein. Hören Sie! Sie müssen an mich glauben!«

Aber Hector drehte sich um und nickte dem Gerichtsdiener zu, der ihn abführte.

Nachdem sich die Geschworenen für den Quintana-Prozeß am zweiten Verhandlungstag auf ihren schwarzen Kunstleder-Drehstühlen niedergelassen hatten, betrat Johnnie Faye Boudreau kurz nach neun den Gerichtssaal. Sie fiel Warren sofort ins Auge.

Das war auch nicht schwierig. Sie trug ein kirschrotes, zweireihiges Leinenkostüm über einer weißen Corsage, mexikanische Silberarmreifen an beiden Handgelenken und zum Kostüm passend eine rote Umhängetasche und rote, hochhackige Pumps. Das Ganze wurde von einem breitrandigen weißen Strohhut gekrönt. Ihr enger Rock endete hoch über den Knien. Sie hatte silbernen Lidschatten und zu viel Rouge aufgelegt. Warren dachte an einen Refrain, den er entweder aus einem Lied oder von einem Kumpel seines Vaters kannte: »Der Teufel ist eine Frau im kurzen roten Kleid.«

Der Gerichtssaal war nicht voll. Dieselben Freunde und Mitglieder der Trunh-Familie, die am Vortag erschienen waren, waren da, sowie eine Handvoll älterer Groupies – Rentner, mit denen bei einem Mordprozeß immer zu rechnen war.

Johnnie Faye nahm in einer der hinteren Reihen Platz und lächelte Warren über den Raum hinweg zu.

Er nickte kühl zurück. In diesem Augenblick trat die Richterin ein. Der Gerichtsdiener forderte Ruhe, und die Anklage rief Mai Thi Trunh als erste Zeugin des Tages auf.

Dan Ho Trunhs junge Witwe trug Schwarz. Sie war eine gefaßte Frau, die langsam sprach und sich mit einfachen Worten ausdrückte. Sie trug ihren Kummer nicht zur Schau, aber er war deutlich zu erkennen. Warren war bewegt. Wenn man einen Mann umbrachte, traf man damit vor allem die Hinterbliebenen, die ihn liebten. Ob Johnnie Faye darüber einmal nachgedacht hatte?

Es drängte ihn gewaltig und unheilvoll, Hector Quintana am Arm zu packen, ihn herumzudrehen und zu sagen: »Diese Frau dort in Rot war es, die den Mann ermordet hat, den Sie ermordet haben sollen. Gehen Sie zu ihr, Hector, und fragen Sie sie, wie sie damit leben kann.«

Statt dessen kritzelte er eilig ein paar Notizen auf seinen Block. Ms. Trunh war aus zwei Gründen im Zeugenstand: um Mitleid zu erregen und um zu beweisen, daß ihr verstorbener Mann am Morgen seines Todes noch im Besitz seiner Brieftasche gewesen war.

Durch Nancy Goodpasters geduldige Befragung erfuhren die Geschworenen eine ganze Menge über die Familie Trunh vor Dan Hos Tod. Alles irrelevant, aber Warren erhob keinen Einspruch. Wenn ein trauernder Zeuge aussagte, mußte der Verteidiger gute Miene machen, wie Warren es gerne ausdrückte.

Das gnädige »Ihr Zeuge« der Staatsanwältin erfolgte erst wenige Minuten vor zwölf. Die Geschworenen wurden vom Gerichtsdiener weggeführt, der sie anschließend in einem Restaurant in der Nachbarschaft auf Kosten des Staats verköstigte. Hector Quintana wurde vom Hilfssheriff in eine Verwahrzelle im Untergeschoß des Gerichts geführt, wo ihm durch den unterirdischen Tunnel eine Mahlzeit vom Gefängnis gebracht wurde.

Warren ging langsam nach hinten, wo Johnnie Faye Boudreau in ihrem kirschroten Kostüm und ihrem weißen Hut auf ihn wartete. Sie hatte gerade ihre Lippen nachgezogen.

»Langweilig«, sagte sie.

»Wahrscheinlich. Was machen Sie hier?«

»Sie sind mein Anwalt. Ich wollte Ihnen bei der Arbeit zusehen. Wann dürfen Sie sich präsentieren?«

»Nach dem Essen. Es wird Sie enttäuschen.«

»Das werden wir sehen. Gehen wir.«

»Wohin?«

»Essen.«

»Nein, danke.«

»Wie dumm«, sagte Johnnie Faye. »Eine Dame und Mandantin lädt Sie zum Essen ein – das sollten Sie annehmen. Ich weiß, daß Sie nicht gerade verrückt nach mir sind, aber wir werden noch eine Menge Zeit miteinander verbringen. Höflichkeit würde Ihnen nicht schaden. Außerdem möchte ich wissen, wie's zwischen Ihnen und Ihrer Frau steht. Und ich möchte über den Fall sprechen. Meinen Fall.«

»Ich bin jetzt mit dieser Sache beschäftigt. Wenn ich mit Ihnen über Ihre Sache reden will, ruf ich Sie an, und wir können uns in meinem Büro treffen.«

»Sie sind böse«, sagte sie und berührte seinen Arm. Ihre Lippen verzogen sich zu einem kleinen Schmollmund, einer Schnute. Sie flirtete mit ihm. Es war unfaßbar. Ihm kam die Galle hoch. Am liebsten hätte er zugeschlagen.

»Sie sind wahnsinnig«, sagte er.

Bevor er sich umdrehte und ging, bemerkte er ihren harten Blick, einen Blick, den Clyde Ott wohl mehr als einmal zu sehen bekommen hatte, den sie aus der Ferne auf Sharon Ott geworfen und mit dem sie in intimerer Umgebung ihren nützlichen Freund Dink bedacht haben mochte. Es wäre ein leichtes, auch mich umzulegen. Sie ist dazu fähig. Wie diese Menschen weiß auch ich zuviel. Dann veränderte sich ihre Miene, und ihr Auge – ihr blaugraues Auge – wurde ausdruckslos wie ein Stein.

Als er mit dem Kreuzverhör der Witwe begann, saß sie wieder auf ihrem Platz im Hintergrund.

Warren war sich des Zeitdrucks bewußt, als ob er Schach spielte und die meisten seiner zugeteilten Minuten auf die Eröffnungszüge verschwendet hätte. Nach der Geschworenenauswahl hatten er und Nancy Goodpaster über die Prozeßfolge diskutiert. »Ich werde Dienstag fertig sein«, versprach Nancy, »dann haben Sie für Ihre Zeugen bis Donnerstag mittag Zeit. Lou Parker wird die Geschworenen, sobald Sie fertig sind, belehren, und die gehen dann sofort in die Beratung. Sie wird sie Donnerstag abend so lange wie nötig hierbehalten – bis sie zu ihrem Spruch gekommen sind.« Am Freitag würden die Geschworenen dann über die Strafe entscheiden: Leben oder Tod. Und Freitag abend flog Lou Parker nach Hawaii.

Warren schüttelte angewidert den Kopf. »Sie vermuten, daß sie mit einem Schuldspruch reinkommen.«

Nancy nickte und sagte nüchtern: »Ja, das vermute ich.«

Mit alldem und mehr im Kopf stand Warren Mai Thi Trunh gegenüber.

Der Diebstahl von Dan Hos Brieftasche machte aus einem Totschlag einen Raubmord. Das Entscheidende ihrer Aussage war die Tatsache, daß ihr Mann die Brieftasche am Morgen seines Todes mitgenommen hatte. Sie hatte gesehen, wie er sie von der Kommode nahm und in die hintere Hosentasche steckte. »Das hat er immer getan«, sagte sie in Nancy Goodpasters Hauptvernehmung.

Indizienbeweis, ein logischer Sprung, der zu folgendem führte: Wenn die Brieftasche nicht zu Hause entdeckt wurde, mußte Dan Ho sie dabeigehabt haben, als er ermordet wurde. Im Verlauf des Tages war sie entweder gestohlen worden, oder er hatte sie aus Versehen auf der Straße fallen lassen. Wer konnte das Gegenteil beweisen? Und vielleicht irrte sich Ms. Trunh. Die Brieftasche konnte immer noch zu Hause liegen, unter einem Haufen Hemden oder in einem Versteck, das sie nicht kannte. Sie konnte nicht unter Eid schwören, daß es ein solches Versteck nicht gab. Warren könnte die Witwe dazu bringen, mehrmals »ich weiß nicht« oder »ja, das ist möglich« zu sagen. Beim Kreuzverhör war es gestattet, einen Zeugen in eine bestimmte Richtung zu führen und die Führung zu übernehmen.

Aber Dan Ho Trunh hatte die Brieftasche mitgenommen, glaubte Warren. Ms. Trunh irrte sich nicht.

»Die Verteidigung hat keine Fragen«, sagte er.

»Sie können gehen«, sagte Judge Parker zu Ms. Trunh. Sie lächelte kurz in seine Richtung. Gute Arbeit, Herr Rechtsanwalt. Ich werde mein Flugzeug erwischen!

Nancy Goodpaster erhob sich eifrig. »Die Anklage ruft ihren letzten Zeugen auf – Ms. Siva Singh.«

Hinter ihrer Brille sah die Inderin nervös aus. Schadet nichts, dachte Warren. Die Geschworenen konnten sich mit nervösen Zeugen, die anständige Leute waren und schuldlos in ein Verbrechen verwickelt wurden, identifizieren. Die Staatsanwältin gab ihr Gelegenheit, mit den Geschworenen eine Beziehung aufzubauen, indem sie sich nach ihrem Hintergrund und ihrer Familie erkundigte. Sie war in Jaipur geboren. Sie war einundvierzig Jahre alt und hatte zwei Kinder. Sie und ihr Mann waren vor zwölf Jahren in die Vereinigten Staaten ausgewandert. Sie lebten drei Jahre in Burlington, Vermont, dann zogen sie nach Texas. Die chemische Reinigung an der Wesleyan Terrace gehörte ihnen. Ihr Mann arbeitete in den hinteren Räumen. Er schneiderte auch. »Sehr schöne Arbeit«, sagte sie, »zu günstigen Preisen.«

Einige Geschworene lachten.

Zufrieden kam Nancy Goodpaster zur Sache. »Ms. Singh, sagen Sie uns bitte, wo Sie sich am Abend des 19. Mai befanden.«

In ihrem Geschäft. Ihr Mann war auch dort.

»Betrat an jenem Abend eine Ms. Rona Morrison Ihren Laden?«

Siva Singh beschrieb, wie Rona Morrison – »eine zufriedene Kundin seit vielen Jahren« – hereingekommen war, um ihre zu reinigenden Sachen abzugeben. Sie verließ den Laden, und eine Minute später schrie sie auf dem Parkplatz. Ms. Singh war hinausgeeilt und hatte Ms. Morrison neben einem geparkten Kombi auf den Knien vorgefunden. Nachdem sie den blutüberströmten Körper eines Mannes im Auto gesehen hatte, hatte sie Ms. Morrison ins Haus geschafft und die Polizei angerufen.

»Gehen wir doch noch mal zurück«, sagte Nancy.

»Ist irgendwas Ungewöhnliches passiert, bevor Ms. Morrison schrie und Sie die Leiche entdeckten?«

»Ja, in der Tat. Ich arbeitete in einem Hinterzimmer der Reinigung, als ich ein Geräusch hörte, was, wie ich wie später erfuhr, ein Schuß war. Ich ging wieder nach vorn.«

»Vom Tresen aus konnten Sie den Parkplatz deutlich überblicken?« fragte die Staatsanwältin.

»Ganz deutlich.«

»Erzählen Sie den Geschworenen bitte, was Sie gesehen haben.«

»Neben dem Kombi stand ein Mann –«

»Neben demselben Kombi, in dem Sie und Ms. Morrison später die Leiche gefunden haben?«

»Ja. Er war vielleicht neun oder zwölf Meter von meinem Beobachtungspunkt entfernt. Er schien sich durchs Fenster zu beugen, oder vielleicht hatte er sich schon durchs Fenster gebeugt und war – wie soll ich mich ausdrücken – gerade dabei, sich aufzurichten. Ich bin nicht ganz sicher. Dann drehte er sich um und rannte weg. Ziemlich eilig, wenn ich so sagen darf.«

»Sie dürfen sagen, was Sie wollen, Ms. Singh, solange Ihre Erinnerung der Wahrheit entspricht.« Nancy Goodpaster schaute sie ernst an. Dann fragte sie: »Als der Mann sich umdrehte, um fortzulaufen – drehte er sich in Ihre Richtung oder von Ihnen weg?«

»Eindeutig in meine Richtung, so daß ich die Möglichkeit hatte, sein Gesicht zu sehen.«

»Haben Sie es deutlich gesehen?«

»Ganz deutlich.«

»Können Sie ihn uns beschreiben, Ms. Singh?«

»Er war etwa einsfünfundsiebzig oder einsachtundsiebzig groß, hatte lange dunkle Haare und trug nur eine Hose und ein Hemd. Er trug keine Jacke. Er sah arm und obdachlos aus. Er war weiß, nicht schwarz. Er schien mir mit Sicherheit ein Südamerikaner zu sein.«

Die Staatsanwältin zögerte einen Augenblick, und Warren notierte etwas. Er fragte sich erneut: Wer war der Mann auf dem Parkplatz? Wochen zuvor hatte er am frühen Abend in sämtlichen Geschäften des Einkaufszentrums gefragt, ob irgend jemand solch einen Mann in der bewußten Nacht gesehen hatte. Niemand konnte sich erinnern. Trieb sich jemand gewohnheitsmäßig nachts im Einkaufszentrum herum? Nur ein Penner hin und wieder. Keiner der Angestellten oder Ladenbesitzer erinnerte sich an jemand Bestimmten.

Siva Singh hatte jemanden gesehen, das bezweifelte er nicht, aber nicht Hector Quintana. Johnnie Faye war in ihrem Auto gewesen, und selbst wenn sie für einen Moment ausgestiegen wäre, hätte man sie unmöglich für einen Mann halten können. Es mußte jemand gewesen sein, der zufällig vorbeikam, die Leiche sah, erschrak und sich aus dem Staub machte. Das erklärte aber die fehlende Brieftasche nicht.

»Was haben Sie der Polizei erzählt?« fragte Nancy.

»Genau das, was ich Ihnen erzählt habe. Ich habe diese Ereignisse wiedergegeben. Ich beschrieb den Mann, den ich so eilig davonlaufen sah.«

»Erzählen Sie uns, Ms. Singh, was am folgenden Tag geschah, als Sie gebeten wurden, im Harris-County-Gefängnis zu erscheinen.«

Siva Singh beschrieb die Gegenüberstellung. Sechs Männer wurden ihr vorgeführt. Sie sah sie einige Minuten lang von vorn und im Profil. Sie identifizierte einen davon als den Mann, den sie in der Nacht davor weglaufen sah.

»Sie waren sicher, daß es derselbe Mann war?«

»Ganz sicher.«

»Ich habe nur noch eine Frage. Sehen Sie diesen Mann heute in diesem Saal?«

»Ja, in der Tat.«

»Deuten Sie auf ihn und beschreiben Sie ihn bitte.«

Sie deutete auf den Verteidigertisch. »Er trägt ein weißes Hemd und einen blauen, einreihigen Anzug.«

Nancy Goodpaster lächelte verlegen und sagte mit fester Stimme: »Ms. Singh, am Verteidigertisch sitzen zwei Männer in weißen Hemden und einreihigen blauen Anzügen. Können Sie etwas genauer sein? Welchen von beiden haben Sie auf dem Parkplatz gesehen?«

Die Geschworenen fingen an zu kichern. Johnnie Faye lachte kreischend im Hintergrund. Die Richterin blickte augenrollend zur Decke.

Warren, der zweite im blauen Anzug, biß sich auf die Lippen. Siva Singh und Hector Quintana waren die einzigen, die weder lachten noch lächelten.

Ms. Singh schlug sich die Hand vor den geöffneten Mund und erhob sich leicht vom Zeugenstuhl. Dann riß sie die Hand weg und stieß sie in Hectors Richtung. »Wie peinlich! *Er* ist es! Der Mann mit der blauen Krawatte! Den Mann, der die Krawatte mit dem gelben Paisleymuster trägt, kenne ich nicht.«

Das Gelächter der Geschworenen schwoll wieder an und verebbte. Die Richterin pochte mit ihrem Hammer.

»Das Protokoll soll festhalten«, sagte die Staatsanwältin ernst, »daß die Zeugin den Angeklagten Hector Quintana identifiziert hat.«

»Das Protokoll soll dies festhalten«, sagte die Richterin Parker und nickte der Protokollführerin zu.

Auch Gelächter kann töten, dachte Warren.

Er erhob sich und trat Siva Singh gegenüber. Zuerst placierte er sich in einiger Entfernung zu ihr auf der anderen Seite des Gerichtssaals, so daß sie die Geschworenen, wenn sie ihren Befrager betrachtete, nicht direkt anblicken konnte.

Das Wesentliche eines Kreuzverhörs war die Steuerung. Bei der Hauptvernehmung eines eigenen Zeugen hielt sich ein guter Anwalt zurück und stellte Fragen, die lange Antworten zuließen. Er wollte, daß der Zeuge die Führung übernahm, daß er ausführlich erzählte, die Geschworenen faszinierte und daß sie ihm glaubten. Ein Kreuzverhör glich eher einem Duell. Der eine oder der andere, Anwalt oder Zeuge, würde dominieren. Am schwierigsten war ein aufrichtiger Zeuge zu dominieren. Seine Aufrichtigkeit konnte einen leicht in Verlegenheit bringen und einen brutal erscheinen lassen.

Er stellte sich Ms. Singh vor, obwohl er es bei seinem abgebrochenen Interview in der Reinigung bereits getan hatte. »Bitte verzeihen Sie«, sagte er freundlich, »daß ich Sie heute verwirrt habe, indem ich einen Anzug trage, der die gleiche Farbe hat wie der meines Mandanten.«

»*Ich* muß Sie um Verzeihung bitten«, sagte Siva Singh errötend.

»Ich verzeihe Ihnen, Ma'am.«

Ms. Singh lächelte. Er sah, daß sie Angst vor ihm gehabt hatte.

»Wir treffen uns nicht zum erstenmal, nicht wahr?« sagte Warren.

»Nein.«

»Ich war vor ein paar Wochen in Ihrem Geschäft, nicht wahr?«

»Ja, das stimmt«, sagte Ms. Singh unglücklich. Sie hob die Brille an und kratzte sich an der Nase.

»Ich wollte über diesen Fall sprechen, erinnern Sie sich?«

»Das habe ich damals angenommen.«

»Und Sie wollten nicht mit mir darüber reden, weil Sie irrtümlicherweise der Meinung waren, Ms. Goodpaster, die Staatsanwältin, habe es Ihnen verboten. Ist das richtig?«

»So ist es. Ich bitte um Vergebung, Sir.«

»Nein, Ms. Singh, wieder bin ich es, der um Vergebung bitten sollte. Ich hätte Ms. Goodpaster veranlassen sollen, Sie anzurufen und Ihnen zu erklären, daß es Ihnen freisteht, sich mit mir zu unterhalten. Und dann hätte ich erst zu Ihnen gehen sollen. Aber ich war zu beschäftigt. Verzeihen Sie mir.«

Ms. Singh zeigte perfekte weiße Zähne. Ihre dunkelbraunen Augen funkelten.

»Ihre Brille ist für die Ferne, nicht wahr?« fragte Warren. Er erinnerte sich, daß sie sie abgenommen hatte, um die Visitenkarte der Staatsanwältin aus ihrer Tasche zu nehmen.

»O ja. Und mit ihr kann ich perfekt sehen, wenn ich so sagen darf.«

»Können Sie in einiger Entfernung auch ohne Brille sehen?«

»Ganz gut.«

Warren runzelte die Stirn. »Hatten Sie in der Nacht des 19. Mai Ihre Brille auf, als Sie sahen, wie der Mann sich in den Kombi beugte und dann in der Dunkelheit davonlief?«

»In der Tat, ja. Ich hatte sie auf«, sagte Ms. Singh ernst, »sonst hätte ich ihn nicht so deutlich gesehen.«

Warren dachte einen Augenblick nach, dann trat er näher an sie heran.

»Ma'am, was ist Ihre Muttersprache?«

»Hindi«, sagte Ms. Singh überrascht und plötzlich auf der Hut. »Aber natürlich habe ich als Kind in Jaipur Englisch gelernt.«

»In der Schule?«

»Ja.«

»Und Sie sprechen auch perfekt Englisch. Englisches Englisch, nicht amerikanisches Englisch, stimmt's?«

Die Vorsicht verschwand. »Ja, so ist es«, sagte Ms. Singh lächelnd.

»Wenn Sie mir den Gefallen tun würden, Ma'am – bitte schließen Sie doch für einen Moment die Augen und beantworten Sie mir eine Frage.«

Gehorsam schloß Siva Singh die Augen.

Warren sagte: »Erinnern Sie sich, so gut Sie können. Wie groß bin ich?«

»Einspruch!« rief die Staatsanwältin.

Bevor die Richterin entscheiden konnte, öffneten sich Siva Singhs Augen.

»Ich ziehe die Frage zurück«, sagte Warren.

Er begann, das Zimmer abzuschreiten. Die Blicke der Geschworenen folgten ihm. In der Nähe der Geschworenenbank blieb er stehen.

»Ms. Singh, haben Sie am Abend des 19. Mai, bevor die Polizei eintraf, um mit Ihnen zu reden, entweder Ihrem Mann oder Ms. Morrison gesagt, daß Sie einen Mann in der Dunkelheit vom Kombi weglaufen sahen?«

»Ja. Ich habe es meinem Mann gesagt. Meine Kundin, Ms. Morrison, war viel zu aufgeregt, als daß ich mit ihr hätte reden können. Ich würde sie als hysterisch beschreiben.«

»Ich wäre Ihnen dankbar«, sagte Warren sanft, »wenn Sie nur meine Fragen beantworten würden, ohne Ihre Eindrücke hinzuzufügen. Wenn die Frage mit ja oder nein beantwortet werden kann, sagen Sie bitte nur ja oder nein.«

»Verzeihen Sie«, sagte die Inderin.

»Nichts zu verzeihen, Ma'am. Diesen Fehler machen viele. Nun, bevor die Polizei eintraf, sagten Sie also Ihrem Mann, daß Sie gesehen hätten, wie ein Mann davonlief. Haben Sie zu diesem Zeitpunkt Ihrem Mann auch beschrieben, wie der Davonlaufende aussah?«

»Nein, nicht zu diesem Zeitpunkt. Später habe ich gesagt, daß –« Sie unterbrach sich, biß sich auf die Lippe. Beinahe hätte sie den gleichen Fehler wieder gemacht. Warren sah sie aufmunternd an.

»Haben Sie ihn Ihrem Mann später beschrieben? Nachdem die Polizei fort war?«

»Ja.«

»Im einzelnen?«

»Ja, ich glaube.«

»Erinnern Sie sich, mit welchen Worten Sie ihn Ihrem Mann beschrieben? Antworten Sie nur mit ja oder nein, Ma'am.«

»Ja.«

»Bitte sagen Sie den Geschworenen, was Sie zu Ihrem Mann gesagt haben, Ms. Singh.«

Dankbar, daß sie nicht mit ja oder nein zu antworten hatte, überlegte sie kurz. Dann blickte sie den am nächsten sitzenden Geschworenen an und sagte: »Ich habe meinem Mann gesagt, daß der Mann vielleicht einsfünfundsiebzig groß war. Daß er lange dunkle Haare hatte. Daß er nur eine Hose und ein Hemd getragen hatte. Daß er keine Jacke getragen hatte. Daß er wie ein Armer und Obdachloser ausgesehen hatte. Daß er weiß und nicht schwarz war. Daß es mit Sicherheit ein Südamerikaner war und daß ich ihn noch nie zuvor gesehen hatte.«

Warren wartete – solange er es wagte – bis die Sätze wirkten.

Dann fragte er: »Ms. Singh, haben Sie diesen Mann nicht mit fast den gleichen Wörtern, die Sätze in genau der gleichen Reihenfolge, der Polizei beschrieben, als sie eintraf?«

»Vielleicht. Das mag sein«, sagte Ms. Singh.

»Ich kann das Gericht bitten, Ihnen eine Kopie Ihrer Aussage gegenüber der Polizei zu überreichen. Sie könnte Ihre Erinnerung auffrischen. Soll ich das tun, Ms. Singh?«

»Das ist nicht notwendig«, erwiderte sie.

»Sind es in etwa die gleichen Wörter und ist es die genaue Reihenfolge der Sätze?«

»Höchstwahrscheinlich«, brachte Ms. Singh heraus.

»Und heute in diesem Gerichtssaal, als die Staatsanwältin Sie bat, den Mann, den Sie in der Dunkelheit vom Auto weglaufen sahen, zu beschreiben – haben Sie nicht genau die gleichen Wörter und die gleiche Reihenfolge der Sätze benutzt, die die Polizei als Ihre eidliche Zeugenerklärung niederschrieb?«

»Höchstwahrscheinlich«, wiederholte Ms. Singh.

»Haben Sie eine Kopie Ihrer eidlichen Zeugenerklärung gegenüber der Polizei entweder hier oder zu Hause?«

»Ja.«

»Haben Sie sie auswendig gelernt? Wort für Wort? Satz für Satz, in der richtigen Reihenfolge, damit keine Widersprüche auftreten?«

»Ich verstehe nicht«, sagte Ms. Singh hilflos.

»Soll die Protokollführerin meine Frage vorlesen?«

»Nein.«

»Dann beantworten Sie sie bitte, Ma'am. Wenn Sie können.«

»Ich kann es nicht«, sagte sie.

»Warum nicht?«

»Ich habe sie nicht auswendig gelernt, Sir. Aber ich habe sie studiert.«

Mit der letzten Frage war er gerade noch mal davongekommen, wußte er, denn er hatte die Grundregel verletzt, wonach einem feindseligen Zeugen niemals eine Frage gestellt werden durfte, die mit Warum begann. Aber egal, was sie sagte, sie hatte die Erklärung auswendig gelernt. Daß sie eine Zeugin mit feindseliger Einstellung war, hatte er nie bezweifelt. Das Glaubensbekenntnis jedes Gerichtssaalgefechts lautete: Wer nicht für mich ist, ist gegen mich.

Er ging durch den Raum und stellte sich neben Hector. Die Blicke der Geschworenen folgten ihm aufmerksam.

»Ms. Singh, als Sie mit der Polizei sprachen und den Mann beschrieben, den Sie weglaufen sahen, sagten Sie: ›Ich meine, es könnte ein Südamerikaner gewesen sein‹ – nicht wahr! Nur ja oder nein, bitte.«

»Ja.«

»Und heute in diesem Gerichtssaal haben Sie zu meiner Kollegin, Ms. Goodpaster, ›Er schien mir mit Sicherheit ein Südamerikaner zu sein‹ gesagt?«

»Ja.«

»Und vor wenigen Augenblicken, als Sie den Geschworenen berichteten, was Sie Ihrem Mann erzählt haben, sagten Sie, daß es ›mit Sicherheit ein Südamerikaner‹ war. Ist das richtig, Ms. Singh?«

»Das mag ich gesagt haben.«

»Ist es nicht eine Tatsache, daß Sie mit jeder neuen Beschreibung immer sicherer werden?«

»Einspruch«, stieß die Staatsanwältin scharf und schon etwas verzweifelt hervor. »Bedrängung der Zeugin!«

»Nicht stattgegeben«, sagte Lou Parker zu Warrens Überraschung. »Sie dürfen antworten, Ms. Singh.«

»Ich weiß die korrekte Antwort nicht«, erwiderte sie.

»Ist es nicht eine Tatsache«, sagte Warren ruhig, »daß Sie in dem Moment, als Sie den Angeklagten heute in diesem Saal sitzen sahen, zu dem Schluß kamen, daß der Mann, den Sie vom Auto weglaufen sahen, definitiv Südamerikaner war?«

»Das entspricht *nicht* der Tatsache«, sagte sie mit finsterem Blick.

»Was ist ein Südamerikaner, Ms. Singh?«

»Eine Person aus Südamerika, Sir.«

»Wie würden Sie eine solche Person beschreiben?«

»Sie sind meist dunkel. Nicht sehr groß.«

»Sie sind auch dunkel, Ms. Singh, und nicht sehr groß«, sagte Warren, so leise er konnte, um noch hörbar zu sein. »Ich vermute, Ihr Mann ist auch dunkel. Ist einer von Ihnen Südamerikaner?«

»Selbstverständlich nicht«, erwiderte sie.

»Haben Sie etwas gegen Südamerikaner?«

»Nicht im besonderen.«

Warren ging auf sie los: »Sie haben *im allgemeinen* etwas gegen sie? Ist es das, was Sie uns sagen wollen?«

»Es ist nur so, daß mir aufgefallen ist, daß viele arbeitslose und obdachlose Männer in unserer Stadt südamerikanischer Herkunft sind.«

»Nur noch eines, Ms. Singh.« Er sah, daß sie sich entspannte. »Um acht Uhr abends ist der Parkplatz vor Ihrer Reinigung doch verhältnismäßig dunkel, nicht wahr?«

»Es sind Lampen vorhanden.«

»Sind sie hell?«

»Ja.«

»War der Kombi direkt unter einer von diesen Lampen geparkt?«

»Nicht genau darunter. Aber nicht sehr weit entfernt.«

»Ja oder nein, Ms. Singh. War er direkt unter einer der Lampen geparkt?«

»Nein.«

»Wissen Sie, in welchen Abständen diese Lampen auf dem Parkplatz angebracht sind?«

»Meine Güte, wirklich nicht.«

»Würden Sie sagen, es sind mehr als dreißig Meter?«

»Ich bin nicht sicher.«

»Ist es nicht eine Tatsache, Ms. Singh, daß sie am äußeren Rand der Parkfläche in einem Abstand von etwa fünfunddreißig Metern angebracht sind?«

»Das weiß ich nicht.«

»Wissen Sie, wie weit die nächste Lampe vom vorderen Bereich Ihres Ladens entfernt ist?«

»Sie ist nicht weit weg.«

»Wie weit ist ›nicht weit weg‹, Ms. Singh?«

»Ich bin nicht ganz sicher.«

»Ist es nicht so, Ms. Singh, daß sich die nächste Lampe in etwa vierzehn Meter Entfernung von der Stelle befindet, an der Sie saßen?«

»Das mag schon sein.«

»Und ist es nicht so, Ms. Singh, daß der Kombi mindestens sechs Meter vom Fuß der nächstgelegenen Lampe entfernt geparkt war?«

»Das mag auch sein.«

»Sie kamen eine Minute oder zwei, nachdem Sie den Schuß gehört hatten, aus den hinteren Räumen der Wäscherei?«

»Ja.«

»Ihr Mann hatte in den hinteren Räumen die Reinigungsmaschinen laufen?«

»Ja.«

»Und es war dort heiß und feucht?«

»O ja, an den Bügelmaschinen immer.«

»Haben Sie Ihre Brille abgewischt, weil sie beschlagen war, Ms. Singh, bevor Sie auf den Parkplatz schauten und den Mann weglaufen sahen?«

»Ich erinnere mich nicht.«

»Haben Sie den Mann, der weglief, deutlich gesehen?«

»Ganz deutlich.«

»Ms. Singh, bedeutet das Wort ›ganz‹ im reinen Englisch, das Sie in Jaipur gelernt haben und immer noch sprechen, ›sehr‹ oder bedeutet es ›einigermaßen‹?«

»Bitte?«

»Als ich Sie fragte, ob Sie in einiger Entfernung ohne Brille gut sähen, antworteten Sie ›ganz gut‹. Und doch ist Ihre Brille dazu da, daß Sie Dinge in einiger Entfernung erkennen können, nicht wahr?«

»Ja, so ist es.«

»Als Sie ›ganz gut‹ sagten, meinten Sie demnach ›ziemlich gut‹ – ist es nicht so, Ma'am?«

»Das ist möglich.«

»Als Ms. Goodpaster Sie fragte, ob Sie das Gesicht des Mannes gesehen hätten, als er sich in Ihre Richtung drehte, und Sie ›ganz deutlich‹ sagten, meinten Sie eigentlich ›ziemlich deutlich‹. Stimmt das, Ma'am?«

»Ich konnte ihn sehen«, sagte Ms. Singh. »Er war dunkel, und er sah struppig aus.«

»Ein Südamerikaner.«

»Nun, ich bin jetzt nicht so sicher.«

Warren holte bebend Luft und pausierte, um das Gesagte bei den Geschworenen einsickern zu lassen.

»Und dann – später –, als Ms. Goodpaster fragte, ob Sie sicher seien, daß der Mann, den Sie bei der Gegenüberstellung auswählten, derselbe Mann war, den Sie ›ganz deutlich‹ auf dem Parkplatz gesehen haben, antworteten Sie, daß Sie ›ganz sicher‹ seien. Sie meinten *ziemlich* sicher, nicht wahr, Ms. Singh?«

»Er war ganz ähnlich«, erwiderte Siva Singh leise, »wenn es nicht derselbe Mann ist. Und wenn er es nicht ist, dann tut es mir schrecklich leid. Ich werde mir das nie verzeihen.«

»Glauben Sie, *er* wird Ihnen verzeihen?« fragte Warren.

Ms. Singh antwortete nicht.

Er war hin und her gerissen – sollte er gleich hier aufhören oder weitermachen? Es gab noch andere Bereiche abzudecken, aber er fürchtete, den Höhepunkt damit abzuschwächen. Er warf einen Blick auf die Geschworenen. Sie waren ihm gefolgt. Sie würden es nicht vergessen.

Noch ein kleines bißchen weiter, sagte er sich. Er wollte den Geschworenen zeigen, daß Dan Ho Trunh leicht von jemandem, der seine Gewohnheiten kannte, bis zur Reinigung verfolgt worden sein konnte. Ein Ablenkungsmanöver, aber er brauchte es.

»Ms. Singh, war Dan Ho Trunh ebenfalls ein Stammkunde wie Ms. Morrison?«

Das Gesicht der Zeugin hellte sich auf. Die Feuerprobe schien vorüberzusein.

»Ja, er kam einmal die Woche. Er holte und brachte seine Sachen gleichzeitig. In der Tat ein sehr ordentlicher Mann. Er war außerdem ein äußerst zufriedener Kunde, wie Ms. Morrison.«

Keiner der Geschworenen lächelte dieses Mal.

»Mr. Trunh kam immer am gleichen Tag?« fragte Warren.

»Das ist richtig. Am Freitagabend.«

»Sagen wir zwischen fünf und acht?«

»Das ist richtig.«

»Und der 19. Mai war ein Feiertag?«

»Ich glaube, das ist richtig.«

Sergeant Thiel hatte ausgesagt, daß hinten im Kombi ein paar schmutzige Hemden gefunden worden waren. Warren war nicht ganz sicher, worauf er von da aus zusteuern sollte. Er beschloß, es noch ein Weilchen so weiterplätschern zu lassen, bis es ihm einfiel – wenn überhaupt.

»Wissen Sie, was er Ihnen an jenem Abend bringen wollte, Ms. Singh?«

»Nein, Sir – wie soll ich das wissen?«

»Welche Wäsche oder welche gereinigten Kleidungsstücke befanden sich in Ihrem Geschäft, die abzuholen waren? Wenn Sie sich erinnern.«

»Oh, ich erinnere mich in der Tat«, sagte sie glücklich. »Fünf weiße Hemden, ein grauer Anzug und ein grüner Herrenpullover aus Baumwolle. Er hatte sie in der Woche zuvor bei uns abgegeben. Am Montag wurden sie abgeholt und bezahlt.«

Warren sagte: »Ich verstehe nicht ganz. Meinen Sie den Montag vor dem Mord?«

»Nein, Sir. Den darauffolgenden Montag.«

Warren runzelte die Stirn, immer noch ein bißchen verwirrt. »Sie meinen, sie wurden von Ms. Trunh oder jemandem aus ihrer Familie abgeholt?«

»Es war auf keinen Fall Ms. Trunh oder jemand aus ihrer Familie«, sagte Ms. Singh. »Aber er hatte das richtige Ticket.«

Warren sagte: »Es dauert nicht mehr lang. Kehren wir doch noch mal zu Ms. Morrison zurück. Als Sie sie neben dem Auto kniend vorfanden –« Er unterbrach sich.

»Moment mal. *Wer* hatte das richtige Ticket, Ms. Singh? Wer holte die Hemden und Anzüge und Pullover ab?«

»Ich hatte ihn noch nie vorher gesehen«, sagte Ms. Singh.

»Beschreiben Sie ihn!« verlangte Warren.

Siva Singh fühlte sich sichtlich unwohl.

»Tun Sie Ihr Bestes«, flehte Warren.

»Ich möchte sagen, er war von mittlerer Größe. Schlecht gekleidet. Er roch fürchterlich nach Alkohol.«

»War es ein Südamerikaner?«

Sie zögerte. »Das kann ich nicht mit Sicherheit sagen.«

»War es ein Asiate?«

»Ganz bestimmt nicht.«

»War es ein Schwarzer?«

»Nein.« Sie blickte in Warrens feurige Augen. Ein wenig erschrocken über das, was sie sah, rutschte sie ein paar Zentimeter auf dem Zeugenstuhl zurück. »Er hatte das richtige Ticket«, erklärte sie tapfer. »Er hat bezahlt.«

Warren hätte sie am liebsten umarmt und geküßt.

Aber er beruhigte sich. Er sagte: »Danke, Ms. Singh. Ich habe im Augenblick keine weiteren Fragen.« Er drehte sich schnell zu Lou Parker um. »Aber ich bitte darum, daß diese Zeugin heute auf Abruf im Gerichtsgebäude bleibt. Und ich hätte gern eine Konferenz im Richterzimmer, Euer Ehren.«

Leicht abgehoben, alle Möglichkeiten im Kopf durchspielend, schritt Warren Lou Parkers Arbeitszimmer ab. Der Duft des frischen Kaffees, den der Gerichtsdiener brachte, füllte den Raum.

Warren blieb stehen und sagte entschieden: »Ich möchte Dan Ho Trunhs Witwe außer Hörweite der Geschworenen kurz befragen. Ich werde ihr nur eine Frage stellen. War sie oder irgendein Familienmitglied je im Besitz des Reinigungstickets? Wenn die Antwort nein ist – und ich glaube, daß sie nein sein wird –, dann handelt es sich hier nicht um Raubmord. Irgendein unbekannter Weißer hat Dan Ho Trunhs Brieftasche gestohlen, wahrscheinlich war er schon tot, und drei Tage später hat derselbe Unbekannte die Sachen abgeholt. Und wahrscheinlich hat er auch gesehen, wie der Mord passierte.«

»Wie kommen Sie denn darauf?« fragte Nancy, die in einer Ecke am Bücherregal lehnte. Sie runzelte die Stirn, und Warren begriff plötzlich warum. Seine unausgesprochenen Vermutungen offenbarten, daß er etwas wußte, was kein anderer in diesem Raum wußte.

»Weil Siva Singh den Schuß hörte. Eine oder zwei Minuten später ging sie in den vorderen Teil des Ladens, und da war der Mann, der sich ins Autofenster beugte. Die Frau ist eine lausige Augenzeugin, aber völlig blind ist sie nicht. Was immer dieser Kerl auch machte oder nicht machte – da war er auf jeden Fall. Ich meine, er muß auf dem Parkplatz gewesen sein, als Trunh erschossen wurde.«

Vorsichtig sagte die Staatsanwältin: »Nehmen wir also mal an, daß alles stimmt. Warum geben Sie uns dann eigentlich nicht zu verstehen, daß dieser Unbekannte Trunh erschossen hat?«

»Vielleicht hat er's getan – vielleicht.« Warren hatte Schwierigkeiten, Nancy Goodpaster in die Augen zu sehen.

»Und warum konnte Quintana Trunh nicht erschossen und die Brieftasche, nachdem er das Geld rausgenommen hatte, weggeworfen haben? Jemand anders hätte sie aufheben und sich mit der Wäschereiquittung davonmachen können.«

»Es gibt eine Menge Möglichkeiten«, sagte Warren, »aber nur einen Tatbestand.« Er wandte sich an die Richterin, die immer noch in ihrer Robe und kettenrauchend hinter ihrem Schreibtisch saß. »Wie dem auch sei – wenn die Witwe nie im Besitz des Reinigungstickets war, muß ich diesen Mann finden. Ich brauch eine Vertagung. Um mindestens eine Woche.« Er ließ seine Fingerknöchel knacken und spannte seine Rückenmuskeln. »Am Montag fang ich mit dem Ott-Prozeß an. Ich brauch soviel Zeit wie nötig, um im 342. abschließen zu können.«

Die Richterin tippte mit stumpfem Finger auf ihren Terminkalender. »Erwarten Sie von mir, daß ich den Geschworenen sage, sie sollen nach Hause gehen und zwei Wochen lang Däumchen drehen?«

»Wenn's nötig ist«, sagte Warren, »ja – sicher.«

»Sie haben vielleicht Nerven! Das muß ich mir noch

überlegen«, sagte sie ruhig. »Fragen Sie inzwischen diese Ms. Trunh aus. Vielleicht kriegen Sie nicht die Antwort, die Sie hören wollen. Und damit wäre dann Schluß mit diesem Theater. Ist sie noch im Gerichtssaal?«

»Das will ich hoffen«, sagte Warren.

Der Gerichtsdiener versorgte die Geschworenen, die sich in den Raum neben dem Büro der Terminplanerin zurückgezogen hatten, mit einer neuen Kanne Kaffee. Im Gerichtssaal ließ sich Mai Thi Trunh noch einmal auf dem Zeugenstuhl nieder. Warren erinnerte sie daran, daß sie noch immer unter Eid stand, auch wenn die Geschworenen nicht anwesend waren.

Nein, sagte sie leise, sie hatte den Abschnitt der Reinigung nie gesehen. Sie hatte überhaupt nicht mehr dran gedacht. Normalerweise hatte ihr Mann diese Dinge in seiner Brieftasche.

»Dürfen wir uns der Richterbank nähern?« Warren steuerte bereits darauf zu. Die Staatsanwältin folgte ihm auf den Fersen.

»Bleibt unter uns«, sagte Lou Parker und winkte die Protokollführerin, die sich mit ihrer auf einem hohen Stativ postierten Maschine immer in der Nähe aufhielt, zur Seite. Richterin, Staatsanwältin und Verteidiger steckten die Köpfe zusammen.

Warren erklärte: »Euer Ehren, da noch ein wichtiger Zeuge existiert, bitte ich bis zum Abschluß des Boudreau-Prozesses um Vertagung.«

»Nein, das kann ich nicht zulassen«, sagte Lou Parker.

»Wie bitte? Was haben Sie gesagt?«

»Sie sind doch nicht taub, Blackburn. Wenn Sie diesen Prozeß unterbrechen wollen, um einen neuen

Zeugen zu produzieren, müssen Sie mir zuerst beweisen, daß seine Aussage relevant, unentbehrlich und notwendig ist. Das können Sie nicht. Sie wissen nicht, was dieser Mann sagen wird oder ob er überhaupt existiert. Und Sie müssen mir beweisen, daß die Chancen, ihn zu finden, gut stehen. Wie wollen Sie das bewerkstelligen? Sie kennen seinen Namen nicht, wissen nicht, wo er wohnt oder wie er aussieht. Vielleicht ist er gar nicht mehr in der Stadt.«

Voll kalter Wut sagte Warren: »Ich weiß, daß es ein Weißer ist und daß er Hector Quintana ähnlich sieht. Wahrscheinlich ist es ein Stadtstreicher, und der geht nicht fort. Ich weiß, daß er die Kleidungsstücke des Opfers hat und sie vielleicht trägt. Ich weiß, daß das Leben eines Menschen davon abhängen kann, ob ich ihn finde. Und ich werde ihn finden!«

»Vielleicht – vielleicht auch nicht. Ich muß Ihre Chancen gegen das Problem abwägen, diese Geschworenen noch zehn Tage schmoren zu lassen, in denen sie jedes verdammte Wort, das sie gehört haben, möglicherweise wieder vergessen. Ich muß vielleicht völlig neue Geschworene aussuchen. Außerdem ist mein Kalender nach dem Urlaub schon voll.«

Mit neuen Geschworenen, wußte Warren, würde er alles einbüßen, was er bereits gewonnen hatte. Nancy Goodpaster würde Siva Singh aufklären, damit diese nichts mehr auswendig lernte. Er hätte einen neuen Zeugen im Zeugenstand.

Warren versuchte, seine Wut zu zügeln. Er krallte sich an den Rand der Richterbank. »Die Geschworenen werden nichts vergessen. Und was Ihren Kalender betrifft – Euer Ehren –, das ist Ihr Problem. Sie müssen die Sachen umorganisieren.«

»Keine Chance«, sagte Lou Parker. »Ich hab entschieden, und dabei bleibt's. Fahren wir mit diesem Prozeß fort.«

Warren sagte scharf: »Den Protest will ich protokolliert haben!« Er winkte die Protokollführerin heran, die gehorsam näher trat, die Finger startbereit auf den Tasten der Maschine. »Euer Ehren, ich lehne Sie wegen Befangenheit ab! Legen Sie Ihr Amt nieder! Ich verlange einen neuen Prozeß mit einem neuen Richter!«

Die Richterin bleckte die Zähne. Wie ein Sprinter zwischen den Hindernissen holte sie rasch und heftig Luft. »Mit welcher Begründung?«

»Voreingenommenheit.«

»Weil ich den meisten Ihrer idiotischen Einsprüche nicht stattgegeben habe? Weil ich Sie nicht hinter einem Hirngespinst herjagen lasse? Wachen Sie endlich auf! Sie tanzen schon wieder aus der Reihe!«

Sie flüsterten nicht mehr. Der ganze Saal konnte sie hören.

»Genau deswegen«, gab Warren zurück, »und einer Menge mehr. Als wir zum erstenmal darüber sprachen, daß ich diesen Fall übernehmen würde, sagten Sie, ich solle Ihre Zeit nicht verschwenden. ›Lassen Sie den Dingen ihren Lauf und kungeln Sie was aus, das ist leichte Beute für die Anklage‹ – Ihre Worte! Sie sollten die Fakten des Falls nicht kennen, aber Sie waren weder taub noch blind. Und das haben Sie drei Wochen später auch mir und der Staatsanwältin gegenüber wiederholt. Sie glaubten, wir hätten uns geeinigt. Vierzig Jahre Knast war schließlich kein schlechter Deal für einen Mann, der behauptete, unschuldig zu sein! Sie drohten, daß ich in Ihrem Gericht nie wieder arbeiten würde, wenn ich mit Quintana einen Prozeß anstrebte. *Sie* tanzten aus der Reihe! Das ist eine eindeutige Verletzung des Gerichtsverfassungsgesetzes. Tagein, tagaus kommen Sie damit ungestraft davon, aber nicht bei mir! Ich weigere mich, in diesem Gerichtssaal weiterzumachen! Ich lege meine Arbeit nieder.«

Ruhig und kalt sagte die Richterin: »Ich kann Sie wegen Ungebühr vor Gericht festnehmen lassen. Ihr Ruf stinkt zum Himmel! Mit ›Ungebühr vor Gericht‹ käme ich sofort durch.«

»Versuchen Sie's. Ich hab hier eine Zeugin gleich neben mir.« Er zeigte auf Nancy. »Sie erinnert sich.«

Vertrauensvoll wandte sich die Richterin an ihre Staatsanwältin. »Sie erinnern sich an nichts Derartiges – oder, Nancy?«

Nancy Goodpaster holte unsicher Luft und sagte: »Doch.«

Das Gesicht der Richterin wurde fleckig-rosa. »Ich hab gesagt, was der da behauptet? Sie behaupten, Sie haben's gehört?«

»Ja«, sagte Nancy. »Das haben Sie alles gesagt.«

Die Richterin drehte sich ruckartig zur Protokollführerin: »Raus mit euch! Das kommt alles nicht ins Protokoll! Nichts kommt ins Protokoll!«

Die Protokollführerin machte sich eilig davon.

Warren sagte ruhig: »Wenn Sie nicht freiwillig zurücktreten, stelle ich in einem anderen Gericht den entsprechenden Antrag. Es wird eine öffentliche Verhandlung geben. Ich habe mich noch keinem Richter gegenüber respektlos verhalten, aber irgendwann mußte es bei Ihnen passieren. Ich werde Sie in die Pfanne hauen!«

»Ich scheiß auf Sie, Blackburn«, flüsterte die Richterin. Sie zupfte ihre Robe zurecht. Wieder trommelte sie mit den Fingern auf dem Terminkalender herum.

Warren warf einen Blick auf die Wanduhr hinter der Richterbank. Es war neun Minuten vor drei. Gleichmäßig und leise ruckte der Zeiger um das weiße Zifferblatt. Eine Minute verstrich.

Lou Parker sagte: »Suchen Sie Ihren Zeugen. Das Gesetz verlangt, daß Sie gewissenhaft vorgehen. Wenn Sie ihn nicht finden, bevor der andere Prozeß abgeschlossen ist, haben Sie Ihre Chance vertan. Wir nehmen die Verhandlung wieder auf. Dieselben Geschworenen.«

»Danke, Euer Ehren«, sagte Warren höflich.

Als er Viertel vor vier den Gerichtssaal verließ, wartete Johnnie Faye im Korridor neben dem Trinkbrunnen auf ihn. Sie sah müde aus. Ihr Lippenstift war frisch, aber das Make-up hatte sich verwischt. Der große weiße Hut saß schief.

Warren fragte: »Sie waren dabei?«

»Ich hab alles gehört. Sie waren echt gut mit der Inderin. Und Sie haben Mumm – ich hab auch gehört, wie Sie die Richterin angemotzt haben. Ich hab mir den richtigen Anwalt ausgesucht.«

»Danke.«

»Können wir 'ne Tasse Kaffee zusammen trinken und reden?«

»Nicht jetzt. Ich habe zu arbeiten.«

»Wann werden wir dann über meinen Fall reden?«

»Montag morgen um acht in Binghams Gerichtssaal. Wir werden die Geschworenen aussuchen, und wir werden Ihre Hilfe brauchen.«

»Gehen Sie jetzt auf die Jagd nach diesem Typ, den Ms. Mahatma Gandhi angeblich auf dem Parkplatz gesehen hat?«

»Ja.«

»Viel Glück«, sagte sie. »Ach übrigens«, sagte sie unschuldig, »was soll ich Montag anziehen?«

Warren musterte sie von oben bis unten. Wenn sie trug, was sie heute anhatte, würde ihr jeder Geschworene sechzig Jahre ohne Bewährung geben. »Tragen Sie, was Sie zum Gottesdienst anziehen würden«, sagte er.

Am Abend – nachdem er seinen Anzug mit Jeans vertauscht und sich einen Drink eingegossen hatte – sah er im Badezimmerspiegel das trübsinnige, rotäugige Gesicht eines Anwalts, der mitten im Prozeß steht. Ich brauch 'ne Verschnaufpause, beschloß er. Eine kleine Energiespritze, bevor ich mich auf die Suche nach einem Mann begebe, der vielleicht gar nicht existiert. Er hatte noch ganze fünf Tage, bis die Auswahl der Geschworenen begann. Er wählte Maria Hahns Nummer. Mit Oobie, die auf dem Rücksitz zusammengerollt an einem Tennisball herumnagte, fuhr er zehn Minuten später zu Maria. Unterwegs hielt er an, um eine anständige Flasche kalifornischen Rotwein zu kaufen.

Maria machte Lasagne. Sie trug alte Jeans und ein blaues Cowboyhemd. Als sie vom Küchentisch aufstand, um sich über den Herd zu beugen, erwischte er sich, daß er wie ein Halbwüchsiger auf die Kugeln ihres Hinterteils starrte, die sich in den abgetragenen Jeans abzeichneten. Dort oder zumindest irgendwo in der Nachbarschaft, dachte er, liegen Nirwana und Lethe in einem. Konnte das Leben so simpel sein?

»Wie ging's heute bei dir?« fragte sie beim Essen.

»Gut.« Er faßte alles kurz zusammen.

»Und jetzt mußt du also diesen Kerl finden.«

Er kaute einen Mund voll Lasagne zu Ende. »Aber nicht heute nacht.«

»Hast du einen Plan?«

Sie liebte Pläne. »Mir wird schon einer einfallen«, versprach er.

»Brauchst du Hilfe? Vielleicht eine Fahrerin?«

»Beim letztenmal hat's nicht so gut geklappt. Das nächstemal geht's mir vielleicht an den Kragen.«

»Na, wir haben doch jetzt Erfahrung. Wir lernen aus unseren Fehlern. Davon hängt doch alles ab, oder nicht? Randy ist weg, und bei mir ist diese Woche nichts los.«

»Laß mich darüber nachdenken. Wie war dein Tag?«

Sie erzählte es ihm in allen Einzelheiten. Er hatte nicht gewußt, daß eine Protokollführerin so aufmerksam zuhörte. »Man kann wirklich nie voraussagen, wie sich die Geschworenen verhalten werden – heute nachmittag haben ein Typ und eine Frau für siebzig Pfund Marihuana zehn Jahre auf Bewährung bekommen. Das hat mich wirklich umgehauen. Natürlich werden sie innerhalb der nächsten sechs Monate rückfällig werden, und dann müssen sie's absitzen. Die hauen ab nach Ohio, wo sie herkamen, und dann werden sie an irgend 'ner Straßenecke mit 'nem Joint erwischt, und der Computer schickt sie nach Texas zurück. Mit diesem Bewährungskram kann ich nie was verdienen – keiner fragt jemals nach dem Protokoll. Ich hab Richter Bingham gesagt, was mir fehlt, ist 'ne ordentliche Kokainrazzia oder 'ne versuchte Notzucht.«

»Und ich wette, er hat dich das ins Protokoll aufnehmen lassen.«

Sie lächelte beifällig. »Er ist ein Schatz. Ich werde ihn vermissen.«

Warren schaute auf seine Uhr. Es war fast zehn.

»Los, stapeln wir das Geschirr in die Maschine und gehen wir ins Bett.«

»Ich hab schon gedacht, du würdest mich nie fragen«, sagte Maria. »Laß das Geschirr doch stehen.«

Am Montag, dem 24. Juli, fünf Tage nachdem Judge Parker eine Vertagung des Prozesses in der Sache »Quintana« bewilligt hatte, trafen sich die beiden Anwälte, die Johnnie Faye Boudreau zu verteidigen hatten, zum Frühstück in Rick Levines Büro. Sie tranken schwarzen Kaffee und aßen Pflaumenkuchen. Eine Stunde später gingen sie am Old Market Square und am Zivilgericht vorbei. Das Kriminalgericht lag wenige Straßen weiter.

Warren fiel zurück. »Jetzt, wo ich dich bei Tageslicht sehe«, sagte Rick beim Umdrehen, »muß ich dir sagen, daß du wie einer von meinen Gäulen aussiehst, wenn sie beim Trabrennen als letzte ins Ziel gekommen sind. Wußtest du, daß ein Pferd vier Tage braucht, um sich von einem Rennen zu erholen? Es sind gar nicht so sehr die Beine, es geht aufs Herz. Ein grausamer Sport, wie die Juristerei. Ich dachte, du hättest dir ein paar Tage freigenommen. Was zum Teufel hast du gemacht?«

Er hatte einen Mann gesucht, der nicht existierte.

Fünf Tage und Nächte lang, mit und ohne Maria. Er hatte sich in den Straßen der Houstoner Innenstadt und im Dritten Bezirk herumgetrieben und mit jedem Penner und Obdachlosen gesprochen, den er traf. Am letzten Nachmittag bei Gericht hatte Siva Singhs Beschreibung ein bißchen mehr hergegeben. Ein Weißer von mittlerer Größe und durchschnittlichem Körperbau, schlecht angezogen, struppig aussehend, eher dunkelhäutig oder sonnengebräunt als hell – das war alles, woran sich Warren halten konnte, abgesehen von der Möglichkeit – dank Mai Thi Trunh –, daß er vielleicht einen grauen Anzug oder einen grünen Baumwollpullover trug. Die Witwe hatte die Kleidung ihres Mannes noch einmal durchgesehen und Siva Singhs Erinnerung bestätigt. Diese Sachen schienen zu fehlen. Alle seine Hemden, die in die chemische Reinigung gingen, waren weiße Baumwollhemden. Er trug keine anderen.

Warren war zu allen Missionen und Suppenküchen gegangen, in die Parks, die dreckigen Kneipen in Montrose und den Heights, in die Eishäuser, die Greyhound- und Amtrak-Bahnhöfe, wo verwahrloste Männer und Frauen auf Holzbänken schliefen. Dreimal am Tag war er langsam am Wesleyan Terrace Shopping Center vorbeigefahren. Er hatte die Krankenhäuser der Stadt und das Gefängnis probiert. Ohne Erfolg.

Ihm blieb nichts anderes übrig, als noch mal von vorn zu beginnen.

»Okay«, sagte Rick. »Ich verstehe. Und jetzt – wenn's nicht zuviel verlangt ist – versuch doch bitte, dich auf unsere besorgte Mandantin zu konzentrieren.«

»Warum ist sie besorgt? Wir haben sie doch gedrillt, bis es ihr zu den Ohren rauskam. Die Sache steht doch phantastisch.«

»Weil du sie vernachlässigt hast. Am Freitag hat sie mich angerufen, um zu plaudern. Sie muß echt verzweifelt gewesen sein. Ich hab ihr gesagt, daß du Tag und Nacht an sie denkst.«

»Stimmt«, sagte Warren.

In Richter Binghams prunkvoll holzgetäfeltem Gerichtssaal war die erste Zuschauerbankreihe für die Medien reserviert. Draußen im überfüllten Flur leuchteten die Halogenlampen grell über den Fernsehkameras. Reporter hielten den Gegenanwälten die Mikrofone unter die Nase. Johnnie Faye Boudreau im grauen Schantungkostüm, das sie am Tag, als sie Dan Ho Trunh ermordete, gekauft hatte, stellte sich bescheiden zwischen ihre Verteidiger.

»Mr. Levine und ich erwarten einen kurzen Prozeß und einen Freispruch in der Mordsache Dr. Ott«, sagte Warren in die Mikrofone.

»Wird Ms. Boudreau aussagen?«

»Zu gegebener Zeit werden Mr. Levine und ich mit unserer Mandantin Rücksprache nehmen und die entsprechende Entscheidung treffen. Wenn Sie uns jetzt entschuldigen wollen . . .«

Die Reporter wandten sich an Bob Altschuler im makellosen Zweireiher, unter dem sich sein zunehmender Umfang verbarg. Eine politische Kampagne mit dem Ziel vor Augen, das Richteramt zu übernehmen, unterhielt er sich natürlich gern mit Reportern.

»Ich vertrete nicht so sehr den Staat als die Opfer und die trauernden Familien der Opfer. Diese Überlegung vergessen wir gern in der heutigen Zeit. Nun, in diesem bestimmten Fall . . .«

Auf dem Weg in den Gerichtssaal zupfte Johnnie Faye Warren am Ärmel. »Wissen Sie, das hätten Sie ruhig ein bißchen enthusiastischer machen können. Sie hätten sagen können, daß Sie glauben, daß ich unschuldig bin.«

»Wir hoffen, daß die Geschworenen das sagen werden«, erwiderte Warren.

»Werde ich aussagen oder nicht?«

»Wenn's nötig ist.«

»Warum haben Sie mich dann eigentlich halb zu Tode geschunden und mir eingebleut, was ich da oben sagen soll?«

»Moment.« Warren blieb stehen, um ihr ins Gesicht zu sehen, und achtete darauf, daß Rick seine Worte hörte. »Ich hab Ihnen nicht gesagt, was Sie sagen sollen, sondern nur *wie* Sie es sagen sollen. Ich habe Ihnen empfohlen, bei der Zeugenaussage die Wahrheit zu sagen. Denken Sie dran!«

Die Auswahl der Geschworenen begann. Da es sich hier nicht um ein Kapitalverbrechen handelte, konnten die sechzig in Aussicht stehenden Geschworenen auf einmal befragt werden.

Johnnie Faye half dem Verteidigerteam bei der Auswahl. »Ich mag die Frau in dem giftigen Gelbgrün nicht, die Krankenschwester. Die hat mich so bissig angeschaut.« Und: »Der Typ in dem schwarzen Blouson – der ist sympathisch. Das spür ich. Nehmt den.«

Rick hatte jedesmal Gegenargumente. Die Krankenschwester war geschieden, und Krankenschwestern hatten mit Frauen zu tun, die geschlagen wurden. Sie würde eine gute, verteidigungsorientierte Geschworene abgeben. Der Mann im Blouson war Lutheraner. Für die galt »Auge um Auge«.

Warren sagte: »Laß ihr ihren Willen. Sie hat gute Instinkte.«

Für diesen Prozeß hatte sich Bob Altschuler zwei junge Assistenten ausgesucht, einen Mann und eine Frau, die er für andere Gerichte heranzog. Beide hatten sehr kurz geschnittene Haare und waren Brillenträger, und keiner von beiden lächelte jemals. »Die sehen böse aus«, flüsterte Johnnie Faye.

»Die sind böse«, sagte Rick. »Das ist eine Voraussetzung für diesen Beruf.«

Maria Hahn protokollierte. Immer, wenn sie Warrens Blick erhaschte, lächelte sie.

Am folgenden Nachmittag um zwei waren die Geschworenen ausgewählt, und Richter Bingham rief die beiden Hauptanwälte zu sich.

Der Richter sagte: »Wenn Sie wollen, können wir jetzt anfangen. Bringen Sie die Eröffnungsplädoyers hinter sich. Oder von mir aus auch morgen früh. Entscheiden Sie selbst, meine Herren.«

Bob Altschuler hob die Schultern. »Die Anklage ist bereit.«

»Die Verteidigung ist bereit«, sagte Warren.

Am selben Abend fuhren er und Maria zum Tranquility Park. Ein paar Obdachlose kampierten dort, schliefen oder kochten sich was unter den Magnolien. Manche waren mager, manche schienen gut genährt zu sein. Die meisten hatten Bärte und sahen wie ungewaschene Holzfäller aus. Unter mehreren Bäumen waren Einkaufswagen geparkt.

Keiner trug irgendwas von Dan Ho Trunhs Sachen. Warren redete mit jedem einzelnen: Keiner war Ende Mai auf dem Parkplatz des Einkaufszentrums gewesen, als der Schuß fiel. Zumindest gab es keiner zu. Warren beobachtete sie genau, als sie antworteten. Außerdem hielt er einen Zehn-Dollar-Schein zwischen den Fingern.

»Versuchen wir's im Hermann Park«, schlug er vor.

Im Auto sagte Maria: »Du hast heute ein gutes Plädoyer gehalten. Kurz und nett.«

»Wirklich? Ich hab nur die Fakten dargelegt und was wir beweisen wollen.«

»So soll eine Eröffnung auch sein. Bob hat ewig gefaselt und die Geschworenen beinah eingeschläfert. Wie ein Schlußplädoyer. Warum hast du nicht Einspruch erhoben?«

»Unser Fall spricht für sich selbst.« Er dachte eine Weile nach. »Was mich auf etwas bringt – was ist eigentlich zwischen dir und Bob gewesen?«

»Darüber sollte ich nicht reden.«

»Dann laß es.«

»Aber ich erzähl's dir doch.«

Bob Altschuler war vor drei Jahren, als Marias Sohn Randy fünf war, Richter Binghams Gericht als Hauptankläger zugewiesen worden. Randys Vater war Detective der Mordkommission in Dallas und war nach Houston gekommen, um in einer Rechtssache auszusagen. »Ich bin ein paarmal mit ihm ins Bett gehüpft«, sagte sie, »und schwanger aufgewacht. Ich war unheimlich sauer. Ich wollte diesen Typ nicht als Ehemann – er war ein Schrank von einem Mann, sonst nichts. Aber ich beschloß, das Baby zu behalten. Ich war einunddreißig, das Timing war richtig. Mit neunzehn hatte ich eine fürchterliche Abtreibung. Also bekam ich Randy. Hab's nie bereut. Ich liebe dieses Kind.«

Mit Bob Altschuler war's eine nette Affäre, weil's gefährlich war. Er war die Nummer eins im 342. und verheiratet. Sie war in seinen Verstand verliebt, er in ihren Körper.

»Er wollte seine Frau und Kinder verlassen und mich heiraten. Er hat drei Töchter, Teenager, sehr schwierige junge Damen. Wie's scheint, ist bei ihm zu Hause die Hölle los – hysterische Anfälle, Rock and Roll, zugesperrte Badezimmer. Und seine Frau ist ständig beim Psychiater. Es war verlockend, weil Bob verrückt nach mir war und Randy wirklich gern hatte. Ich hab ihm immer wieder erklärt, daß auch Randy mal ein Teenager wird, aber er sagte, Jungs seien anders. Wie dem auch sei – schließlich hab ich's doch gelassen. Ein Verhältnis ist eine Sache, aber ich hab ihn nicht wirklich geliebt, und ich hätte eine Familie kaputtgemacht. Solche Sachen bedeuten mir was. Man kann nicht dauernd Kompromisse schließen. Also haben wir uns getrennt. Es hat ihn ziemlich getroffen.«

»Offensichtlich.«

»Ja, scheint so. Ich mag ihn immer noch. Er ist ein phantastischer Jurist, schwer zu schlagen. Und jetzt erzähl mir, was zwischen dir und deiner Frau vorgefallen ist.«

Warren erzählte es ihr, so gut er konnte.

Maria sagte: »Das versteh ich nicht. Die muß doch spinnen! Du bist ein wunderbarer Mann.«

»Danke. Die meiste Zeit versteh ich's auch nicht. Vielleicht war ich nicht immer so wunderbar.«

»Na ja, Scheiße passiert eben.«

War es das? fragte sich Warren. Neuerdings tauchte Charm nur noch ab und zu in seinen Gedanken auf. Er war noch nicht über den Schmerz, daß sie ihn verlassen hatte, hinweggekommen, aber die Wunde vernarbte. Maria zu kennen, hatte auf jeden Fall geholfen. Nach dem Abend, an dem sie Lasagne gemacht hatte, hatte er jede zweite Nacht mit ihr verbracht. Sie hatten zusammen nach dem verschwundenen Mann gesucht. Wenn es zu langweilig oder entmutigend wurde, kehrte er um und fuhr sie nach Hause. Einmal waren sie ins Kino gegangen, hatten Popcorn gekauft und Händchen gehalten. Ihre Hände waren schlank und ungewöhnlich kühl. Scheiße passiert eben. Eine simple Art, die Ereignisse zu betrachten. Vielleicht – auf lange Sicht – sogar eine kluge. Er sah in Maria einen einfachen Menschen, keinen außergewöhnlichen, wofür er Charm einmal gehalten hatte. Vielleicht war es zu schwierig, mit außergewöhnlichen Menschen umzugehen – mit ihnen verheiratet zu sein, auf jeden Fall. Zu viel Drama und Unruhe trotz aller Belebung. Er hielt sich selbst nicht für außergewöhnlich. Er war nur ein schwer schuftender Anwalt. Eines Tages würde er Kinder haben, neue Wände, an die er seine Fotos hängen könnte, einen neuen Rasen zum Mähen. Vielleicht brauchte er eine gewöhnliche Frau, die es ihm recht machen wollte und der er es ohne emotionale Verrenkungen recht machen konnte. Er wünschte sich Harmonie, Entspannung. Beim Gericht hatte er genug Drama, Sorgen, Selbstzerfleischung. Vielleicht war Einfachheit die Lösung.

Er fuhr auf den Parkplatz neben den Ställen im Hermann Park, wo er Pedro gefunden und verloren hatte. Es war ein warmer Abend, aber nicht so warm, daß man schwitzen mußte. Die Lichter der Stadt glitzerten durch die Bäume, und er konnte den Schein von Johnnie Fayes Hochhaus sehen. Die erleuchteten Fenster sahen aus dieser Entfernung wie die Instrumententafel eines Jets aus.

»Siehst du jemanden?« fragte Maria.

»Nein, aber wir werden mal herumstochern.«

»Apropos stochern – hast du's schon mal nachts im Gras unter einem Baum gemacht?«

»Ist das dein Ernst?«

»Über dieses Thema mach ich nie Witze. Na ja – selten.«

»Hast du?«

»Nein, aber ich wollte schon immer mal. Ich hab ein Strandtuch im Kofferraum.«

»Können wir erst mal nach meinem Mann schauen? Damit ich nicht an andere Sachen denken muß.«

Maria seufzte. »Okay.«

Der Schuppen hinter den Ställen war leer, aber Warren, der mit der Taschenlampe hineinleuchtete, bemerkte ein paar leere Bierflaschen und ein zusammengerolltes Bündel schmutziger Kleidungsstücke. Die Stalltür war verschlossen. Er hörte, wie sich Hufe auf dem Stroh bewegten. Dem Strahl der Taschenlampe folgend, überquerte er das federnde dunkle Gras zum Dressurplatz.

Maria berührte seinen Arm. »Da ist jemand. Zwei Typen, wie's scheint.«

Warren richtete den Lichtstrahl nach oben, bis er zwei Männer am Holzzaun lehnen sah. Sie rauchten und unterhielten sich leise. Dem Sauggeräusch nach zu urteilen, rauchten sie einen Joint. Als er und Maria sich näherten, verschwand die winzige rote Spitze hinter dem Rücken einer der Männer.

Eine Stimme sagte: *»Qué pasá?«*

Er richtete die Taschenlampe auf eines der Gesichter. Ein Mexikaner. Dann in das andere Gesicht.

»Pedro?«

»Quién es?«

»Ich bin's. Der Rechtsanwalt! Der Anwalt, vor dem Sie abgehauen sind, Sie Schweinehund! Hectors Anwalt! Ich hab Ihnen vierzig Dollar gegeben, wissen Sie noch?«

»O ja.« Pedro drehte sich zu seinem Kumpel um. *»Es el pinche abogado de Hector. Me quería ir al juez para ayudarle, recuerdes?«*

Hectors verdammter Anwalt, der wollte, daß ich zum Gericht geh, um ihm zu helfen.

»Ist das Ihr Freund Armando?« fragte Warren. Er versuchte, ein bißchen freundlicher zu sein.

»Das ist Armando. Er spricht kein Englisch.«

»Was ist denn mit Ihnen passiert, Pedro? Ich bin zurückgekommen, und Sie waren verschwunden.«

»Hab meinen Job verloren, Mann. Mußte gehen. Bei der Mission geben sie einem was zu essen. Aber ich mag die Mission nicht. Bin zurückgekommen.«

»Gehen wir«, sagte Warren. »Ich lad Sie beide zu einem Bier ein.«

Er fuhr sie alle zu einer Kneipe in der Nähe und bestellte Bier vom Faß. »Hören Sie, Pedro, und Sie auch, Armando. Ich brauche Sie! Und was noch wichtiger ist – Hector braucht Sie. Sein Prozeß läuft. Nächste Woche kann ich meine Zeugen drannehmen. Dann bin ich an der Reihe, verstehen Sie? Dann hab ich die Chance, das Leben Ihres Freundes zu retten. Sie müssen kommen und schwören, daß Hector keine Pistole besessen hat. Kommen Sie? Und verarschen Sie mich nicht. Ja oder nein.«

»Wir kriegen Schwierigkeiten«, sagte Pedro.

Warren dachte nach. »Ihr meint Schwierigkeiten, weil ihr keine Papiere habt?«

»Richtig.«

»Ich hab Ihnen schon mal gesagt, daß man Sie nicht danach fragen darf. Sie stehen unter meinem Schutz. Sie schwören, daß Hector keine Pistole hatte, und dann gehen Sie wieder.«

Die beiden Männer verhandelten mit großer Geschwindigkeit auf spanisch. Warren wartete ungeduldig.

»Okay«, sagte Pedro. Er nickte Armando zu. »Aber der spricht nicht so gut Englisch wie ich.«

»Wenn er aussagt, stellt das Gericht einen Dolmetscher. Wo schlaft ihr jetzt?«

Pedro zuckte mit den Achseln. »Wo wir können.«

»Wenn ihr ein billiges Hotel kennt, bring ich euch für 'ne Woche dort unter. Oder, wartet – ich hab noch eine bessere Idee. Ihr könnt bei mir wohnen. Eine schöne Wohnung. Essen, Bier, alles auf meine Kosten. Ihr braucht euch nur um meinen Hund zu kümmern.«

Wieder rasselten sie was auf spanisch herunter. Pedro wandte sich an Warren.

»Sie haben Fernsehen?«

»Mit Kabelanschluß. Filme Tag und Nacht. Zwei spanischsprachige Kanäle.«

»Video?«

»Auch das. Ein paar Häuser weiter könnt ihr euch *Viva Zapata* und Pornofilme ausleihen. Was ihr wollt. Ich zahle.«

»Und wir werden nicht eingelocht? Nicht rausgeschmissen?«

»Ihr habt mein Wort. *Mi palabra de honor.*«

Armando sprach wieder. Pedro sagte: »Er will wissen, ob Ihr Hund beißt.«

»Nur, wenn ich's ihm befehle«, sagte Warren.

In seiner Wohnung in Ravendale sagte er: »Telefoniert bitte nicht mit Mexiko. Das kann ich mir nicht leisten.« Sicher taten sie's trotzdem, aber nun vielleicht nicht länger als zehn Minuten. Und es würde ihnen wahrscheinlich Spaß machen, etwas heimlich zu tun, was ihnen nicht offeriert worden war.

»He, Sie sind gut zu uns«, sagte Pedro. »Wir verscheißern Sie nicht.«

Es klang aufrichtig, und Warren änderte seine Meinung. »Sie können einmal am Tag anrufen.«

»Wo wir herkommen, gibt's kein Telefon«, erklärte Pedro.

Maria blickte vom Nagelfeilen hoch. »Warum fragst du sie nicht, ob sie den Typ gesehen haben, den du suchst?«

Warren beschrieb den Mann.

»'ne Menge Typen sehn so aus«, sagte Pedro.

Warren beschrieb die Kleidungsstücke, die in der Reinigung abgeholt worden waren. Pedro wandte sich an Armando und schnatterte sein musikalisches Spanisch. Armando schnatterte zurück. Pedro sagte: »Den kennen wir. Den haben wir in der Mission gesehn. Grüner Pullover, grauer Anzug. Sicher. Is 'n verdammter Alki. Heißt Jim Irgendwas. Alle lachen, wenn er den ganzen Namen sagt, aber ich versteh's nich. Vor 'n paar Tagen war er besoffen, und jemand hat seine ganzen neuen Sachen geklaut.«

»Wann haben Sie Jim zuletzt gesehen?« fragte Warren aufgeregt über den Küchentisch gebeugt. »Ist er jetzt dort? Ist er in der Mission?«

»Nee, der kommt und geht. Eine Nacht isser da, dann wieder lange fort. Dann kommt er wieder. Dann geht er wieder. Der schläft in der ganzen Stadt irgendwo. Ich hab ihn vielleicht vor zwei Tagen gesehn.«

»Aber Sie kennen ihn? Sie würden ihn wiedererkennen?«

Pedro nickte.

»Hören Sie«, sagte Warren. »Ich hab eine Aufgabe für Sie. Ich bin den ganzen Tag bei Gericht, ein anderer Fall. Abends muß ich auch dran arbeiten. Ich gebe Ihnen Geld, wenn Sie diesen Jim suchen. Finden Sie ihn, bringen Sie ihn zu mir – oder Sie halten ihn fest und rufen mich an, und ich hol ihn ab.« Er überlegte. Ein Anreiz war wichtig. »Wenn Sie ihn bis zum Wochenende finden, gebe ich jedem von Ihnen hundert Dollar. Finden Sie ihn in den nächsten Tagen, kriegen Sie mehr.«

»Okay«, sagte Pedro, nachdem er sich mit Armando beraten hatte.

Wenig später fragte er: »Wo schlafen wir hier? Sie haben nur ein Bett.«

»Es ist ein großes Bett. Sie können es miteinander teilen. Oder einer richtet sich auf der Couch ein.«

»Wo schlafen Sie?«

»Machen Sie sich um mich keine Sorgen«, sagte Warren.

»Pinche cabrán«, sagte Pedro zwinkernd. Er nannte Warren einen verdammten Ziegenbock. Warren wollte protestieren, aber es lohnte nicht.

Im Auto, auf der Fahrt zu Marias Wohnung, drückte sie seinen Arm an sich. »Siehst du? Scheiße passiert halt. Aber manchmal passiert auch Gutes.«

Er lachte glücklich. Es schien im Auto widerzuhallen, oder war es in seinem Kopf? Seit langem hatte er sich nicht mehr lachen hören.

Am nächsten Tag begann der zweite Prozeß.

Reporter und Kameraleute vom Fernsehen drängten sich im Korridor von Richter Binghams Gerichtssaal. Die Anklage war bereit, ihren Fall gegen Johnnie Faye Boudreau wegen Mordes an Dr. Clyde Ott vorzubringen.

»Sind Sie mit den Geschworenen zufrieden, Mr. Blackburn? ... Erwarten Sie immer noch einen Freispruch? ... Wird Ms. Boudreau aussagen?«

Die Fragen kamen aus allen Richtungen. Warren dachte: Vor einem Jahr hätte ich für so viel Aufmerksamkeit mit meinem Blut bezahlt.

»Weder ich noch meine Mandantin können zu diesem frühen Zeitpunkt irgend etwas zum Prozeß sagen.« Warren zog Johnnie Faye in den Gerichtssaal.

Die Anklage begann den Prozeß in der üblichen Weise, wobei der ärztliche Leichenbeschauer von Harris County die Todesursache darlegte: Eine 22-Kaliber-Kugel trat durch den superciliären Bogen des Stirnlappens ein und über den Okzipitallappen des Gehirns aus; eine zweite Kugel blieb im Mittellappen der rechten Lunge stecken. Der Tod trat sofort ein. Die Schüsse schienen in einem Abstand von ungefähr einem Meter zwanzig bis einem Meter achtzig aus einer direkt vor dem Kläger befindlichen Position abgegeben worden zu sein.

Altschuler stellte dann die Frage, ob der ärztliche Leichenbeschauer feststellen konnte, ob Dr. Ott sich bewegt, gestanden oder gelegen habe, als ihn die Kugeln trafen. Darauf folgte eine ausgedehnte theoretische Erklärung von Winkeln und wahrscheinlicher Reihenfolge der Wunden.

»Können Sie das für uns mal so zusammenfassen und zu einem Schluß kommen, Sir, den wir Laien, die wir nicht Medizin studiert haben, verstehen können?«

»Meiner Einschätzung nach stand Dr. Ott, als er getötet wurde, still.«

»Ihr Zeuge.«

Warren erinnerte sich nur zu gut: »Er lief auf Sie zu, als Sie ihn erschossen?« – »Ja.« – »Er hat nicht gezögert? Er ist nicht stehengeblieben?« – »Nein.« Das war Johnnie Fayes Story, das, was sie bezeugen würde. Wenn Clyde still gestanden hatte, bedeutete das, daß erheblich weniger Grund gegeben war, ihn zu erschießen. Und es bedeutete auch, daß sie ihre Anwälte belogen hatte.

Warren nahm den Leichenbeschauer ins Kreuzverhör, aber der Arzt, der nicht nur kriminalwissenschaftlicher Pathologe, sondern auch Jurist war, weigerte sich, von seiner Meinung abzuweichen.

»Sir, Ihre Einschätzung, daß Dr. Ott still stand, als ihn die Kugeln trafen – das ist nicht unbedingt eine Tatsache, oder?«

»In diesem Fall, doch. Er stand fast mit Sicherheit still.«

»›Fast mit Sicherheit‹ bedeutet nicht ›mit Sicherheit‹, oder?«

»Gut, dann ändere ich das. Ich habe keinerlei Zweifel.«

Je mehr Warren auf dem Leichenbeschauer herumhackte, desto sicherer wurde der.

»Ist Ihnen jemals nachgewiesen worden, daß Ihre Einschätzung falsch war, Sir?«

»Nicht, daß ich wüßte, außer insoweit, als der Freispruch von Geschworenen als der Beweis eines Irrtums angesehen werden kann.«

»Was Sie meinen, Sir, ist, daß Sie in einem anderen Fall Tatbestände oder Wahrscheinlichkeiten bezeugten und die Geschworenen Ihnen nicht glaubten. Ist das richtig?«

»Einspruch«, sagte Altschuler, sich erhebend. »Er hat keine Ahnung, was andere Geschworene glaubten oder nicht glaubten.«

Warren wandte sich an Richter Bingham. »Euer Ehren, dieser Zeuge ist ein Experte – er darf antworten, wie es ihm paßt.«

»So ungefähr«, sagte der Richter, »aber ich glaube nicht, daß ich es erlauben kann. Einspruch stattgegeben.«

»Keine weiteren Fragen«, sagte Warren, setzte sich. Johnnie Faye warf ihm einen düsteren fragenden Blick zu. Ricks Augen versteckten sich hinter einer erhobenen Hand.

Fotos der Leiche wurden als Beweismaterial vorgelegt, und dann berichtete Tommy Ruiz, der Sergeant von der Mordkommission, von seinem Eintreffen in River Oaks. Die Angeklagte hatte am Eingang gewartet. Bevor sie zu ihm hinaustrat, schnippte sie eine Zigarette auf den Rasen. Im Polizeiprotokoll hatte er Johnnie Faye zitiert: »Als wir die Treppe herunterkamen, versuchte ich, aus dem Haus zu kommen, aber Clyde war in der Halle und verstellte mir den Weg ... Ich hob einen Schürhaken auf, um mich zu verteidigen, und er riß ihn mir aus der Hand ... Ich wollte ihn nicht umbringen, aber er kam auf mich zu wie ein alter Grizzlybär und schwang den Schürhaken über seinem Kopf.« Ein Schürhaken war tatsächlich etwa 45 Zentimeter vor einem weißen Ledersofa im Wohnzimmer gefunden worden, sagte Ruiz aus. Dr. Otts Leiche lag halb auf dem Sofa und halb auf dem Fußboden.

Mit dem Zeigestab eines Lehrers und einer großen dreifarbigen Skizze, die an einer Staffelei lehnte, beschrieb Ruiz das Ott-Haus in allen Einzelheiten. Altschuler ließ ihn sich an den riesigen Ausmaßen des Wohnzimmers ergehen (»etwa neuneinhalb Meter mal beinah vierzehn Meter plus Alkoven für das Klavier und einen für das Bücherregal und ein Sofa«), der Anordnung der Möbel, der breiten Marmortreppe, die von der Vorhalle in den zweiten Stock führte, und der Geräumigkeit des gewölbten Durchgangs, der vom Wohnzimmer in die Vorhalle und zum Eingang führte.

Altschuler sagte: »Wäre es schwierig, Sergeant Ruiz, an einer Person, die entweder im Durchgang oder in der Vorhalle steht, vorbeizulaufen – das heißt um ihn herumzulaufen? Ich meine, war der Raum zu eng, um einer anderen Person auszuweichen?«

Rick Levine erhob Einspruch. »Hier wird zu Spekulationen aufgefordert.«

Er und Warren hatten vereinbart, daß Rick Sergeant Ruiz ins Kreuzverhör nehmen würde. Nur der Anwalt, der fürs Kreuzverhör vorgesehen war, konnte während der Hauptvernehmung des Zeugen Einspruch erheben.

»Stattgegeben«, sagte Richter Bingham nach kurzem Nachdenken. »Sie können neu formulieren, Mr. Altschuler.«

Altschuler fragte: »Etwa wie viele Menschen durchschnittlicher Größe, die nebeneinander stehen, würden in diesen Durchgang passen, Sergeant Ruiz?«

»Zehn oder zwölf«, erwiderte Ruiz.

»Standen in diesem Durchgang irgendwelche Möbel oder sonst irgendwas, das das leichte Durchqueren hätte behindern können?«

»Nein, Sir. Nichts.«

»Und wie viele Quadratmeter umfaßt die Vorhalle?«

»Sie ist fünfeinhalb mal fünfeinhalb Meter groß. Das sind also schätzungsweise mehr als dreißig Quadratmeter.«

»In etwa so viel wie ein großes Schlafzimmer?«

»Könnte man sagen.«

»Irgendwelche Möbel in der Vorhalle, die das Rein- oder Rausgehen in irgendeine Richtung behindern könnten?«

»Ein paar verzierte Holzstühle, aber die standen an der Wand. Zwei kleine geschnitzte Tische mit Tiffanylampen, aber die standen auf beiden Seiten der Tür auch an der Wand. Im Grunde ist es ein großer leerer Raum.«

»Wieviel Zeit war seit Ms. Boudreaus Anruf bei der Polizei vergangen, als Sie im Haus von Dr. Ott eintrafen?«

»Etwa zwanzig Minuten.«

»Schien Ms. Boudreau betrunken oder nüchtern zu sein?«

»Einspruch«, sagte Rick schnell. »Man hat sie nicht getestet. Der Zeuge wird zum Spekulieren aufgefordert.«

»Stattgegeben«, sagte der Richter.

»Noch eine Frage. Das weiße Ledersofa im Wohnzimmer – wie weit stand das ungefähr vom Boden der Marmortreppe entfernt?«

Ruiz schaute sorgfältig in seine Notizen und dann auf die Skizze. »Ich würde sagen – etwa zwanzig Meter.«

Altschuler reichte den Zeugen weiter, und Rick ging mit ihm ins Kreuzverhör. Leider war Tommy Ruiz kein Polizist, der log oder Aussagen zusammenstoppelte. Rick hielt sich vom Thema des Wohnzimmerausgangs fern und konzentrierte sich auf den verwirrten Zustand der Angeklagten beim Eintreffen der Polizei.

Altschuler bat um eine erneute unmittelbare Zeugenvernehmung. »Sergeant Ruiz, Sie sagten gerade, daß Ms. Boudreau, kurz nachdem sie Sie, eine Zigarette rauchend, an der Tür empfing, Tränen in den Augen hatte und einen sehr aufgeregten Eindruck machte. Standen Sie in ihrer Nähe oder in einiger Entfernung?«

»In ihrer Nähe. Einen Meter entfernt.«

»Roch ihr Atem nach Alkohol?«

»Nein, Sir.«

»Schien sie zu wissen, was sie tat?«

Rick erhob erneut Einspruch.

Mit seinem schallenden Bariton rief Altschuler aus: »Die Verteidigung ermuntert doch zu Spekulationen auf diesem Gebiet, Euer Ehren! Sie hat den Sergeant gefragt, in welchem Zustand Ms. Boudreau bei seinem Eintreffen war! Ich habe nicht Einspruch erhoben. Ich ziehe die Sache lediglich durch.«

Richter Bingham sagte: »Tut mir leid, Mr. Levine. Mr. Altschuler hat recht. Ich kann dem Einspruch nicht stattgeben.« Er wandte sich an Ruiz. »Sie dürfen antworten.«

»Sie schien genau zu wissen, was sie tat«, sagte Ruiz.

»Hat sie zu diesem Zeitpunkt oder später undeutlich gesprochen oder irgendwelche Bewegungen gemacht oder irgend etwas gesagt, das Sie zu der Auffassung gelangen ließ, sie sei betrunken?«

»Nein«, erwiderte Ruiz. »Sie schien völlig nüchtern zu sein und sich unter Kontrolle zu haben.«

Auf der Straße – Johnnie Faye ging nur wenige Schritte vor ihnen – schaute Rick nachdenklich in Warrens ruhige Augen. »Es wird ein bißchen schwieriger, als wir gedacht haben.«

»Altschuler bereitet sich vor«, bemerkte Warren.

Beim Lunch mit ihren Anwälten im selben Gartenlokal, in dem Warren mit Richter Bingham geredet hatte, saß Johnnie Faye mit finsterer Miene da.

»Ich kapier's nicht. Um was ging's da eigentlich zuletzt? Wieso ist das so wichtig, ob ich betrunken oder nüchtern war?«

Bob Altschuler, erklärte Warren, ging zum doppelten Angriff über, und zwar im Hinblick auf ihre Glaubwürdigkeit und ihre Pflicht, sich in Sicherheit zu bringen. In ein paar Tagen würde Johnnie Faye in den Zeugenstand treten – egal, was vor den Fernsehkameras gesagt worden war. »Und beim Kreuzverhör«, sagte Warren, »wird Altschuler zu beweisen versuchen, daß Sie das Haus hätten verlassen können, was bedeutet, daß es keinen Grund gab, Clyde zu erschießen. Wenn Sie noch ein bißchen betrunken gewesen wären, wie Sie behaupten, hätten Sie vielleicht nicht so leicht weglaufen können, und das würde auch die Erklärung stützen, warum die Pistole losging. Trunkenheit macht ein Verbrechen nicht ungeschehen, doch sie kann auch nicht gegen einen verwendet werden. Aber Ruiz sagt, Sie seien nicht betrunken gewesen.«

»Na ja, als er ankam, war ich's vielleicht nicht mehr. Aber ich war betrunken, als Clyde und ich im Haus waren. Das hab ich Ihnen gesagt.«

»Ja, das haben Sie uns gesagt.«

»Und was soll ich jetzt sagen?« Johnnie Faye sah besorgt aus. »War ich betrunken oder nicht? Und was ist mit diesem Leichenbeschauer? Was soll denn dieser Quatsch mit dem Stillstehen?«

Die Anwälte schwiegen. Rick hustete. Warren nippte an seinem Eistee. Die Aussage des ärztlichen Leichenbeschauers machte ihre Notwehr-Version zunichte.

Johnnie Fayes silberner Lidschatten glitzerte im Sonnenlicht. »Ihr Typen habt mir doch gesagt, ich bräuchte mir keine Sorgen zu machen, daß wir im Nu gewinnen würden.«

»Ich hab Ihnen gesagt, wir hätten einen aussichtsreichen Fall, wenn Sie die Wahrheit sagen«, sagte Warren kühl. »Halten Sie sich am besten daran.«

Nach dem Mittagessen rief die Anklage Sergeant Jay Kulik, den Experten der Polizei für Fingerabdrücke, auf. Kulik, Ende Dreißig, mit welligem Haar und nach oben gezwirbeltem Schnauzbart, gab sich bescheiden professionell. Nachdem er einen ziemlich ausführlichen Vortrag über die technischen Einzelheiten der Analyse gehalten hatte und festgehalten worden war, daß sowohl Clyde Otts als auch Johnnie Faye Boudreaus Fingerabdrücke auf dem achtzig Zentimeter langen, drei Pfund schweren Schürhaken festgestellt wurden, bat Altschuler Kulik, die genaue

Position dieser Abdrücke für Laien verständlich zu beschreiben.

»Die Fingerabdrücke waren überall«, sagte Kulik. »Unten, oben, in der Mitte. Abdrücke der Handfläche und der Fingerspitzen.«

»Auch von Dr. Ott?«

»Nur einmal, unten – am Griff. Keine Handflächenabdrücke. Nur die Fingerspitzen beider Hände.«

Altschuler legte den Schürhaken mit den Asservatenschildern vor und ließ ihn als Beweismittel eintragen. Er bat den Richter um die Erlaubnis, sich dem Zeugen nähern zu dürfen.

»Stehen Sie bitte auf, Sergeant. Nehmen Sie diesen Schürhaken so in die Hand, daß ihn Ihre Handflächen nicht berühren. In anderen Worten: nur mit den Fingern.«

Kulik faßte ihn ungelenk an.

Altschuler trat einen Schritt zurück. Er drehte sich um und fixierte Johnnie Faye mit strengem, vorwurfsvollen Blick. Mit dem Rücken zum Zeugen sagte er laut: »Sergeant, versuchen Sie mal, den Schürhaken über Ihren Kopf zu heben, indem Sie ihn nur mit den Fingerspitzen anfassen. Geht das?«

»Es ist nicht einfach«, sagte Kulik.

»Geht es nicht?«

»Doch, aber ich würde es nicht machen. Es ist nicht natürlich.«

Altschuler drehte sich wieder zu ihm um. »Und jetzt, Sergeant, packen Sie den Feuerhaken auf natürliche Weise an und halten Sie ihn über Ihren Kopf. Sie können ihn auch ein bißchen herumschwenken, wenn Sie wollen.«

Kulik holte aus und schwang ihn, als ob er wie beim Baseball zuschlagen wollte.

»Wenn Ihnen dieser Schürhaken jetzt abgenommen würde, Sergeant, und Ihr Büro würde ihn untersuchen – was würde man feststellen?«

»Meine Fingerabdrücke und Handflächenabdrükke.«

»Und an diesem Schürhaken wurden keine Handflächenabdrücke von Dr. Ott festgestellt, als Sie ihn in Ihrem Labor am Tag nach der Ermordung von Dr. Ott untersuchten, nicht wahr?«

»Nein, Sir. Keine. Nur Abdrücke seiner Fingerspitzen.«

»Führt dies zu der Annahme, Sergeant Kulik, daß Dr. Ott diesen Schürhaken höher als seine Schulter gehalten hat?«

»Nein, Sir.«

»Worauf läßt dies schließen, Sergeant Kulik?«

»Einspruch«, rief Warren laut. »Reine Spekulation.«

»Stattgegeben«, sagte der Richter.

Altschuler sah die Geschworenen scharf an, um festzustellen, ob sie ihn verstanden hatten. Zufrieden sagte er: »Ihr Zeuge.«

Warren bat um eine zehnminütige Pause. Johnnie Faye ignorierend, zog er Rick um die Ecke in den Korridor. Er war blaß. »Die Schürhakengeschichte«, sagte er, »ist ein verdammtes Märchen. Sie hat ihn hingelegt. Sie hat Clydes Finger draufgedrückt, nachdem Sie ihn erschossen hat.«

»Meinst du, die Geschworenen sind dahintergekommen?« fragte Rick.

»Wenn's einige noch nicht kapiert haben, wird sich Altschuler in seinem Schlußplädoyer klar genug ausdrücken.«

»Ich kenne diesen Kulik. Ein ehrlicher Kerl, ein solider Zeuge. An dem ist nicht zu rütteln.«

»Aber ich muß doch irgendwas machen. Ich weiß einfach nicht, was.«

»Warte bis zum Schlußplädoyer«, schlug Rick vor. »Weis darauf hin, daß Clydes Handflächenabdrücke vielleicht verschmiert wurden und nicht zu erkennen sind. Aber nicht jetzt, weil Kulik sagen wird, daß es äußerst unwahrscheinlich ist. Reich einfach den Zeugen weiter, als ob das, was er sagt, unwichtig wäre.«

Warren schüttelte trübsinnig den Kopf. »Was können wir noch rausfinden, was wir nicht bereits wissen?«

»Vielleicht die Wahrheit«, sagte Rick.

Die nächste Zeugin war Lorna Gerard. Sie war mollig und sonnengebräunt, zuckte nervös mit den Mundwinkeln und war Sharon Underhills oft geschiedene Tochter. In der Mordnacht hatte sie im Haus geschlafen. Hatte nichts gesehen, nichts gehört. Sie hatte Schlaftabletten genommen, und das Haus war so riesig.

Altschuler fragte, ob sie die Angeklagte, Johnnie Faye Boudreau, gekannt habe.

»Ja, in Verbindung mit meinem Stiefvater. Sie war seine Geliebte. Ich war zu verschiedenen Anlässen mit ihnen zusammen – leider, muß ich sagen.«

»Erzählen Sie uns bitte von diesen Anlässen, Ms. Gerard.«

Am Verteidigertisch flüsterte Johnnie Faye in Warrens Ohr: »Einspruch! Es geht sie überhaupt nichts an!«

Mit einem schiefen Lächeln flüsterte Warren zurück: »Das ist kein ordentlicher Einspruch.«

»Tun Sie's doch!«

Warren flüsterte: »Seien Sie still, ja? Ich will zuhören.«

Lorna Gerard sagte, einen Monat nach Sharons Tod habe Clyde Ms. Boudreau nach Dallas gebracht, wo sie alle in einem französischen Restaurant im Hotel Anatole gegessen hätten. Die Frau hatte gesagt: »Clyde und ich werden heiraten.« Clyde sagte: »Vielleicht.« Die Frau nannte ihn »feiges Arschloch« und verließ wütend das Lokal. Clyde sagte zu seiner Stieftochter: »Ich schmeiß sie raus, sobald ich kann, das versprech ich dir. Laß mich nur machen.«

Bei einer anderen Gelegenheit, bei der Ms. Boudreau nicht anwesend war, sagte er: »Ich fürchte mich vor ihr.« Lorna Gerard hatte gefragt, warum, aber Clyde lehnte eine Erklärung ab.

Richter Bingham gab Warrens Einspruch nicht statt.

Johnnie Faye kritzelte etwas auf einen Zettel und schob es Warren zu. Rick, der auf der anderen Seite saß, schnappte den Zettel, auf dem »Alles bloß Geschwätz! Einspruch!! Kämpfen Sie um mich!!!« stand.

Rick flüsterte: »Es geht um das Verhältnis zwischen den Parteien und ums Motiv.«

»Scheiß auf die Parteien!« flüsterte Johnnie Faye zurück.

Eine Woche vor Clydes Tod, fuhr Lorna Gerard fort, kam sie nach Houston, um alte Freunde zu besuchen. Sie wohnte im Haus in River Oaks und hörte, wie die Boudreau sich im Raum nebenan mit Clyde stritt. Sie konnte nicht verstehen, worum es ging. Einmal saßen sie im Garten und sahen Clyde beim Tennisspiel mit einem Freund zu. Johnnie Faye versuchte durch Lorna herauszufinden, wieviel Clyde ihr als Unterstützung zahlte. Lorna sagte es ihr nicht. »Ich könnte deinen Stiefpapa vor Liebe umbringen«, sagte Johnnie Faye zu Lorna, »aber manchmal führt er sich wie ein Verrückter auf, und ich verliere meine Geduld.«

»Und hat sie noch etwas über Ihren Stiefvater gesagt?« stachelte Altschuler zu weiteren Aussagen an.

»Ja, allerdings. An einem Nachmittag, ein paar Tage, bevor sie Clyde erschoß, wollte ich fernsehen. Sie quasselte unaufhörlich auf mich ein: ›Wenn dein Stiefpapa sich besäuft und weggetreten ist, könnt ich ihm im Schlaf die Gurgel durchschneiden.‹ Genau diese Worte. Und vielleicht hat sie noch was ganz anderes gesagt, aber ich hielt mir die Ohren zu.«

Unwillkürlich blickte Warren rasch zu Rick hinüber, der zwinkerte. Johnnie Faye hatte ihnen nie von diesem Zwischenfall oder von dem Streit in Dallas erzählt. Sie hatten sie gefragt, ob es solche Vorkommnisse gegeben habe, und sie hatte es verneint.

Altschuler fragte Lorna Gerard: »Sie haben Ms. Boudreau ernst genommen?«

»Für mich war es kein Witz.«

»Haben Sie jemals gesehen, wie Ihr Stiefvater Ms. Boudreau geschlagen hat, oder haben Sie gehört, wie er ihr in irgendeiner Weise mit Körperverletzung gedroht hat?«

»Nein, er wollte sie bloß loswerden. Aber er wußte nicht, wie. Sie fesselte ihn auf irgendeine Art. Ich kann mir schon denken, was es war.«

»Streichen!« sagte Warren scharf.

Der Richter instruierte die Geschworenen eindringlich, alles, was Lorna Gerard soeben gesagt hatte – außer ihrer Verneinung –, zu ignorieren.

»Ihre Mutter starb 1987, nicht wahr, Ms. Gerard?«

»Ja.«

»Unter welchen Umständen?« fragte Altschuler.

»Sie wurde ermordet.«

»Hat Dr. Clyde Ott Ihnen jemals gesagt, wer es seiner Meinung nach war?«

»Einspruch«, stieß Warren hervor.

»Stattgegeben. Antworten Sie nicht, Madam.«

»Ihr Zeuge«, sagte Altschuler.

Warren nahm sie ins Kreuzverhör.

»Wieviel Unterhalt zahlte Ihnen Ihr Stiefvater, Ms. Gerard?«

»Hunderttausend Dollar im Jahr.«

»Und Sie haben außerdem noch ein eigenes Einkommen, nicht wahr?« fragte Warren. »Aus dem Nachlaß Ihrer Mutter?«

»Ja.«

»Haben Sie Ihren Stiefvater geliebt?«

»Eigentlich nicht. Ich kannte ihn nicht gut.«

»Kannten Sie Ms. Boudreau so gut wie Ihren Stiefvater?«

»Natürlich nicht.«

»Sie meinen, Sie kannten sie kaum – wollen Sie das sagen?«

»Wahrscheinlich.«

»Und es ist doch eine Tatsache, nicht wahr, daß Sie sie nicht gut genug kannten, um zu wissen, wann sie etwas ernst meinte oder übertrieb?«

»Also, wenn Sie darauf anspielen, was sie damals vor dem Fernseher über Clyde sagte –«

Warren unterbrach sie: »Ms. Gerard, ich habe auf gar nichts angespielt. Beantworten Sie nur meine Frage.«

»In der Hinsicht hab ich sie gut genug gekannt.«

Warren räusperte sich und sagte: »Ms. Gerard, Sie müssen doch solche Sachen oft genug von anderen Leuten gehört haben. Nehmen Sie die immer ernst?«

»Ich habe *sie* ernst genommen. Sie hätten mal ihren Blick sehen sollen!«

Warren hätte den Richter bitten können, sie anzuweisen, kommentarlos Rede und Antwort zu stehen, aber er ahnte, daß ihre Voreingenommenheit gegenüber Johnnie Faye der Verteidigung entgegenkam.

»Als Ms. Boudreau die Bemerkung machte – wie Sie ihr unterstellen –, daß sie Dr. Ott im Schlaf die Gurgel durchschneiden wollte, sahen Sie unten fern?«

»Ja.«

»Erinnern Sie sich, welches Programm Sie sich anschauten?«

»Einen Film, glaube ich.«

»Sie erinnern sich nicht, welchen?«

»Nein.«

»Er hat Ihnen gefallen?«

»Also, er hätte mir wahrscheinlich gefallen . . .«

»Wo stand Ms. Boudreau?«

»Hinter mir. In meiner Nähe. Ich weiß nicht mehr genau.«

»Sie saßen, und sie stand. Richtig?«

»Ja, vermutlich.«

»Vermuten Sie nicht. Sagen Sie uns, ob Sie saßen und sie stand.«

»Okay. Ja, so war's.«

»Können Sie gleichzeitig in zwei Richtungen schauen?«

»Nein, natürlich nicht.«

»Ist es nicht eine Tatsache, daß Sie, wenn Sie sich einen Film ansahen und Ms. Boudreau hinter Ihnen stand, unmöglich sehen konnten, was Sie als ›ihren Blick‹ bezeichnen, als sie diese Bemerkung machte, wie Sie behaupten? Antworten Sie bitte nur mit ja oder nein.«

»Aber ich hab ihn gesehen. Fragen Sie mich nicht, wie. Ich hab ihn gesehen.«

»Und dann, nach der angeblichen Bemerkung, haben Sie sich, wie Sie behaupten, die Ohren zugehalten, damit Sie nichts mehr hörten?«

»Es war keine angebliche Bemerkung. Das hat sie gesagt.«

»Danach habe ich Sie nicht gefragt, Ms. Gerard. Ich habe Sie gefragt, ob Sie sich die Ohren zuhielten, um nichts mehr zu hören?«

»Ja.«

»Haben Sie noch mehr gehört?«

»Nein. Ich wollte nichts mehr hören.«

»So daß Sie, falls Ms. Boudreau noch etwas anderes gesagt hat, wie beispielsweise ›ich hab nur Spaß gemacht‹ oder ›ich hab's nicht so gemeint‹, nicht gehört hätten – ist das richtig?«

»So was hat sie nicht gesagt.«

Warren lächelte. »Keine weiteren Fragen.«

»Gute Arbeit«, sagte Rick, als Warren an den Verteidigertisch zurückkehrte und der Richter eine Pause anberaumte, damit Maria ihre Hände mal strecken und dehnen konnte.

Johnnie Faye zog ihre Anwälte in eine einsame Ekke des Korridors. Hochrote Flecken brannten auf ihren Wangen. »Mir gefällt nicht, wie's läuft.«

»Sie hätten uns die Sachen erzählen sollen«, sagte Warren.

»Das ist doch alles gelogen.«

»Sie hatten nicht diese Diskussionen im Anatole in Dallas?«

»Alles erstunken und erlogen.«

»Sie haben nichts über Clyde gesagt, als Lorna fernsah?«

»Denken Sie, ich spinne? Hören Sie mal, diese Lorna ist doch schizophren. Wissen Sie, was das ist?

Sie kann mich nicht ausstehen! Sie saugt sich das alles aus den Fingern!«

Warren und Rick schwiegen. Johnnie Faye rannte den Flur entlang zur Toilette.

»Unsere Mandantin steckt tief in der Scheiße«, sagte Rick.

»Wohl verdient. Eine einzige Lüge von Anfang bis Ende. Es war eigentlich zu erwarten.«

»Wie kamen wir bloß auf die Idee, daß das eine leichte Sache sei?«

»Ja – mein Hund könnte den Fall gewinnen, hast du gesagt.«

»Dein Hund hätte ihn gewinnen können, wenn unsere Mandantin aufrichtig wäre.«

»Aufrichtigkeit«, sagte Warren, »ist nicht ihre Stärke.«

»Keine Panik. Du hast sie wahrscheinlich wegen Quintana auf 'm Kieker, aber du mußt ihr helfen.«

»Ich tu, was ich kann«, sagte Warren verärgert.

Nach der Kaffeepause sagte Kenneth Underhill aus. Er war Sharons zügelloser Sohn, Ende Dreißig, arbeitslos und arbeitsunfähig, wie er offen zugab. Er war drogensüchtig. Er gab an, zweimal Zeuge wütender Streitigkeiten zwischen Clyde Ott und Ms. Boudreau gewesen zu sein. Das eine Mal hatte es beim Dinner im Anatole in Anwesenheit seiner Schwester Streit gegeben. Er berichtete ziemlich dasselbe wie Lorna Gerard. Das andere Mal zankten sie sich in River Oaks. Er konnte sich nicht genau an das Gesagte erinnern, aber Ms. Boudreau hatte Clyde auf jeden Fall beschimpft.

Als Altschuler den Zeugen weiterreichte, sagte Warren: »Keine Fragen.«

Johnnie Faye trat ihm unter dem Tisch gegen den

Knöchel, und Warren japste vor Schmerzen nach Luft. Laut genug, daß der Richter und die Geschworenen es hören konnten, zischte sie: »Er lügt! Was ist los mit Ihnen?«

Warren biß die Zähne zusammen und rieb sich den schmerzenden Knöchel. Er sagte leise: »Tun Sie das nie wieder! Jetzt hören Sie mal zu! Wir müssen wohl oder übel damit zurechtkommen, aber die Argumente sind zweischneidig. Clyde hat Sie provoziert. Sie haben ihn provoziert. Verstanden?«

»Und Sie provozieren mich! Verstanden?«

Warren lächelte so, daß die Geschworenen es sehen konnten. »Und jetzt halten Sie Ihren verdammten Mund. Und wenn Sie mich noch mal treten, verlasse ich diesen Saal.«

Gegen Ende des Nachmittags trat Dr. Gordon Butterfield für die Anklage in den Zeugenstand. Altschulers Ziel war es, Clydes Drohung im Houston Racquet Club zu entschärfen.

». . . als Ms. Boudreau den Drink über Dr. Ott geschüttet hatte und er sagte: ›Du Miststück, ich könnte dich umbringen‹, war Ihr Eindruck, daß er es nicht wörtlich meinte?«

»Absolut. Und meine Frau hatte den gleichen Eindruck. Clyde beruhigte sich sofort wieder.«

»Dr. Butterfield, wie würden Sie Dr. Ott charakterisieren?«

»Ein hart arbeitender, das Leben genießender, geselliger Mann. Loyal, großzügig und amüsant. Hitzig, aber auch sehr versöhnlich.«

Altschuler reichte den Zeugen weiter.

»Nur eine oder zwei Fragen«, sagte Warren gelassen. »Dr. Butterfield – das Leben genießen bedeutet doch unter anderem auch trinkfreudig sein, oder?«

»Ja, in gewisser Weise.«

»Gerne Partys feiern?«

»Ja, ich denke schon.«

»Promiskuität?«

»Kann es auch bedeuten.«

»Hitzig bedeutet, er hat seine Geduld schnell verloren, stimmt das?«

»Ja, aber –«

Warren schnitt ihm das Wort ab: »Sie haben geantwortet. Und seine Geduld zu verlieren bedeutet Jähzorn und Gebrüll, richtig?«

»Vermutlich.«

»Hat Dr. Ott, soweit Sie informiert sind, gewohnheitsmäßig Kokain geschnupft?«

Dr. Butterfield starrte ihn an. Das Blut schoß ihm ins Gesicht. »Sie wissen die Antwort darauf. Ich habe die Frage beantwortet, als Sie zu uns kamen. Er war Arzt.«

»Damit wollen Sie sagen, Dr. Butterfield, daß es für einen Arzt unmöglich ist, Kokain zu schnupfen?«

»Es ist sehr selten.«

»Keine weiteren Fragen.«

Richter Bingham klopfte mit seinem Hammer und verkündete, daß die Verhandlung bis zum folgenden Morgen um neun vertagt würde. Als alle aufstanden, während die Geschworenen den Gerichtssaal verließen, wandte sich Rick an Warren: »Gut gemacht.«

Johnnie Faye sah sich mit würdevoller Neugier jeden vorbeiziehenden Geschworenen an. Als sie sich zu ihren Anwälten umdrehte, veränderte sich ihr Gesichtsausdruck. Zornig funkelte sie sie an.

»Was für ein Haufen Scheiße! Sie wissen ganz genau, daß Clyde Koks sniffte, und Sie sind einfach nicht schlau genug, um diesen Hosenkacker dazu zu bringen, es zuzugeben. Sie haben Ken – einen gottverdammten Junkie! – einfach sagen lassen, was er wollte. Für eine große Sache wie meine hätt ich jeden Anwalt in der Stadt kriegen können und bleib an zwei Lahmärschen wie euch hängen! Zwei Deppen! Der eine läuft, so oft er kann, zum Pferderennen, und der andere kübelt Bier in sich rein, weil ihn seine Frau verlassen hat, was ich jetzt voll verstehen kann. Diesem Blödmann von Fingerabdruckstyp haben Sie nicht mal Fragen gestellt! Haben Sie mit dem Staatsanwalt was ausgehandelt? Das ist kein Prozeß, das ist 'ne Farce – ein verdammtes Affentheater! Ich glaub, ich muß mal mit dem Richter reden.«

»Ich bin nicht sicher, ob er zuhören würde«, sagte Rick. »Versuchen Sie sich doch zu beruhigen.«

»Mich beruhigen? Ich bin ruhig! Ich hab Angst, verdammt noch mal!«

»Das ist nicht nötig«, sagte Warren. »Wir haben unsere Seite der Story noch nicht erzählt. Wir lassen Sie aussagen. Wie können wir denn verlieren?«

Nachdem Johnnie Faye und Rick gegangen waren, stapfte Warren durch den Tunnel zum Gefängnis, um Hector Quintana zu besuchen. Er brachte ihm eine spanischsprachige Zeitung und ein Taschenbuch mit Geschichten von García Márquez mit.

»Sie sollen nicht denken, ich hätte Sie vergessen«, sagte er.

Hector sah lustlos und müde aus. Er schlafe schlecht, sagte er. Das Bett sei uneben, in der Mitte eingesunken. Der Rücken tat ihm weh. Einer seiner beiden Freunde im Gefängnis, ein Mann aus Matamoros, hatte wegen einer Rauschgiftsache gerade zwanzig Jahre akzeptiert und war nach Huntsville verlegt worden. Der andere Freund aus Mexico City, der einen Totschlag gestanden hatte und auf sein Urteil wartete, arbeitete als Tellerwäscher mit ihm und brachte Hector immer Geschenke: Zahnpasta, ein neues Stück Seife, Zigaretten. Er fragte Hector immer, wie's in seiner Sache lief.

»Halten Sie ihn für einen Spitzel?« fragte Warren.

»Ich weiß nicht. Ich hab gedacht, er ist mein Freund. Jetzt weiß ich nicht mehr.« Hector sah aus, als ob er weinen wollte.

»Reden Sie nicht mit ihm. Ich weiß, das ist schwer, aber es ist die einzige Möglichkeit. Haben Sie von Ihrer Frau gehört?«

Nicht in letzter Zeit. Er hatte Francisca nicht geschrieben, daß er in Schwierigkeiten war. Er wollte sie nicht beunruhigen.

»Kann ich was für Sie tun?« fragte Warren.

Hector schüttelte den Kopf.

»Ich hab Ihre Amigos gefunden, Pedro und Armando. Sie können Sie nicht besuchen. Sie müßten Ausweise vorzeigen, und sie haben Angst, daß die Einwanderungsbehörde sie dann erwischt. Aber sie lassen Sie umarmen. Sie werden für Sie aussagen. Sie werden sagen, daß Sie keine Pistole besaßen.«

Er sagte ihm nicht, daß sie außerdem nach dem Mann namens Jim suchten.

»Ich hab nachgedacht«, sagte Hector. »Ich hab mit meinem Freund aus Mexico City und 'n paar anderen gesprochen. Die sagen, es ist schlecht, so 'n Prozeß. Die Geschworenen bringen dich um. Passiert vielleicht. Die gucken mich schlecht an. Mein Freund sagt, der Knast is' so voll, daß in 'n paar Jahren die Zeit verkürzt wird – *una tercera.*« Um ein Drittel. »Vielleicht mach ich doch lieber, was Sie früher mal gesagt haben.«

»Was, Hector?«

»Ich sag, ich war's. Geh vierzig Jahre in 'n Knast. Und Und komm in *una tercera* wieder raus.«

Warren wußte, daß Hector wenig von dem begriffen hatte, was im Gerichtssaal durch Siva Singh herausgekommen war. Er hatte die Geschworenen beobachtet. Und auf Knastanwälte gehört.

»Hector, es liegt natürlich immer bei Ihnen. Es ist nie zu spät – erst, wenn die Geschworenen den Saal verlassen, um zu ihrer Entscheidung zu kommen. Aber haben Sie keine Angst. Wir können gewinnen. Sie können nach Hause, nach El Palmito, fahren.«

»Ich hab aber Angst«, sagte Hector.

Und dazu hat er allen Grund, dachte Warren. Sein Leben stand auf dem Spiel, seine Jahre waren in Gefahr. Daß er im Besitz der Pistole, der Mordwaffe, war, das war ein großes Problem. Nichts könnte die Geschworenen veranlassen, das zu vergessen. Warren fühlte sich schwach. Er nahm seinen ganzen Mut zusammen und sagte: »Machen Sie sich keine Sorgen. Haben Sie Vertrauen zu mir.«

Ernüchtert verließ er das Gefängnis. Für Hector, wurde ihm klar, würde er alles tun, und er fragte sich ständig: Tue ich genug?

Aber nicht für Johnnie Faye. In seinem Gedächtnis kramend, sah er sich nach dem Freer-Fiasko vor der Richterin stehen. »Ein Anwalt ist verpflichtet zu tun, was er kann, um seinem Mandanten zu helfen«, hatte er damals gesagt, »auch wenn er Kindern Kokain verkauft hat.«

»Ich tu, was ich kann«, hatte er zu Rick gesagt. Aber stimmte das wirklich? Er wollte seine Pflicht erfüllen, er wollte triumphieren und gewinnen. Verlieren würde sein Leben nicht ruinieren, es würde ihn dahin zurücksetzen, wo er angefangen hatte. Ein mächtiger, unvernünftiger Teil von ihm wollte, daß sie schuldig gesprochen würde. Ihr Einwand, daß es Notwehr war, war Schwindel. Entweder hatte sie Clydes Mord kaltblütig geplant oder ihn im Zorn erschossen und sich dann hinterlistig ausgedacht, wie sie sich am besten das Mäntelchen der Unschuld überziehen könnte. Sie war schuldig, glaubte Warren. Sie hatte den Preis zu zahlen. Lebenslang hinter Gittern. Verfaule, du verdammter Barracuda! Wenn sie als freier Mensch aus diesem Gerichtssaal stolziert und Hector stirbt, bring ich sie um. Er kam sich wie ein Schiffbrüchiger vor – schiffbrüchig auf einer Insel voller Zweifel. Und doch hatte er es so gewollt. Er hatte die Wahl gehabt. Verrückt, dachte er wieder. Verrückt.

Wenn ich mit mir selber so uneins bin, wenn ich sie so verabscheue, wie kann ich dann mein Bestes tun? Aber das war es eben, was den Anwaltsberuf ausmachte.

Die Schlagzeilen der Morgenzeitungen betrafen die Gerichtsverhandlung des vorangegangenen Tages: »Zeugin im Mordprozeß Dr. Ott schildert Bedrohung des Opfers durch Angeklagte.« Darunter war ein Foto von Johnnie Faye, wie sie mit ihren Anwälten den Gerichtssaal verließ. Sie strahlte in die Kamera, als ob die Geschworenen sie gerade freigesprochen hätten.

Am Abend hatte sich Warren in seinem Apartment die Nachrichten des lokalen CBS-Senders angeschaut. Dann schaltete er auf Kanal 26 um und sah sich die unabhängigen Nachrichten an, wobei er gerade noch das Ende des Prozeßberichts erwischte. Lächelnd neigte Johnnie Faye in bescheidener Siegerpose den Kopf. Der Ausdruck seines Gesichts, als er an den Mikrofonen der Reporter vorbeirauschte, war gleichmütige Akzeptanz. Rick sah keineswegs optimistischer aus. Wir sehen beide aus, als ob wir die Nase voll hätten, dachte er, was auch zutrifft.

Der Kommentar von Charm war kühl: »Die Anklage, angeführt von Staatsanwalt Robert Altschuler, wird den Fall morgen weiterverhandeln, und dann hat die Verteidigung ihren großen Tag. Johnnie Faye Boudreaus Hauptverteidiger Warren Blackburn hat sich noch immer nicht dazu geäußert, ob seine Mandantin aussagen wird –« Ihr Gesicht tauchte vor der vertrauten Skyline auf. Sie sieht gut aus, dachte Warren. »Aber Juristen im Gerichtsgebäude sagen, daß Johnnie Faye Boudreau in den Zeugenstand muß, wenn sie sich auf Notwehr beruft. Morgen um siebzehn Uhr folgt ein aktueller Bericht . . .«

Nachts um elf stießen Pedro und Armando die Tür auf. Warren hatte ihnen den Reserveschlüssel gegeben. Seit dem späten Nachmittag hatten sie in der Mission herumgehangen, berichtete Pedro. Der Mann, den sie als Jim kannten, war nicht aufgetaucht. Sie hatten Hunger. Was gab's zu essen?

Warren sagte: »Schauen Sie in den Kühlschrank, oder gehen Sie um die Ecke ins Hähnchenlokal.« Er gab Pedro einen Zwanziger. »Und morgen – tun Sie mir den Gefallen und gehen Sie schon am Morgen zur Mission. Bleiben Sie bis Mitternacht. Auch länger, wenn's sein muß. Finden Sie diesen Kerl. Rufen Sie mich am Nachmittag an und sprechen Sie auf mein Gerät – ich will wissen, ob sich was tut.«

»Keine Busse nach Mitternacht«, erklärte Pedro.

»Nehmen Sie ein Taxi zurück. Ich zahl's.«

Das Apartment war ein Saustall. Die Aschenbecher waren voll. In der Spüle türmte sich das Geschirr. Auf dem Badezimmerboden lagen zusammengeknüllte Handtücher. Zwei leere Kisten Bier standen auf dem Couchtisch, und auf dem Fernseher stapelten sich Videokassetten.

»Und haltet die verdammte Wohnung sauber«, knurrte Warren.

Er machte sich auf den Weg zu Maria Hahn.

»Der Staat Texas ruft José Hurtado auf.«

Warren prüfte seine Zeugenliste und die von der

Anklage geforderten Beweisanträge, wo neben der Adresse des Restaurants Hacienda drei lateinamerikanische Namen standen. Hurtado war Oberkellner und ein anderer, Daniel Villareal, Kellner. Der dritte, Luis Sanchez, mußte einer der Musiker sein.

Hurtado beschrieb den Geschworenen die Szene des Geschehens: Dinner bei Kerzenschein, Mariachi-Musik, ein streitendes Paar und Frozen Margaritas. Viele Margaritas. Vier Margaritas vor dem Essen an der Bar. Sechs weitere während des Essens. Er präsentierte den Scheck, und Altschuler ließ ihn als Beweismittel eintragen.

»Sind das starke Getränke? Was meinen Sie?« fragte der Staatsanwalt.

»Eine Margarita ist stark. Nichts für Kinder.«

»Ihr Zeuge.«

»Keine Fragen«, sagte Warren.

Luis Sanchez wurde vereidigt und ließ sich auf dem Holzstuhl nieder. Er war nicht einer der beiden Musiker, mit denen Warren in der Hacienda gesprochen hatte. Es war ein dünner, ernster, pockennarbiger Mann von vierzig Jahren. Der ist mir entgangen, dachte Warren grimmig. Scheiße passiert eben.

Wie sich herausstellte, war Sanchez der Barkeeper. Er erinnerte sich an Dr. Ott, der schon betrunken zu sein schien, als er das Restaurant betrat, und drei der vier Margaritas kippte, die der Barkeeper servierte. Der Doktor und die Dame, die bei ihm war, hatten sich gestritten. Sie hatte den Doktor beschimpft.

»Erinnern Sie sich an die Wörter, die sie benutzt hat?« fragte Altschuler.

»Ich kann sie hier nicht wiederholen.«

»Sie können, Mr. Sanchez. Es ist gestattet. Wir sind

alle erwachsen. Dies ist ein ordentliches Gericht, und wir wollen die Wahrheit erfahren.«

»›Arschficker‹«, sagte der Barkeeper. »›Dreckiger Lügner.‹«

»Ist das alles?« fragte Altschuler milde.

»Sie sagte immer wieder zu dem Mann: ›Du hast mich angelogen.‹ Sie war sehr böse.«

»Inwiefern angelogen? Hat sie das gesagt?«

»Ich habe es nicht gehört.«

»Haben Sie ihn beschimpft?« hatte Warren Johnnie Faye gefragt. »Nein, ich hab bloß den Mund gehalten und zugehört.«

Er war an der Reihe. Er war überhaupt nicht vorbereitet, aber es war klar, wie die Sache zu laufen hatte. »Mr. Sanchez«, sagte Warren, »waren Sie an jenem Abend, als Dr. Ott und Ms. Boudreau auf einen Tisch warteten, der einzige Barkeeper an der Bar?«

»Ja.«

»Sind Sie ein erfahrener Barkeeper?«

»Ja.« Sanchez lächelte zum erstenmal.

»Sie wissen, wie man all diese raffinierten Drinks mixt? Frozen Margaritas, Whisky Sour, Piña Coladas und so weiter?«

»Natürlich«, sagte Sanchez und hob sein Kinn ein wenig an.

»Wie viele Leute waren an der Bar? Sagen wir zwischen einundzwanzig Uhr und einundzwanzig Uhr dreißig, als Dr. Ott und Ms. Boudreau dort saßen?«

»Viele Leute. Zehn, zwölf. Ich kann mich nicht genau erinnern.«

»Sie mixten und servierten jeden einzelnen Drink für diese zehn oder zwölf Leute?«

»Natürlich.«

»Das können Sie wirklich?«

»Natürlich.«

»Und Sie müssen zwischen den einzelnen Kunden hin und her gehen, um neue Bestellungen anzunehmen und Drinks zu mixen, nicht wahr?«

»Ja.«

»So haben Sie Dr. Ott und Ms. Boudreau nicht die ganze Zeit beobachtet, nicht wahr?«

»Nein.«

»Hören Sie allen Privatgesprächen Ihrer Gäste zu?«

»Natürlich nicht.«

»Sie haben zu viel zu tun. Stimmt das?«

»Das stimmt.«

»Und Sie hörten Dr. Ott und Ms. Boudreau nicht die ganze Zeit zu. Stimmt das?«

»Ja, das stimmt.«

»Sie haben aber gehört, daß sie sich stritten?«

»Ja.«

»Sie haben aber nicht jedes einzelne Wort dieses Streits gehört, oder?«

»Das kann ich nicht sagen. An der Bar ist es laut.«

»So daß Sie nicht wissen können, ob Dr. Ott Ms. Boudreau beschimpft oder beleidigt hat, bevor sie ihn beschimpfte. Ist es nicht so?«

»Das ist möglich«, sagte Sanchez.

»Haben Sie in Ihrer langen Erfahrung als Barkeeper viele Streitgespräche mitgehört?«

»Viele.«

»Haben Sie jemals gehört, daß eine Person mit sich selbst stritt?«

»Ich verstehe nicht.«

»Streichen Sie die Frage. Wieviel Leute sind nötig, um zu streiten?«

»Zwei«, sagte Sanchez.

»Keine weiteren Fragen.«

Daniel Villareal, der Kellner, betrat den Zeugenstand. Er hatte sechs Margaritas am Tisch serviert, sagte er Altschuler: drei dem Herrn und drei der Dame. Die Dame hatte sie bestellt. Die Dame, hatte er bemerkt, trank nur einen von ihren Cocktails. Die anderen schob sie dem Herrn über den Tisch zu.

»Und er trank sie?«

»Ich hab nicht gesehen, daß er sie alle trank, aber alle leeren Gläser standen vor ihm.«

»Was trank die Dame in dieser Zeit?«

»Viel Wasser. Ich mußte ihr Glas zweimal füllen.«

Warren blickte zu den Geschworenen, und zum erstenmal begriff er, wie schlau Altschuler bei seiner Wahl vorgegangen war. Die Frauen hatten alle einen spröden Zug um den Mund. Sie würden bestimmt folgern, daß sieben oder acht Margaritas einen Mann unter den Tisch beförderten oder zumindest dafür sorgten, daß sich ihm der Kopf drehte. Ihn auf jeden Fall unfähig machten, die Flucht einer zehn Jahre jüngeren, hundert Pfund leichteren und im Besitz ihrer geistigen Fähigkeiten befindlichen Frau durch eine fünfeinhalb Meter breite Vorhalle zu verhindern.

Johnnie Fayes Gesicht am Verteidigertisch war so hölzern wie das Brett, auf dem sie ihre Ellbogen abstützte. Rick flüsterte in Warrens Ohr: »Wir werden gekillt. Nimm diesen Typ nicht ins Kreuzverhör – das macht's nur noch schlimmer.«

»Ich muß es versuchen«, sagte Warren.

Er bat den Kellner: »Bitte beschreiben Sie Dr. Ott.«

»Ein großer Mann. Viele Haare, fast grau. Rote Bakken.«

»Hat er viel Trinkgeld gegeben?«

»O ja.«

»Sie hatten ihn auch früher schon mal bedient?«

»Ja.«

»Er hat immer viel getrunken, nicht wahr?«

»Ja.«

»Ist er jemals gestürzt oder gestolpert?«

»Nein.«

»Hat er zusammenhanglose Dinge gesagt? Hat er so geredet, daß Sie ihn nicht verstehen konnten?«

»Nein.«

»Ist Ihnen aufgefallen, daß große Männer, die schwere, gewohnheitsmäßige Trinker sind, mehr Alkohol vertragen als normalerweise üblich?«

»Einspruch«, unterbrach ihn Altschuler. »Es wird nach einer Meinung gefragt.«

»Stattgegeben.«

»Keine weiteren Fragen«, sagte Warren.

Altschuler rief den letzten Zeugen für die Anklage auf: Harry T. Morse. Morse, ein Mann mittleren Alters mit schütterem Haar und Hakennase, identifizierte sich als stellvertretender Leiter von Western America, einem Schießübungsplatz für den Umgang mit Pistolen und Gewehren elf Kilometer nördlich der Stadt. Dort wurden auch Waffen und Munition verkauft.

Morse hatte ein mit Gummibändern gehaltenes Bündel Papiere bei sich, und Warren war gespannt, um was es sich dabei handelte.

»Sehen Sie jemanden in diesem Gerichtssaal, der irgendwann einmal zu Western America kam, Mr. Morse? Außer mir, natürlich, der Sie befragt hat.«

»Ja, zwei Personen. Diese Frau in dem grauen Kostüm – die Frau, die dort drüben sitzt.« Er deutete auf Johnnie Faye Boudreau. »Und der Richter.«

Richter Bingham schlug sich mit der Hand gegen die zerfurchte braune Stirn. Er trug eine 38er Saturday Night Special im Hosenbund. Er war mehrmals von verurteilten Verbrechern bedroht worden, und einmal war jemand vor seiner Kirche mit dem Messer auf ihn losgegangen.

»Den Richter lassen wir mal aus dem Spiel«, sagte Altschuler lächelnd. »Konzentrieren wir uns auf die Dame im grauen Kostüm. Warum sind Sie so sicher, daß sie es ist, die Sie bei Western America gesehen haben?«

»Einspruch – nicht relevant«, rief Warren verzweifelt. Er erinnerte sich, Johnnie Faye gefragt zu haben, ob sie jemals mit der Pistole geübt hatte. »Einmal, vor fünf Jahren, als ich sie gekauft habe. Ich glaube nicht, daß ich mehr als zwei- oder dreimal getroffen habe.« Er hatte das Gefühl, daß dem gleich widersprochen werden dürfte.

»Nicht stattgegeben. Sie können antworten, Sir.«

»Gutaussehende Dame«, sagte Morse. »Bleibt einem irgendwie im Gedächtnis.«

Morse sagte, daß er sie mindestens zweimal auf dem Pistolenschießplatz üben gesehen habe.

»Haben Sie beobachtet, was für eine Pistole sie benutzte?«

»Sie hatte drei. Einen 32-Kaliber-Diamondback-Colt, einen Colt 45 mit Elfenbeingriff und eine, die aussah wie eine 22-Kaliber-Halbautomatik.«

Warrens Herz schlug schneller. Er beugte sich gespannt vor und widerstand dem Drang, Johnnie Faye ins Gesicht zu sehen.

»Drei?« Altschulers Mund stand vor gespielter Überraschung weit offen.

»Ja, Sir.«

»Wie sind Sie in der Lage, diese drei Pistolen so eindeutig zu identifizieren, Mr. Morse?«

»Sie legte sie auf den Tresen, als sie sich zum Schießen eintrug. Sie fielen mir auf. Zu uns kommen nicht so viele Damen, und ich habe noch nie eine gesehen, die gleich drei Pistolen mitbrachte.«

»Wann ereignete sich das alles?«

»Das erstemal – vielleicht vor einem Jahr oder so. Das letztemal ist noch nicht so lange her.«

»Können Sie, was das letztemal betrifft, etwas präziser sein?«

»Ich wünschte, ich könnt's. April oder Mai, vermute ich.«

»Vermuten Sie nicht. Denken Sie darüber nach. Wann war das letztemal?«

»Ende April. Vielleicht Anfang Mai.«

Johnnie Faye schob Warren einen Zettel hin. »Tun Sie was!!«

Ohne den Blick von den Geschworenen zu wenden, schrieb er unter ihre Worte: »Es gibt nichts zu tun – noch nicht.«

Altschuler sagte: »Mr. Morse, haben Sie die Registrierungsbogen für die letzten achtzehn Monate dabei? Ich meine die Namen und Adressen, die die Leute angeben, wenn sie zum Üben zu Western America kommen.«

Morse präsentierte das dicke Papierbündel, das von Gummibändern zusammengehalten war. Es wurde als Beweismaterial der Anklage eingetragen.

»Haben Sie und ich diese Registrierungsbogen zusammen durchgesehen, Mr. Morse? Bei zwei verschiedenen Anlässen?«

»Jawohl«, sagte Morse.

»Erscheint der Name Johnnie Faye Boudreau irgendwo auf diesen Blättern?«

»Nein, Sir. Und wir haben schwer danach gesucht.«

»Haben Sie dafür eine Erklärung, Mr. Morse?«

»Ich hab jedesmal gesehen, wie sie unterschrieben hat. Sie muß also einen falschen Namen benutzt haben.«

Warren erhob Einspruch, dem nicht stattgegeben wurde.

»Nur noch ein paar Fragen, Mr. Morse, dann können Sie zu Western America zurückkehren.« Altschuler ging zu den Geschworenen hinüber. Er legte eine Hand aufs Geländer und schwieg, um die dramatische Wirkung zu steigern. »Haben Sie der Dame im grauen Kostüm – der Dame, die dort drüben sitzt und in diesem Mordprozeß die Angeklagte ist – jemals auf Ihrem Übungsplatz beim Schießen mit den drei Pistolen zugesehen?«

»Beide Male. Es hat mich interessiert.«

»Und was haben Sie beobachtet?«

»Sie traf oft ins Schwarze. Traf fast immer ins Schwarze.«

»War sie mit jeder Waffe gleichermaßen geschickt?«

»Mit der 45er hatte sie Schwierigkeiten. Die hat 'ne Menge Rückstoß. Das ist 'ne Armeewaffe.«

»Haben Sie sie mit der halbautomatischen 22er schießen sehen?«

»Ja, aber die war nicht halbautomatisch. Bei der war wahrscheinlich der Abzugshahn runtergefeilt worden. Man drückt ab und läßt nicht los. Dann feuert sie ununterbrochen.«

»Nach Ihrer Beobachtung – als Fachmann – war sie mit der 22er vertraut? Sah es aus, als ob sie sich mit der Automatik auskannte?«

»Sie kannte sich aus. Es sah aus, als ob sie wüßte, was sie tat. Päng, päng, päng. Als ob's ihr Spaß machte.«

»Ihr Zeuge«, sagte Altschuler und starrte Johnnie Faye Boudreau ins Gesicht.

Hoffnungslos, dachte Warren. Er hatte eine Mandantin, die ihm nie die Wahrheit gesagt hatte. Aber er trat selbstsicher in den Raum und blieb in einigem Abstand vor Harry T. Morse stehen.

»Sir, Sie sagten gerade, daß Ms. Boudreau die Pistole abfeuerte, als ob's Spaß machte. Das haben Sie gesagt, nicht wahr?«

»Möglich.«

»Haben Sie es gesagt oder nicht? Ich kann das Protokoll verlesen lassen, wenn Sie verwirrt sind.«

»Ich hab's gesagt«, erwiderte Morse. Sein Blick verdüsterte sich. »Ich bin nicht verwirrt.«

»Was verstehen Sie unter Spaß, Sir?«

»Sich amüsieren, nehme ich an.«

»Stellen Sie ›sich amüsieren‹ mit ernster Absicht gleich?«

»Normalerweise nicht.«

Warren blickte auf die Geschworenen. Ihre Gesichter waren versteinert.

»Zu Western America kommen doch Leute, die sich nur amüsieren wollen, oder?«

»Sicher.«

»Sie würden Ihre Kunden nicht als potentielle Mörder bezeichnen, oder?«

»Um Himmels willen, nein«, sagte Morse.

»Sie würden Richter Dwight Bingham nicht als potentiellen Mörder bezeichnen, nur weil er zu Ihnen kommt, um mit seiner Pistole zu üben, oder?«

»Absolut nicht«, sagte Morse. »Die Leute haben das Recht, Waffen zu tragen. So steht's in der Verfassung. Es ist aber nur sicher, wenn man mit ihnen umzugehen versteht.«

»Danke, Mr. Morse. Keine weiteren Fragen.«

Altschuler erhob sich und sagte ernst, aber mit Triumph in der Stimme: »Die Anklage hat ihre Beweisführung zunächst abgeschlossen.«

Die Wolken hingen niedrig, der Himmel war elefantengrau. Ein Tornado tobte in den westlichen Regionen von Harris County. Um siebzehn Uhr verschwanden Warren und Rick in ein kleines griechisches Restaurant in der Nähe des Gerichtsgebäudes, wo Warren sich einen griechischen Salat und einen Espresso bestellte. Er hatte nicht zu Mittag gegessen und war hungrig. Rick trank einen doppelten Scotch mit Eis.

»Schau, hier liegt das Problem«, sagte Rick. »Trotz der ganzen Scheiße, mit der man uns heute beworfen hat, hängt für uns alles davon ab, ob die Geschworenen Johnnie Faye glauben werden, wenn sie aussagt. Sie sagt, Clyde habe ihr Leben bedroht, und jetzt stellt sich raus, sie hat sein Leben bedroht. Sie sagt, sie sei betrunken gewesen und hätte keine Chance gehabt, das Haus zu verlassen – und die Leute im Restaurant sagen, sie war nüchtern und schob Clyde die Drinks über den Tisch zu. Und Tommy Ruiz schwört, man hätte in der Halle rechts und links von dem besoffenen Doktor einen Lastwagen vorbeifahren können. Sie sagt, Clyde sei mit dem Schürhaken auf sie losgegangen – der ärztliche Leichenbeschauer behauptet, er wurde im Stehen erschossen. Noch schlimmer: Kulik sagt, es müßten Abdrücke der Handflächen vorhanden sein. Und dann steht noch der letzte Typ auf und macht aus Miss Corpus Christi eine Kreuzung zwischen Annie Oakley und einer Gangsterbraut. Und wir sind noch nicht mal zu der komischen kleinen Sache gekommen, wie der Schürhaken auf der falschen Seite des Sofas landen konnte. Was ich damit sagen will – die Schwarze Witwe steuert auf lebenslänglich im Knast zu. Wenn wir diesen Fall gewinnen wollen, mußt du mit ihr reden. Du willst doch gewinnen, oder?«

Warren hatte keine Ahnung, wie er einigermaßen wahrheitsgetreu antworten sollte. Rick war ein energischer Mann, der immer sein Bestes tat. Und doch war er kein Moralist.

Warren setzte seinen Espresso ab und fragte: »Denkst du manchmal noch dran, wie's war, als wir anfingen? Als wir als Anwälte zugelassen wurden und unseren Eid leisteten? Weißt du noch, wie du dich fühltest?«

»Ich hatte Angst«, sagte Rick.

»Ich auch, aber das meine ich nicht. Ich meinte, ich sei auf der Seite der Engel, ein richtiger kleiner Don Quixote. Wir wollten den Menschen helfen und es uns gleichzeitig gut gehen lassen. Wir wollten stolz sein. Wir sprachen immer von der Philosophie der Gerechtigkeit, erinnerst du dich? Ich dachte, ich könnte so viel bewerkstelligen. Du auch.«

»Ja«, sagte Rick, »ich erinnere mich.«

»Und jetzt haben wir's mit Halunken zu tun. Wir helfen Halunken, nicht im Knast zu landen. Weil's unser Job ist.«

»Dein Mandant, dieser Hector, scheint kein Halunke zu sein –«

»Er ist auch keiner. Er versuchte, mit einer ungeladenen Pistole einen Supermarkt zu überfallen, aber er ist ein anständiger Kerl. Natürlich habe ich das auch von Virgil Freer gedacht. Ich bin älter geworden. Vielleicht kann ich jetzt besser unterscheiden.«

»Das ist die Lösung.« Rick nickte ernst. »Älter werden. Besser unterscheiden können.«

Warren sagte: »Ich wünschte, ich hätte ein Schuhgeschäft wie mein Großvater. Das Schlimmste, was einem dabei passieren kann, ist, jemandem auf die Hühneraugen zu drücken.«

»Nein, das wünschst du dir nicht. Du liebst deine Arbeit, auch wenn du sie haßt, genau wie ich. Sie läßt dich nicht auf dumme Gedanken kommen. Du hättest es gern, wenn das Leben einfach schwarz und weiß wäre. Aber das ist es nicht. Wird es nie sein. Ich weiß, was du meinst, aber wenn man zu viel darüber nachdenkt, flippt man aus. Tu deine Arbeit, genieße das Leben. Wie sagt man gleich? Das Leben ist keine Kostümprobe. Mehr gibt's nicht. Flipp nicht aus, Junge!«

Warren nickte. Er versuchte, in Gedanken auseinanderzuhalten, was moralisch und was praktisch war und was ein Mann tun mußte, um seinen Verstand und seine Selbstachtung zu bewahren.

»Darf ich dich an etwas erinnern?« sagte Rick. »Der Mandant eines Anwalts ist in einem Prozeß erst dann schuldig, wenn die Geschworenen es behaupten. Schuld ist ein technischer, juristischer Begriff. Ein Anwalt sagt zu seinem Mandanten: ›Ich weise Sie an, die Wahrheit zu sagen. Aber Sie sagen aus, wie Sie es für richtig halten.‹«

Warren sagte immer noch nichts. Die Gedanken schwirrten ihm im Kopf herum.

»Mein Gott!« Rick las sie ihm entsetzt vom Gesicht ab. »Du wirst sie doch nicht ausliefern wollen – oder?«

»Nein. Ich will gewinnen. Ich werde mit ihr reden.«

»Dann präparier sie.« Rick hob eine Augenbraue. Er sagte leise: »Es gibt Möglichkeiten.«

»Ich weiß.«

»Soll ich die Sache in die Hand nehmen?«

Warren schüttelte entschieden den Kopf. »Ich hab gesagt, daß ich's mache.«

Auf dem Weg zum Gefängnis prasselte der Regen gnadenlos auf Warrens Kopf. Er dachte an Harry T. Morse, der beiläufig erwähnt hatte, daß er Johnnie Faye beim Abfeuern der Pistole beobachtet hatte, die Dan Ho Trunh tötete. Für einen Moment war Warren wie elektrisiert gewesen und hatte an nichts anderes denken können. Aber wenn er Morse vor Lou Parkers Gericht brachte, um den Diamondback Colt zu identifizieren, müßte er irgendwann eingestehen, was er selbst wußte. Das ging nicht.

»Das gibt's doch einfach nicht«, sagte er laut im Regen. »Das ist doch Wahnsinn!«

Später wählte er seine Nummer von Marias Schlafzimmer aus. Pedro nahm ab.

»Was zum Teufel macht ihr dort?« sagte Warren wütend. »Es ist ja noch nicht mal zehn!«

»Immer mit der Ruhe, *patrán.*«

Die Mission sei seit dem frühen Morgen geschlossen gewesen, erklärte Pedro. Voller *policía.* Spät in der Nacht war irgendein Penner auf dem Klo erschossen worden. Einfach abgeknallt, Mann. Keiner wußte, warum. Zwei andere Männer, die in den offenen Kabinen saßen, sahen, wie es passierte, hatten sogar den Mann gesehen, der ihn umgebracht hatte. Noch 'n Penner, dachten sie, aber sie kannten ihn nicht, hatten ihn noch nie gesehen. Die Bullen hatten alle den ganzen Tag lang ausgequetscht.

Warren holte tief Luft. Er lauschte dem Regen, der immer noch aufs Dach trommelte und durch die Regenrinnen strömte. Er hörte fernen Donner. Er fragte: »Es war nicht Jim, oder?«

»Nein«, sagte Pedro, »ich hab's Ihnen doch schon gesagt, 's war 'n Fremder.«

»Ich meine den Mann, der erschossen wurde.«

Das war auch nicht Jim gewesen. Pedro hatte daran gedacht. Eine Menge Leute kannten Jim, und seit Tagen hatte ihn keiner gesehen. Hatte vielleicht die Stadt verlassen. Das machte er manchmal, sagte ein Typ. Runter nach 'm Süden, zur Grenze hin. Er hatte 'ne Frau da unten. Niemand wußte, in welcher Stadt.

»Kannte dieser Typ, mit dem Sie geredet haben, Jims Nachnamen?« fragte Warren.

»Nur den Spitznamen. Die nennen ihn Jim Dandy. Soll was bedeuten, aber ich weiß nicht, was.«

Sie versprachen, am nächsten Morgen wieder hinzugehen, wenn die Bullen fort wären. »Und Ihre Frau hat angerufen, noch nich lang her«, sagte Pedro mit verständnisvollem Unterton. »Hat gesagt, Sie soll 'n sie anrufen.«

»Meine Frau? Sind Sie sicher? Hat sie ihren Namen hinterlassen?«

»Nein, sie hat nur gesagt: ›Sagen Sie ihm, er soll seine Frau anrufen.‹«

Warren legte auf. Noch ein Mord. Zu viel Tod, zu viele Lügen. Ein Mann war nicht geschaffen, sich sein Leben lang mit dieser Scheiße herumzuquälen. Er war geschaffen, eine Frau zu lieben, Kinder zu zeugen, seinen Rasen zu mähen und eine Arbeit zu verrichten, die ihm Freude machte. Ob dies jemals möglich wäre? Mit diesem Gedanken betrat er das Wohnzimmer, in dem Maria fernsah. Und was Charm wohl von ihm wollte? Er merkte, daß es ihm gleichgültig war.

Es hatte aufgehört zu regnen, der Sturm drehte nach Norden ab, und am Donnerstag morgen schmachtete die Stadt unter dem Druck von 32 Grad warmer, feuchter Luft. Rick wartete im fünften Stock des Gerichtsgebäudes vor den nußbaumgetäfelten Hallen des 342. Gerichts auf Warren.

»Hast du mit ihr geredet?«

»Noch nicht«, sagte Warren ungeduldig. »Aber ich werde mit ihr reden. Setz mich nicht so unter Druck, ja?«

Der erste Zeuge, den Warren für die Verteidigung aufrief, war Dr. George Swayze, der Assistenzarzt, der Johnnie Faye im vergangenen Dezember im Hermann Hospital behandelt hatte. Mit klarer Stimme las Swayze eine Kopie seiner Diagnose und Behandlung des gebrochenen Wangenbeins vor. Danach gefragt, sagte er: »Sie erklärte, ihr Freund habe es getan.«

»Hat sie den Freund beschrieben?« fragte Warren.

»Sie sagte, er sei ein großer Mann. Und er hätte getrunken.«

Beim Kreuzverhör fragte Altschuler den Arzt: »Sagte sie, welcher ihrer diversen Freunde sie geschlagen hatte?«

Warren erhob gegen die »diversen Freunde« Einspruch.

»Bitte anders formulieren, Mr. Altschuler«, sagte der Richter.

Danach antwortete der Arzt: »Nein, sie nannte seinen Namen nicht.«

Als nächstes sagte Cathy Lewis, ehemalige Kellnerin im Grand Hotel, aus. Rick hatte sie schließlich über die Kfz-Zulassungsstelle ausfindig gemacht. Trotz Altschulers ständiger Einsprucherhebung, daß Johnnie Faye Boudreau schließlich wegen Mordes vor Gericht stand und sie nicht über die früheren Seitensprünge von Dr. Clyde Ott verhandelten, erzählte Cathy Lewis von ihrem Verhältnis mit Clyde und wie er sie einmal »mit seiner großen haarigen Pfote« auf den Mund geschlagen und ihr dabei drei Vorderzähne dermaßen gelockert hatte, daß sie neue brauchte.

Cathy Lewis sagte, Clyde habe die Zahnarztrechnung bezahlt und ihr außerdem 25 000 Dollar gegeben.

»Wofür?« fragte Rick.

»Zum Abschied und damit ich die Klappe halte.«

Bob Altschuler sagte zum Richter: »Euer Ehren, ich würde mich der Zeugin gern nähern. Ich möchte ihre Zähne aus der Nähe sehen.«

Als er in ihren offenen Mund schaute, sagte er: »Sie sehen phantastisch aus! Würden Sie mir den Gefallen tun und zu den Geschworenen hinübergehen und jedem einzelnen zeigen, wie toll der Zahnarzt das hingekriegt hat?«

Mit rotem Gesicht tat Cathy Lewis, was von ihr verlangt wurde. Als sie wieder auf dem Zeugenstuhl saß, fragte Altschuler: »Haben Sie eine Quittung über die 25 000 Dollar, die Dr. Ott Ihnen angeblich gegeben hat, Ms. Lewis?«

»Nein, Sir.«

»Wir müssen Ihnen also glauben, richtig?«

»Ja, Sir.«

»Die meiste Zeit, seit Sie erwachsen sind, haben Sie als Cocktail-Serviererin gearbeitet, nicht wahr?«

»Ja, Sir.«

»Auch ›oben ohne‹?«

»Eine Zeitlang.«

»Sind Sie jemals mit Männern für Geld ins Bett gegangen?«

»Eigentlich nicht«, sagte sie, bevor Rick aufspringen und Einspruch brüllen konnte. Altschulers donnerndes Gelächter hallte in dem großen Saal wider.

»Sie haben nie auf Dr. Ott geschossen, wie?«

»Nein.«

»Führen Sie eine Waffe mit sich?«

»Nein.«

Er reichte die Zeugin weiter. Rick brachte sie dazu, auszusagen, daß ihr ein paar der Männer, mit denen sie geschlafen hatte – einschließlich Clyde – Geschenke gemacht, ein paar Rechnungen bezahlt hatten. Manchmal bestanden die Geschenke aus Bargeld. Aber zwischen den Geschenken und Sex gab es keine direkte Verbindung.

Warren war schon seit langem klar, daß es dem Zeugen beim Kreuzverhör wie dem Artist geht, auf den bei der Messerwurfnummer gezielt wird, nur daß es ein Fremder ist, der im Gerichtssaal die Messer wirft.

»Dieser Altschuler ist doch ein Clown«, sagte Rick beim Lunch. »Er tut, als sei das Ganze eine Zirkusvorstellung.«

»Ist es ja auch«, sagte Warren.

Nach der Mittagspause holte Warren einen Mann, der in Südwest-Houston ein Waffengeschäft besaß, in den Zeugenstand. Dem Zeugen, der als Waffenkenner galt, wurde die alte 22-Kaliber-Pistole gezeigt, die Clyde Otts Leben ein Ende gemacht hatte. Schwierig zu handhaben, sagte er, und zwar insofern, als fortgesetzter Druck auf den Abzug eine Menge Schaden anrichten konnte. Ja, man konnte sie abfeuern, ohne den Hahn zu spannen, obwohl sie schneller feuerte, wenn man ihn spannte. Und ja, natürlich konnte man einzelne Patronen damit feuern, wenn man den Abzug immer gleich wieder losließ.

Die letzten beiden Zeuginnen des Tages waren frühere Patientinnen von Dr. Ott. Bevor die erste vereidigt werden konnte, sprang Altschuler vom Stuhl auf, um zu verlangen, daß dafür Beweis angetreten wurde: ein Gespräch in Abwesenheit der Geschworenen. »Der einzige mögliche Grund, warum diese beiden Frauen hier sind«, beschwerte er sich, »ist der Wunsch, einen Toten zu verleumden. Aber angeklagt ist nicht ein Toter!«

Der Richter rief beide Anwälte zur Richterbank. Warren argumentierte leise, daß es von Bedeutung sei, vor den Geschworenen zu klären, ob Clyde Ott gewalttätig war oder nicht.

»Werden diese Frauen sagen, daß er sie geschlagen hat?« wollte Altschuler wissen.

»Das werden wir herausfinden«, sagte der Richter. »Ich werde ihnen erlauben, auszusagen, Warren, solang Sie sich ans Relevante halten. Die Einsprüche nehmen wir, wie sie kommen, Bob.«

Patricia Gurian – eine wohlgeformte Blondine von vierzig Jahren, verheiratet, Sozialarbeiterin – betrat den Zeugenstand. Normalerweise, sagte sie, suchte sie zweimal im Jahr einen Gynäkologen zur Kontrolluntersuchung auf. Bei ihrem zweiten Besuch bei Dr.

Ott verließ die Arzthelferin den Raum, um das Telefon zu beantworten. Dr. Ott begann, an Ms. Gurians Klitoris herumzufummeln. Er fragte, ob sie empfindlich sei.

»Einspruch!« brüllte Altschuler. »Das ist nicht nur irrelevant – es ist lasziv!«

Warren sagte: »Euer Ehren, diese Befragung soll zur Darstellung des Charakters von Dr. Ott im Verhältnis zur Angeklagten führen. So erklärt sich auch, was als nächstes passiert. Absolut notwendig.«

Der Richter seufzte. »In Ordnung, aber kommen Sie rasch zur Sache.«

War Ms. Gurian der Meinung, daß Dr. Ott sich unpassend verhalten hatte?

»Absolut«, sagte sie.

War es bei einem anderen Gynäkologen auch schon vorgekommen?

»Nie.«

Warren ging nah an die Geschworenen heran und stellte sich neben eine der spröden Frauen in der ersten Reihe. »Was haben Sie getan, als das passierte, Ms. Gurian?«

»Ich beschloß, zu gehen.«

»Versuchte Dr. Ott, Sie aufzuhalten?«

»Ja.«

»Wie?«

»Er stellte sich mir in den Weg. Legte seine Hände auf meine Arme.«

»Hatten Sie Angst?«

»Eigentlich nicht. Ich wußte, ich konnte die Schwester rufen. Und ich hatte eine Sprühdose in der Handtasche.«

»Hat er Sie geschlagen?«

»Nein.«

»Hat er Ihnen mit Gewaltanwendung gedroht?«

»Nein.«

»Ihr Zeuge«, sagte Warren.

»Zur Richterbank!« brüllte Altschuler und zerrte Warren zu einer weiteren Privatkonferenz mit sich. »Judge«, schnaufte er, »das ist absurd! Die Frau hat gesagt, daß er nicht gewalttätig wurde! Wo ist da die Relevanz?«

»Sie sollten froh sein, daß sie nichts dergleichen gesagt hat«, erwiderte Warren.

Altschulter flüsterte rauh: »Das hat er bloß gemacht, um diesen Quatsch reinzubringen, daß er mit ihrer Klitoris rumgespielt hat. Judge, das ist empörend! Sie können nicht erlauben, daß er die zweite Patientin in den Zeugenstand holt. Ich will nichts davon hören!«

Das schien Richter Bingham zu verstimmen. »Bob, Sie wollen vielleicht nichts davon hören, aber ich schon.« Er wandte sich an Warren. »Ist es diesmal relevant, junger Mann?«

»Ich bin kein Hellseher, Euer Ehren, aber ich kann Relevanz versprechen.«

Der Richter sagte: »In Ordnung. Lassen Sie sie aussagen.«

Maria hatte in der Nähe gestanden und alles aufgenommen. Aus den Augenwinkeln konnte er sehen, wie sie sich das Lachen verbiß.

Judith Tarr – brünett und Mitte Dreißig, eine geschiedene Frau, die eine Stadtküche betrieb – wurde vereidigt. Auch sie war eine attraktive Frau. Vor einigen Jahren war sie Patientin von Dr. Ott gewesen und hatte ein Verhältnis mit ihm gehabt.

»Wie fing es an?« fragte Warren.

»Ich hing auf seinem Tisch, in den Bügeln, und er fing an, an mir herumzuspielen –«

»Einspruch!« brüllte Altschuler. Ihm wurde nicht stattgegeben.

»– und dann sagte Dr. Ott zu mir: ›Macht's Ihnen was aus? Gefällt's Ihnen? Sie haben eine der hübschesten Muschis, die ich je gesehen habe.‹« Ms. Tarr zuckte mit den Schultern. »Ich war einsam. Ich mag Ärzte. Deshalb hab ich gesagt: ›Nein, es macht mir nichts aus und danke.‹ Und so fing es an.«

Warren blickte flüchtig auf die Geschworenen. Es hatte ein paar rasche Atemzüge gegeben, und zwei von den Frauen runzelten die Stirn. Nur auf der Reporterbank wurde gelacht.

»War Dr. Ott damals verheiratet?« fragte er.

»Ja, es war ungefähr ein halbes Jahr, bevor seine Frau getötet wurde.«

»Wie lange dauerte Ihr Verhältnis?«

»Vier Monate oder so.«

»Wurde er Ihnen gegenüber jemals gewalttätig?«

»Er war ein rauher Typ. Er trank 'ne Menge und schnupfte in meiner Gegenwart Kokain. Ich mochte das nicht. Aber nein, er war eigentlich nie gewalttätig. Ich meine, er hat mich nie geschlagen.«

»Ihr Zeuge«, sagte Warren.

Altschuler kochte vor Wut. Er bat um eine zehnminütige Pause. Er packte Warren am Ellbogen und steuerte ihn in den Korridor, der zum Arbeitszimmer des Richters führte. »Was für eine Scheiße war das eben?« zischte er. »Sie sind kein Hellseher, aber Sie ›können Relevanz versprechen‹. Was für 'n Ding versuchen Sie eigentlich zu drehen?«

»Es hat geklappt, oder nicht?«

»Das war beinah unsittlich, verdammt noch mal!«

»Sie können mich auch mal«, sagte Warren leise.

Er ging zum Verteidigertisch zurück. Johnnie Faye

drückte ihm die Hand. »Blackburn«, sagte sie, »Sie sind super. Ich hab wieder Vertrauen.«

Nach der Verhandlung saß er in Johnnie Fayes Auto auf dem Parkplatz in der San Jacinto Street. Sie fuhr einen gemieteten Chevrolet. Warren hatte keine Ahnung, wo der Mercedes war. Neu gespritzt und verkauft, vermutlich. Er erwähnte nichts.

»Morgen früh lasse ich Sie aussagen«, sagte er. »Hören Sie mir deshalb jetzt zu. Ziehen Sie was Konservatives an, und halten Sie sich beim Make-up ein bißchen zurück. Sie sind vielleicht nervös, aber in den ersten fünf Minuten, bis Sie sich dran gewöhnt haben, werde ich keine ernsten Fragen stellen. Wenn Sie Lust haben, können Sie über alles, was Ihnen wichtig erscheint und für Sie günstig ist, ausführlich reden. Schauen Sie die Geschworenen ab und zu an, aber lächeln Sie sie nicht an, als ob Sie Freunde gewinnen wollten. Sie können alles wiederholen, was Clyde zu Ihnen gesagt hat. Das gilt nicht als Hörensagen. Wenn ich Sie frage, was jemand gesagt hat, geben Sie es – so gut Sie können – Wort für Wort wieder. Sagen Sie ›er hat gesagt . . .‹, und dann zitieren Sie ihn oder sie. Das imponiert den Geschworenen immer. Und geben Sie Einzelheiten an. Knausern Sie nicht mit Worten. Wenn Sie ein Fernsehgerät erwähnen, sagen Sie nicht nur ›ein Fernsehgerät‹. Sagen Sie ›ein Fernsehgerät von Mitsubishi mit Hundert-Zentimeter-Bildschirm‹ oder was auch immer. Auf diese Weise merken die Geschworenen, daß sie Ihrem Gedächtnis trauen können. Verstehen Sie?«

»Hab's geschnallt, Herr Rechtsanwalt.«

»Wenn's zum Kreuzverhör kommt, wird Altschuler versuchen, Sie zu reizen. Gehen Sie ihm nicht auf den

Leim, und lassen Sie sich auf keinen Streit mit ihm ein. Bleiben Sie ruhig. Schauen Sie ihm in die Augen. Und wenn es eine wichtige Antwort ist und Sie sich besonders sicher fühlen, sprechen Sie direkt zu den Geschworenen. Blicken Sie nie hilfesuchend zu mir. Die Geschworenen merken das – das sind Minuspunkte für Sie. Lassen Sie Ihre Hände im Schoß. Halten Sie Ihre Handtasche fest, wenn's sein muß. Wenn Sie auf eine Frage keine Antwort wissen, raten Sie nicht. Sagen Sie es. Die meisten seiner Fragen werden Sie dazu zwingen, ja oder nein zu sagen, und so müssen Sie antworten. Aber wenn er zum Beispiel fragt: ›Schlagen Sie immer noch Ihren Hund?‹, dann haben Sie das Recht zu antworten: ›Ich schlage meinen Hund nie.‹ Wenn Sie nicht sicher sind, ob die Antwort ja oder nein ist, sagen Sie beispielsweise: ›Ich glaube nicht, daß ich darauf ehrlich mit ja oder nein antworten kann, Sir.‹ Wenn Sie eine Frage nicht verstehen, bitten Sie ihn, sie zu wiederholen. Wenn Sie meinen, ich sollte Einspruch erheben und tu's nicht, gibt es dafür einen guten Grund. Vertrauen Sie mir. Wenn ich Einspruch erhebe, beantworten Sie die Frage nur, wenn der Richter Sie dazu auffordert. Ist das alles klar?«

»Glasklar.«

»Haben Sie noch Fragen?«

»Ungefähr hundert«, sagte Johnnie Faye. »Ich hab diesen ganzen Zeugen zugehört, genau wie Sie. Was ist mit dem fehlenden Handabdruck – was soll ich davon halten? Was ist mit diesen Lügen, die Lorna Gerard von sich gegeben hat – daß ich Clyde bedroht habe? Und ob Clyde durchs Wohnzimmer auf mich zugekommen ist oder nicht – was soll ich dazu sagen? Er *ist* doch auf mich zugekommen. Und als ich die Treppe runterkam und an ihm vorbei aus dem Haus wollte und nicht konnte? Was ist damit? Und dieser Quatsch, daß ich mit dieser winzigen 22er so toll umgehen kann? Was sage ich denn bloß?«

»Ich sag es Ihnen ständig, aber Sie hören nicht zu«, erwiderte Warren. »Sagen Sie einfach die Wahrheit . . .«

Den zweiten Teil von Ricks geflügeltem Wort ». . . aber sagen Sie aus, wie Sie es für richtig halten« ließ er weg. Warren machte Unterschiede. Er mußte mit sich leben können, wenn diese Sache vorbei war und er sich aufmachte, Hectors Leben zu retten, was ihm hoffentlich gelänge.

Um neunzehn Uhr fuhr er nach Ravendale zurück. Bis auf seinen Hund, der mit einem Tennisball zwischen den Zähnen auf dem Sofa lag, war das Apartment leer. Er nahm Oobie zum Laufen mit zum Bayou, fütterte sie, spülte das Geschirr, wusch die Aschenbecher aus, brachte den Abfall hinaus und räumte das Durcheinander um den Fernseher herum auf. Er bemerkte einen neuen Brandfleck auf dem Sofa. Die Anzeige seines Anrufbeantworters blinkte.

Als erstes war Pedros Stimme zu hören.

»Rufen an, wie Sie gesagt haben. Wir haben mit 'nem Typ gesprochen, der diesen Jim kennt. Er sagt, der is' mit Sicherheit aus der Stadt raus. Heim. Irgend so 'n Ort wie Beaver. Wir rufen später wieder an. *Viva México, patrán.*«

Die zweite Nachricht war von Charm. Sie sagte mit ruhiger Stimme: »Bitte ruf mich zu Hause oder beim Sender an, Warren. Ich muß mit dir sprechen. Ich hab gestern auch schon angerufen und bei einem der Hausmeister eine Nachricht hinterlassen. Danke.«

Dann Marias Stimme. Sie war nicht dazu gekommen, im Gericht mit ihm zu reden. »Du warst heute großartig. Bob war echt sauer. Du hättest mal hören sollen, was er hinterher beim Richter noch für'n Theater gemacht hat. Kommst du zum Essen zu mir? Keine Eile, aber laß mich's wissen. Bis bald.«

Warren kramte seinen alten Straßenatlas aus einem Karton und blätterte hinten nach der Liste der texanischen Städte. Einen Ort, der Beaver hieß oder so ähnlich klang, gab es nicht. Es gab Beeville und Bellville. Er sah sich die Landkarte an und verfolgte die Koordinaten. Bellville lag ziemlich nördlich an der Grenze zu Louisiana. Beeville kannte er: Es lag etwa dreihundert Kilometer südwestlich von Houston an der Route 59, der Straße, die nach Laredo und zur Grenze führte.

Er rief Maria an, um ihr zu sagen, daß er zwischen acht und halb neun bei ihr sein würde. Er würde unterwegs was einkaufen. Er legte auf und trommelte mit den Fingern leicht auf der Tischplatte. Es war schon Wochen her, seit er – auf der Motorhaube von Johnnie Fayes Mercedes sitzend – zum letztenmal mit Charm gesprochen hatte. Er hatte erwartet, nach seinem Besuch bei Arthur Franklin von ihr zu hören, aber was folgte, war Schweigen. Kein Wort und nichts Schriftliches von Franklin. Und nun hatte sie schon zweimal angerufen.

Was immer es ist, ich hab keinen Bedarf. Soll's Franklin mir doch sagen.

Er duschte und zog sich um, legte einen frischen Anzug und andere Sachen raus, die er mitnehmen wollte. Jeden Morgen zwischen sieben und acht fuhr er Oobie von Marias Haus zu seinem Apartment und ließ sie rein, ohne seine mexikanischen Gäste zu wekken. »Du kannst sie ruhig hierlassen«, sagte Maria.

»Ich kann sie füttern, wenn du spät zurückkommst.« Er erklärte, Oobie sei es gewöhnt, abends am Bayou entlangzulaufen. Damit bewahrte er sich ein gewisses Maß an Unabhängigkeit. Nicht zu viel Häuslichkeit, noch nicht. Das waren seine Gedanken, keine Erklärungen. Aber er wußte, daß ihn Maria verstand. Zumindest erhob sie keine Einwände und sagte auch nichts dazu.

»Wie steht's mit dir und der großen Maria?« hatte Rick ihn gestern gefragt.

»Was meinst du?«

»Ich hab Augen im Kopf. Und nicht nur ich. Jemand, der in ihrer Nähe wohnt, hat euch beide ein paarmal zusammen gesehen. Es spricht sich herum.«

Warren setzte ihm nicht auseinander, was mit ihm und der großen Maria geschah. Er war sich nicht sicher. Wollte nicht spekulieren. Wollte es auch nicht wissen.

Er war dabei, die Wohnung zu verlassen, und wollte gerade die Sachen aufnehmen, die sauber über der Stuhllehne neben dem Eingang hingen. Er zögerte. Charm hatte an zwei aufeinanderfolgenden Tagen angerufen. Wenn ich nicht zurückrufe, grüble ich drüber nach. Ich werde ein schlechtes Gewissen haben. Sie hat immer noch diese Macht über mich. Lächerlich, aber wahr.

Er tippte die gewohnte Nummer ein. Besetzt. Ein paar Minuten lang warf er den Tennisball, und Oobie jagte ihm auf dem Teppich hinterher, apportierte ihn und ließ ihn vor Warrens Füße fallen, japste und wedelte mit dem Schwanz. Warren wählte erneut. Immer noch besetzt. Er ging aus der Wohnung.

»Wie alt sind Sie, Ms. Boudreau?« fragte Warren freundlich.

»Genau 40. Nächsten Monat, am 14. August, werd' ich 41.« Sie blickte einer Frau, die etwa in ihrem Alter war und in der ersten Reihe der Geschworenen saß, direkt ins Gesicht und lächelte.

»Wo sind Sie geboren und aufgewachsen?«

»In Odem, Texas, unten bei Corpus Christi. Nur eine kleine Stadt. Baumwolle, Erdnüsse, Zwergeichengegend. Mein Vater hatte eine Tankstelle, Exxon. Meine Mama hat ihm geholfen. Ich hab auch 'ne Weile Benzin gepumpt. Ich kann Öl wechseln. Vater war nebenbei noch Prediger – hat mir die Bibel beigebracht. Vor ungefähr fünf Jahren ist er gestorben.«

»Haben Sie Geschwister?«

»Zwei Brüder, aber die sind in Vietnam umgekommen. Unbesungene Helden, könnt' man sagen. Eine Schwester, die noch in Odem in der Nähe meiner Mama wohnt. Ich besuch sie, so oft ich kann.«

»Erzählen Sie uns, was Sie erlebt haben, nachdem Sie von Odem weggezogen waren.«

Altschuler erhob Einspruch: »Euer Ehren, wir sind nicht hier, um einem Groschenroman zu lauschen. Die Angeklagte steht unter Mordverdacht.«

»Ja, und deshalb hören wir ihr mal zu«, sagte Richter Bingham.

Johnnie Faye, die ein einfaches dunkelblaues Seidenkleid mit hohem Kragen trug, erzählte den Geschworenen und dem zum Bersten vollen Gerichtssaal ihre Lebensgeschichte. Früh geheiratet, was ein Fehler war. Große Mühen, um sich weiterzubilden, obwohl sie im Grunde am liebsten arbeitete. Ein wunderbares Erlebnis im Alter von 21 Jahren, als sie das Glück hatte, einen Schönheitswettbewerb zu gewinnen. Stolz hatte sie bei der Miss-Texas-Wahl Corpus Christi vertreten.

Sie berichtete, wie sie, ein schüchternes Mädchen vom Lande, nach Houston kam. Sie mußte sich den Lebensunterhalt verdienen, also tanzte sie. Sie schickte ihrer Mama Geld, die Herzprobleme hatte. Eine neue, schlechte Ehe. Ihr Blick streifte die Geschworenen. »Meine Schuld. Hab mir den Falschen ausgesucht. Mit Männern hab ich kein Glück.«

Keine Kinder. Das tat ihr im Innersten weh. Sie wünschte, sie hätte welche gehabt, aber jetzt war's zu spät. Endlich eine Chance: das Angebot, einen Nachtclub zu leiten. Was sie immer noch tat. Es war harte Arbeit, die Arbeitszeit ungewöhnlich, man lernte komische Leute kennen. Aber das Leben war voller Kompromisse. Gott hatte keine perfekte Welt geschaffen.

»Wie haben Sie Dr. Clyde Ott kennengelernt?«

Er war vor etwa vier Jahren in ihren Club gekommen. Er hatte eine Freundin, die dort tanzte. Er hatte sich Johnnie Faye vorgestellt. Sie waren Freunde geworden.

»Zuerst waren Sie nur Freunde?«

»O ja. Ich war schließlich kein junges Ding mehr.

Ich wollte nichts überstürzen. Und ich wußte ja, daß er verheiratet war.«

»Aber dann wurden Sie intim?«

»Nach 'ner Weile. Ja, sehr intim.«

»Was hielten Sie von der Tatsache, daß Dr. Ott verheiratet war?«

»Ich hatte ein schlechtes Gewissen, aber er sagte, er sei sehr unglücklich mit seiner Frau. Ich bin immer schon auf traurige Geschichten reingefallen. Ich hab mich in ihn verliebt, ob ich wollte oder nicht.«

»Liebe ist ein mächtiges Gefühl«, sagte Warren. »Erzählen Sie uns bitte, wie Ihre Beziehung zu Dr. Ott war.«

Sharon war auf so tragische Weise umgekommen. Johnnie Faye hatte Clyde geholfen, das alles durchzustehen. Aber er trank viel und rauchte Marihuana und schnupfte Kokain, was sie haßte, weil Drogen einen ihrer Brüder umgebracht hatten. Sie gab Clyde gute Ratschläge, was seine Investitionen und seine Gesundheit betraf. Sie schickte ihn zum Herbologen, um Darmspülungen machen zu lassen, setzte ihn auf eine Diät aus Hafer und Alfasprossen, flehte ihn an, den Fleischverzehr einzuschränken. Sie versuchte, ihn vom Shit-Rauchen und vom Sniffen des weißen Pulvers abzubringen. Ohne Erfolg.

Clyde wollte sie heiraten. Aber sie war nicht sicher, ob es das Richtige war. Er hatte eine gewalttätige Ader. Einmal hatte er ihr vor gemeinsamen Freunden gedroht, er wolle sie umbringen. Mehrmals, als er betrunken war, hatte er sie geschlagen. Sie flehte ihn an, das Trinken zu lassen. Er versuchte es ein- oder zweimal, hielt aber nicht durch. Geh zu den Anonymen Alkoholikern, sagte sie. Das lehnte er ab.

Mickymauskram nannte er es. Und dann, im vergangenen Dezember, schlug er sie wieder und brach ihren Wangenknochen. Er warf ihr vor, nach anderen Männern zu schielen, sich mit ihnen einzulassen. Nichts davon stimmte. Aber er wurde nur noch eifersüchtiger und bedrohte sie immer mehr. Da wurde ihr klar, daß ihre Liebesaffäre zum Scheitern verurteilt war.

Aber Clyde war in so vielen Dingen von ihr abhängig. Laß ihn ganz allmählich los, sagte sie sich. Wir wollen Freunde bleiben, sagte sie zu ihm. Sie wollte ihm helfen, über sie hinwegzukommen.

»Sie haben sich also weiter mit ihm getroffen?«

»Von Zeit zu Zeit, wenn er versprach, nüchtern zu bleiben.«

»Hat er sein Versprechen immer gehalten?«

»Nein, ich hab ihn gern gehabt, deshalb hab ich mich mit ihm getroffen.«

»Haben Sie noch mit ihm geschlafen?«

»Ab und zu. Ich war halt schwach. Und er war sehr dominierend.«

»Wie waren seine Beziehungen zu seinen Stiefkindern, soweit Sie das beobachten konnten?«

»Er beherrschte auch sie. Er sagte: ›Lorna ist eine Säuferin, schlimmer als ich, und Ken ist ein alternder Junkie.‹ In einem Lokal in Dallas gab's großen Streit. Clyde sagte ihnen, daß er mich heiraten wollte. Das brachte Lorna auf die Palme. Er hatte Angst, daß sie uns alle am Tisch blamieren würde. Deshalb machte er einen Rückzieher und sagte: ›Na, vielleicht heiraten wir doch nicht. Wir werden sehen.‹ Ich wurde wütend und beschimpfte ihn und lief weg. Das war natürlich blöd. Ich hab's sofort bereut.«

Aha, dachte Warren, sie hat also beschlossen, es zuzugeben – allerdings mit einem kleinen Dreh. Johnnie Fayes Stimme klang aufrichtig. Warren lächelte leicht. Nicht ermutigend, sondern anerkennend. Er brauchte ihr nicht zu sagen, wie sie sich verhalten sollte. Sie wußte Bescheid.

»Ms. Boudreau, haben Sie in Lorna Gerards Gegenwart jemals etwas Ähnliches wie ›Wenn Clyde sich besäuft und die Besinnung verliert, könnt' ich ihm im Schlaf die Gurgel durchschneiden‹ gesagt?«

Johnnie Faye wurde rot. »Ja«, sagte sie ruhig. »An einem Nachmittag sah Lorna fern. Sie saß vor dem großen Mitsubishi-Fernseher mit dem 100-Zentimeter-Bildschirm und trank wahrscheinlich ihren sechsten Scotch auf Eis. Sie war meistens schon vor zwölf Uhr mittags betrunken. Chivas Regal, soweit ich mich erinnere, in einem Kristallglas. Ich mußte mit jemandem reden, weil Clyde mich in der Nacht mal wieder geschlagen hatte, kurz bevor er die Besinnung verlor. Lorna war vom Fernsehprogramm ganz gefesselt und wollte mir nicht zuhören. Ich mußte sie also irgendwie auf mich aufmerksam machen, und mir fiel nichts anderes ein. Wenn man sich vorstellt, daß ich so was zu seiner Stieftochter gesagt habe! Ich wollte ihr gleich sagen, daß ich's nicht so gemeint hatte, aber sie hielt sich die Ohren zu, wollte überhaupt nicht zuhören. Ich hab mich hinterher so geschämt, daß ich weinen mußte. Hab mich richtig elend gefühlt. Ich hab's Clyde dann später erzählt, als er wieder nüchtern war, und er sagte: ›Lorna haßt dich, weil sie diese komische Vorstellung hat, daß du mir einreden willst, ihr kein Geld mehr zu geben. Jetzt hast du ihr einen neuen Grund gegeben, dich zu hassen.‹«

Sauber, dachte Warren. Wieder ein netter Dreh. Sie mußte die halbe Nacht wach gewesen sein, um sich das alles auszudenken.

»Haben Sie sich bei Ms. Gerard entschuldigt?«

»Natürlich. Aber sie war immer noch aufgeregt und wollte mir nicht zuhören. Ich konnt's ihr nicht verdenken.«

Warren ging nun zum Abend des 7. Mai über, zum Dinner in der Hacienda. Er fragte, ob es für das gemeinsame Essen einen besonderen Anlaß gegeben hätte.

Johnnie Faye sagte: »Für mich war's ein Abschiedsessen. Ich konnt's einfach nicht mehr aushalten. Ich dachte mir, hier in der Öffentlichkeit kann ich ihm sagen, daß Schluß ist – zu viele Leute um uns rum, um mir eine zu langen, wie sonst üblich. Aber es lief nicht, wie ich's mir vorgestellt hatte.«

Warren erinnerte sich an die Abschrift von Johnnie Fayes Tonbändern, die Scoot aufgenommen hatte: »Ich wollte ihn heiraten, aber er hat mich immer hingehalten, und das hat mich verdammt noch mal aufgeregt . . .«

Also log sie damals – oder jetzt. Oder immer. Egal, was er glaubte, es gab keinen Grund zu befürchten, daß sie meineidig wurde. Sie stand erst jetzt unter Eid. Es war nicht sittenwidrig, sie reden zu lassen.

Das sagte er sich, als er sie fragte: »Waren Sie in der Hacienda auch betrunken?«

»Ein kleines bißchen.«

»Hatten Sie sich an der Bar gestritten, bevor Sie sich zum Essen an den Tisch setzten?«

»Ja, ich war aufgeregt, weil Clyde mir sagte, er habe wieder Kokain geschnupft. Deshalb brüllte ich: ›Du hast mich belogen!‹ Weil er versprochen hatte, es nicht wieder zu tun. Und ich hab ihn auch beschimpft. Ich hab manchmal ein böses Mundwerk.

Es färbt halt ab, wenn man im Nachtclub arbeitet – ab und zu hat man mit schlimmen Leuten zu tun.«

»Versuchten Sie an der Bar und am Tisch, Clyde betrunken zu machen?«

»Er wollte, daß ich immer wieder neue Drinks bestellte. Ich sagte: ›Ich will nichts mehr trinken.‹ Er sagte: ›Tu, was ich sag.‹ Also bestellte ich eben – ich wollte ihn nicht noch wütender machen, als er schon war. Als die Drinks kamen, kippte er sie ganz schnell hinunter, und dann sagte er: ›Wenn du sie nicht willst, schieb sie rüber.‹ Er konnte die ganze Nacht trinken, ohne umzufallen.«

»Was geschah, als Sie das Restaurant verließen?«

»Ich wollte mit dem Taxi zu ihm fahren, allein, weil ich mein Auto abholen wollte. Aber ich dachte, wenn er fährt, bringt er mich um. Deshalb fuhr ich in seinem Porsche zurück. Und als wir vor seinem Haus standen, sagte er: ›Komm rein – wir reden noch miteinander.‹«

»Haben Sie miteinander geredet?«

»Na ja, wir gingen für eine Weile hinauf. Dann verschwand er im Bad. Für ungefähr fünf Minuten. Als er rauskam, konnte ich sehen, daß er außer sich war. Was er da drin gemacht hat, weiß ich nicht, aber seine Augen waren rot, und er schwitzte. Und er brüllte wieder. Er schlug mir ins Gesicht. Ich rannte die Treppe runter, und er folgte mir.«

»Wohin?«

»Ins Wohnzimmer.«

»Was machte er im Wohnzimmer?«

Sie beschrieb, wie Clyde geschrien und sie beschimpft hatte, wie sie den Schürhaken am Kamin aufhob, um ihn auf Abstand zu halten, wie er ihn ihr entwunden und über seinen Kopf gehalten hatte.

»Bitte, warten Sie einen Augenblick, Ms. Boudreau«, sagte Warren mit erhobener Hand. »Sergeant Ruiz hat diesen Geschworenen erklärt, daß Sie ihm nach seinem Eintreffen in River Oaks erklärt hätten, Sie wollten aus dem Haus laufen, aber Dr. Ott habe sich Ihnen in den Weg gestellt.« Warren wartete ein paar Augenblicke, bis sie nickte. »Ist das passiert?«

»O ja«, sagte Johnnie Faye, »das passierte davor. Ich meine, als wir gerade angekommen waren. Ich wollte gleich wieder gehen, und Clyde stellte sich mir in den Weg. Natürlich hätte ich um ihn herumgehen können – zu dem Zeitpunkt. Sergeant Ruiz hat absolut recht, die Halle ist riesig. Aber Clyde war zu dem Zeitpunkt noch nicht so außer sich. Er bettelte, ich solle doch bleiben und mit ihm reden. Er tat mir leid, also hab ich nachgegeben. Dann sind wir raufgegangen.«

Warren blickte sie unverwandt an. »Sie wollen damit sagen, daß Dr. Ott sich Ihnen nicht in den Weg stellte, nachdem Sie beide die Treppe heruntergekommen waren, als Sie den Schürhaken aufhoben und er ihn Ihnen aus der Hand nahm?«

»Stimmt. Das war davor. Ich glaube, ich habe Sergeant Ruiz etwas verwirrt, als ich später mit ihm redete. Ich war natürlich aufgeregt, um es milde auszudrükken.«

»Warum sind Sie dann, als Sie später die Treppe herunterkamen und wußten, daß Dr. Ott schon wütend und aggressiv und, wie Sie es ausdrückten, ›außer sich‹ war – warum sind Sie dann nicht direkt aus der Tür gerannt und haben sich in Ihrem Auto in Sicherheit gebracht?«

Ein Funke blitzte in Johnnie Fayes Augen auf. Ein glühendes, zorniges Kohlestückchen. Aber es verlosch sofort wieder. Warren glaubte nicht, daß die Geschworenen es gesehen hatten.

»Weil ich meine Handtasche auf dem Sofa im Wohnzimmer liegengelassen hatte«, erklärte sie. »Mein Auto stand in der vorderen Einfahrt, und die Schlüssel zu meinem Auto – meinem Mercedes – waren in der Handtasche. Meiner braunen Handtasche, die ich auf dem weißen Ledersofa gelassen hatte, bevor ich nach oben ging.«

Einzelheiten, hatte ihr Warren eingeprägt. Der Mitsubishi-Fernseher, die braune Handtasche, das weiße Sofa. Sie erinnerte sich, auch wenn die Einzelheiten zu einem neuen Märchen gehörten.

»Ich verstehe.« Er brauchte einen Moment, um sich neu einzustellen. Dann näherte er sich den Geschworenen. Er konnte die Intensität ihrer Konzentration förmlich spüren. »Ms. Boudreau«, sagte er und hatte keine Ahnung, wie sie antworten würde, »sagen Sie uns bitte, wo Sie waren, nachdem Sie die Treppe herunterkamen, wo Dr. Ott war, was geschah und in welcher Reihenfolge.«

Johnnie Faye tat ihm den Gefallen. Sie war die Treppe heruntergekommen und hatte ihre Tasche vom Sofa genommen. Clyde brüllte sie an, er werde sie grün und blau schlagen. Sie hob den Schürhaken auf, um sich zu verteidigen. Er war ein großer, starker Mann. Er riß ihr den Schürhaken aus der Hand und versetzte ihr einen solchen Stoß, daß sie durch den Raum torkelte und rückwärts aufs Sofa fiel. Dann sagte er: »Jetzt bring ich dich um, du Luder. Du willst es ja nicht anders.«

Noch mehr neue Informationen. Ein kreativer Geist am Werk.

Warren fragte: »Und was tat Dr. Ott dann?«

»Er lief durchs Zimmer auf mich zu, und da griff ich in meine Handtasche – ganz spontan, könnte man sagen – und zog meine kleine Pistole heraus. Das war eine ganz instinktive Reaktion, ich hatte nie die Absicht, sie zu benutzen. Er blieb stehen, kam auf dem Teppich irgendwie rutschend zum Stehen. Er war vielleicht noch einen Meter von mir entfernt. Ich sagte: ›Komm nicht näher, Clyde, sonst schieß ich.‹ Aber ich wollte nur bluffen.«

»Sie saßen immer noch auf dem Sofa?«

»Ja.«

»Und er stand still und griff sie nicht an?«

»Das ist richtig. Aber dann schaffte ich es, aufzustehen, und er hob den Haken, um ihn mir auf den Kopf zu schmettern. Ich wußte, daß er mich umbringen oder zumindest bewußtlos schlagen würde. Sie haben den Schürhaken ja gesehen – er ist groß und schwer. Deshalb drückte ich ab. Ich wollte ihn nicht umbringen. Ich wollte ihm nur Angst einjagen oder ihn verletzen und außer Gefecht setzen, damit ich mich in Sicherheit bringen könnte. Aber die Pistole schoß immer weiter. Ich wollte nicht, daß das passiert. Ich hatte meine Finger nicht mehr unter Kontrolle. Ich bin wohl in Panik geraten oder so was.«

Clyde fiel nach vorn aufs Sofa. Sie schaffte es gerade noch, auf die Seite zu springen. Der Schürhaken fiel auf den Teppich.

»Und wie fühlten Sie sich in diesem Augenblick?«

»Schrecklich, ich war entsetzt, daß ich so was getan hatte. Fürchterlich.« Johnnie Faye schlug die Hände vors Gesicht. Sie wiegte sich hin und her, um Kummer zu simulieren.

Richter Bingham fragte Warren: »Würden Sie gern

fünf Minuten Pause einlegen, damit sich die Zeugin beruhigen kann?«

»Nein, danke, Euer Ehren. Mit Erlaubnis des Gerichts werden wir, sobald sich Ms. Boudreau gefaßt hat, hat, fortfahren.«

Der Richter blickte auf seine Protokollführerin. Maria nickte. Bei ihr war alles in Ordnung.

Johnnie Faye langte in ihre Handtasche. Sie putzte sich die Nase.

»Ich kann jetzt weitermachen«, sagte sie leise. Sie wandte sich an den Richter. »Ich danke Ihnen für Ihre Rücksichtnahme, Euer Ehren.«

»Ms. Boudreau –« Warren beugte sich vor. »Haben Sie nach den Schüssen einen Arzt oder einen Krankenwagen gerufen?«

»Nein, Sir. Ich wollte es tun, aber da war so viel Blut, daß ich das Schlimmste vermutete. Ich fühlte Clydes Puls. Nichts. Ich wußte, daß er tot war. Dann hab ich was Dummes getan.« Sie zögerte, senkte den Kopf.

Warren konnte sich überhaupt nicht vorstellen, was jetzt kommen würde. Aber er fragte: »Was haben Sie getan, Ms. Boudreau?«

»Ich hob den Schürhaken vom Teppich auf, wo Clyde ihn fallen gelassen hatte. Ich weiß nicht, warum ich das gemacht habe. Wahrscheinlich hatte ich Angst und war ein bißchen hysterisch. Ich hab den Griff in den Händen herumgedreht. Vielleicht brauchte ich nur was, um mich dran festzuklammern. Ich wollte ihn schon wieder an den Kamin lehnen, aber dann dachte ich, nein, das ist ja noch dümmer. Ich hab mir immer wieder gesagt, du hast was Schreckliches getan, aber es war nicht verkehrt – du mußtest es tun. Dann ließ ich den Schürhaken wieder auf den

Teppich fallen, ungefähr da, wo Clyde ihn fallen gelassen hatte.«

Warren mußte vor so viel Frechheit fast lächeln. Alle grundlegenden Punkte, einschließlich der fehlenden Handabdrücke, waren abgedeckt. Wenn die Geschworenen ihr glaubten. Er sah Johnnie Faye in die Augen. Ihr Kopf war jetzt erhoben und ihr Blick fest.

»Sagen Sie den Geschworenen bitte – haben Sie Dr. Ott in irgendeiner Weise bedroht oder provoziert, bevor er mit dem Schürhaken ausholte?«

»Nein, Sir.«

»Als Dr. Ott mit dem Schürhaken ausholte – hatten Sie Angst um Ihr Leben?«

»Ja. Ich war halb wahnsinnig vor Angst.«

»Wo waren Sie in diesem Augenblick?«

»Ich saß auf dem Sofa, wo er mich hingestoßen hatte. Dann stand ich auf.«

»Konnten Sie sich irgendwohin zurückziehen?«

»Nein, Sir. Das Sofa stand sehr nah am Bücherregal. Ich konnte nirgends hingehen.«

»Geschah das, was er tat, schnell oder langsam?«

»Sehr schnell.«

»Hatten Sie die Absicht, Dr. Ott zu töten?«

»Nein.«

»Waren Sie nüchtern oder betrunken, als Sie abdrückten?«

»Inzwischen wieder nüchtern. Auf der Heimfahrt wurde ich nüchtern.«

»Ms. Boudreau, Sie saßen hier in diesem Gerichtssaal, als Mr. Harry Morse von Western America bezeugte, daß Sie seinen Schießplatz aufsuchten und einen falschen Namen benutzten. Warum haben Sie das getan?«

»Ich bleib gern anonym«, sagte sie. »Und ich dachte nicht, daß es verboten ist, einen anderen Namen zu benutzen, wenn man nicht vorhat, jemanden zu betrügen. Ich habe Mr. Morse nicht betrogen. Ich hab für meine Zeit und die Munition bezahlt.«

»Besaßen Sie damals drei Pistolen?«

»Damals ja. Eine wurde mir später gestohlen, und die andere, die 45er, befindet sich im Club, in meinem Büro, in einer fest verschlossenen Schreibtischschublade.«

»Waren alle drei Pistolen registriert?«

»Die 45er und die 22er ja. Die andere nicht. Jemand hat sie mir mal geschenkt. Ich hatte es vergessen.«

»Wofür benötigten Sie diese Pistolen?«

»Zum Schutz. Vor fünf oder sechs Jahren wurden wir überfallen. Und, wie ich Ihnen schon erzählt habe – manchmal kommen komische Leute in den Nachtclub. Jemand folgte mir mal nach Hause und versuchte, mich zu vergewaltigen. Danach hatte ich immer eine Pistole im Auto. Es war die, die mir dann gestohlen wurde, die, die nicht registriert wurde.«

Nicht gestohlen. In einen Abfallcontainer geworfen, nachdem du damit einen Mann ermordet hattest!

»Noch eine Sache, Ms. Boudreau. Mr. Morse bezeugte außerdem, daß er Ihnen beim Üben auf dem Schießplatz zugesehen hat. Er sagte, Sie seien eine gute Schützin. Stimmt das?«

»Ja«, sagte sie, »ich bin eine sehr gute Schützin.«

»Dann sagen Sie uns bitte, wie Sie sich die Tatsache erklären, daß Sie Dr. Ott nur verwunden wollten und ihn dennoch zwei oder drei Kugeln, die Sie abfeuerten, an wesentlichen Stellen trafen und töteten?«

»Ich glaube, er hat sich vielleicht bewegt, nur ein bißchen. Und ich war in Panik. Ich war mit Wucht aufs

Sofa gestoßen worden. Ich hatte Angst um mein Leben. Meine Hände zitterten. Es ging alles so schnell.«

Warren hatte genug. Er sagte: »Ihr Zeuge.«

»Hier machen wir halt«, sagte Richter Bingham. »Nach dem Mittagessen können Sie, Mr. Altschuler, die Angeklagte ins Kreuzverhör nehmen, wenn Sie wollen.«

Zum Verteidigertisch zurückschreitend, bemerkte Warren aus den Augenwinkeln eine schlanke blonde Frau mit hohen Wangenknochen, die ganz hinten saß. Interessant. Sie erinnerte ihn an Charm, nur daß sie dünner, knochiger war. Ich sollte Charm heute abend unbedingt anrufen, dachte er.

»Gute Arbeit«, sagte Rick.

»Wovon redest du?« Warren schüttelte verärgert den Kopf. »Glaubst du, ich hätte ihr gesagt, daß sie so eine Scheiße erzählen soll?« Er begann, seine Papiere zusammenzuschieben und in die Aktentasche zu stopfen, als ihn jemand von hinten leicht am Arm berührte. Er drehte sich um – die blonde Frau, die ihn an Charm erinnerte. Er hatte sich geirrt: Es war Charm.

Er war schockiert, daß er sie nicht erkannt hatte. Seine Frau war eine Fremde geworden.

Sie hatte abgenommen, und die Backenknochen zeichneten sich deutlicher ab. Es machte sie älter, aber es stand ihr, als ob nun endlich der letzte Babyspeck verschwunden wäre, um diese ganz spezifische Frau zu enthüllen. Sie schüttelte ihm die Hand mit ungewohnter Sanftheit und Feierlichkeit.

»Ich hab zweimal angerufen und Nachrichten hinterlassen. Du hast mich nicht zurückgerufen. Ich mußte mit dir sprechen.«

Er wandte nicht ein, daß er angerufen hatte und ihre Nummer besetzt gewesen war. Es hätte so fadenscheinig geklungen.

»Jetzt ist keine gute Zeit, Charm.«

»Das weiß ich«, sagte sie leise. »Es tut mir leid, aber ich dachte, wir könnten schnell was essen. Ich muß in einer Stunde wieder beim Sender sein. Kannst du?«

Warren zögerte. Er hatte Johnnie Faye alles gesagt, was er zu sagen beabsichtigt hatte. Am Nachmittag käme sie ins Kreuzverhör. Er brauchte Zeit, um die Löcher in ihrer Geschichte zu überdenken, um herauszufinden, wo Altschuler einhaken könnte, um das ganze Gewebe auseinanderzureißen. Es war auf jeden Fall die falsche Zeit für einen Besuch, für entnervendes Geplauder. Ein Teil von ihm wollte »geh weg« sagen. Ein anderer Teil genau das Gegenteil. Und er schuldete ihr ein Dankeschön – sie war es schließlich gewesen, die ihn auf die blaue Delle in Johnnie Fayes Mercedes aufmerksam gemacht hatte.

Auf der anderen Seite des Verteidigertisches räusperte sich Rick. »Ich nehm unsere Mandantin mit. Kein Problem.«

Johnnie Faye lächelte. »Alles okay. Gehen Sie mit Ihrer Frau essen.«

Als sie den Gerichtssaal verließen, umringten sie Reporter. Warren schob sich fast grob an ihnen vorbei und murmelte über seine Schulter: »Jetzt kein Kommentar. Wenn der Prozeß vorbei ist, werde ich reden.« Er nahm Charm am Ellbogen und floh mit ihr durch die sich glücklicherweise gerade schließende Aufzugstür.

Warren wußte, daß er schwach gewesen war. Er hätte nein sagen sollen. Er wollte keine Vorwürfe oder Einzelheiten ihrer Affäre mehr hören oder weiter über die Vermögensaufteilung debattieren. Sie hätte ihm schreiben können. Sie hätte Arthur Franklin beauftragen können, sich mit ihm in Verbindung zu setzen.

Das Gefühl, einem Druck nachgegeben zu haben, war seltsam und neu. Nein, stellte er fest, es war alt. Mit diesem Gefühl hatte er drei Jahre gelebt – seit der Sache mit Virgil Freer. Nur hatte er es damals verleugnet, es in die tieferen Regionen seines Wesens versenkt, wo es schwärte. Er hatte sich und Charm vom Gegenteil überzeugt. Wieder mußte er sich verbessern. Charm hatte er nicht überzeugt. Sie hatte sein Verleugnen, seine Verwirrung, seine Langeweile durchschaut. Aber sie hatte ihm nicht helfen können, und er hatte sich selbst nicht helfen können oder die nötige Anstrengung nicht aufgebracht. Wie merkwürdig, jetzt alles so klar zu sehen. Er war nicht mehr der Mensch, der er vor Virgil Freer gewesen war. Damals hatte er angenommen, daß in menschlichen Ereignissen Logik war, daß, wenn man A tat, B folgte. Daß man Erfolg hatte, wenn man fleißig war und mit Phantasie an einer Sache arbeitete, die einem Freude machte. Daß man glücklich wurde, wenn man aus Liebe heiratete und gütig war. Daß Kinder sich gut entwickelten und einen stolz machten, wenn man sie mit Disziplin und Liebe großzog. So war das Leben aber nicht. Er war naiv gewesen, ein Kind im grauen Anzug eines Anwalts. Das Leben war ständiger Krieg gegen unsichtbare und meist unerklärte Feinde. Die eigene Naivität gehörte zu diesen Feinden. Man mußte dagegen ankämpfen und improvisieren und den eigenen Rücken stärken. Die Dinge klar sehen, auch wenn man dabei schreien mußte.

Er führte Charm in das kleine griechische Restaurant. In Gerichtsnähe gab es noch andere Lokale, wo es besseres Essen gab, aber die waren stets überfüllt und laut – voller Anwälte und Gerichtsangestellte – und kein Ort, an den man seine Frau bringen konnte, die sich von einem scheiden ließ und reden wollte. Unterwegs berichtete er knapp von seinem Fall, und Charm, an seiner Seite, hörte ihm scheinbar interessiert zu, schwieg aber die meiste Zeit. Im griechischen Lokal gab es Plastiktischdecken und dünne, verbogene Gabeln. Der Tisch wackelte, bis Warren eine gefaltete Papierserviette unter ein Bein schob. Er bestellte eine Cola und einen Salat, und Charm bestellte etwas, das er nicht aussprechen konnte. Warren lehnte sich zurück.

»So? Was gibt's?«

Charm sagte: »Ich habe mich von Jack getrennt. So heißt der Mann, mit dem ich befreundet war. Jack Gordon. Vor etwa zwei Wochen.«

Gut, dachte Warren. Gleichzeitig dachte er, gar nicht gut. Nicht gut für sie und wahrscheinlich auch nicht gut für mich.

»Ich hatte dir ja gesagt, daß er verheiratet ist und

drei Kinder hat und in Scheidung lebt. Das stimmt alles. Aber vielleicht war nicht alles so klar, wie er es darstellte. Er läßt sich zwar scheiden, aber er hat immer noch eine Menge ambivalente Gefühle, was seine Frau – sie heißt Emily – und natürlich seine Kinder betrifft. Er ist Jude. Er hat große Schuldgefühle.«

Warren neigte den Kopf zur Seite und fragte: »Muß man Jude sein, um Schuldgefühle zu haben, weil man sich von seiner Frau scheiden läßt und seine Kinder aufgibt?«

»Nein, aber der Vorgang gewinnt an Dimension.« Über Charms Gesicht huschte ein gequältes Lächeln.

Ich mag die Art, wie sie sich ausdrückt, dachte Warren. Das mochte ich immer. Plötzlich spürte er das enorme Gewicht des Verlustes am ganzen Körper.

»Wie dem auch sei«, nahm sie das Gespräch wieder auf, »Ambivalenz ist nicht meine Sache. Wir haben uns ausgesprochen, und er weinte, und meine Augen blieben auch nicht trocken, und dann sagte ich schließlich: ›Du bist ein erwachsener Mann, flieg nach New York zurück und sprich mit Emily. Mach reinen Tisch.‹ Das hat er getan. Aber dann hab ich mir so manches durch den Kopf gehen lassen, und das Ergebnis war, daß die ganze Sache ein bißchen zu kompliziert für mich ist und daß ich mir vielleicht nicht alles so genau überlegt habe. Vielleicht waren meine Gefühle für ihn auch ambivalent. Ich meine, ich mochte ihn, aber ich fühlte mich all diesem Sturm und Drang nicht gewachsen. Und dann gab es ja auch noch dich. Jack war immer eifersüchtig auf meine Gefühle für dich. Ich hab Jack viel von dir erzählt.«

»Ach?« Warren fühlte sich unbehaglich. Aber er war neugierig.

»Zum Schluß meinte er, daß du ein ganz netter Kerl

sein mußt, obwohl du drohtest, mit deinen Cowboystiefeln auf ihm herumzutrampeln. Er konnte sich nicht recht erklären, warum ich dich eigentlich verlassen hatte.«

Warren sagte nichts.

»Dann hab ich ihn vor etwa zehn Tagen in New York angerufen«, erzählte Charm, »und ihm gesagt, daß alles aus sei. Ich habe den Verdacht, daß er irgendwie erleichtert war. Es passierte alles zu früh für ihn. Ich meine, zu früh, nachdem seine Ehe in die Brüche ging.«

»Na ja«, sagte Warren, »das Leben funktioniert nicht immer nach einem Zeitplan, der einem gerade paßt« – und dabei wußte er genau, daß er das Kernproblem umging. Er pickte eifrig in seinem Salat herum, suchte die letzten Bissen Fetakäse heraus.

Er blickte auf und sah, daß Charm Trost brauchte. Sie senkte den Kopf und preßte die Finger an ihre Schläfen. Sie hatte ihr Essen kaum berührt.

»Ich fühl mich so elend«, murmelte sie.

»Weil Jack weg ist.«

»Zum Teil. Aber vor allem wegen der Art, wie ich dich sitzengelassen habe. Oder dich rausgeschmissen habe – wie dem auch sei. Ich hab einen Fehler gemacht.«

Das hatte sie gesagt, ohne daß er ihre Augen sehen konnte. Als sie endlich die Hand sinken ließ, sah er, daß ihr Tränen in den Augen standen. Er biß die Zähne zusammen, weil ein Teil ihres Schmerzes auf ihn überging.

»Ich muß mich entschuldigen«, sagte sie. Sie blickte ihm immer noch nicht ins Gesicht. Sie schniefte. »Für damals und für jetzt. Ich sollte nicht so zu dir kommen und wie ein Schulmädchen heulen. Aber ich mußte es dir sagen.«

»Ich weiß nicht, was ich sagen soll, Charm.« Und das war die Wahrheit.

»Du brauchst nichts zu sagen. Oder – vielleicht doch. Haßt du mich, Warren?«

»Nein.«

»Hast du mich gehaßt?«

»Haß ist das falsche Wort. Ich war wütend. Ich war verletzt. Das kannst du verstehen, oder?«

»Hast du eine andere Frau gefunden?«

»Ja, da ist jemand anderes.«

»Scheiße«, sagte Charm. Sie langte in ihre Handtasche und schneuzte sich kräftig in ein Papiertaschentuch. »Was Ernstes?«

Warren sagte: »Es ist noch im Stadium, wo's Spaß macht.«

Charm begann, in ihrer Handtasche zu wühlen. »Ich laß dich fürs Essen bezahlen. Ich gehe.« Sie sprach nervös, leise. »Ich schäme mich so, wie ich mich dir gegenüber verhalten habe. Ich habe nie aufgehört, dich zu lieben. Mir hing bloß unser Leben zum Hals raus. Das wollte ich dir sagen und das andere auch, und ich wollte dich fragen . . .« Sie schluckte. »Und ich wollte dich fragen, ob du wieder nach Hause kommen möchtest. Nicht heute, sondern wenn du soweit bist. Antworte mir jetzt nicht. Ich weiß, was du antworten würdest. Ich kann es dir an den Augen ansehen. Und hab kein Mitleid mit mir. Ich bin okay.«

Er wollte etwas sagen, obwohl er keine Ahnung hatte, welche Worte aus seinem Mund kommen würden. Sein Verstand war blockiert, die Schaltungen mit widersprüchlichen Gedanken und Gefühlen überlastet: Mitleid und Wut und Zärtlichkeit, ein Ausbruch von Zuneigung, dann Abwehr, sogar blitzschnell auftauchende Erinnerung an das, was er einmal Liebe genannt hatte. Aber es gelang ihm nicht, irgendeine dieser Empfindungen in Worte zu fassen. Charm floh aus dem Lokal.

Warren erhob sich, sah, wie sie die Tür erreichte und aufstieß und auf der heißen Straße verschwand. Was für eine gutaussehende Frau, dachte er. Was für ein Herz, was für eine Seele. Was für ein schlaues Mundwerk. Was für ein Dummkopf sie ist. Und ich will sie nicht zurück.

Nun war es raus; es war nicht zu leugnen. Er schaute auf seine Uhr. Er hatte noch zehn Minuten, um die Rechnung zu bezahlen und zum Kreuzverhör seiner Mandantin zu kommen.

Bob Altschuler lehnte sich träge auf seinem Stuhl am Staatsanwaltstisch zurück. Er sagte: »Ms. Boudreau, ich darf Sie daran erinnern, daß Sie noch unter Eid stehen.«

Johnnie Fayes Hände lagen auf der Handtasche in ihrem Schoß. Sie begegnete Altschulers hartem Blick, ohne mit der Wimper zu zucken.

»Wir beginnen am besten mit dem Anfang und arbeiten uns allmählich bis zur Mordnacht vor, genauso wie Ihr Anwalt es auch gemacht hat. Ist es Ihnen so recht?«

»Ich richte mich ganz nach Ihnen, Sir«, sagte Johnnie Faye.

Altschuler hob eine Augenbraue. Dann blickte er prüfend auf seinen gelben Notizblock. »Schön . . . Soweit ich mich erinnere, sagten Sie, daß Drogen einen Ihrer Brüder umgebracht hätten. Haben Sie das gesagt?«

»Ja.«

»Ganz zu Anfang Ihrer Aussage haben Sie aber auch erwähnt, daß Ihre beiden Brüder in Vietnam umgekommen seien. Was ist es denn nun gewesen, Ms. Boudreau – Drogen oder Kugeln?«

Ein Fehler, dachte Warren. Das weckt bei den Geschworenen eher Mitgefühl. Aber er wußte schon, worauf Altschuler hinauswollte.

Geduldig und in allen Einzelheiten schilderte Johnnie Faye, was Clinton und dann Garrett geschehen war. Sie sprach direkt zu den Geschworenen. Dann drehte sie sich wieder zum Staatsanwalt um. »Was ich meinte, war, daß Garrett durch Vietnam getötet wurde, auch wenn er eigentlich nicht in Vietnam getötet wurde.«

»In anderen Worten: Als Sie aussagten, sagten Sie eine Sache und meinten eine andere. Könnte man es fairerweise so ausdrücken?«

»Ja, in einer Art. Aber was meinen Bruder Garrett angeht – ich dachte nicht, daß es wichtig wäre.«

»Es ist nur insoweit wichtig, als die Geschworenen sehen können, wie Ihr Verstand arbeitet, Ms. Boudreau, wenn Sie aufgefordert werden, unter Eid die Wahrheit zu sagen.«

Bevor Warren Einspruch erheben konnte, sagte sie: »Ich habe die Wahrheit gesagt. Ich hab später gesagt, daß mein Bruder an einer Überdosis starb.«

Zwei Minuten im Kreuzverhör, dachte Warren, und schon wird sie in einen Streit mit Altschuler verwikkelt. Er wird sie zerfetzen. Warren stand auf und schüttelte traurig den Kopf. »Euer Ehren, die Aufgabe des Staatsanwalts ist es, der Zeugin Fragen zu stellen und nicht, sie zu quälen oder die Geschworenen zu belehren. Würde das Gericht bitte so freundlich sein und ihn daran erinnern?«

»Ist das ein Einspruch, Mr. Blackburn?« fragte Richter Bingham.

»Jawohl, Euer Ehren.«

»Stattgegeben. Unterlassen Sie es in Zukunft, Mr. Altschuler.«

Warren blickte Johnnie Faye eindringlich an. Er hoffte, daß die Botschaft angekommen war. Aber sie beugte sich auf dem Zeugenstuhl leicht vor, die Handtasche hielt sie umklammert. Ihr Blick konzentrierte sich voll auf Bob Altschuler.

Altschuler sagte: »Ms. Boudreau, Sie erzählten den Geschworenen, daß Sie stolz waren, damals – 1970 – bei der Wahl zur Miss Texas Corpus Christi zu vertreten, nicht wahr?«

»Ja, Sir, das stimmt.«

Altschuler, der auf seine Notizen blickte, sagte: »Entspricht es nicht der Tatsache, daß Sie bei der Miss-Texas-Wahl vor Fernsehkameras eine Rede hielten und den Wettbewerb als ›dumme und erniedrigende Scharade‹ bezeichneten? Sind das Ihre Worte, Ms. Boudreau?«

»Mag sein, aber es hatte nichts damit zu tun, wie ich mich fühlte, weil ich meine Heimatstadt vertrat.«

Altschuler wandte sich an Richter Bingham. »Euer Ehren, würden Sie die Zeugin bitte anweisen, mit ja oder nein zu antworten, wenn eine Ja- oder Nein-Antwort angebracht ist?«

Richter Bingham nickte. »Bitte, versuchen Sie's, Madam.«

Johnnie Faye sagte: »Euer Ehren, das kann ich nicht, wenn er die Tatsachen verdreht.«

Warren verdrehte die Augen. Jetzt stritt sie sich auch noch mit dem Richter herum!

Bingham ignorierte sie und sagte: »Fahren Sie fort, Mr. Altschuler.«

»Haben Sie bei der Miss-Texas-Wahl außerdem nicht auch zur Presse gesagt: ›Jungfräuliches Fleisch ist die einzige Art von Fleisch, das die chauvinistischen Schweine in diesem Zirkus zulassen‹? Sind das Ihre Worte?«

Johnnie Fayes Finger bohrten sich tiefer ins Leder ihrer Handtasche.

»Ja, Sir, das habe ich gesagt.«

»Sollten diese Worte demonstrieren, wie stolz Sie waren, Ihre Heimatstadt zu repräsentieren?«

»Das ist nicht wahr.«

»Verzeihung, antworten Sie mit ja oder nein?«

»Ich versuche zu sagen, daß die eine Sache mit der anderen nichts zu tun hatte.«

»Bedeutet das ja oder nein?«

»Nein«, sagte sie wütend. »Oder ja. Ich kann mich nicht mal mehr an Ihre blöde Frage erinnern.«

Altschuler nickte, als ob er etwas von größter Bedeutung erfahren hatte. »Streichen Sie die blöde Frage«, sagte er. »Nun, Ms. Boudreau, um die Schwierigkeiten Ihrer Arbeit in Ihrem Nachtclub zu beklagen, sagten Sie, daß Gott keine perfekte Welt geschaffen hätte. Glauben Sie an Gott?«

»Ja, Sir.«

»Gehen Sie regelmäßig in die Kirche?«

»Einspruch«, sagte Warren. »Irrelevant.«

»Dieser Frage hat sie selbst Tür und Tor geöffnet«, erklärte Altschuler, »als sie Gott ins Spiel brachte.«

»Sie hat der Frage, ob sie an Gott glaubt oder nicht, Tür und Tor geöffnet«, warf Warren ein.

»Nicht, was ihre Gewohnheiten als Kirchgängerin betrifft.«

»Das sind Haarspaltereien«, bellte Altschuler.

»Das finde ich nicht«, sagte Bingham. »Ich lasse es nicht zu. Einspruch stattgegeben.«

Altschuler knurrte: »Wenn der Verteidiger nicht will, daß die Geschworenen etwas über die kirchgängerischen Gewohnheiten seiner Mandantin erfahren, werde ich nicht weiter danach fragen.« Scheinbar empört schüttelte er den Kopf.

Wenn Altschuler den Revolverhelden spielen wollte, würde Warren eben den Sheriff markieren. Sofort war er wieder auf den Füßen. »Euer Ehren, ich erhebe Einspruch. Ich bin sicher, die Geschworenen kommen auch ohne dieses melodramatische Mienenspiel aus.«

»Unsinn!« kläffte Altschuler. »Wir suchen die Wahrheit! Ich finde, wir haben das Recht zu erfahren, ob wir es mit einem ehrlichen Menschen oder einer Heuchlerin zu tun haben!«

Mit übertriebener Eindringlichkeit wandte sich Warren an den Richter und sagte :»Euer Ehren, bitte! Das sind nur Reden und boshafte Andeutungen.« Wahrscheinlich wäre er nicht so beschützerisch aufgetreten, wenn Altschuler nicht so persönlich und aggressiv geworden wäre. Die Juristerei ist Schauspielerei. Wenn ein Anwalt es schafft, die Geschworenen dazu zu bringen, ihm mehr als dem anderen Schweinehund zu trauen, ist er fein raus.

Der Richter ließ den Hammer sausen. »Lassen Sie diesen Unfug – beide! Mr. Warren, Ihrem Einspruch wird stattgegeben. Mr. Altschuler, machen Sie weiter mit Ihrem Kreuzverhör.«

Sich beruhigend, fragte Altschuler: »Ihr Nachtclub,

der, wie ich vermute, nicht zu Gottes perfekter Welt gehört – ist das ein Obenohne-Nachtclub?«

»Ja, Sir.«

»Junge Frauen tanzen nackt von der Taille aufwärts?«

»Ja, Sir.«

»Sie nähern sich den Gästen bis auf 15 Zentimeter und wackeln mit den Brüsten vor dem Gesicht der Kunden herum?«

»Ja, manchmal.«

»Leisten Sie auch sexuelle Dienste?«

»Nicht, daß ich wüßte«, sagte Johnnie Faye.

Sie hatte sich wieder gefaßt. Mit seinen Einsprüchen hatte Warren ihr Zeit gekauft. Sie konnte sich die Dinge zurechtlegen.

»Sie sagten, um auf Dr. Otts Frau zu sprechen zu kommen: ›Sharon starb auf so tragische Weise.‹ Erzählen Sie den Geschworenen bitte – wie starb Ms. Ott?«

»Ich glaube, sie wurde 1987 vor einem Aerobic-Center erschossen.«

»Hatten Sie persönlich Kenntnis von diesen Ereignissen, Ms. Boudreau?«

»Nein. Nur, soweit ich in der Zeitung darüber las und Clyde mir davon erzählt hatte.«

»Waren Sie mit einem Mann namens David Inkman, als Dink bekannt, den die Polizei im Verdacht hatte, Ms. Ott ermordet zu haben, eng befreundet?«

»Einspruch!« schrie Warren. »Keine Aussage, es ist irrelevant, und es stellt eine ungeheure Unterstellung dar!«

»Stattgegeben«, sagte Richter Bingham. »Die Geschworenen lassen die Frage und jede Unterstellung außer acht. Lassen Sie das, Mr. Altschuler.«

»Ms. Boudreau, Sie besaßen einmal drei Pistolen, ist das korrekt?«

»Ja.«

»Und eine davon, ein 32-Kaliber-Colt, war nicht registriert?«

»Ja.«

»Ist Ihnen bewußt, daß das illegal ist?«

»Ja.«

»Diese Pistole war ein Geschenk?«

»Ja.«

»Von wem?«

»David Inkman.«

»Das Geschenk eines Toten.« Altschuler kicherte. »Erzählen Sie uns«, sagte er, das Thema wechselnd, um sie zu verwirren, »wie war es, nachdem Dr. Ott Sie zum erstenmal schlug – machten Sie sich Sorgen um Ihre persönliche Sicherheit?«

»Ja«, sagte Johnnie Faye.

»Und haben Sie seitdem nicht eine 22-Kaliber-Pistole in der Handtasche mit sich herumgetragen, damit Sie sich schützen könnten, falls Dr. Ott damit drohte, Sie erneut zu schlagen?«

»Nein, ich hab diese Pistole immer dabeigehabt. Das hatte nichts mit Clyde zu tun. Ich glaube, ich erwähnte, daß jemand mich mal zu vergewaltigen versuchte.«

»Meldeten Sie diesen Vergewaltigungsversuch der Polizei?«

»Nein.«

Warren hörte gespannt zu. Sie war in Schwierigkeiten, aber sie hielt sich tapfer. Ihre Hände lagen ruhig auf der Tasche.

»Wie viele Drinks nahmen Sie in der Nacht des 7. Mai in der Hacienda zu sich, Ms. Boudreau?«

»Zwei oder drei.«

»Und Dr. Ott hatte mindestens sieben, vielleicht sogar acht?«

»Ja.«

»Hatten Sie nicht vor, gerade so viel zu trinken, daß Sie nüchtern blieben, und haben Sie Dr. Ott nicht zum Trinken animiert?«

»Nein, das hab ich ganz und gar nicht getan.«

»Sie geben zu, ein böses Mundwerk zu haben, nicht wahr?«

»Manchmal.«

»Aber Sie haben ein flinkes Gedächtnis?«

»Ich habe ein gutes Gedächtnis, ja.«

»Wiederholen Sie vor den Geschworenen die Worte, mit denen Sie Dr. Ott an der Bar der Hacienda beschimpften.«

»Solche Worte benutze ich nicht gern in der Öffentlichkeit, Sir.«

»Euer Ehren, bitte weisen Sie die Zeugin an, auf meine Fragen einzugehen.«

»Sie können antworten, Madam«, sagte Richter Bingham.

»Ich nannte Clyde Arschficker und dreckiger Lügner, weil er mir gesagt hatte, er würde kein Kokain mehr nehmen.«

»Konsumieren Sie nicht selber Kokain und Marihuana, Ms. Boudreau?«

»Vor langer Zeit hab ich mal kleine Mengen Marihuana geraucht. In meinem Beruf gibt's 'ne Menge Streß. Kokain habe ich nie genommen.«

Altschulers Augen wurden tiefschwarz und drohend. »Verteilen und verkaufen Sie nicht sogar Kokain an manche Ihrer persönlichen Freunde in Ihrem Oben-ohne-Nachtclub Ecstasy?«

»Nein.«

»Wieviel Uhr war es genau, als Sie in der Nacht des 7. Mai von der Hacienda zu Dr. Otts Haus zurückkehrten?«

»Moment . . . Wir müssen um elf herum das Restaurant verlassen haben. Also, so gegen halb zwölf.«

»Sie gingen mit Dr. Ott nach oben?«

»Ja.«

»Sie hatten Geschlechtsverkehr mit ihm, nicht wahr?«

»Ja. Er bestand darauf.«

»Wollen Sie damit sagen, daß Sie keinen Geschlechtsverkehr mit ihm haben wollten?«

»Nein. Ich meine, das stimmt – ich wollte nicht.«

»Er bestand darauf, und Sie wollten nicht. Er war betrunken und stand unter dem Einfluß von Kokain, und Sie waren nüchtern. Wollen Sie uns erklären, daß er unter diesen Umständen in der Lage war, Sie zum Geschlechtsverkehr zu zwingen?«

»Ja, das ist richtig.«

»Drohte er, Ihnen Gewalt anzutun, wenn Sie nicht dazu bereit waren?«

»Nein. Er stieß mich nur runter aufs Bett.«

»Aber als Sie mit ihm nach oben gingen, wußten Sie doch, daß er Geschlechtsverkehr wünschte.«

»Nein.«

»Sie glaubten, er wollte nur, daß Sie ihn ins Bett brachten?«

»Ich dachte, er wollte reden.«

»Unten im Wohnzimmer konnten Sie nicht reden?«

»Sicher hätten wir unten reden können. Aber er wollte hinaufgehen. Er tat mir leid.« Plötzlich – erstaunlicherweise – strömten Tränen aus ihren Augen. »Ich hätte nicht mit ihm hinaufgehen und mit ihm schlafen sollen«, sagte sie mit erstickter Stimme. »Ich schäme mich, es getan zu haben, aber ich bin nicht vollkommen. Man tut nicht immer zu allen Tages- und Nachtzeiten das Richtige.«

Altschuler zögerte. Eine Zeugin wie Johnnie Faye Boudreau würde er normalerweise auseinandernehmen, ihren Charakter bloßstellen, ihre Glaubwürdigkeit anfechten und dabei angewidert wie ein Mann vorgehen, der gezwungen ist, einen verstopften Abfluß zu reinigen. Aber nun gab sie bei jedem Schlag nach wie ein biegsamer Zweig. Ja, die Mädchen wakkelten mit ihren Brüsten vor den Gesichtern der Männer. Ja, sie hatte Marihuana geraucht. Ja, sie hatte Clyde einen Arschficker genannt. Ja, sie war mit ihm ins Bett gegangen. Und jetzt gar noch Tränen.

»Also hatten Sie in jener Nacht völlig gegen Ihren Willen Geschlechtsverkehr?« fragte Altschuler. »Er hat Sie vergewaltigt?«

»Nein, er konnte nicht. Das hat ihn ja so wütend gemacht.«

»Er konnte nicht, und das hat ihn wütend gemacht?«

»Ja, Sir.«

»Hat er Sie ins Gesicht geschlagen?«

»Ja.«

»Hatten Sie Angst, als er wütend wurde und Sie schlug?«

»Ein bißchen.«

»Und deshalb rannten Sie die Treppe hinunter, um die Pistole aus Ihrer Handtasche zu holen?«

»Nein, Sir.«

»Sie rannten aber doch die Treppe hinunter, um Ihre Handtasche zu holen, oder nicht?«

»Ich zog mich an und ging schnell die Treppe hinunter. Ich brauchte meine Handtasche, weil meine Autoschlüssel drin waren. Ich wollte wegfahren.«

»Sie hatten Ihre Handtasche auf dem Wohnzimmersofa liegengelassen.«

»Ja.«

»Sie wußten, daß auch Ihre Pistole in der Handtasche war, nicht wahr?«

»Daran dachte ich nicht.«

»Sie trugen die Pistole immer in der Handtasche mit sich herum, nicht wahr?«

»Ja.«

»Wollen Sie uns erzählen, daß Sie in der Nacht zum 7. Mai nicht wußten, daß sich Ihre Pistole in Ihrer Handtasche befand?«

Mein Gott, dachte Warren, ist der gut!

»Ich sagte ja nicht, daß –«

»Stop. Ist die Antwort ja oder nein, Ms. Boudreau?«

Johnnie Faye wischte sich die Augen und wandte sich an Richter Bingham. »Euer Ehren, das ist genauso, als ob man mich fragen würde: ›Schlagen Sie immer noch Ihren Hund?‹ Ich kann das nicht einfach und ehrlich mit ja oder nein beantworten. Ich möchte wahrheitsgemäß antworten, aber er läßt mich nicht.«

»Antworten Sie, so gut Sie können«, sagte der Richter.

»Meine Antwort ist: Ich wußte, daß sie in meiner Handtasche war, aber ich dachte nicht daran, daß sie drin war.«

Und sie ist auch gut, dachte Warren. Es lohnte sich, diesem Wettstreit zuzuhören. Aber er war sich nicht sicher, auf welcher Seite er stand.

»Sie hat geantwortet«, sagte der Richter. »Machen Sie weiter, Mr. Altschuler.«

»Als Sie ins Wohnzimmer hinuntergingen und Ihre

Handtasche mit der Pistole darin aufnahmen, folgte Ihnen Dr. Ott, wie Sie sagen. Hätten Sie in diesem Augenblick nicht das Haus verlassen können?«

»Er kam runter, bevor ich die Tasche in der Hand hatte.«

»Sie erzählen uns, daß Sie nüchtern waren und Ihre Tasche nicht holen und nicht aus der Tür gehen oder laufen konnten, bevor ein Betrunkener aus dem Bett kletterte und eine lange Treppe hinunterstolperte?«

»Er war direkt hinter mir.«

»Wie weit hinter Ihnen?«

»Ich weiß nicht, ich hab mich nicht umgedreht. Ich hörte seine Tritte hinter mir, und ich hörte ihn brüllen.«

»Und er stellte sich Ihnen in den Weg, so daß Sie nicht weglaufen konnten?«

»Nein, in diesem Moment hat er es nicht getan. Das war lange vorher.«

»Ms. Boudreau, erinnerten Sie sich gleich nach dem Mord an alles, was passiert war?«

»Ja.«

»Hatten Sie Sergeant Ruiz nicht vierzig Minuten nach dem Mord erzählt, daß Dr. Ott Ihnen den Ausgang blockiert hatte, nachdem Sie und Dr. Ott die Treppe heruntergekommen waren?«

»Ja.«

Eine halbe Stunde walzte Altschuler das Thema ihrer früheren widersprüchlichen Aussage breit. Johnnie Faye erklärte, daß sie Ruiz gegenüber bestimmte Ausdrücke verwendet haben mochte, daß die Fakten aber inkorrekt waren. Sie war verwirrt gewesen. Sie hatte vielleicht geglaubt, daß sie sich genau erinnern konnte, sich aber tatsächlich im Schockzustand befunden.

»Sie haben also den Schürhaken vom Kamin genommen, um ihn zu erschlagen?«

»Nein, Sir.«

»Sie haben den Schürhaken nicht aufgenommen?«

»Doch, aber ich habe ihn genommen, weil er mich bedrohte.«

»Sie wollten sich mit dem Schürhaken verteidigen?«

»Ja.«

»Sie wollten ihn mit dem schweren Eisenhaken umbringen, nicht wahr? Oder ihn schwer verletzen?«

»Nein, Sir. Ich wollte ihn damit von mir fernhalten.«

»Und dann nahm er Ihnen den Schürhaken weg?«

»Ja.«

»Er war betrunken und high, und Sie waren nüchtern, und trotzdem war er in der Lage, Ihnen den Schürhaken aus der Hand zu reißen? Konnten Sie ihm denn nicht ausweichen?«

»Ja, er war in der Lage, und nein, ich konnte ihm nicht ausweichen.«

»Und er versperrte Ihnen den Weg zum Ausgang?«

»Nein, Sir, in dem Moment nicht. Er warf mich aufs Sofa.«

»Und dann zogen Sie die Pistole aus der Tasche?«

»Nein, Sir. Erst als er den Feuerhaken hochhob und sagte, er würde mich damit umbringen.«

»Da stürzte er durch den Raum auf Sie zu?«

»Ja, Sir.«

»Und Sie schossen zweimal auf ihn, als er auf Sie zustürzte, stimmt das?«

»Nein, Sir. Er blieb stehen, er stand still, und ich sagte: ›Keinen Schritt weiter, Clyde, sonst schieß ich.‹«

»Sie hatten den Hahn bereits gespannt?«

»Nein, Sir. Ich hatte ihn nicht gespannt.«

»Aber als Sie die Pistole aus der Handtasche nahmen, entsicherten Sie sie doch, oder nicht?«

»Ich muß es, ohne zu überlegen, getan haben.«

»Sie behaupteten, eine sehr gute Schützin zu sein, nicht wahr?«

»Ja, auf dem Schießplatz.«

»Auf welchen Teil Dr. Otts zielten Sie?«

»Auf seine Schulter.«

»Linke oder rechte Schulter?«

»Linke, glaube ich.«

»Zeigen Sie uns, wie Sie die Pistole gehalten haben. Nehmen Sie einfach Ihren Finger und richten Sie ihn auf mich. Sie können aufstehen, wenn Sie wollen.«

Nach einer Pause – ohne daß Einspruch erhoben wurde – stand Johnnie Fay auf und hob die Hand, die Faust geballt, der Zeigefinger gestreckt. Der Arm war angewinkelt.

»Sie hatten den Arm nicht ausgestreckt?«

»Nein, Sir.«

»Kann man nicht besser zielen, wenn der Arm ausgestreckt ist?«

»Doch.«

»Schießen Sie auf dem Schießplatz von Western America nicht mit gerade ausgestrecktem Arm, um ins Schwarze zu treffen?«

»Doch.«

»Liefen Sie mit angewinkeltem Arm nicht Gefahr, daß die Pistole, die, wie Sie sagen, auf die linke Schulter gerichtet war, ein paar Zentimeter daneben zielen und ihn statt dessen ins Herz treffen könnte?«

»An die Gefahr habe ich nicht gedacht. Ich hatte Angst.«

»Sie wußten, daß der Abzugshahn dieser Pistole

verbotenerweise abgefeilt worden war, wodurch sie vollautomatisch wurde – das wußten Sie, nicht wahr?«

»Ich wußte von dem Abzugshahn. Ich wußte nicht, daß es verboten war.«

»Sie haben dreimal abgedrückt, nicht wahr?«

»Nein, nur einmal. Aber sie feuerte weiter.«

»Der erste Schuß ging daneben?«

»Ich weiß nicht.«

»Sie wollen sagen, der letzte Schuß ging daneben? Sie schossen ihn zweimal in den Kopf und in die Brust, und dann feuerten Sie weiter, damit es aussähe, als ob Sie wild herumschossen?«

»Nein, Sir, das will ich nicht sagen. Ich will sagen, daß ich damals nicht wußte und jetzt nicht weiß, welche der zwei von den drei Schüssen ihn trafen.«

»Ms. Boudreau, entspricht es nicht der Tatsache, daß Sie um ihn herum hätten laufen und es zum Ausgang und in die Sicherheit Ihres Autos hätten schaffen können?«

»Nein, Sir, ich saß auf dem Sofa.«

»Entspricht es nicht der Tatsache, daß Sie ihn mit Ihrer Pistole hätten in Schach halten können, während Sie an ihm vorbeirannten oder -gingen?«

»Nein, Sir. Selbst wenn ich das hätte tun können, hätte er mich mit dem Schürhaken erschlagen können, während ich an ihm vorbeigelaufen wäre.«

»Ihnen war das Leben eines Mannes keinen Versuch wert?«

»Ich konnte nicht so klar denken.«

»Sie dachten, es wäre besser, ihn umzubringen und der Sache damit ein Ende zu machen?«

»Nein, Sir.«

»Entspricht es nicht den Tatsachen, daß er den Schürhaken überhaupt nicht aufnahm?«

»Nein, Sir, er hat ihn aufgenommen.«

»Entspricht es nicht den Tatsachen, daß die Abdrücke seiner Handflächen nur deshalb nicht am Schürhaken waren, weil Sie den Schürhaken selbst in die Hand nahmen, nachdem Sie Dr. Ott erschossen hatten, und dann die Finger des Toten darauf preßten?«

»Nein, Sir, das entspricht absolut nicht den Tatsachen.«

»Hören Sie, Ms. Boudreau – beschlossen Sie nicht, Dr. Ott zu erschießen, weil Sie wütend waren, daß er Sie nicht heiraten wollte?«

»Nein, das ist auch nicht wahr.«

»Was ist wahr, Ms. Boudreau?«

»Daß ich ihn in Notwehr erschossen habe. Daß er mich vielleicht umgebracht hätte, wenn ich nicht geschossen hätte – mich bestimmt umgebracht hätte.«

»Ach – was denn nun? Vielleicht oder bestimmt. Sie sind sich gar nicht sicher, nicht wahr?«

»Damals war ich sicher«, sagte Johnnie Faye, »daß er mich bestimmt umgebracht hätte.«

»Ich denke, Sie sind nicht mehr so sicher.«

»Doch, immer noch. Er hätte es getan.«

»Aber vorhin benutzten Sie das Wort ›vielleicht‹, nicht wahr?«

»Ja.«

»Also sind Sie doch im Zweifel!«

Johnnie Faye holte tief Luft. »Sir, seit das alles in der Nacht des 7. Mai geschehen ist, quäle ich mich damit. Ich hab kaum geschlafen. Ich hab Clyde nicht gehaßt. Einen Menschen zu töten, ist das Schlimmste, was einem passieren kann, und wenn man jemanden tötet, den man einmal geliebt hat, auch wenn man nicht die Absicht hatte, ihn zu töten, dann hat man für immer die Hölle auf Erde. Also – ja, ich bin im Zweifel – oft. Es sind schreckliche Augenblicke. Ich weine manchmal die ganze Nacht. Aber ich bin fest davon überzeugt, da ich keine andere Wahl hatte – es sei denn, ich wäre das Risiko eingegangen, daß er mich umgebracht hätte.«

Nach dem dunkelrosafarbenen Fleck, der sich auf Altschulers Gesicht ausbreitete, zu urteilen, wußte der Staatsanwalt, daß die Geschworenen auf ein Ammenmärchen hereingefallen waren. Aber bis zum Schlußplädoyer blieb ihm wenig zu tun. Den Verteidiger mit versteinerter Miene anstarrend, reichte er die Zeugin weiter.

Fast zwei Stunden lang wurde Johnnie Faye zwischen Anklage und Verteidigung hin- und hergeworfen. Warren bemühte sich, die Löcher in ihrer fabrizierten Story zu stopfen, und Altschuler versuchte, neue auszustanzen. Dann – mit Altschulers letztem höhnischen »Ihr Zeuge« und Warrens zuversichtlichem »Ich bin fertig!« – war alles vorbei.

Kurz nach siebzehn Uhr dreißig klopfte Richter Bingham müde mit dem Hammer auf die Nußbaumbank. »Am Montag morgen« informierte er die Geschworenen und die Medienleute, »werde ich die Geschworenen belehren. Dann haben wir das Schlußplädoyer beider Anwälte. Die Verteidigung kommt zuerst dran. Die Anklage zum Schluß, weil auf ihr die Beweislast ruht.« Er wandte sich an die zwölf regulären und die beiden Ersatzgeschworenen. »Lesen Sie übers Wochenende keine Zeitungen. Wenn Sie meinen, unbedingt Auslandsnachrichten und die Sportseiten oder *Peanuts* und *Garfield* lesen zu müssen, lassen Sie jemand aus der Familie alles ausschneiden, was in der Zeitung über diesen Prozeß geschrieben worden ist. Bitte vermeiden Sie, die Nachrichten im Fernsehen anzuschauen. Und diskutieren Sie nicht mit Ihrer Familie oder mit Freunden über den Fall. Sie werden Montag nachmittag mit der Beratung beginnen. Da niemand voraussehen kann, wie lange das dauern wird, schlage ich vor, daß Sie Übernachtungszeug mitbringen, falls Sie die Nacht hier verbringen müssen. Nicht hier« – er lächelte – »ganz so unmenschlich sind wir nicht. Ich meine, in einem Hotel. Und jetzt wünsche ich Ihnen allen ein schönes Wochenende.«

Die Geschworenen verließen den Raum im Gänsemarsch. Der Gerichtssaal roch nach verbrauchter Luft und Schweiß. Warren sah, daß sich die Journalisten auf sie stürzen wollten, bevor er und Rick sich vom Verteidigertisch erheben konnten. Er hob eine Hand, um sie aufzuhalten. »Bleiben Sie sitzen«, befahl er Johnnie Faye. Er zog Rick zur leeren Geschworenenbank. Er hatte ihn angewiesen, die Jury, sowohl bei der Hauptvernehmung, als auch beim Kreuzverhör, genau zu beobachten, um ihre Reaktion festzustellen.

»Johnnie Faye hat sich gut gehalten«, sagte Rick. »Das ist doch ein ganz ausgekochtes Luder und ein Argument fürs Waffengesetz!«

»Wie steht's – haben wir einen Vorsprung, oder sind wir im Nachteil?«

Rick überlegte einen Augenblick. Dann hellte sich sein Gesicht auf. »Ich würde sagen – punktgleich gegen Spielende. Die haben den Ball weit hinten im eigenen Feld. Es liegt an uns, sie aufzuhalten. Ver – tei – di – gung!« grölte er.

»Danke. Sag mir nur eins – glauben die ihr oder nicht?«

»Die einen ja, die andern nicht. Die Frauen sehen am skeptischsten aus. Beim Schlußplädoyer würde ich vor allem die Frauen ansprechen. Ich hab eine Menge Notizen gemacht. Sollen wir uns morgen treffen und daran arbeiten?«

»Lieber Sonntag«, sagte Warren. »Morgen fahre ich weg.«

»Das ist gut«, sagte Rick. »Nimm dir mal frei. Fahr ans Meer. Steck deinen Kopf in den Sand und denk an was anderes.«

Die Hitze flimmerte über dem Highway. Das Land dehnte sich flach und braun in alle Richtungen aus. Ein Witzbold hatte einmal gesagt: »In Texas kann man weiter blicken und weniger sehen als sonstwo auf der Welt«. Warren war überanstrengt und nervös. Der Prozeß, in dem er seine Mandantin für schuldig hielt, aber gezwungen war, für ihre Freiheit zu kämpfen, stand kurz vor dem Abschluß. Danach kam Hector Quintana an die Reihe, von dem er wußte, daß er unschuldig war, konnte es aber nicht beweisen. Seine Frau, die ihn wegen eines anderen verlassen hatte, hatte ihre Meinung geändert und wollte zu ihm zurückkehren. Jetzt, am Samstag morgen, saß Maria Hahn in seinem Wagen und fummelte am Kassettendeck herum. Nächste Woche, dachte Warren, würde ich mich am liebsten ins Flugzeug setzen und nach Bali fliegen. Aber allein.

Er versuchte, Charm aus seinem Kopf zu verbannen.

Am frühen Morgen hatte er Hector aufgesucht. Die ständige Anspannung hatte das Gesicht des Mexikaners grauer werden lassen. Warren wollte sagen: »Ich arbeite für Sie, ich tu, was ich kann. Geben Sie nicht auf«, aber die Worte, die sich im Kopf bildeten, erschienen ihm ohne Substanz.

»Wie geht's Ihnen?« fragte er.

»Ich kann nicht gut schlafen«, sagte Hector.

»Hält man Sie wach?«

»Nein. Ich. Ich selber.«

»Nicht mehr lang«, versprach Warren. »Vielleicht nächste Woche.«

»Ich muß Ihnen was sagen«, sagte Hector. »Geht mir schon lange im Kopf rum. Ich hab Sie angelogen.«

»Wie?« fragte Warren. Sein Herz schlug deutlich schneller.

»Die Einkaufskarre. Sie haben mich mal gefragt – schon lange her –, ob ich sie gestohlen hätte. Ich hab gesagt, ich hab sie gefunden.« Hector schüttelte den Kopf. »Das einzige Mal, wo ich Sie angelogen habe.«

Warren dachte, mir bricht das Herz, wenn dieser Mann ins Zuchthaus kommt.

Er versprach, am Sonntag vorbeizukommen und eine Zeitung mitzubringen.

Maria legte eine Kassette ein, die sie für die Fahrt mitgebracht hatte: ein Soul mit schwerem Baß-Beat.

»Tu mir einen Gefallen«, sagte Warren. »Schau mal ins Handschuhfach. Da muß was von Vivaldi sein.«

Ein Schild zischte vorbei. VICTORIA: 10 km. BEEVILLE: 56 km.

Vivaldi beruhigte ihn für eine Weile mit einem Ausschnitt aus den »Vier Jahreszeiten«.

Er war ein versöhnlicher Mensch. Sein Beruf entsprach seinem Wesen. Ein Rechtsanwalt mußte, mehr als andere Menschen, vergeben lernen. Vergessen war schwieriger. Aber auch das war möglich.

Ich will sie nicht strafen, dachte Warren. Das wäre grob. Ich liebe sie ja. Was immer das bedeutet. Partner und Kameraden. Substanz, Gehalt, Dauer. Als Charm ihm erklärte, in einen anderen verliebt zu sein und ihre Ehe aufgeben zu wollen, waren ihm diese Begriffe eingefallen. Er hatte sie nicht ausgesprochen. Für ihn waren das nicht nur leere Wörter. Man kann nicht acht Jahre wegwerfen, wenn man die Chance hat, sie wiederzugewinnen und darauf aufzubauen.

Aber ich bin jung, dachte Warren. Ich kann neu beginnen. Ich kann Kontinuität finden, auch wenn mein Leben aus einzelnen Kapiteln besteht. Ein Buch kann verschiedene Kapitel haben und doch ein Ganzes bilden. Jahreszeiten sind ungeheuer verschieden und doch miteinander verbunden.

Er mochte Maria, hatte Spaß mit ihr – er war nicht in sie verliebt. Liebte sie noch nicht, könnte sie aber lieben. Und mit der Zeit würde er sie lieben.

»Alles okay?« fragte Maria und rutschte auf ihrem Sitz hin und her, um nach einer Thermosflasche zu langen.

»Fein«, sagte Warren.

»Was machen deine Kopfschmerzen?«

»Fast weg.«

»Möchtest du einen Schluck Kaffee, Schatz?«

»Nein, danke.« Er lächelte.

Die kleinen Gespräche, die unsere Gedanken unterbrechen, halten uns bei Verstand und geben uns das Gefühl, geliebt zu werden. Ich wünschte, ich könnte ihr alles sagen, sie in mein Herz und meinen Geist aufnehmen. Aber das geht ja nie. Wir können nur Andeutungen machen. Können nur teilen, aber nie eins sein.

Das galt nicht nur für Maria. Er gab ihr nicht die Schuld, auch sich selbst nicht. Wir sind so verdammt allein.

Schatz hatte sie ihn genannt. Sie war so zärtlich, brauchte Zärtlichkeit und hatte bis jetzt wenig mehr verlangt. Es machte ihr nichts aus, daß er sich isolierte. Charm machte es was aus. Mit Maria könnte ich glücklich sein, dachte er. Allein und glücklich. Nennen wir's lieber zufrieden. Ich könnte mit ihr alt werden, und wir würden nur das voneinander erfahren, was wir uns gegenseitig wissen lassen wollen. Ich könnte meiner Arbeit nachgehen, ihren Sohn großziehen, ein eigenes Kind mit ihr haben. Mit Gelassenheit alt werden. Der Fluß würde fließen. Es würde Steine und Strudel geben, aber der Fluß würde schiffbar sein.

Er kam wieder auf den Boden der Tatsachen zurück. Beeville war nicht mehr weit.

»Machst du dir über den Fall Gedanken?« fragte Maria.

Ja, ich mach mir Sorgen, daß meine Mandantin freigesprochen wird. Nicht nur Sorgen. Ich bin halb wahnsinnig vor Angst.

»Es ist kompliziert«, sagte er.

Sie stellte keine weiteren Fragen. Warren war dankbar. Danke, Schatz.

Draußen vor dem Gerichtssaal, gestern am späten Nachmittag, hatte Johnnie Faye ihn am Arm gepackt. »Wie war ich?«

»Wir werden sehen«, hatte er ausweichend geantwortet. »Vielleicht glauben Sie Ihnen.«

Ihre Augen wurden schmal. »Halten Sie ja ein gutes Plädoyer für mich!«

»Vielleicht hält Rick das Schlußplädoyer.«

»Nein, ich will Sie haben! Ich vertrau Ihnen.«

Ja. Es war seine Pflicht, so oder so. Er hatte zustimmend genickt.

Jetzt, am Samstag morgen, fuhr er nach Beeville, um einen Mann mit einem Spitznamen zu suchen. Der Mann war vielleicht nicht da. Vielleicht war er dagewesen und wieder abgehauen. Ohne ihn, glaubte Warren, würden die Quintana-Geschworenen mit einem Schuldspruch einziehen. Nur ein Haufen Indizienbeweise, aber Indizien beweise waren oft die zwingendsten. Eine zweifelhafte Augenzeugin bildete den Kernpunkt, aber da war auch die Tatsache der Pistole in Hectors Hand. Die Pistole würde nicht verschwinden.

Um elf erreichten sie Beeville. Es war nicht weit von Odem und Corpus Christi, wo Johnnie Faye großgeworden war und zu einem Ungeheuer heranwuchs. Warren dachte an Mama, der sie immer noch treu war, und an Daddy, der die Tankstelle besaß und am Sonntag morgen Höllenfeuer und Schwefel predigte. Wie waren sie wirklich, und was hatten sie mit ihr gemacht? Oder nicht gemacht? Was war in ihrem Kopf schiefgelaufen? Er würde es nie erfahren.

Er bog in die Hauptstraße ein. Sie fuhren an einem Motel, einem Supermarkt und einer Bowlingbahn vorbei. Keine Parkuhren, keine Wolkenkratzer. Pekanußbäume und Eichen standen schlaff im Staub vor kleinen Backsteinhäusern mit Lattenzäunen und ausgedörrten Rasen. Warren entdeckte eine Spielhalle und eine Tankstelle.

»Die Spielhalle ist wahrscheinlich unsere beste Chance«, sagte er zu Maria, »drum fang ich mit der Tankstelle an.« Als Junge hatte er es genauso gemacht – erst sein Gemüse und seine gebackenen Kartoffeln gegessen und das Filetsteak für zuletzt aufgehoben.

Draußen schlug ihm Hitze entgegen. Ein junger Schwarzer füllte die Tanks, und ein Weißer von etwa fünfzig Jahren saß an der Kasse vor der ratternden Klimaanlage und hantierte mit Kreditkartenquittungen.

Warren, in Stiefeln, abgetragenen Jeans und Hemdsärmeln, steckte sich einen Zahnstocher zwischen die Zähne und sagte: »Morgen.«

»Morgen.«

»Heiß heute.«

»Weiß Gott.«

»'n Mann hier in der Stadt – 'n paar Leute in Houston nennen ihn Jim Dandy. Hält er sich hier in der Gegend auf?«

Der Mann hinter der Kasse grinste und zeigte gelbe Zähne. »Bulle?«

Warren kam sich wie Gary Cooper oder Jimmy Stewart in einem alten Western vor. Der Schauplatz stimmte. Der Dialog war uralt.

»Nein«, sagte er. »Ich bin Rechtsanwalt. Ich will Jim in 'ner Sache aushelfen.«

»Jim Dandy is' da. War's jedenfalls.«

Warren nahm einen Zwanziger aus der Hemdentasche und zog eine Landkarte von Mexiko aus dem Gestell neben der Kasse. »Kann ich gebrauchen. Behalten Sie den Rest, mein Freund.«

Der Tankstellenbesitzer nahm die 20 Dollar, öffnete die Registrierkasse und gab Warren 18 Dollar raus.

»Hier is' nich' Houston«, sagte er. »Jim Dandy is' oben bei Kitty Marie. Kenn'se Kitty Marie?«

»Nein, Sir.«

»Kleines Haus in der DeKalb Street. Fahrn Se 'n paar Blocks zurück, an Walgreen's vorbei und dann rechts abbiegen. Das zweitletzte Haus. Ein verbeulter schwarzer Chevy-Pickup steht davor. Kitty Maries Schicht bei McDonald's fängt erst gegen Abend an. Die müßt also da sein.«

»Und wie heißt er wirklich?« fragte Warren.

»Wer?«

»Jim Dandy.«

»So heißt er wirklich. Er heißt Jim Dandy. Mit dem Namen isser geboren, so nennen wir ihn. Wolln'se sonst noch was wissen?«

»Nichts«, sagte Warren. »Danke.«

Zwei Minuten später klopfte er an die Tür des zweitletzten Hauses in der DeKalb Street. Auf der hinteren Stoßstange des schwarzen Pickup war über einem herabhängenden Auspuff ein Aufkleber befestigt: »Drück auf die Hupe, wenn du Jesus liebst.« Das Haus sah aus, als ob es zusammenfallen würde, wenn man hart gegen eines der fauligen grauen Bretter träte. Eine Frau Ende Dreißig mit rosa Lockenwicklern aus Gummi öffnete die Fliegengittertür. Warren reichte ihr seine Visitenkarte und fragte nach Jim Dandy. Der alte besoffene Hund liege noch im Bett, sagte sie, aber sie werde ihn gleich wachrütteln.

Jim Dandy saß am Küchentisch und trank ein kaltes Bier, das zweite aus der Sechserpackung, die Maria schnell aus dem nächsten Supermarkt geholt hatte. Jetzt war Maria mit Kitty Marie draußen im Garten hinter dem Haus. Die gestiefelten Füße auf einem Küchenstuhl, saß Warren an dem wackligen Tisch Jim Dandy gegenüber und langte nach seiner Flasche.

Jim Dandy paßte zu Siva Singhs Beschreibung: An die Vierzig, schlampig, langhaarig und dickbäuchig. Er hatte sich seit mehreren Tagen nicht mehr rasiert und stank nach dem gestrigen Bier und den Körperausdünstungen der vergangenen Woche. Er trug eine Arbeitsjacke der Armee, von der die Rangabzeichen entfernt worden waren, und Jeans mit so vielen Löchern, daß sie in Beverly Hills topmodisch gewesen wären. Warren ahnte, daß er nichts anderes besaß.

»Ich sag's Ihnen noch mal, Partner«, sagte Warren

und stellte seine Stiefel auf den Boden, »solang Sie noch nüchtern genug sind, um's zu begreifen. Sie kommen nicht in Schwierigkeiten. Niemand stört's, daß Sie die Brieftasche geklaut haben. Aber Sie müssen zugeben, daß Sie's getan haben, und erzählen, was Sie gesehen haben. Und zwar alles.«

»Gefällt mir nicht«, sagte Jim Dandy.

»Woran hapert's denn? Sie können's mir sagen.«

»Das Geld ist weg.«

»Na klar. Sie haben schließlich kein Sparkonto bei der Bank – so haben Sie's halt ausgegeben. Das ist den Leuten doch völlig wurscht. Was andres ist es natürlich, wenn Sie nicht nach Houston kommen.«

Jim Dandy rieb sich ununterbrochen die Hände, als ob er sie wärmen wollte. Sein Blick schnellte von Warren zum Fenster, auf die Frauen im Garten. »Ich kann nicht«, sagte er.

»Dann stecken Sie allerdings tief in der Scheiße, Partner. Dann wird die Polizei vielleicht wissen wollen, was Sie mit dem Geld gemacht haben.«

»Wie wollen die denn rauskriegen, daß ich's hatte?«

»Ich würd's ihnen sagen«, sagte Warren.

»So gemein wären Sie?«

»Vielleicht. Ich hab einen Mann, dem die Todesstrafe droht.«

»Und wie komm ich nach Houston?« fragte Jim Dandy.

Warren lachte. »Mit mir – heute. Und ich hab da oben so 'ne Art kleines Hotel. 'n paar Amigos pennen da schon. Sie sind eingeladen – kostenlos. Freibier bis zum Tag, an dem Sie aussagen, kostenlose Verpflegung, solang Sie bei mir wohnen.«

Jim Dandy betrachtete Warren stirnrunzelnd von oben bis unten. »Ich eß nix, was hüpft, kriecht oder auf Bäume klettert. Und nix kommt in meinen Mund, was ich nicht kenn.«

»Der Supermarkt ist gleich um die Ecke. Sie können selber einkaufen gehen. Ich zahl's.«

»Und was is' mit Kitty Marie?«

»Sie ist da, wenn Sie zurückkommen. Die läuft nicht weg, oder?«

»Na ja ... mir langt's hier unten sowieso, und Sie scheinen in Ordnung zu sein. Okay.«

Warren erhob sich sofort. »Auf geht's. Geben Sie der Frau 'n Abschiedskuß, den Rest des Biers nehmen Sie untern Arm, und dann nichts wie los.«

Auf der Fahrt nach Norden saß Jim Dandy auf dem Rücksitz. Die Fenster standen offen, um seinen Duft rauszulassen. Warren fragte ihn: »Warum haben Sie die Sachen aus der Reinigung geholt?«

»War blau«, sagte Jim Dandy. »Schien 'ne gute Idee zu sein.«

»Haben sie gepaßt?«

»So ungefähr. Bißchen klein.«

»Sind Ihnen geklaut worden, hab ich gehört.«

»Nee, nee – hab sie für zehn Piepen verkloppt«, sagte Jim Dandy. »Die waren zu elegant für mich. Außerdem war's Unglückszeug. Den Kerl, der sie mir abgekauft hat, haben sie umgelegt – durchlöchert wie 'n Sieb. Gleich da in der Mission, richtig gekillt. Ich hab schon 'ne Menge im Leben angestellt, was ich wahrscheinlich besser gelassen hätt'. Meistens war ich besoffen, daß ich gar nicht mehr weiß, was ich alles gemacht hab. Ich glaub, das Schicksal wollt' mir eins auswischen – vielleicht war jemand hinter mir her. Drum bin ich abgehauen – zurück nach Beeville.«

*K*urz nach acht am Montag morgen des 31. Juli stand Warren vor Melissa Bourne-Smiths Schreibtisch im 299. Bezirksgericht. »Wir halten heute das Schlußplädoyer im 342.«, sagte er. »Könnten Sie Nancy Goodpaster und Judge Parker bitte sagen, daß ich, sobald die Jury zu ihrem Urteil gekommen ist, mit Quintana weitermachen kann, und zwar von dem Punkt an, wo wir neulich stehengeblieben sind. Die Richterin will den Geschworenen sicher Bescheid sagen. Und Ms. Singh auch.«

»Die Richterin ist in ihrem Arbeitszimmer«, sagte Melissa. »Sie können's ihr selbst sagen.«

»Ich hab jetzt keine Zeit. Bitten Sie sie doch, mir auf dem Anrufbeantworter eine Nachricht zu hinterlassen. Haben Hochwürden einen schönen Urlaub gehabt?«

»Sie sagt, ja.« Melissa mußte unwillkürlich lachen. Warren fand im siebten Stock einen leeren Gerichtssaal und verbrachte eine dreiviertel Stunde damit, die Notizen, die er sich am Sonntag gemacht hatte, noch einmal durchzugehen. Dann stopfte er sie in seine Aktenmappe. Er würde sie nicht wieder hervorholen. Punkt neun erschien er im 342. Gericht. Richter Bingham nickte dankbar. Alle erhoben sich in dem riesigen Saal, als die Geschworenen im Gänsemarsch eintraten und ihre Plätze einnahmen.

Richter Bingham wiederholte den Anklagevorwurf. Johnnie Faye Boudreau war des Mordes angeklagt. »Nach unserem Recht begeht ein Mensch einen Mord, wenn er – oder in diesem Fall sie – absichtlich oder wissentlich den Tod einer Person herbeiführt. Ms. Boudreau hat zugegeben, den Tod von Dr. Clyde Ott herbeigeführt zu haben, und sich mit der Begründung, in Notwehr gehandelt zu haben, für nicht schuldig erklärt. Ein Angeklagter kann nicht für schuldig erklärt werden, wenn er wegen unmittelbarer Todesgefahr oder der Gefahr ernsthafter Körperverletzung gezwungen war, sich so zu verhalten, daß der Tod herbeigeführt wurde, vorausgesetzt jedoch, daß er das Opfer nicht provoziert hat, ihn zu bedrohen oder anzugreifen. Unser Recht verlangt außerdem, daß jeder, der sich einer solchen Bedrohung ausgesetzt fühlt, die Pflicht hat, sich in Sicherheit zu bringen, wenn ein derartiger Rückzug möglich ist, bevor er gegen die drohende Person vorgeht. Wenn Sie ohne begründete Zweifel der Meinung sind, daß Ms. Boudreau den Angriff provoziert hat oder daß sie Gelegenheit hatte, sich in Sicherheit zu bringen, und diese Gelegenheit nicht wahrnahm und somit willentlich den Tod von Dr. Clyde Ott herbeiführte, werden Sie sie für schuldig erkennen. Wenn Sie der Meinung sind, daß sie ihrer Pflicht, sich in Sicherheit zu bringen, nachgekommen ist oder ein Rückzug für sie unmöglich war und sie den Tod von Dr. Ott nicht willentlich herbeigeführt hat, dann werden Sie die Angeklagte für nicht schuldig erkennen.«

Der Richter endete mit dem Hinweis, daß die Geschworenen einen Obmann wählen müßten und während ihrer Beratungen nur schriftlich mit dem

Gericht kommunizieren dürften; diese Mitteilungen müßten sie dem Gerichtsdiener übergeben.

Er sagte: »Mr. Blackburn, Sie dürfen mit dem Plädoyer der Verteidigung beginnen.«

Warren trat vor und dankte den Geschworenen für ihre Geduld und Aufmerksamkeit während der Zeugenaussage. »Ich möchte Sie an das erinnern«, sagte er, »was Richter Bingham Ihnen bei der Geschworenenauswahl gesagt hat. Nach unserem Recht liegt die Beweislast bei der Anklage. Johnnie Faye Boudreau mußte Ihnen nicht beweisen, daß sie am Tod von Dr. Clyde Ott nicht schuldig ist. Sie mußte nicht einmal beweisen, daß sie in Notwehr geschossen hat – obwohl sie aus freien Stücken während eines lebhaften Kreuzverhörs unter Eid geschworen und unerschütterlich und detailliert erklärt hat, daß dies tatsächlich der Fall war. Es ist Aufgabe der Staatsanwaltschaft, zu beweisen, daß Johnnie Faye Boudreau des Mordes schuldig ist. Und sie mußte es Ihnen ohne begründete Zweifel beweisen. Sie würden Ihren Eid als Geschworene verletzen, wenn Sie sich dies während Ihrer Beratungen nicht ständig vor Augen hielten.«

Er faßte die Fakten aus der Sicht der Angeklagten kurz zusammen: eine stürmische Beziehung zwischen zwei Liebenden, Mißhandlung durch den Liebhaber über einen längeren Zeitraum – »ein Mann, dessen Tod manche in der Tat beklagen werden, dessen Lebensweise aber sicher nicht rühmenswert erscheint. Cathy Lewis, eine seiner Freundinnen, erklärte Ihnen, er habe ihr die Zähne ausgeschlagen und ihr dafür 25 000 Dollar Schweigegeld gezahlt. Ms. Patricia Gurian erklärte Ihnen, er habe versucht, sie in seiner Praxis sexuell auszunützen, und dann, als sie gehen wollte, versucht, sie zurückzuhalten. Judith Tarr, eine andere Patientin, erklärte Ihnen, daß er mit ihr dasselbe versuchte, und sie war offen genug, zuzugeben, daß sie sich darauf einließ. Johnnie Faye Boudreau selbst hat Ihnen von Schlägen und Krankenhausbehandlung berichtet. Dr. Ott war kein gütiger Mensch, wie wir es von unseren Ärzten erhoffen und was sie normalerweise auch sind. Er war in mancherlei Hinsicht ein Unmensch.

Was die Angeklagte betrifft – sie ist keine Heilige, das steht außer Frage. Sie führt einen Nachtclub mit Oben-ohne-Bedienung. Ich möchte Sie aber daran erinnern, daß Sie dafür nicht unter Anklage steht. Sie hat selbst zugegeben, ein ›böses‹ Mundwerk, wie sie es nennt, zu haben, aber auch dafür steht sie nicht unter Anklage. Sie besaß drei Handfeuerwaffen. Das ist kein Verbrechen. Sie übte damit auf einem Schießplatz. Das ist auch kein Verbrechen. Wir alle, auch wenn wir nicht auf persönliche Erfahrung zurückgreifen können, verstehen, was es bedeutet, in einer Großstadt, wo die Kriminalität heute jeden Bürger bedroht, eine attraktive unverheiratete Frau zu sein. Und selbst Mr. Morse, ein Zeuge der Anklage, sagte, daß es nur verantwortbar sei, Waffen zu tragen, wenn man damit umgehen kann.

Ms. Lorna Gerard, die finanziell abhängige Stieftochter von Dr. Ott, zitierte Ms. Boudreau, wonach diese nach einem lebhaften Streit gesagt haben soll: ›Wenn er besoffen ist, könnt' ich ihm im Schlaf die Gurgel durchschneiden.‹ Erwartet man von uns, das ernst zu nehmen?« Warren lächelte mit einer gewissen Vertrautheit und wedelte mit dem ausgestreckten Zeigefinger vor den Geschworenen hin und her. »Wie viele von uns haben den Satz ›dafür könnte ich dich umbringen‹ schon benutzt. Haben wir es wirklich ernst damit gemeint? Hat einer von uns getötet?« Er wartete einen Augenblick, bis dieser Gedanke sich in den Köpfen der Geschworenen gesetzt hatte. »Dr. Butterfield gab zu, daß sein Freund Clyde Ott zur Angeklagten, nachdem sie ihm einen Drink ins Gesicht geschüttet hatte, sagte: ›Du Miststück, ich könnte dich umbringen.‹ Er hat Ihnen außerdem erklärt, daß Clyde cholerisch war. Aber Dr. Butterfield hat sich auch sehr bemüht, darauf hinzuweisen, daß sein Freund diese Bemerkung natürlich nicht wörtlich gemeint hatte. Also, wie sollen wir es nun halten? Nehmen wir solche im Zorn gemachten Aussagen für bare Münze oder akzeptieren wir sie als einen Teil menschlicher Schwäche? Ich glaube, Sie wissen die Antwort.«

Er unterbrach sich mitten im Redefluß, trat zurück an den Verteidigertisch und stellte sich neben Johnnie Faye Boudreau, die Grau trug.

»Außerdem haben Sie der Angeklagten zugehört, die unter Eid sprach. Sie haben einer tapferen und unabhängigen Frau und auch einer traurigen Frau zugehört. Sie liebte Clyde Ott. Was vielleicht nicht klug war. Sie versuchte, ihn von Alkohol und Drogen abzubringen, die ganz sicher seinen Geist zerstörten. Clyde Ott war reich, aber Johnnie Faye Boudreau hatte einen Job, und sie zahlte ihre Miete selbst. Von seinem erheblichen Reichtum hat sie sich keine Vorteile verschafft. Ob sie ihn heiraten wollte oder nicht oder ob er zögerte oder ob er sie heiraten wollte oder nicht und ob sie zögerte – wen kümmert das? Ihre Lebenserfahrung sollte Ihnen sagen, daß diese Bereiche nie eindeutig sind. Tatsache ist, daß sie als unabhängige, alleinstehende Frau lebte. Ich finde, dazu ist eine ganze Menge Mumm nötig, selbst in diesem Zeitalter, wo die Frauen um Gleichberechtigung kämpfen.

Und so kommen wir zu den tragischen Ereignissen der Nacht des 7. Mai. Und sie *sind* tragisch – Ms. Boudreau ist dieser Auffassung. Sie trauert. Sie konnten es sehen. Sie wollte Clyde Ott nicht töten. Sie wollte sich wehren und ihn daran hindern, sie zu töten oder ihr schweren körperlichen Schaden zufügen. Sie hat Ihnen berichtet, was geschehen ist. Das ist die Wahrheit. Sie hat nicht mit tödlicher Gewalt gedroht. Es gibt keine andere Wahrheit. Die Anklage hat keinen einzigen Zeugen präsentiert, der Gegenteiliges vorbringen konnte. Sie hat einen Experten für Fingerabdrücke präsentiert, der bezeugte, daß sich an dem Feuerhaken, mit dem Clyde Ott die Angeklagte bedrohte, keine Handflächenabdrücke befanden. Aber die Angeklagte hat selbst zugegeben, daß sie den Feuerhaken in die Hand nahm, nachdem Clyde Ott tot war, und zweifellos in einem Zustand, den wir als halb hysterisch begreifen können, unabsichtlich einige Abdrücke an diesem Haken verwischt hat. Ein vernichtetes Beweismittel, das sie vollkommen entlastet hätte! Kann man ihr das zur Last legen? Kann man ihr Handlungen zur Last legen, die in einem Augenblick begangen wurden, der Sie oder mich oder jeden anderen in ein Opfer echten Schocks und Entsetzens verwandelt hätte? Ich möchte Sie, meine Damen und Herren, darauf aufmerksam machen, daß sie uns – wenn sie des Mordes schuldig wäre – nichts von dem Feuerhaken hätte zu erzählen brauchen! Wenn Sie tatsächlich des Mordes schuldig wäre, hätte sie diesen Haken abwischen können, weil sich ihre Abdrücke darauf befanden. Aber das hat sie nicht getan! Sie hat uns die vollständige Geschichte erzählt!«

Er ging zur Geschworenenbank zurück.

»Richter Bingham hat Ihnen erklärt, wie unser

Recht ›die Pflicht, sich in Sicherheit zu bringen‹ definiert. Ich frage die Männer unter Ihnen: Wenn ein rasender, 220 Pfund schwerer, betrunkener Mann mit einem schweren Eisenhaken auf Sie zukäme und klar und deutlich zum Ausdruck brächte, daß er Sie damit umzubringen gedenkt – was würden Sie tun? Sie könnten versuchen zu fliehen. Würde es einer von Ihnen tun? Das bezweifle ich. Sie könnten versuchen, ihn durch gutes Zureden von seinem Vorhaben abzubringen, obwohl wir alle wissen, was es heißt, einem wütenden Betrunkenen gut zuzureden: Sie würden Ihr Leben aufs Spiel setzen. Sie könnten versuchen, mit ihm zu ringen, ihn mit Fäusten schlagen, ihn zu Boden ziehen. Einige von Ihnen wären vielleicht so mutig. Andere vielleicht nicht. Oder, wenn Sie eine Pistole zur Verfügung hätten, täten Sie vielleicht, was Johnnie Faye Boudreau getan hat.«

Warren stand vor den Geschworenen. Schweigend studierte er ihre angespannten Mienen.

»Und jetzt will ich die Frauen unter Ihnen fragen: Würden Sie, weil Sie Frauen sind, um Gnade flehen? Hätten Sie wegzulaufen versucht? Ms. Boudreau konnte es nicht. Der Durchgang und die Vorhalle waren breit – der Staatsanwalt hat uns die Abmessungen weiß der Himmel so oft genannt, daß wir sie auswendig kennen. Aber sie kann diesen weiten Raum nicht passieren, meine Damen, weil sie auf dem Sofa sitzt, mit dem Rücken zur Wand! Hinter Clyde Ott hätte sich ein Fußballfeld befinden können, er hätte vor dem Tiananmen-Platz in Peking stehen können, es hätte für Ms. Boudreau keinen Unterschied gemacht. Sie hätte dennoch nicht fliehen können! In Anbetracht dieser Umstände frage ich Sie nun: Würden Sie als Frau kämpfen? Ich glaube nicht, daß einer von uns der Meinung ist, Ms. Boudreau hätte das gekonnt. Würden Sie, weil Sie ›nur eine Frau‹ sind, versuchen, ihm sein Tun auszureden, und beten, daß der Mann mit dem Schürhaken Ihnen nicht den Schädel zertrümmert oder Sie für den Rest Ihres Lebens zum stumpfäugigen Idioten macht?« Warrens Stimme schwoll an. »Denn dies war der einzig mögliche Rückzug: Die Schläge hinnehmen oder zurückschlagen! Sie hatte keine andere Wahl!

Johnnie Faye kämpfte. Sie schoß auf ihn, und die Schüsse töteten ihn. Sie hatte es nicht beabsichtigt, aber es ist geschehen. Und so frage ich Sie nun, Männer und Frauen auf dieser Geschworenenbank, ob die Anklage die Beweislast ordnungsgemäß aufgenommen und zweifelsfrei bewiesen hat, daß ein Mord stattgefunden hat. Ich frage Sie, ob wir als texanische Männer und Frauen kriechen und betteln oder den Tod oder Entstellung akzeptieren sollen, wenn wir eindeutig bedroht werden. Und als Antwort auf diese beiden Fragen bitte ich Sie, Ms. Boudreau – weil sie in Notwehr gehandelt hat – für nicht schuldig zu erkennen.«

Warren setzte sich.

Das war mein Bestes, dachte er. Ich habe mein Bestes gegeben. Ich mußte.

Hin und wieder lehrte Bob Altschuler an verschiedenen Universitäten in Südtexas Prozeßtheorie und -praxis. »Bis Sie zum Schlußplädoyer kommen«, pflegte er zu sagen, »müssen sich die Geschworenen eine unheimliche Menge langweiligen Mist anhören. Jetzt wollen sie Drama. Geben Sie ihnen, wonach sie sich sehnen.«

In der Praxis bellte er beim Schlußplädoyer mindestens ein- oder zweimal wie ein wutschnaubender Spieß vor seinen Rekruten auf dem Exerzierplatz. Er war ein großer Mann, und die Geschworenen waren meist beeindruckt. Neunundvierzigmal hintereinander war diese Schauspielkunst das Vorspiel zum Sieg gewesen.

Heute kläffte und schimpfte er, sobald er auf den Füßen war und vor den Geschworenen stand. »Heute«, dröhnte er, »fehlt *ein* wichtiger Mann in diesem Gerichtssaal! Ein Mann, den wir hören müßten und nicht hören können, weil er tot ist! Auf den zweimal geschossen wurde – einmal zwischen die Augen und einmal hierhin!« Altschuler legte die rechte Hand aufs Herz. »Clyde Ott – Dr. Clyde Ott, ein Mediziner und Heiler, gleichgültig, welch absurde Geschichten wir in diesem Saal vernommen haben – ist ein Mann, von dem wir eine Menge Fakten erfahren könnten. Es muß Ihnen ja zum Hals raushängen, wie das Andenken dieses Arztes mit Verachtung behandelt und besudelt wurde!« Er deutete mit starrem Finger auf Johnnie Faye Boudreau. »Diese Frau, die einen Oben-ohne-Nachtclub führt, schoß ihn kaltblütig nieder! Wissen Sie das nicht? Spüren Sie es nicht im tiefsten Herzen?«

Er stand regungslos da. Dann schüttelte er offenbar völlig perplex den Kopf. »Gehen wir doch die Beweisergebnisse zusammen durch.«

Er konzentrierte sich sofort auf Johnnie Fayes Aussage gegenüber Sergeant Ruiz kurz nach dem Mord. Hier vor Gericht hatte Ruiz bezeugt, daß diese Aussage eine unwahrscheinliche Geschichte war.

»Die Angeklagte änderte also unter Eid ihre Geschichte! Sie hat uns erzählt, daß Dr. Ott den Eingang versperrte, bevor die beiden nach oben gingen, bevor er sie angeblich bedrohte und einen Schürhaken aufnahm. Nun, meine Damen und Herren, wem glauben Sie? Sergeant Ruiz ist ein geschulter Polizist. Er hat uns erklärt, daß die Angeklagte nicht erregt war, als er eintraf – sie erwartete ihn, eine Zigarette rauchend, am Eingang. Warum sollte sie jetzt eine andere Geschichte erzählen als zum damaligen Zeitpunkt? Wissen Sie nicht warum? Weil es ihr in den Kram paßte! Es war ihr klargeworden, daß sie die Pflicht, sich in Sicherheit zu bringen, verletzt hätte, wenn sie die Einzelheiten ihrer Story nicht änderte!«

Seufzend schüttelte er erneut den Kopf. »In der Nacht des 7. Mai sagte sie zu Sergeant Ruiz, daß Dr. Ott ›wie ein alter Grizzlybär‹, den Schürhaken über seinem Kopf schwenkend, auf sie zugekommen wäre. Dies waren ihre Worte. Auf sie zugekommen wäre. Aber vor ein paar Tagen bezeugte der ärztliche Leichenbeschauer, daß Dr. Ott erschossen wurde, während er still stand! Was tat Johnnie Faye Boudreau also, nachdem sie das hörte? Sie änderte ihre Geschichte! Jetzt sagt sie, Dr. Ott sei mit dem Feuerhaken auf sie zugerannt und dann stehengeblieben und dann habe sie auf ihn geschossen. Ist Ihnen nicht bewußt geworden, was sie tat, als Sergeant Kulik bezeugte, daß Dr. Otts Handabdrücke auf dem Haken fehlten? Erst bei ihrer Aussage hier erwähnte Johnnie Faye Boudreau, daß sie den Schürhaken aufgenommen hätte, nachdem sie Dr. Ott getötet hatte – vorher kein einziges Wort davon –, und daß sie dabei möglicherweise die Abdrücke seiner Handfläche verwischt habe. Das ist eine Erfindung! Diese Frau würde hemmungslos alles behaupten!«

Warren mußte seine Nackenmuskeln spannen. Er war im Begriff gewesen, beifällig zu nicken.

»Nun«, fuhr der Staatsanwalt fort, »betrachten wir doch mal all diese Drohungen, von denen die Zeugen uns berichtet haben. Es waren nicht nur leere Drohungen, wie der Verteidiger Ihnen weismachen wollte. Nachdem Johnnie Faye Boudreau Dr. Ott im Houston Racquet Club einen Drink ins Gesicht geschüttet hatte, sagte er zu ihr: ›Ich könnte dich umbringen.‹ Aber er hat sie nicht umgebracht, nicht wahr? Andererseits sagte Johnnie Boudreau vor Ms. Gerard: ›Ich könnte ihn umbringen‹, und sie hat es getan. Das ist ein großer Unterschied. Sind Sie nicht auch der Meinung?«

Altschuler zeigte mit dickem Finger auf Warren. »Der Verteidiger nimmt das Gift, das Johnnie Faye Boudreau im Restaurant Hacienda kurz vor dem Mord ausspie, nicht ernst. Ich nehme es ernst – ich finde, es weist uns auf eine Neigung zur Gewalttätigkeit hin. Bitte denken Sie daran, daß Dr. Ott zu seiner Stieftochter auch gesagt hat: ›Ich fürchte mich vor ihr‹, wobei er die Angeklagte meinte. In ihrer Aussage ging Johnnie Faye Boudreau nicht darauf ein, und ihr Anwalt stellte ihr keine diesbezügliche Frage. Denken Sie darüber nach! Warum hatte Dr. Ott Angst? Warum hatte Johnnie Faye Boudreau keine Lust, uns das zu erklären?

Die Verteidigung nimmt außerdem die Tatsache auf die leichte Schulter, daß Johnnie Faye Boudreau nur wenige Wochen vor dem Mord mit der Mordwaffe auf einem Schießplatz übte. Alle möglichen Leute schießen zum Spaß. Sogar der Richter tut's. Sicher können Sie dieses doppelzüngige Gerede durchschauen! Andere Leute üben vielleicht mit ihren Pistolen, wie auch dieser Richter. Aber der Richter und die anderen Leute bringen nicht gleich hinterher jemanden um! Johnnie

Faye Boudreau benutzte, für den Fall, daß jemand Erkundigungen einzog, einen falschen Namen. Und tatsächlich wurden Erkundigungen eingezogen, aber zu ihrem Pech konnte sich Mr. Morse an sie erinnern.«

Er hob einen Finger und sagte mit ernstem Nachdruck: »Und sie ist eine sehr gute Schützin.«

Altschuler wurde wieder zornig. Warren war fasziniert. Gut so, Bob! Mach sie fertig!

»Meine Damen und Herren, glauben Sie, daß Sie die Kugel nur wenige Zentimeter neben sein Herz jagte und nicht beabsichtigte, ihn umzubringen? Glauben Sie, daß sie ihn nur verletzen, ihm eine Lehre erteilen wollte? ›Böser Clyde! Ich schieß dir 'ne winzig kleine Kugel in die Lunge, damit du dich benimmst.‹ Und glauben Sie, daß sie nicht die ganze Zeit wußte, daß sich die Pistole in ihrer Handtasche befand? Nachdem sie zweimal auf dem Schießplatz mit dieser illegalen Waffe geübt hatte – glauben Sie, daß sie nicht wußte, daß sie den Finger vom Abzug nehmen mußte, wenn sie nur einen Schuß abfeuern wollte? Glauben Sie, daß Dr. Ott ›sich leicht bewegte‹, wie Johnnie Faye Boudreau behauptet, und daß ihn die andere Kugel deshalb zwischen den Augen traf? Sind wir hier, damit uns von einer Mörderin das Fell über die Ohren gezogen wird?«

Altschuler umklammerte seinen Kopf, als ob er explodieren würde, als ob alles, was er gesagt hatte, so unfaßbar gewesen wäre, daß er den Verstand verlöre, wenn er daran glaubte.

Dann wurde er unheimlich ruhig.

»Die Anklage braucht das Motiv nicht nachzuweisen. Die Anklage muß nur beweisen, daß der Tod von Clyde Ott vorsätzlich oder wissentlich herbeigeführt wurde. Trotzdem – denken wir einmal über das Motiv nach! Die Verteidigung nimmt die Frage auf die leichte Schulter, wer heiraten wollte und wer davor zurückschreckte. Ich nicht. Ich meine – aufgrund der Aussagen der Stiefkinder, Ms. Lorna Gerard und Mr. Kenneth Underhill –, daß Johnnie Faye Boudreau Clyde Ott heiraten wollte und dabei war, ihn so lange zu piesacken, bis er einverstanden war. Aber dann machte er vor seinen Stiefkindern einen Rückzieher, und im Laufe der Zeit festigte sich sein Entschluß. Das machte Johnnie Faye Boudreau rasend. Möglicherweise stellte sie ihm in jener Nacht im Restaurant Hacienda ein Ultimatum, und wieder sagte er nein. Sie fuhren also zum Haus zurück. Sie brachte ihn nach oben ins Bett, um zu sehen, ob er mit ein bißchen Sex nicht umzustimmen wäre. Er war betrunken. Was dann genau passierte, werden wir nie erfahren. Der einzige Mensch, der uns die Wahrheit sagen kann, ist tot. Was wir aber wissen, ist, daß beide nach unten gingen, wo sie ihm zwischen die Augen schoß, während er still stand.«

Wieder nickte Warren beinahe. Trotz der Effekthascherei war Altschuler ein schlauer Kopf. Er hatte sich alles richtig zusammengereimt.

Der Staatsanwalt sagte: »Benutzen Sie Ihren gesunden Menschenverstand! Unter Zugrundelegung der vielen eigennützigen Widersprüche in Johnnie Faye Boudreaus Aussage müssen Sie entscheiden, ob Sie ihrem Wort trauen können. Hat Dr. Ott gedroht, sie mit einem Schürhaken umzubringen? Natürlich nicht!« trompete Altschuler. »Die ganze Schürhakenstory hat sie sich aus den Fingern gesogen! Sie drückte seine Finger drauf, als er tot war! Es entging ihr jedoch, daß es auch Abdrücke der Handflächen sein mußten!«

Auf seiner Stirn glitzerte Schweiß. »Und jetzt wollen wir noch über die Pflicht, sich in Sicherheit zu bringen, reden.« Er unterbrach sich für einige Augenblicke, damit sich das Gesagte bei den Geschworenen setzen konnte. »Johnnie Faye Boudreau behauptet, daß Dr. Ott sie vor der Nacht des 7. Mai mehrmals geschlagen hätte. Wenn er betrunken war, sagt sie, neigte er zu Gewalttätigkeiten. Doch als sie in jener Nacht zu seinem Haus kamen, ging sie hinein. Sie hätte wegfahren können, aber sie tat es nicht. Sie hätte nicht mit ihm nach oben zu gehen brauchen, aber sie tat es. Er war betrunken. Hatte sie keine Angst?« Altschuler riß die Arme hoch. »Nein, natürlich hatte sie keine Angst! Warum sollte sie Angst haben? Sie hatte ja eine Pistole in der Handtasche!«

Er lächelte weise und hob einen Finger.

»Aber warten Sie! Sie erinnern sich wahrscheinlich wie ich, daß Johnnie Faye Boudreau gesagt hat, sie habe ihre Handtasche unten auf dem Sofa liegengelassen, was dazu führte, daß sie sich später in jener Position befand, aus der sie sich, wie sie behauptet, nicht zurückziehen konnte. Meine Damen und Herren, Sie haben den Grundriß des Ott-Hauses gesehen. Sie wissen, wo sich das Wohnzimmersofa im Verhältnis zur Strecke vom Eingang bis zur Treppe befindet. Es stand zwanzig Meter weiter weg. Jetzt frage ich Sie – besonders die Damen –, betritt eine Frau ein Haus, das nicht das ihre ist, geht mit einem Mann hinauf in sein Schlafzimmer und macht davor einen Umweg von zwanzig Metern, um ihre Handtasche auf dem Wohnzimmersofa im Erdgeschoß zu deponieren? Von der Pistole will ich gar nicht reden – aber denken Sie mal an die Schminkutensilien, die

Schlüssel, die persönlichen und kostbaren Kleinigkeiten! Nein! Sie nimmt die Handtasche natürlich mit!«

Er wartete volle fünf Sekunden.

»Und wenn sie das tut, meine Damen und Herren, wenn sie wieder hinuntergeht und einem Mann zu entfliehen versucht, der sie anschreit und tobt – warum rennt sie dann nicht einfach aus der Tür und fährt nach Hause?«

Altschuler trat wieder voll aufs Gas: »Selbst wenn Sie ihr das Märchen vom Feuerhaken abkaufen – in Sicherheit hat sie sich nicht gebracht! Sie hat ihn provoziert!« Er stieß die Hand vor und zeigte auf Johnnie Faye Boudreau, die reglos und mit ausdrucksloser Miene dasaß. »Dort sitzt ein wahres Ungeheuer! Eine Frau ohne Ehre und ohne Skrupel! Falsch! Schlau! Böse! Eine geschickte Manipulatorin! Sie ist eine kaltblütige Mörderin, und ich bitte Sie, sie im Namen des Staates Texas und im Namen der Gerechtigkeit des Mordes für schuldig zu erkennen. Nicht der Tötung in Notwehr, sondern des *vorsätzlichen Mordes.*«

Warren hätte am liebsten applaudiert. Amen, dachte er. Sag nichts weiter, Bob. Du hast sie in jeder Beziehung. Setz dich hin.

Und Bob Altschuler setzte sich.

Richter Bingham nickte dem Gerichtsdiener zu, und der Gerichtsdiener nickte den Geschworenen zu. Gehorsam erhoben sie sich und folgten ihm durch die Hintertür des Gerichtssaals in den Geschworenenraum.

Seine Schultern hebend, sah Rick Warren mit trüben Augen an. Warren drehte sich zu Johnnie Faye, deren Miene eisig war. Sie starrte auf Bob Altschuler, der sich auf seinen Sitz fallen ließ und wenige Schritte von ihr entfernt ein Glas Wasser trank.

»Dieses Schwein«, murmelte sie. »Dem möchte ich was zwischen die Augen jagen.« Schließlich blickte sie Warren an. »Na, Blackburn, alter Kumpel, und was machen wir jetzt?«

»Abwarten«, sagte er kalt.

Das nervöse Summen menschlicher Stimmen verlieh dem klimatisierten Gerichtssaal die Atmosphäre eines Flughafens. Die Medien und Zuschauer, die Anwälte und Zeugen hatten alle in der einen oder anderen Währung Eintritt bezahlt. Sie würden warten. Um dreizehn Uhr dreißig verließ der Gerichtsdiener den Saal, um Sandwiches, alkoholfreie Getränke und Kaffee für die Geschworenen zu besorgen.

»Wie wär's mit Lunch?« fragte Johnnie Faye Warren.

»Ich hab keinen Hunger. Sie können in die Cafeteria im Untergeschoß gehen, wenn Sie wollen. Verlassen Sie aber das Gerichtsgebäude nicht.«

»Was bedeutet es, wenn die Geschworenen lange brauchen?«

»Dafür gibt's keine Regeln.«

»Und wenn sie wieder reinkommen und mir in die Augen schauen, ist das gut – oder?«

»Auch dafür gibt's keine Regel. Sie schauen Ihnen vielleicht in die Augen und schicken Sie trotzdem lebenslang ins Zuchthaus. Es kann auch sein, daß sie mit gesenkten Köpfen reinkommen, weil sie sich für ihre Entscheidung schämen, Sie freizusprechen.«

»Sie können mich mal«, sagte Johnnie Faye. »Und was, wenn die mich für schuldig erklären? Lassen Sie mich heimgehen und meine Sachen in Ordnung bringen?«

»Das hätten Sie bereits tun müssen«, sagte Warren. »Sie werden Ihnen Handschellen anlegen und Sie abführen.«

Ihre Lippen zitterten. »Kann ich Berufung einlegen?«

»Dafür können Sie sich einen Anwalt nehmen.«

»Wollen Sie die Sache übernehmen? Sie kennen die Fakten.«

Absurd. Sie weiß, wie sehr ich sie verachte, aber sie verläßt sich auf mich. Irgendwo im Innern dieses Monsters steckt ein Kind. Ein böses, makabres Kind, aber trotzdem ein Kind.

»Ja, ich kenne die Fakten. Und gerade deshalb übernehme ich die Sache nicht. Aber eine Menge anderer Anwälte wäre dazu bereit. Es wird immer jemand geben, der hungrig genug ist, oder jemand, den Sie reinlegen können.«

Er stand auf und verließ den Gerichtssaal durch die Hintertür, um zu einem Telefon zu gehen, das für Anwälte und Reporter reserviert war. Die Tür zum Geschworenenraum war drei Meter weiter. Er konnte die erhobenen Stimmen der diskutierenden Jury hören, aber nichts verstehen. Maria Hahn trat zu ihm und drückte seinen Arm: »Was denkst du, Schatz?« fragte sie leise.

»Ich hab keine Ahnung. Du?«

»Wie ich schon gesagt habe – man kann's nie voraussagen.«

»Bob war gut«, sagte Warren.

»Wie immer. Hast du Lust auf 'ne schnelle Nummer in meinem Büro? Die Tür läßt sich verriegeln.«

»Und dann kommen die Geschworenen zur selben Zeit zu ihrer Entscheidung, wie wir zu was anderem kommen. Kannst du das Angebot wiederholen? Vielleicht heute abend?«

»Heut abend«, sagte Maria lachend.

Er rief in seinem Büro an, um die Mitteilungen vom Anrufbeantworter abzuhören. Charm bat ihn zurückzurufen. Ein Rechtsanwalt wollte einen Fall mit ihm besprechen, und ein Mann hatte aus dem Gefängnis telefoniert und flehte ihn an, ihn sobald wie möglich wegen einer Rauschgiftsache aufzusuchen.

Die Arbeit lief also wieder. Ich sollte mich eigentlich viel mehr darüber freuen, dachte Warren.

Er durchquerte den Gerichtssaal und trat hinaus in den Korridor, um das öffentliche Telefon zu benutzen, wo er mehr Ruhe hatte, und rief Charm an.

»Warren«, sagte sie fast atemlos, als ob er sie mit seinem Anruf überrascht hätte. »Wie ging's? Bist du fertig?«

Er berichtete, daß die Geschworenen draußen waren und daß es nicht besser hätte gehen können.

»Ich muß schnell reden«, sagte sie. »Hör mir nur eine Minute zu. Ich hab neulich beim Mittagessen nicht alles gesagt, was ich zu sagen habe. Ich fühlte mich so schrecklich, mir fehlten die Worte. Können wir uns wieder treffen?«

Er versuchte zu überlegen.

»Sperr mich nicht aus deinem Leben aus, Warren. Bitte!«

Er sah ein paar Kameraleute vom Fernsehen, die sich vor der Tür zum Gerichtssaal eilig zu schaffen machten. »Ich muß gehen. Die Geschworenen kommen scheint's wieder rein. Okay. Wann?«

»Wann du kannst. Heute abend?«

»Nicht heute abend. Morgen zum Lunch, wenn dir das paßt.«

Sie wäre um zwölf in Binghams Gerichtssaal. Bevor er andere Vorschläge machen konnte, hatte sie aufgelegt. Warren eilte zurück und stieß die Schwingtür auf. Die Fernsehleute filmten Bob Altschuler.

Als sie fertig waren, packte Altschuler Warren am Ellbogen und schob ihn schnell auf eine leere Bank im Hintergrund. Seine Falten von der Nase zu den Mundwinkeln schienen sich noch tiefer eingegraben zu haben. Aus der Nähe konnte Warren sehen, daß sein gestreiftes Hemd schweißnaß war.

»Ihre Mandantin ist schuldig wie sonstwas«, sagte Altschuler. »Sie hat Dink angeheuert, um Sharon Underhill zu ermorden. Sie hat einen Typ namens Ronzini angeheuert, um Dink zu ermorden. Wir glauben, daß eine Leiche, die letzten Monat bei Galveston Island angeschwemmt wurde, Ronzinis Überreste sind. Und sie hat Clyde Ott besoffen gemacht und ihn kaltblütig abgeknallt. Das wissen Sie doch, verdammt noch mal, oder etwa nicht?«

Warren überlegte kurz. »Bleibt's unter uns?«

»Wie Sie wollen.«

»Ich weiß es.«

»Na ja – Sie hatten keine andere Wahl«, sagte Altschuler seufzend. »Ich wünschte nur, Sie hätten sie nicht so verdammt gut verteidigt.«

»Sie waren auch nicht schlecht. Ich glaube, Sie haben sie drangekriegt.«

Altschuler streckte seine große Hand aus. Warren fragte sich plötzlich: Warum hab ich mir immer eingebildet, besser als er zu sein? Er hält sich für einen rechtschaffenen Mann, der dafür sorgt, daß Ordnung in der Welt herrscht – er schickt schuldige Menschen für so lange in den Knast, wie es die Gesetze erlauben. Ich halte mich für rechtschaffen, weil ich sie für so lange in der Freiheit lasse, wie es die Gesetze erlauben. Er hat meistens recht, ich hab meistens unrecht.

Er griff Altschulers Hand und schüttelte sie.

Um sechzehn Uhr waren die Geschworenen noch immer nicht zu einer Entscheidung gekommen. Richter Bingham schickte ihnen durch den Gerichtsdiener eine Nachricht: Wenn sie weiter beraten wollen, würde er bis 20 Uhr im Gerichtssaal bleiben. Danach würde man sie zu einem Hotel begleiten, wo sie Abendessen bekämen und übernachten müßten. Dann könnten sie die Beratung um neun des folgenden Tages fortsetzen. Oder sie könnten – falls sie es wünschten – um achtzehn Uhr Schluß machen und würden dann zum Essen und ins Hotel begleitet werden.

Vom Geschworenen-Obmann kam die mysteriöse Nachricht: »Wir werden weiterberaten, Euer Ehren.«

Um sechzehn Uhr dreißig stimmten sich Warren und Rick flüsternd ab, dann nahm Warren den Aufzug in den siebten Stock zum 299. Gericht. Judge Parkers Saal war bis auf die Richterin und Nancy Goodpaster leer. Auf der Richterbank steckten sie die Köpfe zusammen und brüteten über dem Terminkalender. Nancy lächelte Warren zu und formte mit den Lippen ein lautloses Hallo.

Die Richterin war braungebrannt und sah aus, als ob sie ein paar Pfund zugelegt hätte. »Na, wen haben wir denn da – meinen Freund, Mr. Blackburn?«

»Wie geht's Ihnen, Judge?«

»Sehr gut. Und Ihnen, Herr Rechtsanwalt?«

»Sehr gut.«

»Sitzen die Geschworenen noch über der Boudreau-Sache?«

Er nickte. »Aus zuverlässiger Quelle war aber zu erfahren, daß sie noch vor acht heute abend zu einer Entscheidung kommen werden. Spätestens morgen früh. Ich hab meinen Zeugen für Quintana. Wann kann's losgehen?«

»Morgen und übermorgen sind noch ziemlich frei – zumindest könnte ich was herumjonglieren. Von Donnerstag an ist mein Kalender voll. Fangen Sie also morgen nach dem Mittagessen an, sonst entlasse ich die Geschworenen, und wir suchen uns im September neue aus. Und dabei bleibt's.«

Neue Geschworene im September würden alles, was er jetzt an Vorteilen angesammelt hatte, zunichte machen, und er würde Jim Dandy mindestens einen Monat lang auf Eis legen müssen. Warren blickte düster in die unergründlichen Augen der Richterin. In diesem Augenblick klingelte das Telefon auf dem Schreibtisch des Gerichtsdieners.

Nancy Goodpaster ging hin, nahm ab und lauschte einen Moment. »Ja«, sagte sie. »Ich werd's ihm ausrichten.« Sie legte auf und wandte sich an Warren. »Ihr Partner möchte, daß Sie zum 342. zurückkommen. Die Geschworenen kommen rein.«

»Erheben Sie sich bitte von den Plätzen!« rief der Gerichtsdiener, und die Geschworenen traten hintereinander ein und setzten sich. Johnnie Faye Boudreau stand zwischen Rick und Warren am Verteidigertisch. Bob Altschuler stand leicht gebeugt am Staatsanwaltstisch. Seine Finger trommelten auf das Nußbaumholz. Die Geschworenen sahen, während sie ihre Plätze einnahmen, zu Johnnie Faye und erwiderten ihren fragenden Blick. Aber in ihren Augen war keine Regung zu erkennen.

Richter Bingham fragte sie, ob sie zu einer Entscheidung gekommen seien, und der Obmann, der Mann im schwarzen Blouson, der nach Johnnie Fayes

Meinung unbedingt als Geschworener hatte ausgewählt werden sollen, bejahte es. Er reichte dem Gerichtsschreiber ein Stück Papier.

»Sie dürfen den Spruch der Geschworenen lesen«, sagte Richter Bingham.

Der Gerichtsschreiber las mit ruhiger Stimme: »Wir, die Geschworenen, erkennen die Angeklagte Johnnie Faye Boudreau aus Gründen der Notwehr für nicht schuldig.«

Das Blut wich aus Warrens Gesicht. Johnnie Faye stieß einen Jauchzer aus. Sie schlang die Arme um Rick und drückte ihn an sich. Dann schwenkte sie mit ausgestreckten Armen herum, um Warren zu umarmen. Aber Warren war nicht da.

Er schritt, rannte fast, aus dem Gerichtssaal. Reporter liefen hinter ihm her, zupften ihn am Ärmel, brüllten Fragen. Für einen Augenblick war er gefangen. Er konnte ihnen nicht ausweichen, ohne sie beiseite zu schieben. Die Mikrofone staken ihm fast zwischen den Zähnen. »Die Geschworenen haben gesprochen«, antwortete er eiskalt, »zum Nutzen oder Schaden. Ms. Boudreau ist frei. Das zählt. Ich hab nichts weiter zu sagen.«

Aber er kam nicht davon. Sie versperrten ihm den Weg, packten ihn am Ärmel. »Mr. Blackburn, was meinen Sie mit ›zum Nutzen oder Schaden‹? Zweifeln Sie an der Gerechtigkeit des Urteils?«

»Die Geschworenen haben immer recht«, sagte Warren, sich selbst zitierend, »ob sie recht haben oder nicht.«

Er schob sich rasch an den Reportern und Kameraleuten vorbei. Jede weitere, ihm zugerufene Frage beantwortete er mit einem gemurmelten: »Ich hab nichts dazu zu sagen«, und eilte der Treppe entgegen.

Die Tür schlug hinter ihm zu. Warren drückte die Stirn gegen die kühle Wand. Seine Hände fühlten sich feuchtkalt an, sein Magen hob und drehte sich. Altschuler wußte Bescheid, und es spielte keine Rolle. Sie hatten keine andere Wahl, hatte Altschuler gesagt. Doch, ich hatte die Wahl, dachte Warren, und ich hab sie getroffen. Wenn ich wirklich Mumm hätte, hätte ich diese Mikrofone gepackt und gesagt: »Sie ist frei – frei, um zu lügen, frei, um weiterzumorden, frei, um unsere Komplizenschaft zu feiern. Wenn es Gerechtigkeit gibt, dann höchstens zufällig. Das System stinkt. Fragt einen Mann namens Hector Quintana, der vielleicht sterben muß – für einen Mord, den er nicht begangen hat. Sie war's!«

Er wollte vor Frustration aufheulen und stöhnte nur hilflos. Aber was hätte er tun können? Nichts. Und was kann ich jetzt tun? Nichts. Aber, bei Gott, ich werde einen Weg finden!

Über Rick Levines massivem Schreibtisch hing ein blaues Neonschild, auf dem RECHTSANWALT stand. In einer Ecke des Raumes standen hölzerne Nachbildungen einer mittelalterlichen Folterbank und einer eisernen Jungfrau. (»Damit Sie sich genauer erinnern«, pflegte Rick seinen Mandanten zu erklären.) In einer anderen Ecke stand auf dem Parkettboden ein roter Bubble-gum-Automat. Rick faßte in einen Krug mit Münzen, steckte zwei Fünf-Cent-Stücke in die Maschine und bot Warren einen der in rosa Papier gewickelten Kaugummis an, die herausfielen.

Warren schüttelte den Kopf. Vor ihn, auf die Schreibtischkante, setzte Bernadette Loo einen Becher dampfenden, duftenden schwarzen Kaffee.

Rick hatte sich mit einigen der Boudreau-Geschworenen unterhalten. »Weißt du«, sagte er jetzt zu Warren, »ich bin immer wieder platt, wie schnell Menschen ihren Charakter ändern können. Der Rest ihres Lebens kann total versaut sein, sie können das Finanzamt oder ihre Ehemänner oder -frauen betrügen, aber sobald sie Geschworene werden – Mann, plötzlich sind alle gewissenhafte Amerikaner und gewiefte Professoren der Logik. Sie achten die Gesetze, sie wollen nur das Richtige tun. Das stärkt meinen Glauben an das System.«

»Meinen nicht«, sagte Warren ungeduldig. »Erzähl schon, was passiert ist.«

»Gleich nachdem sie in den Geschworenenraum gegangen sind, haben sie zum erstenmal abgestimmt. Acht nicht schuldig, zwei schuldig, und zwei konnten sich nicht entschließen. Kurz nach dem Mittagessen sah's nach Blockierung aus. Der Obmann – der Typ in der schwarzen Windbluse, dem ein Fernsehladen gehört, der, den unsere Mandantin unbedingt haben wollte – war das letzte Hindernis. Er sagte: ›Ich kann sie nicht ausstehen, ich hab nicht die Hälfte von dem geglaubt, was sie erzählt hat.‹ Aber eine andere, die verschrumpelte Sekretärin der Ölgesellschaft, hat unheimlich auf ihn eingeredet. Sie sagte immer wieder: ›Sie können doch eine Frau nicht verurteilen, nur weil Sie sie nicht leiden können. Ich möchte auch für schuldig stimmen, weil ich meine Zweifel habe, daß sie unschuldig ist, aber meine Zweifel sind mehr auf emotionaler Ebene. Und der Richter hat uns gesagt, daß die Anklage die Beweislast trägt.‹ Vielleicht kommst du dahinter, was sie damit meinte?

Jedenfalls ging die Diskussion weiter. Dieser Sauertopf in der ersten Reihe sagte: ›Mir tut Ms. Boudreau so leid. Vielleicht ist sie schuldig, aber ich glaube, sie hat diesen schrecklichen Doktor wirklich geliebt, und er hat sie bloß ausgenutzt und wollte sie nicht heiraten. Sie war tapfer, genau wie Mr. Blackburn gesagt hat.‹ Freust du dich, Junge? – Und dann der Chef des Herrenbekleidungsgeschäfts, der mit den Koteletten, der immer einen roten Schlips trug.«

Rick sprach noch gedehnter: »Er sagte: ›Wenn ein Kerl auf mich mit einem Feuerhaken losginge, würde ich ihm sechs Kugeln zwischen die Augen jagen, das könnt ihr mir glauben.‹ Darauf schrie die schwarze

Windbluse: ›Und wieso macht die so einen Umweg, nur um ihre Handtasche loszuwerden?‹ Und der rote Schlips guckte ganz verdutzt aus der Wäsche und sagte: ›Was denn für'n Umweg?‹« Rick gackerte wie ein Huhn. »Eine andere Frau sagte zur schwarzen Windbluse: ›Ich hätte meine Tasche mit nach oben genommen, aber vielleicht war Johnnie Faye durcheinander. Deshalb hat sie wohl auch die Handabdrücke vom Feuerhaken gewischt. Es ist so schwer, sich zu erinnern, was man gemacht hat und warum man's gemacht hat.‹ Und die schwarze Windbluse reißt die Arme in die Höhe und schreit: ›Ich geb's auf. Nicht schuldig.‹«

»Und du hältst die immer noch für gewissenhaft?« fragte Warren.

»Sicher«, sagte Rick. »Es ist nur eine Sache der Definition und Perspektive. Du darfst nicht vergessen, daß die Menschen grundsätzlich blöd sind.«

Warren begriff, daß sein Partner mit einem gewissen Triumphgefühl hinter dem Schreibtisch saß. Sie hatten in einer großen Sache gewonnen. Das Urteil hatte Schlagzeilen gemacht, und die Presse brachte Fotos von Clyde Ott und einer selbstsicheren Johnnie Faye Boudreau, die zwischen ihren beiden Anwälten das Gerichtsgebäude betrat. Unter der Schlagzeile stand als fettgedruckter Untertitel: »Verteidiger nicht über den Sieg begeistert.« Sämtliche Spätnachrichten im Fernsehen begannen mit Warren im Korridor und zeigten als nächstes einen Ausschnitt mit Bob Altschuler im gleichen Korridor, der sagte: »Nein, ich weiß nicht, was Mr. Blackburn meinte. Die Basis unseres Rechtssystems besteht darin, daß ein Verteidiger sich für einen angeklagten Mandanten voll einsetzen muß, ganz gleich, was er persönlich denkt. Und Mr. Blackburn hat dies in jedem Fall getan ... Ja, er hat sich hart an der Grenze bewegt, aber solche Reden sind schließlich nicht verboten ...«

Als Warren am Morgen nach dem Urteil um neun sein Büro betrat, hatte schon jemand angerufen. Die rote Lampe blinkte. Das Band war voll. Er zog den Stecker raus. Um elf fuhr er zu Ricks Büro in der Nähe des Gerichtsgebäudes.

Bernadette Loo stürmte ins Büro, gerade als Warren seine leere Kaffeetasse absetzte. »Sie ist hier.«

»Wer?«

»Die, die Schlitzaugen so gern hat.«

Rick drehte sich zu Warren: »Sie hat mich gestern abend noch zu Hause angerufen. Sie ist echt sauer.« Er drehte sich wieder zu Bernadette: »Was haben Sie ihr gesagt?«

»Daß Sie einen Mandanten hätten.«

Rick schwenkte zu Warren herum. »Was soll ich tun?«

»Laß sie rein.«

Rick lachte unbehaglich. Ein paar Sekunden später rauschte Johnnie Faye im selben kirschroten Kostüm und weißen Hut, die sie zur Verhandlung von Hector Quintana getragen hatte, ins Zimmer – eine Hand auf der breiten Hüfte, die Wangen weiß, die Lippen blutlos.

Sie zeigte auf Warren. »Mit ihm will ich reden. Allein.«

Warren nickte. Rick ging mit Bernadette Loo durch die Tür.

»Jetzt hören Sie mir mal zu«, sagte Johnnie Faye Boudreau. Sie zitterte am ganzen Körper. »Sie haben das Maul genug aufgerissen, Sie hatten Ihren Spaß. ›Zum Nutzen oder Schaden ... Die Geschworenen haben recht, ob sie recht haben oder nicht.‹ Sie haben Ihr mickriges, lausiges Gewissen beruhigt. Aber eins wollen wir doch mal klarstellen: *Sie* haben diesen Prozeß nicht für mich gewonnen! Ich habe meinen Kopf selber aus der Schlinge gezogen!«

»Ich würde sagen, das stimmt größtenteils«, erwiderte Warren ruhig.

»Und ob das stimmt! Und es hätte nicht viel gefehlt, und Sie wären wegen dieser reizenden Bemerkungen raus geflogen. Herr Rechtsanwalt, ich möchte Sie an das Gesetz erinnern. Für Sie gilt immer noch die Schweigepflicht, ganz egal, was ich Ihnen erzählt habe. Oder wollen Sie lieber Benzin pumpen? Das würden Sie jetzt sowieso machen, wenn ich mit meinem Fall nicht gekommen wäre und Ihren Arsch gerettet hätte. Es spielt überhaupt keine Rolle, daß Sie nicht mehr mein Anwalt sind. Schweigepflicht ist Schweigepflicht. Ist das klar?«

»Das war immer klar«, sagte Warren.

»Und wenn Ihr blödes Gesicht noch einmal im Fernsehen auftaucht und Sie über meinen Fall oder so 'ne Scheiße quatschen – dann passen Sie bloß auf!«

Warren erhob sich. »Ist das eine Drohung?«

»Eine freundliche Warnung«, gab Johnnie Faye zurück.

Warren langte an einem Stoß von Ricks Papieren vorbei und drückte auf den Knopf des Tonbandgeräts. Die grüne Lampe leuchtete auf. »Ich mache Sie darauf aufmerksam«, sagte er, »weil es meine Pflicht ist – jedes Eingeständnis Ihrerseits fällt nicht mehr unter meine Schweigepflicht. Alles, was ich herausfinde und nichts mit dem zu tun hat, was Sie mir erzählt haben, als ich noch Ihr Anwalt war, kann ich gegen

Sie verwenden. Und das werde ich auch tun. Und jetzt können Sie weiterreden.«

Johnnie Faye Boudreau hob den Mittelfinger ihrer rechten Hand und stieß ihn zweimal in Richtung Decke. Dann wirbelte sie herum. Mit kreisenden Hüften und klappernden Absätzen rauschte sie aus dem Raum.

Warren stellte das Tonbandgerät ab und nahm seine Aktentasche auf. Eine Sekunde später kam Rick wieder herein und schloß die Tür hinter sich.

»Ich hab einiges davon mitgekriegt. Soll ich dir einen guten Rat geben? Sei vorsichtig! Diese Dame hat die Angewohnheit, jedem, der ihr im Weg ist, was Häßliches anzutun.«

»Ich bring sie lebenslänglich hinter Gitter«, sagte Warren.

Wie sie es besprochen hatten, erwartete ihn Charm um zwölf vor dem 342. Bezirksgericht. Gleich nachdem Warren hallo gesagt und sie ihn auf die Wange geküßt hatte, um zu gratulieren, flog die Tür auf, und Maria Hahn kam mit Richter Bingham aus dem Gerichtssaal. Sie lachten. Nach dem Kaliber des Gelächters zu urteilen, mußte Maria ihm einen neuen Witz erzählt haben. Der Richter blieb stehen und streckte die Hand aus. »Mr. Blackburn! Wie ich in der Zeitung lese, sind Sie ein böser Junge!« Er neigte seinen kahlen Kopf vor Charm. »Können Sie Ihren Mann nicht in Zaum halten, Ms. Blackburn? Können Sie nicht dafür sorgen, daß er seinen großen Mund hält?«

Aber er lächelte.

Maria Hahn lächelte nicht.

Warren tauschte mit dem Richter ein paar Worte

und sagte dann: »Auf Wiedersehen, Euer Ehren. Auf Wiedersehen, Maria. Bis später.«

»Essen Sie mit uns«, schlug der Richter vor. »Dann kann ich von Ihrer schönen Frau erfahren, was in der Welt außerhalb des Gerichts passiert.«

»Danke. Heute geht's nicht«, sagte Warren gequält. »Ein andermal.«

Sie gingen wieder in das griechische Restaurant. Charm sah blaß und noch dünner aus als beim letztenmal. Unterwegs sagte sie: »Das ist die Frau, mit der du dich triffst, nicht wahr?«

»Welche?«

»Ach komm, Warren – die große mit dem tollen Busen und den fantastischen Beinen. Die, die mit dem Richter gekichert hat.«

Warren staunte. »Wie hast du das gewußt?«

»Na, so wie sie dich ansah. Und du sie.« Charm preßte die Lippen zusammen.

Mit feuchten Augen und zitternden Händen sagte sie im Restaurant: »Gib mir 'ne Chance, Warren. Wirf unsere Ehe nicht wegen einem Menschen über Bord, den du kaum kennst.«

»Ich habe sie nicht aufgegeben, auch wenn ich viel falsch gemacht habe«, erwiderte er. »Du hast die Ehe über Bord geworfen, Charm.«

»Beinahe, und es wäre der schlimmste Fehler meines Lebens gewesen.«

Ihm fiel auf, daß sie die Zeitform durcheinandergebracht hatte, beschloß aber, nicht darauf einzugehen. Er wollte sich nicht streiten, nur klarstellen. »Jedenfalls«, sagte er, »hat Maria nichts damit zu tun.«

»Natürlich hat sie was damit zu tun«, widersprach Charm schnell und mit Bestimmtheit. »Ich weiß, wie eine Beziehung im Anfangsstadium ist. Sie ist neu, aufregend, fesselnd. Man zeigt sich von der besten Seite und so weiter. Du bist doch ein toller Fang, Warren – du bist ein Mann mit Substanz. Sie wird schwer daran arbeiten, dich an Land zu ziehen, auch wenn's ihr gar nicht bewußt ist. Später kommt dann die Realität. Realität ist anders.« Sie ballte die Fäuste. »Wir hatten Realität. Und darauf kommt es an.«

War da was dran, oder waren ihre Worte nur gehorsame Diener für ihr Ziel? Er würde über das, was sie sagte, nachdenken müssen. Er nickte, bewunderte ihren Elan, er mochte sie, war aber immer noch argwöhnisch.

Charm redete hastig weiter: »Sie muß doch wissen, daß man eine Ehe nicht einfach wie einen Tumor herausschneiden kann. Und sie wird nicht den Lückenbüßer spielen wollen. Das funktioniert nie, oder vielleicht für eine Weile, und dann fällt alles zusammen. Ich hab's erlebt. Unsere Ehe war nicht perfekt und wird nie perfekt sein. Denk nicht an die schlechten Zeiten, die Verrücktheiten – das ist die Falle, in die ich getappt bin. Denk an das Gute, das wir gehabt haben. Wir können uns immer noch gegenseitig helfen, erwachsen zu werden. Nimm mich wieder in dein Leben auf, Warren.«

Er merkte, daß sie nur allzu aufrichtig war. Sie wußte, was sie wollte, und kämpfte dafür. Sie war eine erwachsene Frau, komplex, liebevoll, fehlbar. Und in ihren Worten schwang eine Zärtlichkeit mit, an die er sich erinnerte.

»Wieso ich, Charm? Was ist an mir so besonders? Sind nicht alle Männer letzten Endes ziemlich gleich?« Er haschte nicht nach Komplimenten. Er wollte es wissen.

»Auf dem Gebiet bin ich nicht qualifiziert«, sagte

sie. »So viele hab ich nicht kennengelernt. Aber ich kenne dich, und du tust dein Bestes – mit den Menschen und mit Dingen, und ich hab das Gefühl, daß dein Bestes ständig besser wird. Ich liebe dich dafür. *Wir* sind das Besondere. Nicht einzigartig, aber besonders. Weil wir eine Vergangenheit haben. Ich weiß, wir können unser Leben wieder zusammenbauen, wenn wir freundlich zueinander sind. Wir waren Partner, und wir können wieder Partner sein.«

Das waren seine Gedanken gewesen, die Gedanken, die er nicht zum Ausdruck bringen konnte. Daß sie sein Echo war, bewegte ihn. Ihre Worte und die Art, wie sie ihn ansah – so sorgenvoll, die Tränen zurückhaltend –, rührten an sein Herz. Er spürte, wie sich etwas in ihm wandelte. Er hatte getrauert, als sie ging, er war verbittert gewesen. Aber nun nicht mehr.

»Ich möchte mit dir Kinder haben, Warren. Ich bin bereit. Ich will nicht die Kinder eines anderen, nur deine.«

»Das sind ja ganz neue Töne«, sagte er. Er dachte an seine Verletzung vor mehr als einem Jahr.

»Ich weiß«, sagte sie errötend. »Aber du warst ins Schwimmen gekommen, und ich war eine Idiotin. Ich wußte nicht, wie ich dir helfen sollte, und das gab mir das Gefühl, auch ein Versager zu sein. Bitte, verzeih mir.«

»Natürlich«, erwiderte Warren. »Charm, ich brauche Zeit. Ich kann nichts überstürzen. Und ich kann dir nichts versprechen.«

»Je mehr Zeit du mit ihr verbringst«, sagte Charm, »desto geringer sind meine Chancen. Das ist die Gleichung. Ich gebe dir Zeit, das weißt du. Aber ich kann nicht ewig herumhängen. Ich glaube, ich kann einen Job bei PBS in Boston bekommen.«

»Ach? Würdest du ihn gern annehmen?«

»Wenn wir nicht wieder zusammenkommen, ja. Wenn wir zusammensein können, wahrscheinlich nicht. Dein Leben ist hier.«

»Ich muß jetzt gehen«, sagte Warren, nachdem er auf seine Uhr geschaut hatte. »Ich habe eine Verhandlung im 299., und ich muß jemanden vorm Gericht treffen. Ich darf mich nicht verspäten.«

»Liebst du mich überhaupt, Warren?«

»Ja. Ich kann nicht anders.«

Röte überzog ihre Wangen, die vorher so blaß gewesen waren. Sie sah dankbar und einen Moment lang glücklich aus. Ihre Augen strahlten. »Ruf mich an«, sagte sie.

Er stand vor dem Gerichtsgebäude und schwitzte sogar im Schatten. Er hatte die Krawatte gelockert, die Hände in die Hosentaschen vergraben. Er rechnete mit ihrem Kommen, aber ein Teil von ihm wußte, daß alles möglich war. Die Hausverwaltung in Ravendale hatte sich schon beschwert. Einer der Angestellten hatte an seine Tür geklopft, um ihm zu sagen, das Haus sei keine Absteige für obdachlose Penner. Warren war zu Janice gegangen, um ihr die Umstände zu erklären: »Es sind Zeugen in einer Mordsache. Helfen Sie mir bitte, wenn Sie können.«

Janice sagte: »Überlassen Sie die Sache nur mir«, und es kamen keine weiteren Beschwerden.

Warren hatte Jim Dandy Pedro anvertraut. »Was auch passiert – lassen Sie ihn morgen früh ja nichts trinken. Nicht mal ein Bier. Sie und Armando setzen sich auf ihn, wenn's sein muß. Stellen Sie ihn unter die Dusche. Ich will, daß er Hemd und Hose trägt, keine Armeejacke. Und seien Sie Punkt eins da – amerikanische Zeit, nicht mexikanische Zeit. Wenn Sie nicht erscheinen, haben Sie Ihren Freund Hector auf dem Gewissen.«

»Vertrauen Sie mir, Amigo«, hatte Pedro gesagt.

Warren hatte am Vormittag zweimal in Ravendale angerufen, einmal von seinem und einmal von Ricks Büro aus.

»Ist gut«, sagte Pedro beide Male. »Wir sind da. Punkt eins, Gringo-Zeit.«

Zwanzig nach eins fuhr ein Taxi mit Pedro und Jim Dandy vor. Pedro hob die Faust mit dem Daumen nach oben zeigend. Zwanzig Minuten zu spät, dachte Warren. Nicht schlecht. Er hatte eine halbe Stunde einkalkuliert.

Er zog Nancy Goodpaster in ihr Büro und schloß die Tür.

»Nancy, was Sie damals getan haben – als Sie sich wegen der Dinge, die die Richterin in ihrem Arbeitszimmer gesagt hatte, hinter mich stellten –, das war mutig. Ich finde, Sie sind eine glänzende Juristin. Ich kann mir nicht vorstellen, daß Sie einen Unschuldigen strafrechtlich verfolgen wollen.«

Sie sagte: »Das ist das Letzte, was ich will.«

»Ich hab einen Zeugen, der aussagen wird, daß er Dan Ho Trunhs Brieftasche geklaut hat. Das ist nur ein Teil von dem, was er sagen wird, aber er wird den Zeugenstand erst gar nicht betreten, wenn er für den Diebstahl nicht freies Geleit erhält. Ich werde dieses freie Geleit beantragen. Machen Sie mit. Sie werden es nicht bereuen.«

Nancy Goodpaster überlegte. »In Ordnung«, sagte sie. »Ich vertraue Ihnen.«

Es waren die süßesten Worte, die Warren je gehört

hatte. Er wollte sie auf die Wange küssen, das war aber unprofessionell, und Juristinnen schienen solche Gesten neuerdings übelzunehmen. Statt dessen sagte er: »Danke, Nancy. Wenn Sie jemals die Absicht haben, diesen Job hinzuschmeißen und sich selbständig zu machen, rufen Sie mich an.«

»Es kann gut sein, daß ich auf Ihr Angebot zurückkomme«, sagte Nancy. »Irgendwann.«

Die Geschworenen waren auf ihren Plätzen, und Hector Quintana saß neben ihm am Verteidigertisch. Warren erhob sich. »Die Verteidigung ist bereit, Euer Ehren, und ruft James Thurgood Dandy auf.«

Jim Dandy hing krumm auf dem Zeugenstuhl. Er fuhr sich immer wieder mit der schwieligen Hand durchs dunkle Haar. Er war fast so nervös wie Warren. »Euer Ehren«, begann Warren, »vor der Zeugenaussage stellt die Verteidigung einen Antrag *in limine.*«

Er war bereits auf dem Weg zur Richterbank. Nancy Goodpaster folgte ihm auf den Fersen. *In limine* bedeutete »auf der Schwelle«. Warren sagte leise: »Judge, dieser Mann wird unter anderem bezeugen, daß er sich dem Auto des Opfers Dan Ho Trunh näherte und eine Brieftasche mit Inhalt aus der Hand des Toten nahm. Aber dieser Zeuge wird nicht aussagen, wenn seine eidlichen Erklärungen seine Freiheit in Gefahr bringen. Ich beantrage für den Zeugen Straflosigkeit für sämtliche Diebstahlsklagen wegen der vorrangigen Notwendigkeit, die Mordsache aufzuklären.«

Die Richterin sagte: »Herr Rechtsanwalt, ein ordnungsgemäßer Antrag *in limine* soll Fakten aus der Beweisaufnahme heraushalten, damit die Geschworenen gegen den Zeugen nicht voreingenommen sind.

Sie wollen sie *in* die Beweisaufnahme einbringen. Sind Sie sicher, daß Sie wissen, was Sie tun?«

»Ja, Euer Ehren.«

Die Richterin sah Nancy Goodpaster an. »Die Anklage hat keine Einwände«, sagte Nancy.

Der Protokollführerin zuliebe wiederholte die Richterin: »Dem Zeugen James Thurgood Dandy wird, beschränkt auf eine Diebstahlsklage, freies Geleit gewährt.«

Jim Dandy wurde vereidigt.

Warren konnte es kaum erwarten. Er spürte, wie ihm das Blut vom Herzen in den Kopf rauschte. Er stellte die üblichen Fragen nach Namen, Adresse, Alter und Beruf.

»Jim Dandy nennen sie mich.« – »DeKalb Street, Beeville. Im Süden unten.« – »Ungefähr achtunddreißig.« – »Hab keinen Beruf.«

»Sir, wie verdienen Sie sich Ihren Lebensunterhalt?«

Niemand hatte Jim Dandy jemals »Sir« genannt. Er schien sich zu freuen. Warren konnte sehen, daß seine Nervosität verflog.

»Ich tu, was ich kann, für 'n Dollar oder zwei. So Sachen halt.«

Warren ließ es dabei bewenden und sprang wie ein Schwimmer vom Sprungturm. »Können Sie sich erinnern, wo Sie am 19. Mai dieses Jahres gegen zwanzig Uhr waren?«

»Also, ich weiß nicht so genau, ob's der 19. Mai war, aber so um die Zeit rum muß es gewesen sein, und ich weiß, von was Sie reden. Ich saß an 'ner Mauer, besoffen.«

»Wo, Sir?«

»Hier in der Stadt. Irgend so 'n Einkaufszentrum.

Ich hatt' mir da 'n Liter Thunderbird gekauft. Hab mich hingesetzt, um's zu genießen.«

»Ist irgendwas Außergewöhnliches passiert, während Sie dort in dem Einkaufszentrum an der Mauer saßen?«

»Na ja, ich hatt' so 'n natürlichen Drang. Mußte mal. Das hab ich dann erledigt, gleich da. Konnt' nich' warten. Und dabei hör ich plötzlich 'n Schrei und dann 'n Schuß. Hat mich zu Tode erschreckt.«

»Woher wissen Sie, daß es ein Schuß war, Mr. Dandy?«

»Da komm ich noch drauf. Lassen Sie mich's auf meine Art erzählen, okay, Boß?«

»Okay«, sagte Warren.

»Es war 'n Schuß, weil's einer war. Hätt' nix andres sein können. Ich weiß, was 'n Schuß ist. Ich bin vielleicht 'n Alkoholiker, aber blöd bin ich nicht.«

»Und was haben Sie dann gemacht?«

»Ich hab mein' Kopf umgedreht – ich hatt' immer noch Angst, und ich dacht', daß vielleicht jemand auf mich zielt –, und da standen die beiden Autos. Ein Kombi, und das andre war 'n großes schönes Auto. Ich kann aber nich' mehr unterscheiden, ob's 'n ausländisches Modell war oder nicht. War aber ziemlich neu. Der Motor lief. Die standen nebeneinander. Die standen irgendwie in meiner Richtung.«

»Wie weit von Ihnen entfernt?«

»Kann ich nich' sagen. Nicht weit, nicht nah. Nah genug, daß ich was sehen konnt'.«

»Und was haben Sie gesehen, Sir?«

»Im Kombi hab ich niemand gesehen. Im Auto saß 'ne Frau.«

Warren kümmerte sich nicht um die Geschworenen: Sie waren nicht der Gegenstand dieser Übung.

Er warf Nancy Goodpaster einen Blick zu. Sie saß vornübergebeugt am Staatsanwaltstisch, eine Hand am Kinn, und lauschte gespannt. Wie Warren auf der Fahrt von Beeville nach Houston.

»Mr. Dandy, Sie haben im Auto, das neben dem Kombi geparkt war, eine Frau gesehen? Eine Frau? Sind Sie ganz sicher?«

»Stimmt. Außerdem hab ich ja jemand schreien gehört, bevor ich den Schuß gehört hab. Das war Frauengeschrei, so 'n Gekreische.«

»War noch jemand auf dem Parkplatz? Zu Fuß oder in einem Auto?«

»Mir is' niemand aufgefallen.«

»War die Frau im Auto allein?«

»Hab niemand bei ihr gesehen. Hab aber kaum was sehen können, weil die wie verrückt davongerast ist.«

»Können Sie die Frau im Auto beschreiben?«

»Nee, bestimmt nich'. Ich hab lange Frauenhaare und roten Lippenstift gesehen, und das is' alles. Dann war sie weg.«

»Hatten Sie den Eindruck, daß sie Sie gesehen hat?«

»Nein, Sir.«

»Können Sie das Auto beschreiben? Die Marke? Das Modell?«

»Eigentlich nich', aber 's war groß und sah neu aus.«

»Bevor die Frau in dem Auto davonraste, Mr. Dandy – ist Ihnen da vielleicht aufgefallen, ob sie was in der Hand hatte?«

»Kam mir wie 'ne Pistole vor.«

»Können Sie die Pistole beschreiben?«

»Kann ich nich'. War halt 'ne Pistole.«

»Groß oder klein?«

»'n Riesending war's nich'.«

Ein großartiger Zeuge, dachte Warren. Er stellte keine Vermutungen an, unterließ Ausschmückungen und sagte die Wahrheit. Warren blickte wieder zu Nancy Goodpaster. Er sah gespannte Konzentration in ihrer Miene, die zunehmendes Staunen zeigte. Aber er sah auch, daß sie glaubte.

»Was haben Sie dann gemacht, Mr. Dandy?«

»Bin zum Kombi rüber und hab reingeguckt. Da war 'n toter Mann drin.« Jim Dandy seufzte. »Ich hab die Brieftasche weggenommen. Er brauchte sie ja nich' mehr.«

Warren nickte. »Haben Sie sich dort noch länger aufgehalten, um nachzusehen, was in der Brieftasche war?«

»Nee, ich hab mich davongemacht. Ich hatt' schon gesehen, daß Geld drin war. Als ich um die Ecke rum war, hab ich mal reingelinst.«

»Was war außer Geld noch in der Brieftasche?«

»'n Zettel von der Wäscherei.«

»Haben Sie den aus der Brieftasche genommen?«

»Hab ihn in meine Tasche gesteckt.«

»Was haben Sie mit der Brieftasche gemacht?«

»Hab Sie in 'n Gully geschmissen.«

»Was haben Sie mit dem Zettel der Wäscherei gemacht?«

»Na ja, 'n paar Tage später hab ich mir gedacht, der tote Kerl braucht ja auch nix mehr zum Anziehen. Ich hatt' ja noch was von dem Geld übrig, und da bin ich halt zu der Wäscherei gegangen und hab die Sachen abgeholt. Dafür bezahlt und mitgenommen.«

»Wissen Sie noch, wer Sie in der Wäscherei bedient und Ihnen die Sachen gegeben hat?«

»'ne Inderin.«

»Können Sie die Kleidungsstücke beschreiben, die Sie in der Wäscherei abholten?«

»Schöner grauer Anzug. Weiße Hemden. Schöner grüner Pullover. Das Zeug hat nich' so gut gepaßt – 'n bißchen eng. Da hab ich sie halt in der Mission verkauft.«

Warren wollte nicht weiter darauf eingehen. Das käme später dran, und nicht vor diesem Gericht. Mit erhobener Stimme sagte er: »Mr. Dandy, haben Sie den Mann, der neben mir sitzt, schon mal gesehen?« Er legte eine Hand – eine Hand, die beinah zitterte – auf Hector Quintanas Schulter.

Jim Dandy schaute zu Hector hinüber. »Nich', daß ich wüßte. Sieht wie 'n Mexikaner aus. Ich hab nix gegen die, aber ich kann sie nich' immer auseinanderhalten.«

»Sie haben diesen Mann in jener Nacht nicht auf dem Parkplatz vor der Wäscherei oder in dem Auto, das die Frau mit der Pistole fuhr, oder irgendwo anders in der Umgebung des Einkaufszentrums gesehen?«

»Nee.«

»Haben Sie irgend jemanden in jener Nacht gesehen, der so ähnlich wie dieser Mann ausgesehen hat?«

»Nee.«

»Danke, Sir«, sagte Warren. »Ihr Zeuge.«

Nancy Goodpaster nahm Jim Dandy nur fünfzehn Minuten ins Kreuzverhör. Sie ließ ihn das meiste seiner Geschichte wiederholen. Sie konzentrierte sich vor allem auf den Zeitrahmen, um sicherzustellen, daß es sich um die Nacht des 19. Mai handelte, und auf die Tatsache, daß er so sicher war, daß es sich in dem Auto um eine Frau handelte. Warren erhob nie Einspruch. Aber Jim Dandy war sicher. Eine Person mit langem Haar und Lippenstift war kein Mann. »Ich war blau«, sagte er, »und die Zeiten haben sich geändert, aber, Ma'am, so blau war ich noch nie, daß ich 'nen Mann nich' mehr von 'ner Frau unterscheiden kann.«

Nancy zögerte, biß sich auf die Lippe und sagte dann: »Keine weiteren Fragen.«

Um den letzten Nagel einzuschlagen, rief Warren Siva Singh als Entlastungszeugin auf. Sie identifizierte Jim Dandy schnell als den Mann, der Dan Ho Trunhs gereinigte Sachen abgeholt hatte.

»Könnte Mr. Dandy auch der Mann sein, den Sie vom Auto und vom Parkplatz weglaufen sahen?«

»Das ist möglich«, antwortete sie leise.

Nachdem es Nancy Goodpaster ablehnte, Siva Singh ins Kreuzverhör zu nehmen, sagte Warren: »Mit Einverständnis des Gerichts ...« und bat um eine zehnminütige Beratungspause.

Nancy Goodpaster ging mit Warren in ihr Büro zurück. Sie setzte sich an ihren Schreibtisch und sagte: »Geben Sie mir zwei Minuten, damit ich mir diese verdammte Sache mal durch den Kopf gehen lassen kann.«

Warren wartete, während sie aus dem Fenster starrte. Schließlich sah sie ihm ins Gesicht. »Es gibt ein Problem. Woher sollen wir wissen, daß es nicht Ihr Zeuge, dieser Dandy, war, der Trunh ermordet hat? Er hatte ein Motiv – das Geld. Er hatte die Möglichkeit. Woher sollen wir wissen, daß mit seiner Geschichte nicht was verdeckt wird?«

»Warum würde er sich dann vor Gericht sehen lassen?« fragte Warren. »So blöd ist er doch nicht, daß er sich nicht denken kann, daß Sie's herausfinden und ihn drankriegen könnten.«

»Ich hab keine Ahnung«, gab Nancy zu.

»Er war's nicht, Nancy. Und es ist keine Vermutung.«

Nancy Goodpaster runzelte die Stirn. »Sie wissen etwas über die Sache, das ich nicht weiß. Von Anfang an. Hören wir doch endlich mit dem Quatsch auf. Was ist es?«

»Ich weiß, daß die Frau in dem Auto Trunh ermordet hat. Sie warf die Pistole in einen Müllcontainer in Ravendale. Quintana hat dort herumgewühlt und sie gefunden.«

»Das ist nicht alles. Ich merk's. Raus damit.«

Wenige Augenblicke später sagte Warren: »Ich weiß, wer die Frau ist.«

»Sie meinen, Sie glauben, daß Sie's wissen.«

»Nein.« Wieder zögerte Warren. »Sie hat es mir gegenüber gestanden.«

»Gütiger Himmel! Dann hören Sie doch endlich auf, diese Spielchen zu spielen. Wer ist es?«

»Das kann ich Ihnen nicht sagen – es fällt unter meine Schweigepflicht. Sobald es möglich ist, werden Sie's erfahren. Wenn Sie meine Partnerin sind.« Er lächelte kurz, erschöpft. »Und jetzt sollten wir vielleicht die Quintana-Sache zu Ende bringen. Sie sind die Staatsanwältin in diesem Gericht. Sie haben die Machtbefugnis. Wird die Staatsanwaltschaft die Anklage zurücknehmen?«

Nancy seufzte: »Wir haben wohl keine Wahl.«

Warren sagte: »Man hat immer eine Wahl, Nancy. Seien Sie froh, daß Sie in der Lage sind, die richtige zu treffen.«

»Glauben Sie mir, das bin ich.« Mit dem Ärmel wischte sie sich einen leichten Schweißschimmer von der Stirn. »Mein schlimmster Alptraum hätte wahr werden können. Die Geschworenen hätten Ihrem Mandanten die Nadel verpassen können. Ich war sicher, daß er schuldig ist.«

»Machen Sie sich nichts draus«, sagte Warren. »Lange Zeit war ich der gleichen Meinung.«

Nancy legte ihre schlanke Hand auf seine Schulter. »Ich möchte Ihnen was sagen, Warren. Sie sind ein phantastischer Anwalt. Ich bin jetzt fünf Jahre hier und hab 'ne Menge zu sehen bekommen. Aber ich hab noch nie jemanden so für einen Mandanten kämpfen sehen wie Sie. Und ich hab noch nie jemanden kennengelernt, der sich wie Sie gegen ›Hochwürden‹ behauptet hat. Sie müssen sich unheimlich gut fühlen.«

»Ja«, sagte Warren. »Aber auch verdammt müde.« Plötzlich schossen ihm Tränen in die Augen. Er mußte sich abwenden.

Das Gesetz verlangte ein bestimmtes Verfahren. Die Fakten mußten der Staatsanwaltschaft offiziell vorgelegt werden, worauf die Anklage verworfen werden würde. Wieder in Lou Parkers Gerichtssaal, beantragte Nancy Goodpaster die Vertagung bis zur Entscheidung der Anklage. »Die Anklage«, sagte sie, »ist außerdem bereit, einem Antrag der Verteidigung auf Haftverschonung zuzustimmen.«

»Die Verteidigung stellt diesen Antrag«, sagte Warren.

»Stattgegeben«, sagte die Richterin und schüttelte ungläubig den Kopf. Sie hämmerte auf die Richterbank. »Und wollen Sie jetzt alle bitte den Saal verlassen, damit ich die Geschworenen entlassen und mit meinem Terminplan weitermachen kann?«

Warren ging zu Hector Quintana an den Verteidigertisch. »Sie können gehen.«

»Wohin?« sagte Hector.

»Wohin Sie wollen. Sie sind frei, Hector. Es ist alles vorbei.«

Warren erklärte ein paar Dinge, aber er war nicht sicher, daß Hector alles verstand. Hector murmelte ein paar Sätze in Spanisch. Dann glitzerten Tränen in seinen Augen. Er umarmte seinen Anwalt heftig. »Danke«, sagte er. *»Diás te pagara.«*

Gott wird Sie belohnen.

Warren konnte sich nicht erinnern, jemals so froh gewesen zu sein. Er weinte und lachte, und er umarmte und pufftе seinen Klienten Hector Quintana – alles zur gleichen Zeit.

»Ich hab kein Geld«, sagte Hector, als sich beide genügend gefaßt hatten, um sich wieder den praktischen Dingen des Lebens zuzuwenden. »Wo soll ich hingehen?«

»Ich weiß genau wohin«, sagte Warren. »Und machen Sie sich keine Sorgen ums Geld. Morgen gebe ich Ihnen so viel, daß Sie nach Mexiko zurückfahren oder hierbleiben können, ganz wie Sie wollen. Aber tun Sie mir den Gefallen, und kommen Sie jetzt mit mir. Ich hab noch was zu tun. Etwas, das nicht warten kann.«

Ich bin Ihnen etwas schuldig«, sagte Warren, »und ich bin hier, um zu bezahlen. Aber zuerst müssen Sie mir einen Gefallen tun und mir ein paar Fragen beantworten.«

Bob Altschulers großzügiges Büro im sechsten Stock des Gebäudes der Staatsanwaltschaft in der Fannin Street war mit Ahornholzmöbeln bestückt. Auf seinem Schreibtisch standen Fotos seiner Frau und der drei Töchter, und Altschuler lehnte sich in die Art von hohem Drehsessel zurück, die gewöhnlich Richtern und Vorstandsvorsitzenden vorbehalten ist. Hector Quintana wartete draußen im Vorzimmer.

Altschuler nickte kühl. »Nur zu.«

»Vor vier oder fünf Tagen wurde jemand in der Mission ermordet«, sagte Warren. »Ein Stadtstreicher, auf der Toilette erschossen. Soweit ich weiß, ist niemand angeklagt worden – die Polizei hat wahrscheinlich noch nicht mal einen Verdächtigen. Ich vertrete niemanden, der damit zu tun hat, und ich habe auch mit niemandem gesprochen, der damit zu tun hat. Ich glaube, ich weiß, wer's war. Aber bevor ich's Ihnen sage, muß ich mir den Polizeibericht ansehen dürfen. Ansonsten müßte ich mit dem Beamten der Mordkommission reden, der den Fall bearbeitet.«

Altschuler zog die Stirn in Falten. »Ein Penner hat

’nen anderen Penner umgelegt. Was soll’s? Das ist doch ’ne Bagatelle.«

»Das finde ich nicht«, sagte Warren. »Ich glaube, die Sache wird Sie glücklich machen.«

Altschuler fixierte ihn sekundenlang mit seinen schlauen dunklen Augen. Dann langte er nach dem Telefon. Zehn Minuten später saß Sergeant Hollis Thiel auf einem der Stühle neben Waren. Die Hände ruhten auf dem Wanst unter seinem braunen Anzug.

»Erzählen Sie, was passiert ist«, sagte Warren.

Thiels Augen in seinem Schweinchengesicht wurden schmal und mißtrauisch. Er blickte Altschuler an.

»Reden Sie«, sagte Altschuler.

»Vier Uhr früh«, sagte Thiel. »Ein regelrechter Zoo da drüben in der Mission. Diese Typen – ein ständiges Kommen und Gehen. Sie schlafen ein bißchen, besaufen sich, rauchen, fixen. Das geht so Tag und Nacht. Um viere rum geht also dieser Typ aufs Klo. Er heißt Jerry Mahoney, ist so um die Fünfunddreißig und kommt aus Galveston. Klassischer Penner. So ’n kleiner Ganove, der Dope verkauft, wenn er welches in die Hände kriegt. Er steht gerade an der Rinne und pißt, als ein anderer Typ reinmarschiert. Der andere Typ stellt sich ’ne Minute lang neben ihn an die Rinne und mustert ihn von oben bis unten. Mahoney macht gerade den Reißverschluß wieder zu, als der andere sein Schießeisen zieht und dem nichtsahnenden Kerl zwei Kugeln reinjagt, Mahoneys Puls prüft und abhaut. Ein Kopfschuß, einer in den Bauch – beide mittendurch. Bis die Polizei eintrifft, ist Mahoney tot. Ohne ein Wort zu sagen.«

»Was hatte Mahoney an, als er getötet wurde?« fragte Warren.

Thiel schaute in seinen Unterlagen nach. »Grüner

Baumwollpullover, weißes Hemd, graue Hosen, aber keine Krawatte und braune Schuhe mit Löchern in beiden Sohlen. Ich hab Ihnen ja gesagt, 'n klassischer Penner.«

»Und es gab Zeugen«, sagte Warren.

»Ja. Die Toiletten haben keine Türen, was die Typen davon abhalten soll, sich in den Kabinen gegenseitig einen zu blasen. Zwei Stadtstreicher sind grade am Scheißen, als Mahoney erschossen wird.« Thiel schaute wieder auf seine Papiere. »Ein Schwarzer namens Fred Polson und ein Illegaler namens Raul Fernandez.«

»Haben sie Ihnen eine Beschreibung des Killers geliefert? Erzählen Sie mir nicht, was sie gesagt haben. Sagen Sie mir nur, ob sie ihn beschrieben haben.«

»Ja, aber sie wissen nicht, wer's ist. Sie kennen ihn nicht.«

»Lassen Sie mich raten«, sagte Warren. »Etwa dreißig Jahre alt. Blond. Bekleidung: schwarzes T-Shirt und khakifarbene Baumwollhosen. Tätowierungen an beiden Armen – ein Drachen auf dem einen, und auf dem anderen Arm steht ›Rosie‹. Brutal aussehender Typ mit Muskeln.«

Immer das gleiche Muster. Der neue Freund machte die Dreckarbeit. Johnnie Faye war im Gericht, als Siva Singh aussagte und von einem Mann sprach, der den Mord wahrscheinlich beobachtet hatte. Ein Penner mit einer Wäschereiquittung über einen grünen Pullover und einen grauen Anzug. Die Dreckarbeit mußte erledigt werden.

Thiels Augen wurden Schlitze. Mit seinen Papieren raschelnd, blickte er zu Altschuler auf, der wieder zustimmend nickte. Thiel sah Warren an.

»Sie sind ganz nah dran, Herr Rechtsanwalt. Eine

Tätowierung haben sie gesehen. Polson sagt, der Typ war ungefähr zweiunddreißig. Fernandez ist nicht so sicher. Vielleicht älter. Beide haben die Muskeln gesehen. Das schwarze T-Shirt stimmt. Der Typ hatte 'nen Hut auf. Die Haare konnten sie also nicht erkennen.«

»Sie wissen nicht, wer's ist, stimmt's. Keine Spur.«

»Noch nicht, aber ich habe das Gefühl, daß ich jeden Moment drauf gebracht werde.«

»Und Sie haben die Kugeln in den Wänden gefunden«, sagte Warren, »und die Hülsen lagen auf dem Boden, wahrscheinlich dahinter und auf der rechten Seite. Eine 45er wirft nach hinten und rechts raus.«

»Ich hab nicht gesagt, daß es eine 45er war«, sagte Thiel langsam.

»Aber es war eine.«

»Ja«, bestätigte Thiel. »Stimmt.«

»Sind Polson und Fernandez noch in der Gegend?«

»Die sind noch in der Gegend.«

»Sammeln Sie sie heute morgen noch ein«, sagte Warren, »damit sie für den Rest des Tages nüchtern sind. Dann können Sie heut abend ein paar Nachtclubs mit ihnen besuchen.« Warren reichte Thiel einen gelben Zettel, den er aus seinem Notizblock gerissen hatte. »Hier ist die Liste der Clubs. Zerreißen Sie den Zettel, bevor ich dieses Büro verlassen habe. Schauen Sie sich den dritten Club auf der Liste ganz genau an. Wenn Sie den Typ dort finden, den Sie suchen, haben Sie Grund genug, das Gebäude zu durchsuchen. Bob wird das Boudreau-Protokoll lesen – meine Hauptvernehmung der Angeklagten – und Ihnen sagen, wo Sie nachschauen sollen. Die 45er ist möglicherweise dort, vielleicht auch nicht. Aber der Typ, den Sie finden werden, weiß, wo sie ist, und er weiß, wer sie ihm gegeben hat und ihn beauftragt hat, einen Mann im grünen Pullover und weißen Hemd kaltzumachen. Ein zäher kleiner Bursche – Sie werden ihn vielleicht in den Schwitzkasten nehmen müssen. Aber wenn Sie ihm den richtigen Deal anbieten, wird er keine Faxen machen.«

Warren wandte sich an Bob Altschuler. »Ich hab gerade im 299. einen Fall gehabt. Der hätte Ihnen Spaß gemacht. Wenn der Staat nicht völlig pleite ist, sollten Sie die Protokollführerin um eine Abschrift bitten. Reden Sie mal mit Nancy. Achten Sie auf die beiden Zeuginnen der Anklage – Mai Thi Trunh und Siva Singh – und einen Zeugen der Verteidigung – James Thurgood Dandy. Lesen Sie sorgfältig. Diese Zeugen werden Ihnen sagen, warum Mahoney einen grünen Pullover und graue Hosen trug.« Warren buchstabierte die Namen, während Altschuler sie sorgfältig in Großbuchstaben auf seinen gelben Block schrieb.

»Wenn Sie schon so viel wissen«, sagte Altschuler, als er fertig war, »warum legen Sie nicht die Karten auf den Tisch, statt mich durch Reifen springen und meine kostbare Zeit vergeuden zu lassen?«

»Weil Sie so viel eher das Gefühl haben, etwas Großartiges zu leisten«, erwiderte Warren. »Außerdem können Sie mich dann aus allem raushalten – Sie haben nie mit mir gesprochen. Ich bin nur einer von diesen nichtsnutzigen Verteidigern. Ich bin kein Zeuge. Ich bin keine Quelle. Können Sie damit leben?«

»Na ja.« Altschuler lächelte freundlich. »Wenn alles klargeht – warum nicht?«

Am Abend griff Warren in seine Brieftasche, sagte adieu zu Pedro, Armando und Jim Dandy und lud Hector Quintana, seinen neuen Gast, ein, es sich auf der Wohnzimmercouch in Ravendale bequem zu machen. Nachdem er das Doppelbett frisch bezogen hatte und mit Oobie am Bayou entlanggelaufen war, duschte er, schaute noch mal nach, ob Hector alles hatte, was er brauchte, und fuhr zu Maria Hahn.

Randy war aus Austin zurück. Warren war froh darüber. Maria servierte Randy Kalbsbraten, und während der Junge aß, diskutierte er mit ihm über den laufenden Baseballmatch. Als Randy sein Geschirr abgespült und in die Maschine gestapelt hatte, schickte ihn Maria auf sein Zimmer, um das Spiel im Fernsehen zu verfolgen.

Sie mixte zwei Wodka-Tonics. Dann kuschelte sie sich mit untergeschlagenen Beinen in einen Sessel. Ihre sonst fröhlichen Augen blickten melancholisch. Warren stand mitten im Wohnzimmer und hob sein Glas, um den Duft nach Korn und Zitrone einzuatmen.

Er sagte: »Ein netter Junge – Randy.«

»Ja.«

Verheddertes Leben, dachte Warren.

»Wie geht's dir?« fragte Maria tonlos.

»Innerhalb von zwei Tagen hab ich zwei Fälle gewonnen. Ich fühle mich großartig. Aber es hat mir nicht gefallen, so mit dir zusammenzustoßen – gestern, vorm Gerichtssaal.«

»Was war mit deiner Frau?«

Warren erzählte ihr alles. Er war ein guter Anwalt, er hatte ein gutes Gedächtnis. Es dauerte eine ganze Weile.

»Und was wirst du tun?«

»Ich weiß nicht«, sagte er. »Ich habe ihr gesagt, daß ich Zeit brauche.«

Maria biß sich auf die Lippe. »Ich bin nicht glücklich darüber, und ich finde nicht, daß du das Richtige tust, aber ich versteh's.«

»Ich tue gar nichts.«

»Wir haben uns nie etwas versprochen«, fuhr Maria fort. »Keine Liebesbeteuerungen. Und Scheiße passiert eben.«

»Es war keine Scheiße. Es ist keine Scheiße.«

»Sicher. Du weißt doch, wie ich rede. Es ist nur so ein Ausdruck.«

Warren wollte sie festhalten und trösten, aber er wußte, es würde nichts nützen. Der bevorstehende Verlust machte ihn traurig.

»Hör zu. Ich bin nicht hierhergekommen, um mich zu verabschieden. Ich bin gekommen, um dir zu sagen, daß ich ein Problem habe, das ist alles. Ich möchte, daß alles seine Richtigkeit hat. Ich möchte nichts vertuschen. Ich möchte aber auch nicht in eine Sackgasse geraten, wo ich etwas sage, was ich nicht meine und bedauern werde.« Er stellte seinen Drink auf dem Glastisch vor der Couch ab, auf der er sie zum erstenmal geküßt hatte. Eine Sekunde lang senkte sie ihren Kopf. Dann blickte sie ihn an.

»Ziehst du wieder bei deiner Frau ein?«

»Genau das werde ich nicht tun. Laß mir Zeit, Maria. Ich ruf dich an. Ich laß dich wissen, wie alles läuft. Und ich verspreche dir – falls du mir glauben kannst –, keine Spielchen zu spielen. Sollte ich jemals wieder zurückkommen, dann bin ich ein freier Mann.« An der Tür blieb er stehen und drehte sich um. »Weißt du was? Du hast meinen Verstand gerettet. Du bist meine beste Freundin.«

»Meine Spezialität«, sagte sie. »Mach's gut, Warren.«

Er ging zu seinem Auto, stieg ein und schloß für eine lange Minute die Augen. Er hatte nicht vorgehabt, sie mit einem Schlag aus seinem Leben zu räumen.

Doch das schien geschehen zu sein. Er fühlte sich benommen, es schmerzte – und er fühlte sich wie ein Verräter. Er fuhr nach Ravendale zurück.

Hector sah fern und trank Bier. Warren mixte sich einen starken Wodka-Tonic und setzte sich zu ihm. Sie sprachen vom Leben in Mexiko und vom Leben in den Vereinigten Staaten, und sie tranken. »Gehen Sie nach El Palmito zurück?« fragte Warren.

Hector sagte: »Ich vermisse meine Frau und Kinder, aber wenn ich zurückgeh, werde ich immer arm sein. Ich will nicht arm sein.« Er zog die Schultern hoch. »Wer weiß?« Er hatte Warren erzählt, daß die Mexikaner auf viele schwierige Fragen eine Antwort hätten. Diese Antwort war: »Vielleicht ja, vielleicht nein. Aber höchstwahrscheinlich . . . wer weiß?«

Nach einer Weile gab es nicht mehr viel zu sagen, nur über den Fall hätten sie noch reden können, und den hatte Warren satt. So war es immer mit Mandanten nach einem Prozeß: Man klammerte sich wie Überlebende auf einem Floß im Sturm aneinander, und nach der Rettung – oder dem Ertrinken – war alles vorbei. Ein Anwalt lernte mit dem Verlust zu leben, auch wenn er gewann. Er hatte Hectors Leben gerettet, aber sonst hatten sie wenig miteinander gemein.

Am Montag, nachdem Hector sich dazu entschlossen hatte, brachte ihn Warren zum Bus nach McAllen, und zwar mit genügend Geld in der Tasche, um mit einem weiteren Bus von McAllen nach San Luis Potosí und von dort nach El Palmito zu gelangen und noch etwas übrigzuhaben, bis er Arbeit fand. Hector dankte ihm leise. »Sie kommen mich mal besuchen?«

»Vielleicht«, sagte Warren. »Wer weiß?«

Hector lächelte.

»Kommen Sie nicht zurück«, sagte er zu Hector an

der Bushaltestation. »Arm ist nicht gut, aber ich glaube, daß das hier besser ist.«

Am Wochenanfang übernahm er drei neue Mandanten: eine Kokainschmuggelsache, die angebliche Vergewaltigung eines sechzehnjährigen Mädchens durch den Sohn eines prominenten Kaufhausbesitzers und eine Mordsache als Pflichtverteidiger, um die ihn ein Richter gebeten hatte. Ich arbeite also immer noch für Halunken, dachte er. Aber man wußte nie, ob nicht ein neuer Hector Quintana darunter war, und dafür mußte man bereit sein.

Am Donnerstag erhielt er von einem Anwalt, der mit einem Nierenstein im Krankenhaus lag, eine Überweisung. Gegen den Mandanten, Besitzer einer Gaststättenbedarfsfirma, war Anklage wegen Mordversuchs erhoben worden. Warren las die Akte. Dem Mandant, der sich nach Kautionsstellung auf freiem Fuß befand, wurde vorgeworfen, seine Frau geschlagen und sechsmal mit der Nagelschere in Arm und Brust gestochen zu haben. Er kam zu Warren ins Büro.

»Was ist Ihre Version der Geschehnisse?« fragte Warren den Mann.

»Scheiße – ich war betrunken und wußte kaum, was ich tat. Aber ich will Ihnen was sagen – sie hat es verdient.«

»Und ich will Ihnen was sagen –« Warren warf die Akte über den Schreibtisch. »Ich hoffe, Sie landen zwanzig verdammte Jahre im Knast. Suchen Sie sich einen anderen Anwalt.«

Es gibt Grenzen, dachte er. Für mich wenigstens.

Die Vergewaltigungssache fiel Dwight Binghams Gericht zu, was Warren beunruhigte, denn so würde er Maria Hahn jeden Tag sehen. Er fing an, die menschliche Gleichung zu begreifen: Intelligent lebendig zu sein, bedeutet zu schätzen, was man hat, kämpfen für das, was man haben will, abstoßen, was man nicht haben will, und vergessen, was man nicht haben kann.

Am Freitag morgen rief er Charm beim Sender an und sagte: »Was machst du morgen abend? Hast du Lust, mit mir essen zu gehen?«

Sie gingen in ein italienisches Restaurant, wo sie Saltimbocca aßen und eine Flasche Chianti tranken. Er brachte sie nach Ravendale, um ihr zu zeigen, wo er gelebt hatte. Sie waren beide nervös, gingen aber trotzdem zusammen ins Bett. Warren war überrascht, wie vertraut es war und trotzdem aufregend. Zuerst war sie schüchtern, aber die Schüchternheit verschwand. In der Nacht klammerte sie sich an ihn.

Am Sonntag lud sie ihn zu sich nach Hause ein. Mit nacktem Oberkörper mähte er den Rasen, während Oobie auf dem Gras herumrannte und einem kaputten Tennisball nachjagte, den Charm warf. Charm buk Blaubeerpfannkuchen und mixte einen Krug Bloody Marys. Nach dem Brunch, wieder im Bett, sagte sie: »Ich muß dir was sagen.«

»Und das wäre?«

»Bluestein – du weißt doch, der Agent, den ich beauftragt habe? Er hat mir einen Job in Boston vermittelt. Ich hab zugesagt.«

»Das ist gut, Charm«, sagte Warren leichthin – obwohl es ihn eigentlich ärgern sollte, dachte er: »Das wolltest du doch. Wann ist das alles passiert?«

»Letzte Woche.«

»Und wann fängst du an?«

»Anfang September. Nur –«

»Ja?«

»– ich weiß nicht, wie du darüber denkst.«

»Ich denke«, sagte er, »daß es genau das richtige für dich ist. Wenn du fragst – ob ich daran denke, in Boston ein Anwaltsbüro zu eröffnen oder für ein gelegentliches Wochenende nach Boston zu fliegen, um meine Ehe aufrechtzuerhalten, dann ist die Antwort nein.«

»Bist du böse?«

»Nein. Es wird sich alles zum Besten wenden. Du wirst sehen.« Er war erleichtert. Er war überrascht über dieses Gefühl und behielt es für sich.

Am Montag morgen, als er bei Bob Altschuler vorbeischaute, um mit ihm über die Vergewaltigungssache zu reden und sich das unausweichliche Angebot eines Deals von der Staatsanwaltschaft anzuhören, schloß Altschuler die Tür, grinste und sagte: »Bevor wir darauf zu sprechen kommen, hab ich Neuigkeiten für Sie. Bleibt's unter uns?«

»Natürlich.«

»Ich hab die Akte ›Quintana‹ gelesen. Sie haben phantastische Arbeit geleistet. Wir haben letzte Woche im Ecstasy einen Kerl namens Frank Sawyer geschnappt – eindeutige Identifikation durch die beiden Zeugen, daß er derjenige war, der diesen Penner Jerry Mahoney abgeknallt hat. Wir konnten zwar keine Waffe finden, aber Thiel und Douglas ließen ihn schwitzen. Douglas ist Spezialist in solchen Sachen. Schließlich hat uns Sawyers Anwalt gefragt, wie wir uns einigen können. Um's kurz zu machen – wir haben uns geeinigt, und Sawyer sagte: ›Diese Frau hat mich gezwungen, verstehen Sie? Sie ist mein Dealer, und sie weiß Sachen von mir, mit denen sie mich unter Druck gesetzt hat – sie wollte die Bullen informieren, wenn ich nicht mitspiele. Ich hatte keine andere Wahl, verstehen Sie? Sie hat mich zur Mission geschickt, um einen Typ mit grünem Pullover und grauem Anzug zu finden, irgend so 'n Typ, der sie hätte identifizieren können, als sie das verdammte Schlitzauge abgeknallt hat. Also hab ich's gemacht. Ich wollte nicht, aber ich mußte. Ich hab die Pistole in den Buffalo Bayou geschmissen, aber ich kann Ihnen zeigen, wo. Und es ist ihre Pistole.‹«

Altschuler rieb sich heftig die Hände. »Nun haben wir also die Unterwasserjungs zum Bayou geschickt, und die haben die Waffe gefunden. Einen 45er Colt mit Elfenbeingriff. Und er gehört ihr, registriert und alles. Wie sie unter Eid sagte: ›Er liegt in meinem Schreibtisch, und ich bin die einzige, die einen Schlüssel dazu hat.‹ Was bedeutet, daß wir das zusätzliche Beweismaterial haben, das nötig war, um die Aussage eines Tatbeteiligten zu untermauern. Wir haben sie Samstag nacht gleich im Club festgenommen. Junge, Junge, sie schrie wie 'n Schwein mit 'ner Hornisse im Arsch. Sie hat mich beschimpft, als ob ich der Teufel wäre, der aus der Grube gefahren ist. Sie hätten Ihre Freude gehabt, Warren.«

»Die hab ich jetzt, Bob. Was für einen Deal haben Sie mit Sawyer ausgehandelt?«

»Fünfunddreißig Jahre. In zwölf ist er wieder draußen, der kleine Mistkerl.«

»Gefällt Ihnen die Sache?« fragte Warren.

»Mir gefällt die Sache«, sagte Altschuler freundlich. »Sie haben das Richtige getan.«

»Beinah«, sagte Warren, »aber ich hab nicht viel Schlaf darüber verloren. Aber ich hätte es sowieso getan«, fügte er ohne den geringsten Zweifel hinzu. »Und jetzt erzählen Sie mir mal, welcher glückliche

Anwalt meine ehemalige Mandantin verteidigen darf.«

»Myron Moore.« Der Staatsanwalt brüllte vor boshaftem Lachen. »Doktor Verhängnis! Ich weiß nicht, welcher welcher Idiot ihn empfohlen hat, aber sie hat sich darauf eingelassen. Ich treff ihn in einer halben Stunde. Er möchte auch einen Deal aushandeln, aber da ist nichts mehr zu machen. Wenn ich das mit der Trunh-Sache zusammenbringen kann, und ich glaube, es geht, dann haben wir mehrfachen Mord – ein Kapitalverbrechen. Wie dem auch sei – glauben Sie mir, ich werde diesen Fall vor ein Geschworenengericht bringen, und wenn sie die Spritze nicht kriegt, dann sitzt das Weib lebenslang hinter Gittern.«

Altschuler streckte die Hand aus. Warren schüttelte sie erfreut, aber auch etwas unbehaglich. Die plötzliche Freundschaft störte ihn. In sechs Monaten, wenn Altschuler Richter wurde, hätte er einen Kumpel auf der Richterbank. Zum Teufel damit, dachte er. Das hab ich früher nicht gebraucht, und jetzt brauch ich's auch nicht.

Er blickte auf den Kalender des Staatsanwalts. Es war der 14. August 1989. Das Datum erinnerte ihn an etwas. »Bob«, sagte er, »tun Sie mir einen Gefallen?«

»Alles«, sagte Altschuler.

»Bitten Sie Myron, seiner neuen Mandantin etwas von mir auszurichten.«

»Sicher«, erwiderte Altschuler verdutzt, »aber seien Sie lieber vorsichtig. Und was soll er sagen?«

»Viel Glück zum Geburtstag.«

»Echt? Mit Vergnügen! Junge, Junge, ich hatte Sie ganz falsch eingeschätzt. Sie sind ja ein ganz gemeiner Hund!«

»Nein«, sagte Warren, »nicht wie Sie. Aber ich hab meine gemeinen Momente.«

Nachdem er alles, was in der Vergewaltigungssache zu besprechen war, erledigt hatte, eilte er durch die Hitze zum Gerichtsgebäude und erreichte wenige Minuten nach zwölf den fünften Stock und die Domäne des 342. Bezirksgerichts. In der Kühle des leeren Gerichtssaals saß Maria Hahn mit dem Rücken zur Tür am Tisch der Protokollführerin. Sie war allein und packte Unterlagen zusammen. Gleich würde sie aufstehen und sich umdrehen. Rasch beugte er sich von hinten über sie und legte seine Wange an ihre, holte schnell tief Luft, um den Schlag seines Herzens zu dämpfen, und sagte: »Ich hab ein Rätsel für dich.«

Sie drehte sich nicht um. Leise erinnerte sie ihn: »Du hast gesagt, ›keine Spielchen‹. Und du hast mir etwas versprochen.«

»Weiß ich«, sagte Warren. »Hier ist das Rätsel: Was ist ein Strafrechtler?«

»Das kenn ich schon. Überflüssig. Ich weiß ein besseres: Warum fangen sie jetzt an, bei Laborversuchen Rechtsanwälte statt weiße Ratten einzusetzen?«

»Sag's mir heute abend beim Essen . . . wenn du frei bist. Und dann erzähl ich dir alles, was mir passiert ist.«

Maria hob eine Augenbraue. »Alles?«

»Ja.«

Spät am Abend, nachdem er ihr sein Herz ausgeschüttet hatte, fragte er: »Und was ist nun die Lösung deines Rätsels?«

Maria seufzte leise. Sie führte ihn ins Schlafzimmer und neigte den Kopf, als ob sie ihn tief ins Vertrauen zöge, und sagte: »Weil es mehr Anwälte als weiße Ratten gibt. Anwälte beseitigen auch ihre Schweinereien schneller als weiße Ratten. Wenn man ein bißchen Verstand hat, schließt man einen Anwalt nicht ins Herz. Aber vor allem«, fügte sie mit einem Lächeln hinzu, das ihm lieb werden würde, »tun sie Dinge, zu denen weiße Ratten einfach nicht fähig wären.«